스탠드

6

스탠드

The Stand

6

끝의 시작

스티븐 킹 장편소설

조재형 옮김

황금가지

THE STAND

by Stephen King

나의 아내 태비에게
경이로움으로 가득 찬 이 어둠의 상자를 바친다.

이 책에 쓰인 본문 종이 E-light는 국내 기술로 개발된 최신 종이로, 기존에 쓰이던 모조지나 서적지보다 더욱 가볍고 안전하며 눈의 피로를 덜게끔 한 단계 품질을 높인 고급지입니다.

| 차례 |

제3부 투쟁

제3부

투쟁

이 땅은 너의 땅
이 땅은 나의 땅
캘리포니아에서부터 뉴욕 아일랜드까지
레드우드 국립공원 숲에서부터 멕시코 만까지
이 땅은 너와 나를 위해 만들어졌어.

—우디 거스리

야, 쓰레기, 네가 늙은 셈플 아줌마의 수표에 불질렀을 때
그 아줌마가 뭐라고 그러디?

—칼리 예이츠

밤이 찾아와

대지가 어두워지고

달빛만이 우리의 유일한 빛이 될지라도

나는 두렵지 않아

너만 내 곁에 있어 준다면

—벤 E. 킹

제61장

다크맨은 오리건 주 동부 경계선을 따라 경계 초소들을 쫙 깔아 놓았다. 가장 큰 초소는 80번 주간 고속도로가 아이다호 주에서 넘어오는 온타리오에 있었다. 그곳에선 보초 여섯 명이 대형 피터빌트 트럭의 트레일러 안에 주둔했다. 일주일이 넘게 트레일러에서 기거한 그들은 모노폴리 게임의 장난감 돈만큼이나 쓸모없는 20달러와 50달러 지폐들로 온종일 포커나 쳤다. 한 사람은 앞에다 거의 6만 달러를 쌓아 놓았고 또 다른 사람(전염병이 휩쓸기 전에는 연봉이 약 1만 달러였던 사람)은 양동이에 4만 달러 이상을 담아 놓고 있었다.

거의 일주일 내내 비가 내리자 트레일러 안의 인내심이 점점 바닥나는 중이었다. 포틀랜드에서 출동한 그들은 다시 그리로 돌아가고 싶었다. 포틀랜드에는 여자들이 있었다. 송수신 겸용 강력 무전기가 긴 못에 매달려 전파 잡음만 내보내고 있었다. 그들은 그 무전기가 간단한 두 마디 말을 보내오기만 기다리는 중이었다. '집으로 돌아가라.' 이는 그들이 찾고 있는 사람이 다른 초소에서 붙잡혔다는 뜻이었다.

그들이 찾는 사람은 일흔 살쯤 되고 키가 땅딸막한 대머리였다. 안경을 썼고 파란 바탕에 하얀색이 칠해진 사륜 구동 차량, 지프 또는 인터내셔널 하베스터를 운전하고 있었다. 발각되면 살해당할 처지였다.

그들은 초조하고 지루했다. 진짜 돈으로 고액의 판돈을 걸고 포커를 친다는 신기한 기분은 이틀 전에 이미 시시해졌으며, 이젠 지긋지긋하기까지 했다. 그러나 포틀랜드를 향해 멋대로 훌쩍 떠날 만큼 지루하진 않았다. 그들은 걸어 다니는 멋쟁이한테서 직접 명령을 받았고, 비가 내린 탓에 좁은 공간에 갇혀 지내기가 갑갑하다고는 해도, '그 남자'에 대한 두려움은 그대로였다. 만약 임무를 망쳐 놓은 걸 그 남자에게 들키는 날엔 그저 하나님의 도움을 기다릴 수밖에 없었다.

그래서 그들은 죽치고 앉아 카드놀이를 했고 트레일러의 강철 벽을 깎아 만든 좁다란 관측 구멍을 번갈아 내다보며 경계를 섰다. 80번 주간 고속도로는 쉴 새 없이 퍼붓는 우중충한 비 속에서 인적이 없었다. 그러나 만약 스카우트 트럭이 지나가기라도 했다간 발각되고 말 것이다. 그리고…… 제지당할 것이다.

"그는 반대편에서 온 스파이다."

걸어 다니는 멋쟁이가 턱이 온통 일그러지는 무시무시한 웃음을 지으며 그들한테 말했다. 왜 그 웃음이 그다지도 무시무시한 건지는 그들 모두 설명할 수 없었지만, 웃음이 자신들 쪽으로 향할 때면 마치 혈관 속의 피가 뜨거운 토마토 수프로 변한 듯한 기분이 들었다.

"그는 스파이다. 그래도 우리는 두 팔 벌려 그를 환영하고, 모든 것을 다 보여 주고, 아무런 해코지 없이 돌려보낼 수도 있다. 하지만 나는 그를 원한다. 그들 둘 다 원한다. 그리고 우리는 눈발이 날리기 전에 그들의 머리통을 산맥 너머로 돌려보낼 것이다. 저들이 겨울 내내 그 일을 곱씹어 보도록 해 주리라."

그러고는 포틀랜드 청사의 회의실에 한데 모인 사람들을 향해 요란한 웃음소리를 터뜨렸다. 사람들은 미소로 화답했지만, 차갑고 불안한 미소였다. 겉으로는 그토록 막중한 책무에 발탁된 것을 서로들 큰 소리로 축하할지 몰라도, 마음속으로는 모두들 그 남자의 저 즐거운, 섬뜩한, 족제비 같은 두 눈이 자기 말고 다른 사람한테 향하기를 빌었다.

온타리오의 남쪽 끝 시빌에 또 하나의 대형 경계 초소가 있었다. 여기엔 작은 집 안에 네 사람이 머물렀다. 기묘한 암석층과 검고 음침한 물길이 있는 앨보드 사막을 향해 굽이굽이 펼쳐진 95번 주간 고속도로 바로 옆이었다.

나머지 초소들은 두 사람씩 짝 지어 인원이 배치되었다. 정확히 열두 개의 초소가 3번 도로에 가까이 붙어서, 워싱턴 주 경계선에서 100킬로미터쯤 못 미쳐 위치한 플로라라는 작은 마을에서부터 오리건과 네바다 사이 경계선에 있는 맥더밋까지 쭉 늘어섰다.

파랗고 하얀 사륜 구동 차량을 모는 노인 남자. 모든 보초들한테 내려온 지령은 한결같았다. 그를 죽여라. 그러나 그의 머리는 건드리지 마라. 목젖 위로는 피나 멍 자국이 하나도 없어야 한다.

"나는 파손품을 돌려보내고 싶지 않거든."

랜디 플랙이 무시무시한 웃음소리를 껄껄 터뜨리며 그들에게 한 말이었다.

오리건과 아이다호 사이의 북쪽 경계는 스네이크 강을 따라 서 있었다. 여섯 남자가 피터빌트 트레일러 안에 앉아 쓸모없는 돈으로 바다에 침 뱉기 식의 맥 빠진 카드놀이를 하고 있는 온타리오에서부터 북쪽으로 스네이크 강을 따라가면, 마침내 침 뱉으면 닿을 만큼 가까운 코퍼필드에 다다를 터였다. 스네이크 강은 이곳에서부터 구불구불 꼬여서 지질학자들이 우각호라 부르는 소뿔 모양의 호수를 이루었고, 우각호 댐에 의해 물줄기가 가로막혔다. 이 9월의 일곱 번째 날에, 스튜 레드먼과 그의 일행이 동남쪽으로 1,500킬로미터가 넘게 펼쳐진 콜로라도 6번 고속도로를 터덜터덜 걷고 있을 때, 보비 테리는 옆에다 만화책을 쌓아 놓고 코퍼필드 싸구려 잡화점 안에 앉아 우각호 댐 안쪽은 어떤 모습일지, 댐 수문들이 열려 있을지 닫혀 있을지 궁금해했다. 잡화점 바깥으로는 오리건 주 86번 고속도로가 지나갔다.

보비와 그의 짝인 데이브 로버츠(현재 위층 아파트에서 취침 중)는 무척 오랫동안 그 댐에 관해 토론해 왔다. 일주일 동안 비가 내렸다. 스네이크 강 수위가 높아졌다. 저 오래된 우각호 댐이 물을 방류하기 시작해 버린다면? 나쁜 소식이다. 돌진해 오는 물의 장벽이 코퍼필드를 휩쓸고 내려갈 것이었고 다정한 보비 테리와 다정한 데이브 로버츠는 태평양까지 완전히 쓸려 내려갈지도 몰랐다. 그들은 댐으로 가서 금이 간 곳은 없는지 살펴볼까 상의했지만, 감히 실행에 옮기진 못했다. 플랙의 명령이 각별했으므로.

"제자리에 은밀히 숨어 있으라."

데이브는 플랙이 어느 곳에든 나타날 수 있다는 점을 지적했다. 플랙은 대단한 여행가여서, 겨우 여나믄 명의 사람들이 전력선을 고치거나 군대 보급 창고에서 무기를 징발하고 있던 작고 외딴 촌구석에 갑자기 나타나기도 했다는 소문이 이미 돌았다. 플랙의 육체가 스르르 출현했던 것이다. 유령처럼. 다만 굽이 닳은 먼지투성이 장화를 신고 히죽거리는 검은 유령이었다. 때로는 혼자 몸이었고, 때로는 로이드 헨리드가 함께 있었는데, 길이는 물론 까만 색상까지 영구차를 꼭 빼닮은 초대형 다임러 자동차의 운전석에 자리 잡고 있었다. 때로 플랙은 걷고 있었다. 한 순간 사라졌다가 그다음 순간 나타났다. 언젠가 하루는 플랙이 캘리포니아 주 로스앤젤레스에 있었는데(또는 들리는 풍문으로는 그랬단다.) 그다음 날 아이다호 주 보이시에 모습을 나타냈다…… 두 발로 걸어서.

하지만 데이브가 또한 지적했던 대로, 플랙이라 할지라도 각기 다른 여섯 군데에 동시에 있을 수는 없었다. 그들 중 한 명이 저 빌어먹을 댐까지 냅다 뛰어가서 얼른 살펴본 다음, 다시 냅다 뛰어오면 될 것 같았다. 성공할 가능성은 거의 절대적이었다.

"좋아, 그럼 네가 갔다 와라. 내가 허락하마."

보비 테리가 말했다. 그러나 데이브는 불안한 미소를 지으며 그 제안을 거절했다. 왜냐하면 플랙은 여러 가지 일을 '알아채는' 재주가 있었다. 자기가 직접 살펴본 일이 아닐지라도 모두 알았다. 플랙은 동물의 왕국에 살아가는 육식 동물들한테나 있는 괴이한 지각 능력을 지녔다고 말하는 이도 있었다. 로즈 킹맨이라는 여자는 플랙이 전신주 전선 위에 앉아 있던 다수의 까마귀를 향해 손가락을 튕겼더니, 그 까마귀들이 퍼드덕퍼드덕 날아와 그의 어깨 위로 내려앉는 것을 목격했노라고 주장했고, 더 나아가 그 까마귀들이 이런 소리로 깍깍 울어 댔다고 증언했다.

"플랙…… 플랙…… 플랙……."

그렇게 끊임없이 울어 댔단다.

그런 건 그냥 웃기는 얘기였다. 보비도 그것을 잘 알았다. 저능아들이라면 그런 얘기를 믿을지 몰라도, 보비 테리의 어머니 델로레스는 결코 저능아 자식을 키운 적이 없었다. 그는 소문이 퍼지면서 말하는 입과 듣는 귀 사이에서 점차 부풀려지는 행태를 잘 알았다. 그리고 다크맨이 얼마나 교묘하게 그런 소문들을 조장하려 들 것인지도 잘 알았다.

그럼에도 그런 소문들은 보비에게 약간의 전율을 간헐적으로 안겨 주었다. 마치 각각의 소문들 밑바탕에 일말의 진실이 깔려 있기라도 하듯. 그 남자가 늑대를 불러 모을 수 있다고, 또는 그 남자의 영혼을 고양이 몸속으로 보낼 수 있다고 어떤 이는 말했다. 포틀랜드에 사는 어떤 사람은 그 남자가 등에 멘 낡은 보이 스카우트 배낭 안에 족제비 또는 담비 또는 이름 모를 쥐새끼 같은 동물을 넣고 다닌다고 말했다. 전부 멍청한 헛소리였다. 그러나…… 그 남자가 사탄으로 변신한 둘리틀 박사처럼 동물들한테 말을 걸 수 있다고 가정해 보라. 그리고 보비 또는 데이브가 그 남자의 명령과 정반대로 저 빌어먹을 댐을 살펴보러 밖으로 걸어 나갔다가 발각된다고 가정해 보라.

명령 불복종의 죗값은 십자가 매달기였다.

보비 테리는 어쨌든 저 낡은 댐이 무너지진 않으리라 짐작했다.

탁자 위의 담뱃갑에서 켄트 한 개비를 홱 끄집어내 불을 붙였다가 뜨겁고 건조한 담배 맛에 얼굴을 찌푸렸다. 6개월이 더 지나면, 저 빌어먹을 담배들은 죄다 피울 만한 상태를 유지하지 못할 것이다. 그래도 상관없었다. 어차피 저놈의 담배는 죽음의 대명사가 아니던가.

보비는 한숨지으며 쌓아 놓은 만화책에서 또 한 권을 꺼내 들었다. 『돌연변이 닌자 거북이』라는 우스꽝스러운 엉터리 만화였다. 닌자 거북이들은 '등껍질을 짊어진 영웅들'로 등장하고 있었다. 보비가 라파엘 거북이와 도나텔로 거북이와 녀석들의 멍청이 친구들을 상점 저편으로 내던지자, 녀석들이 서식하는 만화책이 현금 출납기 위에 텐트 모양으로 펄럭 내려앉았다. 『돌연변이 닌자 거북이』 같은 만화들은 세상이 망해도 괜찮다는 생각이 들게 하는 것 같았다.

다음 만화를 집어 들었다. 『배트맨』. 적어도 믿을 만한 영웅이 나오는 만화였다. 막 첫 장을 넘길 때 문밖에서 파란 스카우트가 서쪽을 향해 달려가는 것이 보였다. 그 차의 커다란 타이어들이 빗물로 질퍽한 흙탕물을 튀겼다.

보비 테리는 입을 멍하니 벌린 채 차가 지나간 곳을 빤히 쳐다보았다. 그들이 열심히 찾고 있던 문제의 차량이 방금 자신들의 초소를 지나갔다는 것이 믿기지가 않았다. 사실대로 말하자면, 이제껏 마음 깊숙한 곳에서는 이 모든 일이 그저 똥개 훈련시키려는 개수작일 뿐이라고 줄곧 의심해 왔다.

보비는 재빨리 돌진해 앞문을 벌컥 열어젖혔다. 한 손엔 『배트맨』 만화책을 쥔 채 인도로 달려 나갔다. 어쩌면 저 차는 그저 환각일 수도 있었다. 플랙이 환각에 빠져 해롱거리는 사람은 누구든지 잡아들일 수 있다는 것을 생각해 보라.

그런데 환각이 아니었다. 보비는 바로 앞의 언덕을 내려가 마을을 벗어나는 스카우트의 지붕을 힐끗 보았다. 곧이어 그는 황량한 싸구려 잡화점으로 뛰어 들어가며 목청이 터지도록 데이브를 소리쳐 불렀다.

판사는 운전대를 우악스럽게 부여잡고 관절염 따위는 존재하지도 않는 척 시치미 떼려 애썼다. 만약 존재한다 쳐도 자신은 관절염에 걸리지 않은 몸이라고, 또 만약 관절염에 걸렸다 쳐도 그것이 축축한 날씨에 자신을 괴롭히지는 않았다고 생각하려 애쓰는 중이었다. 그러나 이제는 그런 헛수고를 할 필요가 없었는데, 왜냐하면 그의 아버지가 할 법한 표현대로 비가 오로지 사실을, 빼도 박도 못 하는 사실을 말해 주었기 때문이었으며, 희망은 없고 희망봉만 있었기 때문이었다.

판사는 그 밖에 다른 환상들에도 의지했지만 현실의 고통에서 그다지 벗어나지 못하고 있는 중이었다.

그는 지난 사흘간 빗속을 뚫고 달려왔다. 때로는 이슬비로 약해진 적도 있었지만, 대개는 더하지도 덜하지도 않고 줄기차게 쏟아지는 억수 같은 비였다. 이 또한 빼도 박도 못 하는 사실이었다. 일부 구간에서는 도로들이 폭우에 유실될 위험에 처했고, 내년 봄 무렵엔 대다수의 도로가 통행이 불가능할 정도로 황폐해질 것이었다. 판사는 이 작은 원정을 하는 동안 씩씩하게 달려 주는 스카우트 때문에 하나님한테 수차례 감사했다.

80번 주간 고속도로를 따라 발버둥 친 처음 사흘 동안은 만약 다른 지선 도로로 빠져나가지 않았다간 틀림없이 2000년이 되기 전에는 서부 해안이 보이는 곳까지 갈 수 없으리라고 생각했다. 오랜 기간 으스스하게 버려져 있었던 그 주간 고속도로의 여러 지점에서 뒤엉킨 차량 사이를 2단 기어로 요리조리 누비고 지나갈 수 있었지만, 통과할 틈을 만들고자 스카우트의 견인 장치를 다른 차의 뒤쪽 범퍼에 걸어 도로에서 끌어내야 했던 적도 여러 번이었다.

로린스에 이르기까지 고생이 몹시 심했다. 287번 주간 고속도로에서 북서쪽으로 틀어 그레이트 디바이드 분지 언저리를 지났고, 이틀 뒤 와이오밍 주 북서쪽 지역, 옐로스톤 국립공원 동쪽에서 야영했다. 그 후 여기까지 오는 동안 도로들은 거의 완벽하게 비어 있었다. 와이오밍과 동부 아이다호를 횡단하는 것은 소름 끼치는, 꿈만 같은 경험이었다. 판사는 죽음의 느낌이 그토록 텅 빈 땅에서 그리도 극심하게 밀려올 수 있을 줄은 생각하지도 못했던 터였다. 맹세코 생각조차 못 했다. 그러나 그곳에 죽음의 느낌이 있었다. 한때는 사슴 떼와 위네바고 인디언들이 돌아다녔던 저 광활한 서부 하늘 아래에 사악한 정적이 자리 잡다니. 그것은 바로 그곳에, 넘어져서 수리되지 못한 전신주 속에 있었다. 자신이 스카우트를 몰고 통과했던 라몬트, 머디 갭, 제프리 시티, 랜더, 크로하트 같은 작은 마을들에 차갑게 도사린 정적 속에 그것이 있었다.

공허함을 깨닫고 죽음의 느낌을 내면화하고 나자 판사의 외로움이 커졌다. 자신이 볼더 자유 지대를, 또는 거기에 사는 프래니,

루시, 로더 소년, 닉 앤드로스 같은 사람들을 두 번 다시 보지 못할 것이라는 확신이 점점 더 강하게 들었다. 하나님에 의해 놋 땅으로 추방당한 카인이 어떤 기분을 느꼈을지 잘 알 것 같기도 했다.

다만 그 땅은 에덴의 동쪽이었다.

판사는 지금 서쪽 지역에 있었다.

그것을 가장 강하게 느꼈던 것은 와이오밍과 아이다호 사이의 경계를 건너면서였다. 판사는 타르기 고갯길을 지나 아이다호로 들어와, 가벼운 점심을 먹으려고 대로변에 멈추었다. 그곳에는 그저 근처 개천에서 세찬 물결이 탁하게 들끓는 소리, 이물질이 끼인 문짝 경첩을 연상시키는 기이하게 삐걱거리는 소리 말고는 아무 소리도 없었다. 머리 위 파란 하늘에 고등어 비늘 구름이 덮이고 있었다. 습한 날씨가 다가오는 중, 관절염도 함께 다가오는 중. 그때까지는 그의 관절염이 매우 잠잠했다. 야외 활동과 장시간의 운전에 시달렸는데도, 그리고……

……그리고 삐걱거리는 소리는 무엇이었을까?

점심을 마치자 판사는 스카우트에서 개런드 소총을 꺼내 들고 개천 옆의 소풍 구역으로 내려갔다. 한결 청명한 날씨에 쾌적하게 식사할 수 있는 장소였다. 작은 나무숲 사이로 탁자 몇 개가 점점이 흩어져 있었다. 나무들 중 한 그루에 신발이 거의 땅에 닿을 듯 교수형 당한 남자가 매달려 있었다. 머리가 괴기스럽게 위로 젖혀졌고, 살은 새들이 쪼아 먹어 거의 흔적도 없었다. 삐걱거리며 끼익끼익 울리는 소리는 나뭇가지에 묶인 밧줄이 이리저리 흔들거리는 소리였다. 나뭇가지가 거의 다 닳아 있었다.

자신이 서쪽에 들어와 있다는 것을 실감한 순간이었다.

그날 오후 4시경, 처음으로 빗방울이 하나 둘 스카우트의 앞 유리를 때렸다. 그때 이후로 줄곧 비가 내렸다.

이틀 뒤에 뷰트 시티에 도착했고, 손가락과 무릎의 고통이 너무 심해서 하루 동안 완전히 차를 멈추고 모텔 방 안에 틀어박혔다. 막막한 고요 속에서 모텔 침대 위에 팔다리를 쭉 펴고 뜨거운 수건을 손과 무릎 둘레에 감은 채 라팜의 『법과 사회 계급』을 읽고 있는 패리스 판사의 모습은, 망령에 휩싸인 고대 선원 이야기와 혹독한 추위의 독립 전쟁 주둔지였던 밸리 포지의 생존자 이야기 등에서 나올 법한 사람들을 연상시켰다.

아스피린과 브랜디를 충분히 비축해 놓고 운전을 강행한 그는 끈기 있게 지선 도로들을 탐색했다. 가능한 한 견인 장치를 사용하지 않고 스카우트를 사륜 구동 상태로 둔 채 주저앉은 차량들을 우회해서 진창길을 휘젓고 나아갔으니, 거치적거리는 걸 치운답시고 허리를 구부리고 관절에 힘을 줘야 하는 수고를 모면하고자 함이었다. 하지만 늘 그럴 수만은 없었다. 이틀 전 9월 5일에 새먼 리버 산맥에 접근하면서는, 어쩔 수 없이 콘텔 전화 회사 트럭에다 견인 줄을 걸고 뒤꽁무니에 매달아 갓길이 한쪽으로 내려앉을 때까지 2킬로미터를 끌고 간 후에야, 그 개 같은 녀석을 이름 모를 강속으로 처넣어 버릴 수 있었다.

콘텔 트럭을 만나기 하루 전, 그리고 보비 테리가 코퍼필드를 지나가는 그를 발견하기 사흘 전인 9월 4일 밤에 판사는 뉴 메도스에서 야영했다. 그날 저녁 다소 혼란스러운 일이 일어났다. 랜치핸드 모텔에 차를 세우고 접수실에서 객실 열쇠 하나를 구하면서 그는 보너스도 하나 발견했다. 축전지로 작동하는 히터였다.

침대의 발치에다 세워 놓았다. 황혼 녘, 일주일 만에 처음으로 정말 따뜻하고 편안했다. 히터가 강한 온기를 감미롭게 발산했다. 판사는 팬티 바람으로 베개를 등에 받치고 누워 미시시피 주 브릭튼 출신의 무학력 흑인 여성이 일반 상점 절도죄로 10년 형을 선고받았던 판례를 읽고 있었다. 그 사건을 재판에 회부한 지방 검사보와 배심원 세 명이 흑인이었고, 라팜이 그 점에 대해 지적하는 바로는……

톡, 톡, 톡. 창문가였다.

판사의 오래된 심장이 가슴에서 휘청거렸다. 그는 라팜의 책을 치웠다. 의자에 기대어 놓았던 개런드 소총을 움켜잡고 창문으로 몸을 돌리며 어떤 상황에도 대처할 준비를 했다. 자신이 품어 왔던 거짓 귀순 사연이 바람에 나부끼는 지푸라기 인형들처럼 마음 속에서 휑하니 날아가고 있었다. 이게 그것이었다. 그들은 그가 누구인지, 어디서 왔는지 알고 싶어 할 것이고……

그것은 까마귀 한 마리였다.

판사는 조금씩 긴장을 누그러뜨렸고, 가까스로 가늘게 떨리는 미소를 지었다.

'그냥 까마귀였잖아.'

까마귀는 바깥쪽 창문턱에 비를 맞으며 앉아 있었다. 번들번들한 깃털들이 우스꽝스러운 모습으로 온통 떡이 되어 있었다. 녀석의 작은 두 눈이 '로스앤젤레스 레이커스 농구단' 로고가 자주색과 금색으로 찍혀 있는 사각 팬티만 입고 불룩한 배 위에 무거운 법률 서적을 올려놓은 채 서부 아이다호의 모텔 침대에 누워 있는 아주 늙은 법조인이자 세상에서 가장 나이 많은 아마추어 스파이를, 빗물 떨어지는 창유리를 통해 바라보고 있었다. 보아하니 그 까마귀의 표정은 히죽거린다고 해도 될 성싶었다. 판사는 완전히 긴장을 풀고 마주 보며 히죽거렸다. '옳거니, 장난치러 왔다가 도리어 내가 장난에 당했군.' 하지만 2주 동안 이 텅 빈 땅을 홀로 강행군하며 돌파하고 난 뒤니, 자신이 약간 신경과민이 된 것은 당연하다고 생각했다.

톡, 톡, 톡.

까마귀, 부리로 창유리를 두드리는 중. 판사가 예전에 판결봉을 두드리듯 부리로 두드리는 중.

판사의 미소가 조금 꺾였다. 까마귀가 그를 바라보는 모습에는 몹시 맘에 들지 않는 구석이 있었다. 녀석은 여전히 히죽거리는 듯 보였지만, 그것은 사람을 경멸하는 히죽거림, 일종의 비웃음이라고 장담할 수 있었다.

톡, 톡, 톡.

에드거 앨런 포의 시에서 팔라스 여신의 흉상에 날아올라 앉았던 그 갈까마귀처럼 두드리고 있었다. 언제쯤이면 유용한 정보를 알아내어 아득히 멀게만 느껴지는 자유 지대로 돌아갈 수 있을까? 절대 불가. 다크맨의 갑옷에 있는 약점이 무엇인지 조금이라도 알아낼 수 있을까? 절대 불가.

'내가 무사히 다시 돌아갈 수 있을까?'

'절대 불가.'

톡, 톡, 톡.

까마귀, 판사를 유심히 바라보면서 히죽거리는 듯.

문득 이 녀석은 다크맨이고 그 남자의 영혼, 곧 그 남자의 영적인 힘이 어쩐 일인지 자신을 유심히 바라보며 탐색하고 있는 이비에 흠뻑 젖어 히죽거리는 까마귀 몸속으로 진입해 들어갔을 것이라는, 고환이 오그라드는 듯한 꿈같은 확신이 판사를 엄습했다.

그는 넋이 나간 듯 녀석을 주시했다.

까마귀의 눈이 점점 커지는 듯싶었다. 주의 깊게 보니 녀석의 두 눈동자는 빨간색으로, 다시 거무스름하게 진한 루비색으로 테두리가 졌다. 빗물이 떨어져 흘렀고, 또 떨어져 흘렀다. 까마귀는 몸을 앞으로 기울이며 매우 신중하게 유리를 두드렸다.

판사는 생각했다. '녀석은 자기가 나를 최면 거는 중이라고 생각하는 거야. 어쩌면 조금은 그럴지도 모르지. 그러나 나는 그런 것들에 걸리기엔 너무 늙었어. 여기서 가정해 보자…… 물론 바보 같은 생각이지만, 녀석이 바로 그 남자라고 가정해 보자. 내가 재빨리 절도 있는 동작으로 단번에 저 소총을 위로 쳐들 수 있다면? 날아가는 표적이라고 할 만한 것을 쏴 본 지가 4년이나 지났지만, 나는 1976년과 1979년에 사격 클럽 챔피언이었고 1986년에도 여전히 솜씨가 매우 좋았지. 그해에는 훌륭하게 잘 쏘기는커녕 입상자 리본도 달지 못해서 사격을 포기해 버렸지. 당시엔 내 시력 탓을 안 하고 그저 자부심에 금이 갔다고만 여겼거든. 그래도 스물두 명이 참가한 사격 대회에서 5등을 차지할 정도로 여전히 솜씨가 좋았다고. 그리고 저 창문은 스키트 사격 거리보다 훨씬 더 가까워. 만약 저 녀석이 바로 그 남자라면, 내가 죽일 수 있을까? 만약 그럴 수 있다면, 저 까마귀의 죽어 가는 몸 안에 놈의 영적인 힘이 꼼짝없이 갇혀 버리는 것인가? 만약 괴짜 늙은이가 서부 아이다호에서 까만 새를 전혀 극적이지 않게 간단히 처단함으

로써 모든 것을 끝장낼 수 있다면 그건 몹시 어울리지 않는 일일까?'

까마귀가 판사를 향해 히죽거렸다. 그는 이제 녀석이 히죽거리고 있는 것이라고 전적으로 확신했다.

판사가 불쑥 일어나 앉으며 자신만만한 동작으로 재빨리 개런드 소총을 어깨로 쳐들었다. 꿈속에서 상상했음 직한 것보다 더 능숙한 동작이었다. 극도의 공포감 같은 것이 까마귀에게 엄습하는 듯싶었다. 비에 흠뻑 젖은 녀석의 날개가 펄럭거리며 물방울을 흩뿌렸다. 녀석의 두 눈이 두려움으로 휘둥그레지는 듯싶었다. 판사는 녀석이 숨 막히는 '까악!' 소리를 내뱉는 걸 듣고 한순간 승리를 확신했다. 저것은 검은 남자였고, 놈은 판사를 잘못 판단했고, 그에 따른 대가는 놈의 불쌍한 목숨을……

"이거나 처먹어라!"

판사가 호통 치며 방아쇠를 힘껏 당겼다.

하지만 방아쇠는 눌러지지 않았다. 총에 안전장치를 걸어 두었으므로. 잠시 후 창문은 텅 빈 채 빗물만이 흘렀다.

판사는 개런드 소총을 무릎에 내려 놓으며 맥 빠지고 멍청한 기분을 느꼈다. 녀석은 결국 그냥 까마귀일 뿐이었다고, 저녁 시간을 활기차게 해 주는 한순간의 오락거리일 뿐이었다고 혼자 생각했다. 그리고 만약 자신이 창문을 날려 버려서 비가 안으로 들이쳤다면, 성가시게 딴 방으로 옮겨 가야만 했을 터였다. '다행이야, 정말.'

그러나 그날 밤은 제대로 잠을 이루지 못했고, 수차례 잠에서 깨어나 창문 쪽을 주시하곤 하며 저기서 귀신 같은 것이 두드리는 소리가 나는 걸 들었다고 확신했다. 그리고 만약 그 까마귀가 다시 저기에 내려앉는다면, 이제 도망가지 않을 작정이었다. 그는 소총의 안전장치를 풀었다.

그러나 까마귀는 다시 찾아오지 않았다.

다음 날 아침 판사는 다시 서쪽을 향해 나아갔다. 관절염은 더 나빠지진 않았지만 딱히 더 나아진 것도 아니었다. 11시를 막 지났을 때 점심을 먹으러 작은 카페에 차를 세웠다. 샌드위치와 보온병에 든 커피로 식사를 끝마쳤을 때, 커다란 검은 까마귀 한 마리가 날개를 펄럭이며 내려와 그 거리의 반 블록 위쪽에 있는 전신주 전선 위에 앉는 것이 보였다. 그것을 지켜보던 판사는 손에 든 빨간 보온 컵을 탁자와 입 중간에서 딱 멈춘 채, 넋을 잃었다. 간밤의 그 까마귀는 아니었다. 당연히 아니었다. 이제 수백만 마리의 까마귀들이 있을 게 틀림없으며 그것들 모두 포동포동하고 혈기 왕성할 것이었다. 까마귀 세상이었다. 하지만 저것이 어제와 똑같은 까마귀라고 느꼈고, 파멸의 예감과 함께 도처에서 체념이 스멀거리는 것을 느꼈다.

이제는 배도 고프지 않았다.

패리스 판사는 꿋꿋이 전진했다. 며칠 뒤 오후 12시 15분, 판사는 오리건 주 안으로 들어와 86번 고속도로를 따라 서쪽으로 이동하면서 코퍼필드라는 마을을 통과하고 있었다. 보비 테리가 지나가는 그를 쳐다보고 놀라서 턱을 늘어뜨렸던 싸구려 잡화점을 향해서는 눈길 한번 주지 않았다. 조수석에 있는 개런드 소총은 여전히 안전장치가 풀린 상태였고, 그 옆에는 실탄 한 상자가 있었다. 판사는 눈에 띄기만 하면 어떤 까마귀든 쏴 버리겠다고 결심한 후였다.

원칙은 단호했다.

"더 빨리! 좆같은 차 좀 빨리 몰 수 없냐?"

"보채지 좀 마, 보비 테리. 네가 경계를 게을리 해서 이렇게 된 건데 나를 닦달하면 적반하장이지."

데이브 로버츠는 싸구려 잡화점 옆 골목길 안에 앞머리를 바깥쪽으로 두고 주차해 놓았던 윌리스 인터내셔널 픽업트럭을 운전하는 중이었다. 보비 테리가 데이브를 깨워 일으켜 옷을 입게 하는 동안 스카우트에 탄 저 괴짜 늙은이는 그들보다 10분이나 앞서 나갔다. 비가 세차게 내리는 중이어서 주변의 시야가 나빴다. 보비 테리는 손에 쥔 윈체스터 소총을 무릎 위에 걸쳐 놓고 있었다. 허리띠 사이에 쑤셔 넣은 것은 45구경 콜트 권총이었다.

카우보이 장화, 청바지, 노란 비옷 외에는 아무것도 걸친 것이 없는 데이브가 보비를 대충 훑어보았다.

"방아쇠를 그렇게 꽉 쥐고 있다간 차 문짝에 구멍 내겠다, 보비 테리."

"어서 따라잡기나 해."

보비 테리가 말하고 나서 혼자 중얼거렸다.

"배때기. 영감의 배때기를 쏴야 해. 머리통에 흠집 내면 안 돼. 아무렴."

"혼잣말 좀 하지 마. 혼잣말하는 사람들은 혼자 자위하는 거야. 내 생각엔 그래."

"그 영감 지금 어딨지?"

"곧 따라잡을 거야. 네가 본 게 다 꿈이 아니라면. 만약 꿈꾼 거였다면 난 생각하기도 싫다, 형제여."

"꿈꾼 거 아냐. 스카우트가 지나갔다고. 그런데 그 영감이 옆길로 새면 어쩌지?"

"어디로 샐 건데?"

데이브가 물었다.

"주간 고속도로까지는 쭉 농장 도로밖에 없어. 농장 도로로 들어섰다간 10미터도 못 가서 차 흙받기, 사륜 구동 장치, 차체까지 전부 진흙탕 속에 빠질 텐데. 마음 푹 놔라, 보비 테리."

보비 테리가 비참한 표정으로 말했다.

"그럴 순 없어. 사막의 전신주 위에 내걸려서 바짝 말라 가는 기분이 어떨지 계속 신경 쓰여."

"마음 푹 놔도 된다니까! ……그리고 저길 봐! 보이지? 우린 지금 놈의 엉덩이 냄새를 맡고 있는 거야, 틀림없어!"

그들 앞에는 시보레와 덩치 큰 뷰익이 정면충돌한 현장이 수개월째 방치되어 있었다. 부서진 차들이 빗속에 드러누워 무덤에 안장되지 못한 고생물 마스토돈들의 썩은 뼈 무더기처럼 도로 한쪽 끝에서 반대편 끝까지 가로막고 있었다. 그 오른편으로는 새로 생긴 깊은 타이어 자국들이 갓길 위로 찍혀 있었다.

"저게 바로 그 사람이야. 저 자국들은 생긴 지 채 5분도 안 됐을 거야."

데이브가 충돌 현장을 피해 윌리스 픽업트럭을 우회시켰다. 갓길을 따라가느라 그들의 몸이 마구 덜컹거렸다. 데이브는 앞서서 판사가 그랬듯이 다시 도로 위로 차를 몰았고, 그들 모두 아스팔트 위로 스카우트의 타이어에서 묻어 나온 청어 가시 무늬의 진흙 자국을 목격했다. 다음 언덕 꼭대기에서, 그들은 몇 킬로미터 떨어진 둔덕 위로 이제 막 사라져 가는 스카우트를 목격했다.

"앗싸, 좋아! 작살내러 가자!"

데이브 로버츠가 부르짖었다.

액셀을 힘껏 밟자 윌리스 픽업트럭은 시속 100킬로미터에 육박했다. 와이퍼가 감당할 수 없을 정도로 차 앞 유리에 은빛 빗물이 번졌다. 둔덕 꼭대기에서 그들은 다시 스카우트를 목격했다. 더 가까웠다. 데이브가 전조등 스위치를 확 잡아당기고 발로 불빛 조절 스위치를 조작하기 시작했다. 얼마 후, 스카우트의 후미등이 깜빡거렸다.

"좋았어. 우리는 우호적으로 행동하는 거야. 놈이 차 밖으로 걸어 나오게 해야지. 조급하게 서둘지 마라, 보비 테리. 만약 우리가 제대로만 해내면, 라스베이거스에 있는 MGM 그랜드 호텔의 스위트룸을 차지할 거야. 일을 망쳤다가는 똥구멍이 꿰뚫리는 거고. 그러니 경거망동하지 마. 놈이 차 밖으로 걸어 나오게 해."

"맙소사, 왜 저 인간은 로비넷으로 곧장 가지 않고 하필 여기로 온 거야?"

보비 테리가 칭얼거렸다. 그의 두 손이 윈체스터 소총 위에 고정되었다.

데이브가 그의 손을 찰싹 때렸다.

"그 소총도 가지고 나가면 안 돼."

"하지만……."

"닥쳐! 얼굴에 미소나 지어라, 병신아!"

보비 테리가 씩 웃었다. 놀이동산 유령의 집에 나오는 광대의 기계적인 웃음을 보는 것 같았다.

데이브가 딱딱거렸다.

"쓸모없는 녀석 같으니. 내가 나가야겠다. 너는 이 빌어먹을 차나 지키고 있어."

그들은 두 바퀴를 포장도로에 나머지 두 바퀴를 부드러운 갓길 땅에 걸쳐 놓은 채 엔진을 공회전시키고 있는 스카우트에 바짝 붙어 정차했다. 웃음 지으면서, 데이브가 차 밖으로 나왔다. 두 손을 노란 비옷의 양쪽 주머니에 찔러 넣었다. 왼쪽 주머니에 38구경 폴리스 스페셜 권총이 들어 있었다.

판사가 조심스럽게 스카우트에서 내려왔다. 그도 또한 노란 비옷을 입고 있었다. 조심스럽게 걸으며, 깨지기 쉬운 꽃병을 안고 가듯 자신의 몸을 가누었다. 관절염이 호랑이 떼처럼 판사의 몸 안에서 활개 치고 다녔다. 왼손에는 개런드 소총을 들고 있었다.

"이봐요. 그걸로 나를 쏘려는 건 아니죠, 그렇죠?"

윌리스 트럭에서 나온 남자가 친근한 미소를 날리며 말했다.

"쏘려는 건 아니올시다."

판사가 말했다. 그들은 쏟아지는 빗소리보다 크게 들리도록 소리를 질렀다.

"당신은 틀림없이 코퍼필드에 있었을 것 같은데."

"맞아요. 난 데이브 로버츠예요."

데이브가 오른손을 내밀었다.

"패리스가 내 이름입니다."

판사가 말하며 자신의 오른손을 내밀었다. 윌리스 픽업트럭의 조수석을 힐끔거린 그는 보비 테리가 몸을 밖으로 기울인 채 양손에 45구경 권총을 잡고 있는 것을 목격했다. 빗물이 총신에서 뚝뚝 떨어지고 있었다. 시체같이 창백한 보비의 얼굴은 여전히 유령의 집에 나오는 광기 어린 웃음으로 굳어 있었다.

"이런 개새끼가."

판사가 중얼거리며 빗물에 미끈거리는 로버츠의 손아귀에서 자신의 손을 빼내자 로버츠가 비옷 주머니 속에서 그대로 총을 쐈다. 총알이 판사의 위장 바로 아래 몸통을 갈아엎으면서 휘저어 놓은 다음, 찌그러지면서 척추 오른쪽으로 튀어나오더니 찻잔 접시만 한 크기의 출구 구멍을 남겨 놓았다. 손에 든 개런드 소총이 도로 위로 떨어지면서 판사는 스카우트의 열린 운전석 문 안으로 튕겨 들어갔다.

그들 중 어느 누구도 도로의 먼 곳에 있는 전신주에 퍼덕거리며 내려앉은 까마귀를 알아차리지 못했다.

데이브 로버츠가 일을 마무리 지으려고 한 걸음 앞으로 나아갔다. 그러자 보비 테리가 윌리스 픽업트럭의 조수석 창문에서 총을 발사했다. 총알이 로버츠의 목을 관통하며 송두리째 찢어발겼다. 맹렬히 뿜어져 나온 핏물이 로버츠의 비옷 앞쪽에 폭포처럼 흘러내려 빗물과 섞였다. 보비 테리를 향해 몸을 돌린 로버츠는 놀라움 속에서 죽어 가며 소리 없이 턱을 움찔거렸고 눈이 돌출되었다. 발을 끌고 두 걸음 앞으로 나아가는 그의 얼굴에서 놀라움이 사라졌다. 얼굴에서 모든 것이 사라졌다. 그는 쓰러져 죽었다. 비가 비옷의 등을 후드득 두들겼다.

"아아, 씨발, 이걸 어째!"

보비 테리가 극도로 당황해서 외쳤다.

판사는 생각했다. '관절염이 사라졌군. 만약 내가 살아날 수만 있다면 의사들을 어안이 벙벙하게 해 줄 텐데. 관절염 치료법은 바로 복부에 총알을 맞는 거였어. 오 하나님 맙소사, 저들이 숨어서 나를 기다리고 있었구나. 플랙이 그들한테 말해 준 것인가? 분명히 그랬겠지. 위원회에서 여기로 보낸 다른 사람들은 부디 주님께서 도와주시기를…….'

개런드 소총이 도로 위에 놓여 있었다. 판사는 그것을 집으려 몸을 수그리며, 창자가 몸 밖으로 왈칵 쏟아지려는 것을 느꼈다. 이상한 느낌이었다. 유쾌하진 않았다. 하지만 신경 쓸 일은 아니었다. 판사는 총을 잡았다. 안전장치가 풀려 있던가? 그랬다. 천천히 총을 집어 들었다. 무게가 천근만근 나가는 듯싶었다.

보비 테리는 그제야 데이브한테서 넋 나간 시선을 거두고 때마침 판사가 자기를 쏘려고 준비하는 장면을 목격했다. 판사는 도로에 주저앉고 있었다. 비옷이 가슴에서 밑단까지 피로 빨갰다. 판사가 개런드의 총신을 무릎 위에 고정했다.

보비가 잽싸게 한 발 쐈지만 빗나갔다. 개런드가 웅장한 천둥소리를 내며 발사되었고 삐죽삐죽한 유리가 보비 테리의 얼굴에 흩날렸다. 보비는 비명을 지르며, 자신이 죽었다고 확신했다. 곧이어 차 앞 유리의 왼쪽 절반이 없어진 것을 보았고 자신이 여전히 정상 작동 중이라는 것을 깨달았다.

판사가 굼뜬 동작으로 다시 똑바로 조준하며, 개런드의 가늠자를 무릎 위에서 2도 정도 돌렸다. 이미 신경이 걷잡을 수 없이 날카로워진 보비 테리가 재빨리 연속으로 세 발을 쏘았다. 첫 번째 총알이 스카우트 운전석 옆면에 구멍을 꿰뚫었다. 두 번째 총알은 판사의 오른쪽 눈 위를 강타했다. 45구경은 대형 권총이어서 가까운 거리에서는 엄청나게 불쾌한 상황을 연출한다. 이 총알이 판사의 두개골 윗면을 거의 전부 걷어 내 스카우트 안으로 내팽개쳤다. 머리가 완전히 뒤로 젖혀졌고, 보비 테리의 세 번째 총알이 아랫입술 바로 밑을 강타해 입 안의 이빨들을 폭발시키자, 판사는 최후의 호흡과 함께 그것들을 빨아들였다. 턱과 턱뼈가 붕괴되었다. 판사의 손가락이 죽음의 경련을 일으키며 개런드의 방아쇠를 마구 당겼지만 총알은 비 내리는 하얀 하늘 속으로 무작정 돌진했다.

정적이 내려앉았다.

비가 스카우트와 윌리스의 지붕을 두들겼다. 죽은 남자 두 명의 비옷 위도. 오직 빗소리만이 들리는 가운데 까마귀가 소란스럽게 깍깍 울어 대며 전신주에서 날아올랐다. 그 바람에 보비 테리는 멍한 상태에서 벗어나 화들짝 놀랐다. 그는 천천히 조수석에서 내리며, 연기 나는 45구경 총을 계속 움켜쥐고 있었다.

보비가 빗속에 대고 은밀하게 속삭였다.

"내가 해냈어. 영감의 엉덩이를 날려 버렸어. 아무렴 그랬지. 오케이 목장의 결투 저리 가라였어. 졸라 끝내 줬다고. 유능한 보비 테리께서 아주 야무지게 죽여 놓았다니까."

하지만 서서히 공포가 찾아들면서 보비는 마침내 자신이 없앤

것이 판사의 엉덩이가 아니었음을 깨달았다.

판사는 스카우트 속에 몸을 뒤로 젖힌 채 죽었다. 보비 테리는 판사의 비옷 옷깃을 움켜잡고 앞으로 확 잡아당겨 죽은 얼굴에 남아 있는 것을 응시했다. 정말로 코만 빼고 아무것도 남은 것이 없었다. 사실대로 말하면, 코마저도 그리 온전한 모양새가 아니었다.

누군지 알아볼 수 없을 정도였다.

꿈결처럼 공포에 떨며, 보비 테리는 다시금 플랙이 말하는 소리를 들었다.

"나는 그를 손상되지 않은 상태로 돌려보내고 싶노라."

'아이고 하나님, 이건 숫제 누군지도 몰라볼 정도입니다요.' 마치 자기가 일부러 걸어 다니는 멋쟁이의 명령과는 정반대로 일을 저질러 놓은 듯 보였다. 얼굴에 정통으로 두 발이나 쐈다. 이빨조차도 사라져 버렸다.

비가 후드득 후드득 내린다.

일이 이렇게 돼 버렸다. 그게 다였다. 보비는 감히 동쪽으로 갈 순 없었고, 그렇다고 서쪽에 머무를 수도 없었다. 십자가 전신주에 올라탄다든가 아니면…… 더 나쁜 일에 휘말릴 것이다.

더 나쁜 일이란 게 있을 수가 있나?

히죽거리는 우두머리 괴물과 함께라면 더 나쁜 일도 생길 수 있다는 것을 보비 테리는 일말의 의심도 하지 않았다. 그래서 해결책은 무엇이런가?

두 손으로 머리칼을 훑으며, 망가진 판사의 얼굴을 내려다보며 생각하려 애썼다.

남쪽. 그것이 해결책이었다. 남쪽. 국경 경계병들이 하나도 없는 방향. 남쪽으로 멕시코까지 가자. 만약 그도 충분치 않으면, 과테말라, 파나마, 아니면 좆같은 브라질까지라도 계속 멀리 내려가는 것이다. 완전히 엉망진창 되어 버린 상황에서 발을 빼는 것이다. 동쪽도 안 되고, 서쪽도 안 된다. 보비 테리가 걸어 다니는 멋쟁이한테서 안전하게 멀리 벗어나려면 오로지 역마살이 낀 그의 낡은 신발이 이끄는 대로……

비 내리는 오후에 생겨난 새로운 소리.

보비 테리가 머리를 왈칵 위로 쳐들었다.

비, 그렇다. 차량 두 대의 차체에서 쇠 드럼 두드리는 소리가 나고 있었다. 그리고 공회전하는 두 개의 자동차 모터가 으르렁대는 소리, 그리고……

저벅저벅하는 이상한 소리. 지선 도로의 자갈을 따라 닳아 빠진 장화 굽이 급하게 왔다 갔다 하는 것 같은.

"안 돼."

보비 테리가 속삭였다.

그는 몸을 돌리기 시작했다.

저벅거리는 소리가 속력을 내고 있었다. 빠른 걷기, 총총걸음, 천천히 달리기, 뜀박질, 전력 질주. 보비 테리는 마구 우왕좌왕했지만 이미 너무 늦었다. 그 남자가 다가오고 있었다. 이제껏 만들어진 중에서 가장 오싹한 영화에 나오는 소름 끼치는 괴물처럼 플랙이 다가오고 있었다. 다크맨의 뺨은 기분 좋은 홍조를 띠었고, 두 눈은 만족스럽고 친근한 동료애로 빛나고 있었다. 굶주림에 걸신들린 미소와 함께 묘비처럼 거대한 이빨, 상어 이빨 위로 입술이 쭉 말려 올라가며 두 손이 앞으로 뻗어 나왔고, 머리칼에서는 빛나는 까만 까마귀 깃털들이 나부꼈다.

'안 돼.' 보비 테리는 말하려고 애썼지만, 아무 말도 나오지 않았다.

"야, 보비 테리, 네가 일을 어엉엉엉엉망으로 망쳐 버렸어!"

다크맨이 고래고래 소리지르며 불운한 보비 테리를 덮쳤다.

십자가에 못 박히는 것보다 더 나쁜 일은 정말로 있었다.

이빨로 물어뜯기는 일이었다.

제62장

커다란 더블베드에 벌거벗고 누운 데이나 저겐스는 샤워실에서 연방 새 나오는 물소리를 들으며 천장에 붙은 대형 원형 거울에 비친 자신의 모습을 올려다보았다. 거울의 모양과 크기가 그 속에 비치는 침대와 정확히 똑같았다. 데이나는 똑바로 드러누워 팔다리를 뻗어서 배가 편평해지고 유방이 중력 때문에 수직으로 처지지 않고 자연스럽게 곧추섰을 때, 바로 이때 여성의 육체가 가장 아름다워 보인다고 생각했다. 9월 8일 오전 9시 30분이었다. 판사가 죽은 지 대략 18시간이 지났고 보비 테리가 죽은 지는 그보다 덜 지난 때였다. 불행한 보비.

샤워기 물이 계속 또 계속 쏟아졌다.

데이나는 생각했다. '청결 강박증에 걸린 남자가 있네. 무슨 일이 있었기에 쉬지 않고 샤워를 30분씩이나 하는지 궁금한걸?'

데이나의 생각이 판사한테로 되돌아갔다. 누가 상상이나 할 수 있을까? 나름대로 엄청 기발한 아이디어였다. 누가 노인을 의심한단 말인가? 저런, 플랙은 의심했다. 그런 듯싶었다. 어찌 된 셈인지 플랙은 때와 대체적인 장소를 알아차렸다. 감시선이 아이다호와 오리건의 경계를 쭉 따라서 설치된 것이다. 그 노인을 죽이라는 명령과 함께.

그러나 감시 임무는 웬일인지 실패하고 말았다. 어젯밤 저녁 식사 시간 이래로, 여기 라스베이거스의 높으신 양반들은 풀이 죽은 얼굴로 눈을 내리깔고 돌아다녔다. 예전엔 우라지게 훌륭한 요리사였다는 휘트니 호건이 개 먹이처럼 생긴 데다 너무 까맣게 태워 아무 맛도 없는 음식을 내놓았다. 판사는 죽었지만, 뭔가 일이 틀어졌다.

데이나는 일어나 창가로 걸어가서 사막을 내다보았다. 라스베이거스 고등학교의 대형 버스 두 대가 뜨거운 햇살 속에서 95번 도로 서쪽으로 굴러 가며 인디언스프링스 공군 기지로 향하는 것이 보였다. 그녀가 알기에는 그 기지는 제트기의 기능과 기술에 관한 세미나가 지속적으로 매일 열리는 곳이었다. 서쪽에는 비행하는 법을 아는 사람이 열 명도 넘게 있었지만, 자유 지대한테는 너무나 다행스럽게도 그들 중 아무도 인디언스프링스의 주 방위군 제트기를 몰고 나갈 능력을 갖추지 못했다.

그러나 그들은 기술을 익히고 있었다. 맙소사, 사실이었다.

판사가 죽고 나서 데이나가 지금 당장 가장 중요하다고 여긴 사실은, 알아차릴 만한 여지가 없었는데도 그들이 침투를 알아차렸다는 것이었다. 자유 지대 안에 저들이 심어 놓은 스파이가 있었나? 그럴 수도 있을 것 같았다. 이쪽에서 스파이 짓을 하는데 저

쪽이라고 그런 짓을 못 할 이유가 없으니까. 하지만 수잔 스턴은 서쪽으로 스파이들을 보내자는 결정이 순전히 위원회 내부에서만 이루어졌다고 말한 바 있었다. 그래서 데이나는 일곱 명의 위원들 중 누군가가 플랙의 노리개가 되었을 가능성에 대해선 매우 회의적이었다. 만약 위원회 중 한 명이 부패했다면 우선 마더 애버게일이 알아차렸을 터이니. 그 점은 확신할 수 있었다.

그렇다면 매우 밥맛 떨어지는 대안만 남았다. 플랙 자신이 그냥 스스로 알아차렸던 것이다.

데이나는 오늘로 라스베이거스에 온 지 8일이 되었고, 자신이 이곳 공동체에서 완전히 인정받는 구성원이 되었다고 장담할 수 있었다. 그녀는 볼더에 있는 모든 이들을 깜짝 놀라게 하려고 여기에서 벌어지고 있는 작전에 관해 벌써 아주 많은 정보를 축적해 놓았다. 거기에다 제트기 훈련 프로그램에 관한 소식만 추가하면 안성맞춤일 것이었다. 그런데 그녀가 보기에 가장 섬뜩했던 것은 플랙의 이름을 언급하면 사람들이 고개를 돌려 버리는 모습, 못 들은 척 시치미 떼는 모습이었다. 그들 중 일부는 액막이를 위해 집게손가락에 가운뎃손가락을 포개거나, 한쪽 무릎을 꿇거나, 주먹에서 검지와 새끼를 뻗어 사악한 눈동자를 물리치는 표시를 둥그스름하게 오므린 손 뒤에다 만들곤 했다. 플랙은 실존하는가 하면 또 실존하지 않는 위대한 인물이었다.

그것은 낮 동안의 일이었다. 밤에는 그랜드 호텔의 커브 바나 캐시박스 호텔의 실버 슬리퍼 룸에 가만히 앉아 있다 보면 그 남자, 그 신화적 인물의 기원에 관한 이야기를 들을 수 있었다. 사람들은 서로 쳐다보지도 않고 천천히 더듬더듬 이야기하면서 주로

맥주를 마셨다. 만약 더 강한 술을 마셨다간 입이 자제력을 잃을지도 몰랐고, 그것은 위험한 일이었다. 데이나는 그들이 말하는 것이 다 진실은 아니라는 것을 알았지만, 옷 전체에서 금박으로 수놓은 장식만 떼어 놓고 생각하기란 불가능한 일이었다. 그 남자는 변신 능력이 있다, 늑대 인간이었다, 직접 전염병을 퍼뜨리기 시작했다, 요한 계시록에서 등장을 예고한 적그리스도다 따위의 얘기를 들었다. 데이나는 헥터 드로건이 십자가에 못 박힌 일에 관해서도 들었는데, 그 남자가 헥이 마약 놀이를 하고 있다는 사실을 저절로 알았다는 것이다…… 마치 판사가 달려오는 중이란 사실을 저절로 알아차렸던 것처럼.

이런 야밤의 토론에서 그는 절대 플랙이라고 언급되지 않았다. 사람들은 그를 이름으로 불렀다가는 램프에서 요정이 나오듯 그가 나타날 것으로 믿는 듯했다. 사람들은 다크맨이라고 불렀다. 걸어 다니는 멋쟁이라고도 불렀다. 키 큰 남자라고도 불렀다. 그리고 래티 어윈스는 능구렁이 유다라고 불렀다.

만약 그 남자가 판사에 관해 알아차렸다면, 그녀의 존재도 알아차렸다는 것이 논리적으로 옳지 않겠는가?

샤워기가 멈췄다.

'차분히 생각해, 이쁜아. 그 남자는 미신 같은 숭배 의식을 조장하는 거야. 그래야 자신이 더욱 대단해 보이니까. 자유 지대 안에 스파이를 심어 두고 있을 가능성도 있잖아. 꼭 위원회 사람이어야 할 필요는 없어. 그저 패리스 판사는 망명자 타입이 아니라고 그 남자한테 일러 줄 만한 사람이면 되는 거잖아.'

"그렇게 아무 옷도 걸치지 않은 알몸으로 돌아다니지 말았어야지, 달콤한 엉덩이. 또다시 나를 발딱 서게 했잖아."

데이나는 그를 향해 돌아서서 화사하고 유혹적인 웃음을 지어 보이며, 그를 아래층 주방으로 끌고 가 그리도 우라지게 자랑스러워하는 그의 거시기를 휘트니 호건의 공업용 고기 분쇄기 안에다 쑤셔 넣었으면 좋겠다고 생각했다.

"내가 왜 아무것도 걸치지 않은 채 돌아다니고 있었을까요?"

그가 손목시계를 쳐다보았다.

"글쎄, 우리한테 40분 정도 시간 여유가 있기 때문이겠지."

그의 물건이 벌써 까딱거리기 시작했다. '수맥 찾는 막대기 같네.' 데이나는 냉소적으로 생각했다.

"자, 이리 와요."

그가 다가오자 데이나는 그의 가슴을 가리켰다.

"그리고 그것 좀 떼요. 섬뜩하니까."

로이드 헨리드가 붉은 흠집이 난 검은 눈물방울 모양의 부적을 내려다보았다. 로이드가 그것을 풀어서 침대 옆 탁자 위에 올려놓자 정교하게 연결된 목걸이 사슬이 자그맣게 차르륵 떨어지는 소리를 냈다.

"맘이 편해졌어?"

"훨씬 편해졌어요."

데이나가 두 팔을 벌렸다. 로이드가 그녀 위로 올라탔다. 그러고 나서 잠시 후 그녀 안으로 파고들었다.

"내 거시기 맘에 들어?"

그가 헐떡거렸다.

"감촉이 맘에 들어, 이쁜아?"

"아아, 좋아요."

데이나는 신음하며, 온통 하얀 에나멜과 번들거리는 쇠로 된 고기 분쇄기를 생각했다.

"뭐라고?"

"좋다고 말했잖아요!"

그녀가 날카롭게 소리쳤다.

곧이어 데이나는 오르가슴을 느끼는 양 엉덩이를 거칠게 들썩거리며 울부짖었다. 로이드가 몇 초 뒤에 사정했다.(그녀는 지금까지 나흘 동안 로이드의 침대를 함께 써 오며 그의 섹스 리듬에 완벽하게 맞추어 주었다.) 데이나는 그의 정액이 자신의 허벅지에 흐르는 것을 느끼다 우연히 침대 옆 탁자에 눈길이 닿았다.

검은 돌.

붉은 흠집.

그것이 데이나를 노려보고 있는 것 같았다.

데이나는 자신을 노려보는 것이 인간성이라는 콘택트렌즈를 벗어 던진 '그 남자'의 눈동자라고 생각했다. 『반지의 제왕』에서 어둠이 깔린 모르도르에 있는 바랏두르의 검은 성채에서 프로도를 노려보았던 사우론의 눈동자처럼, 그것이 자신을 노려보고 있었다는 무시무시한 생각이 퍼뜩 들었다.

'그것이 나를 보고 있어.' 데이나는 분별력이 다시 생겨나기 전인 무방비 상태의 그 순간에 절망적인 공포에 휩싸여 생각했다. '더 무서운 사실, 그것은 나를 '꿰뚫어' 봐.'

이윽고 데이나가 기대한 대로 로이드가 이야기를 털어놓았다. 그것 역시 로이드의 섹스 습관 중 일부였다. 데이나의 맨 어깨에 팔을 두른 채 담배를 피우고, 침대 위 거울 속에 비친 그들의 모습을 올려다보며 진행 중인 일을 그녀한테 이야기했던 것이다.

"내가 보비 테리 신세가 아니라서 천만다행이야. 생각만 해도 끔찍하거든. 두목님께서는 그 늙은 첩자의 머리통이 멍 자국 하나 없이 말끔하기를 바라셨어. 그 머리통을 로키 산맥 너머로 다시 돌려보내기를 바라셨다고. 그런데 해 놓은 꼬락서니 좀 보라지. 그 얼간이들이 45구경 실탄 두 발을 늙은이 얼굴에 처박았단 말이야. 아주 가까운 거리에서. 난 보비가 그런 처벌을 받을 만했다고 생각해. 내가 그 현장에 없었으니 다행이지."

"보비에게 무슨 일이 있어났는데요?"

"달콤한 엉덩이 양, 묻지 마."

"일이 잘못된 걸 어떻게 알아차렸어요? 왕초는?"

"그분이 현장에 계셨어."

데이나는 오한을 느꼈다.

"현장에 딱 나타났단 말이에요?"

"그렇다니까. 그분은 말썽이 생기는 곳이면 어디든지 딱 나타나신다고. 아이고 맙소사, 나랑 쓰레기통이랑 함께 로스앤젤레스로 갔던 그 건방진 변호사 에릭 스트렐러튼한테 그분이 하셨던 일을 생각만 하면……."

"그분이 어떻게 했는데요?"

한동안 데이나는 로이드가 대답하리라고 생각하지 않았다. 지금까지는 대체로 가벼운 질문들을 공손하게 연달아 물어서 원하는 방향으로 그를 부드럽게 몰고 갈 수 있었다. 로이드가 자신이 마치 ('결코 잊히지 않는' 데이나의 여자 친구 말마따나) 똥 무더기 산의 왕똥이라도 되는 양 느끼게끔 해 주는 식이었다. 그러나 이번엔 지나치게 몰아댄 건 아닌지 걱정하는 순간 로이드가 우스꽝스러운 목소리로 말했다.

"그분은 그저 변호사 놈을 바라보기만 하셨을 뿐이야. 에릭 녀석은 라스베이거스를 자기 생각대로 운영해야 한다고 온갖 넌덜머리 나는 헛소리를 쏟아 내는 중이었어…… 이렇게 해야 해, 저렇게 해야 해, 감 놔라 대추 놔라. 제정신이 아닌 불쌍한 쓰레기는 그분이 텔레비전 스타라도 되는 양 그저 빤히 쳐다보고만 있었고. 에릭은 배심원한테 연설하는 것처럼 또 자기가 마음먹은 대로 이미 확정되기라도 한 것처럼, 이리저리 건방을 떨며 걸어 다니는 중이었지. 그러다 '그분' 이 말씀하시는 거야, 진짜 부드럽게. '에릭.' 그렇게 말이야. 그러자 에릭이 그분을 바라보았어. 난 아무것도 못 봤어. 그런데 에릭은 한참 동안 그분을 빤히 바라보았어. 한 5분 정도. 놈의 눈이 점점 마구 커졌어…… 그러다 침을 흘리기 시작했고…… 곧이어 낄낄거리기 시작했지…… 그리고 '그분' 도 에릭을 따라서 똑같이 낄낄거리셨고. 그래서 나는 겁이 났어. 플랙 님이 웃으실 땐, 듣는 사람은 겁나게 마련이거든. 그런데 에릭은 마냥 낄낄거리기만 했고, 그러자 '그분' 이 말씀하셨어. '돌아갈 때 에릭을 모하비 사막에 떨어뜨려 놓고 가라.' 우리는 그렇게 했지. 그래서 내가 알기로는 에릭은 지금까지도 그곳에서 헤매고 다니는 중이야. 그분은 5분 동안 바라보신 것만으로 에릭을 정신 나간 상태로 이끄신 거라고."

로이드는 담배를 한 모금 힘껏 빨고 재떨이에 꽁초를 찌그러뜨렸다. 그러고는 데이나의 몸에 팔을 둘렀다.

"왜 우리가 그따위 똥 같은 일을 이야기하고 있는 거지?"

"나도 모르겠네요…… 인디언스프링스 쪽 일은 어떻게 돼 가요?"

로이드가 밝아졌다. 인디언스프링스 프로젝트는 로이드의 자랑거리였다.

"잘되고 있어. 정말 잘돼 가. 10월 1일까지는 스카이호크 전투기를 몰고 나갈 수 있는 인원이 세 명쯤 생길 거야. 어쩌면 시기가 더 빨라질 수도 있고. 행크 로손은 대단한 사람이더군. 그리고 그 쓰레기통맨, 그 녀석은 좆나 천재야. 몇 가지 면에서는 나사가 풀린 것도 같지만 무기에 관한 일이라면, 믿기 어려울 만큼 굉장해진다고."

데이나는 쓰레기통맨을 두 번 만났다. 두 번 다 기묘하게 흐리멍텅한 그의 눈이 자신한테 시선을 멈췄을 때 온몸에 냉기가 훑고 지나가는 느낌을 받았고, 그 눈길이 지나가고 나서는 후련한 안도감 같은 것을 느꼈다. 로이드, 행크 로손, 로니 사이크스, '쥐 남자'를 비롯한 대다수 사람들이 쓰레기통맨을 일종의 마스코트로, 행운의 부적으로 여기고 있음이 분명했다. 쓰레기의 한쪽 팔은 화상 입었던 피부 조직이 최근에 아물어 가는 징그러운 덩어리였다. 데이나는 이틀 전 밤에 벌어졌던 특이한 일이 생각났다. 행크 로손이 말하던 중이었다. 담배를 입에 물고 성냥으로 불을 켰고, 말을 끝내고 나서 담배에 불을 붙이고는 그 성냥불을 흔들어 껐다. 데이나는 쓰레기통맨의 눈길이 성냥불의 불꽃을 향하면서 그의 호흡이 한순간 멎은 듯했던 모습을 보았다. 마치 쓰레기통맨의 목숨이 통째로 자그마한 그 불꽃에 초점을 맞춘 것 같았다. 아홉 가지 코스의 만찬 요리를 기대하고 있는 굶주린 사람을 지켜보는 기분이었다. 행크가 성냥불을 흔들어 끄고 까매진 성냥 토막을 재떨이 안으로 떨어뜨렸다. 그러자 숨 막히던 그 순간이 끝났다.

"그 사람이 무기에 능통한가 보죠?"

데이나가 로이드한테 물었다.

"쓰레기통맨은 무기만 만났다 하면 굉장해져. 스카이호크기는 날개 밑에 공대지 미사일을 장착하지. 때까치(Shrike) 미사일. 어쩌다 그따위 허접스러운 이름을 붙여 놓았는지 이상해. 안 그래? 그런데 아무도 어떻게 그 빌어먹을 미사일을 비행기로 운반하는지 알아낼 수가 없었어. 미사일 장착하는 법이나 보호 장치를 해제시키는 법을 아무도 알 수가 없었단 말이야. 맙소사, 우린 미사일을 보관대에서 떼어 내는 법을 이해하는 데만도 거의 하루가 걸렸다고. 그러니까 행크가 그러는 거야. '쓰레기통이 돌아오면 여기로 데리고 와서 해결할 수 있는지 물어봐야겠군.'"

"쓰레기통이 돌아오면?"

"그래, 쓰레기통은 웃기는 녀석이야. 지금껏 거의 일주일 동안 라스베이거스에 머물더니만, 또 금방 떠나려고 해."

"어디로 가는데요?"

"사막으로. 랜드로버를 잡아타고 훌쩍 떠나는 거지. 쓰레기는 이상한 녀석이야, 정말로. 나름대로는 거의 우리 왕초만큼이나 이상하다고. 이곳의 서쪽은 오로지 텅 빈 사막과 하나님한테 버림받은 황무지만 있을 뿐인데. 내가 잘 알거든. 나는 훨씬 더 서쪽에 있는 브라운스빌 교도소란 지옥 구덩이에서 형기를 치렀단 말이야. 그런 땅에서 어떻게 지내는지 잘 모르겠지만, 쓰레기는 잘 지내더라고. 항상 새로운 장난감을 찾으러 나가서 그런 걸 몇 개씩 들고 돌아오더군. 나와 함께 로스앤젤레스에 갔다 온 후 일주일쯤 지나서, 쓰레기가 레이저 조준경이 달린 군용 기관총을 한 무더기 갖고 돌아왔어. 절대 빗나가지 않는 기관총이라고 행크가 그러더라고. 요번에 갖고 온 건 대전차 지뢰들, 촉발 지뢰들, 파편 지뢰들, 파라티온 살충제 깡통 하나였어. 쓰레기 말로는 파라티온이 엄청나게 비축되어 있는 걸 발견했대. 게다가 콜로라도 주 전체를 달걀같은 민둥산으로 바꿔 놓을 만큼 많은 고엽제도."

"그런 걸 어디서 찾아내는 거예요?"

"온 사방에서."

로이드가 간단히 대답했다.

"쓰레기는 그런 것의 냄새를 기가 막히게 맡는단다, 달콤한 엉덩이 양. 사실 그리 이상한 일도 아냐. 서부 네바다와 동부 캘리포니아 대부분이 착하고 다정한 미군의 소유였으니. 그곳은 군대가 자기네 장난감을 실험했던 장소거든. 원자폭탄까지도 말이지. 언젠가는 쓰레기가 원자폭탄도 하나 끌고 오겠지."

로이드가 웃어 댔다. 데이나는 한기를, 지독한 한기를 느꼈다.

"슈퍼 독감이 요 부근 어딘가에서 시작되었어. 돈이라도 걸 수 있다고. 어쩌면 쓰레기가 찾아내고 말 거야. 너한테만 말해 주는데, 그 친구는 그런 분야의 냄새를 아주 기가 막히게 맡아. 왕초께서 말씀하시길 쓰레기통의 머리를 잡지 말고 그냥 놔둬서 제 맘껏 달리게 하라는 거야. 그리고 그런 게 쓰레기가 하는 일이라는 거지. 지금 당장 쓰레기가 제일 좋아하는 장난감이 뭔지 알아?"

"아니오."

데이나는 자신이 알고 싶어 하는지조차도 몰랐지만…… 그럼 무얼 하러 여기로 넘어왔단 말인가?

"화염 트랙."

"화염 트럭이 뭔데요?"

"트럭이 아니라, 트랙. 화염 방사기 달린 장갑차래. 쓰레기가 그거 다섯 대를 인디언스프링스 기지 바깥에다 포뮬러 원 경주용 차들처럼 쭉 늘어놨더군."

로이드가 웃음을 터뜨렸다.

"베트남전에서 사용했던 거야. 보병들은 그걸 지포 라이터라고 불렀어. 속에 네이팜 젤리가 가득 차 있거든. 쓰레기는 그런 걸 좋아해."

"굉장하군요."

데이나가 중얼거렸다.

"어쨌든 쓰레기가 돌아왔을 때, 우리는 녀석을 스프링스로 데려갔어. 쓰레기는 그 때까지 미사일 주위에서 웅얼웅얼 중얼거리더니 대략 여섯 시간 만에 작동 준비를 갖추어서 비행기에 탑재하더라고. 그게 믿기니? 공군 기술자들이 그런 걸 다루려면 90년 정도는 훈련을 받아야 한단 말이야. 하지만 게네들은 쓰레기가 아니니까 뭐. 쓰레기는 좆나 천재야."

'백치 천재를 말하는 거로군. 어쩌다 그런 화상을 입었는지도 알 만해.'

로이드가 손목시계를 보더니 일어나 앉았다.

"인디언스프링스에 관해 이야기하자면, 나 그리로 나가 봐야 해. 딱 샤워 한 번 할 시간밖에 없네. 같이 할래?"

"이번엔 통과."

샤워기에서 다시 물이 쏟아지기 시작하자 데이나는 옷을 입었다. 여태껏 항상 로이드가 방에서 나간 다음에 옷을 입거나 벗었는데, 데이나가 부단히 지켜 나가고자 애쓰는 습관이었다.

데이나는 팔뚝에 칼집을 매고 튀어나온 칼날을 스프링 장치 속으로 밀어넣었다. 손목을 민첩하게 꺾으면 30센티미터 길이의 칼이 손안으로 튀어나오게 되어 있었다.

데이나는 잽싸게 블라우스를 입으며 생각했다. '그래, 처녀는 모름지기 '어느 정도' 비밀을 가지고 있어야 해.'

오후마다 데이나는 가로등 유지 보수 작업반에서 일했다. 그 일은 간단한 도구를 이용해 전구를 검사하고 만약 전구가 끊어졌거나 라스베이거스가 슈퍼 독감의 손아귀에 있는 동안 난봉꾼들에 의해 깨졌다면 새것으로 교체하는 일이었다. 네 사람이 그 일을 담당했다. 그들은 이동식 크레인 트럭을 타고 이 가로등 기둥에서 저 가로등 기둥으로, 이 거리에서 저 거리로 옮겨 다녔다.

그날 오후 늦게, 데이나는 이동식 크레인에 올라타 가로등에서 아크릴 유리 덮개를 벗겨 내면서 함께 일하는 동료들을 자신이 얼마나 많이 좋아하는지 곰곰이 생각해 보았다. 지금은 이동식 크레인의 조종 장치를 다루는 터프하고 아름다운 전직 나이트클럽 댄서인 제니 엥스트롬을 특히 좋아했다. 제니는 데이나가 애인으로 삼고 싶은 타입의 여자였으나 제니가 여기에, 다크맨의 편에 있다는 사실 때문에 데이나는 혼란스러웠다. 너무나 혼란스러워서 여기 있는 이유가 대체 무엇이냐고 제니한테 물어보지도 못했다.

나머지 동료들 또한 좋았다. 자유 지대보다는 라스베이거스의 멍청이 비율이 훨씬 더 높다고 생각되었지만 여기 사람들 중 누구도 송곳니가 길게 삐죽 튀어나와 있지 않았고, 달이 떴다고 박쥐로 변하지도 않았다. 또한 그들은 데이나가 기억하는 자유 지대 사람들보다 훨씬 열심히 일했다. 자유 지대에서는 온종일 공원에서 빈둥거리는 사람들이 보였고, 점심시간을 12시부터 2시까지로 하는 사람들도 있었다. 이곳에선 그런 일이 없었다. 오전 8시부터 오후 5시까지 모든 사람이 일하고 있었다. 인디언스프링스든 여기 도시 안에 있는 유지 보수 작업반이든 마찬가지였다. 학교도 다시 열렸다. 라스베이거스에는 약 스무 명의 아동이 있었으며 연령대는 네 살(그 주인공은 다니엘 맥카시였고, 디니라는 애칭으로 모든 도시 사람의 귀염둥이였다.)부터 열다섯 살까지였다. 교사 자격증이 있는 사람이 두 명 있었고 수업은 일주일에 5일이었다. 초등학교를 세 번이나 유급하고 끝내 자퇴했던 로이드는 교육의 기회가 제공되고 있다는 것을 무척 자랑스러워했다. 약국도 문을 열어 일반에 공개되었다. 사람들이 줄곧 들락날락했지만…… 그들은 아스피린이나 겔루실 위장약보다 더 강한 약은 전혀 가져가지 않았다. 서쪽에는 약물 중독 문제가 전혀 없었다. 헥터 드로건한테 일어났던 일을 목격한 사람이라면 누구나 마약 중독자에 대한 처벌이 어떤 것인지 잘 알았으므로. 리치 모팻 같은 알콜 중독자 역시 없었다. 모든 사람이 친절하고 성실했다. 그리고 병맥주보다 더

센 술은 마시지 않는 것이 현명한 행동이었다.

'1938년의 독일 같은걸. 나치들 같단 말이야? 아, 여기 사람들은 매력적이야. 몹시 생기발랄하지. 나이트클럽에는 가지 않아, 나이트클럽은 관광객용이니까. 그럼 무얼 하지? 일찍 자고 일찍 일어나는 바른 생활을 하지.'

비유가 정확했던가? 데이나는 미심쩍어하면서 제니 엥스트롬에 대해 생각했다. 그녀는 제니가 아주 많이 좋았다. 아직은 모르지만…… 어쩌면 제니도 자신과 같은 마음일 수도 있겠다는 생각이 들었다.

데이나는 조명 기둥의 덮개 속에 든 전구를 검사했다. 불량이었다. 그것을 빼내 두 발 사이에 조심스럽게 내려놓고, 마지막 남은 새 전구를 들었다. 기분이 좋았다. 하루 일과의 끝이 가까웠다. 그리고……

아래를 힐끔거리던 데이나는 얼어붙고 말았다.

인디언스프링스에서 집으로 퇴근하는 사람들이 버스 정류장에서 나오고 있었다. 그들 모두가 아무 생각 없이 하늘을 올려다보고 있었다. 으레 그러듯 습관적으로 하늘 높이 떠 있는 누군가를 올려다보고 있었다. 공짜 서커스 증후군.

저 얼굴, 그녀를 올려다보는 얼굴.

저 활짝 웃음 지으며, 감탄하는 얼굴.

'하늘에 계신 친애하는 멋쟁이 예수님, 저 사람이 진정 톰 컬런 맞사옵나이까?'

짠 땀방울 하나가 눈에 흘러들어 따끔거리는 바람에 시야에 들어온 풍경이 겹쳐 보였다. 땀줄기를 닦아 버리고 나니, 그 얼굴이 없어졌다. 버스 정류장에서 나온 사람들이 거리를 절반쯤 내려가며 점심 도시락 통을 흔들고 장난치거나 대화를 나누고 있었다. 데이나는 톰인 것 같은 사람을 뚫어지게 응시했지만, 뒷모습만 보고는 단정 짓기가 몹시 힘들었……

'톰 아저씨? 그들이 톰 아저씨도 보낸 걸까?'

분명히 아닐 터였다. 만약 보냈다면 그야말로 너무나 미친 짓이었고 거의……

'거의 제정신이 아닌 거지.'

도무지 믿을 수가 없었다.

"야, 저겐스!"

제니가 요란스럽게 불러 댔다.

"너 거기서 자냐, 아니면 혼자서 열나게 자위하는 중이냐?"

데이나는 이동식 크레인의 낮은 난간 위로 몸을 기울여 위를 쳐다보는 제니의 얼굴을 내려다보며 가운뎃손가락을 날렸다. 제니가 웃음을 터뜨렸다. 데이나는 하던 일로 돌아가 가로등 전구를 덮개 속에 끼워 넣으려 애썼고, 제대로 조치하고 나자 일과를 끝낼 시간이었다. 차고로 돌아가는 트럭 안에서 데이나는 조용히 생각에 열중했다. 너무 말이 없자 제니가 한마디 하기도 했다.

"별로 얘깃거리가 없어서 그렇지 뭐."

데이나가 어색한 웃음을 지으며 이야기했다.

톰 아저씨였을 리가 없어.

톰 아저씨였을까?

"일어나! 일어나! 염병할, 일어나, 개년아!"

데이나가 어슴푸레한 잠에서 빠져나오고 있을 때, 누군가의 발이 등허리를 걷어차 커다란 원형 침대에 있던 그녀를 바닥으로 내팽개쳤다. 즉시 정신을 차린 데이나는 눈을 껌뻑거리며 어리둥절해했다.

로이드가 싸늘한 분노의 눈길로 데이나를 내려다보고 있었다. 휘트니 호건. 켄 디모트. 에이스 하이. 제니. 게다가 늘 다정하던 제니의 얼굴마저 무표정하고 싸늘했다.

"제니……?"

대답 없음. 데이나는 무릎을 꿇고 몸을 일으켰다. 어렴풋이 자신이 알몸이라는 것을 의식했지만 싸늘한 얼굴들의 원이 자신을 내려다보고 있다는 사실이 더욱 강하게 의식되었다. 로이드의 얼굴은 배신당했다가 마침내 배신자를 알아낸 사람의 표정이었다.

'내가 꿈꾸고 있는 건가?'

"좆도 옷 입으라니까, 거짓말쟁이 스파이 개년아!"

'옳거니, 꿈이 아니구나.' 데이나는 뱃속이 가라앉는 공포를 느꼈다. 올 것이 오고야 만 듯싶었다. 그들은 판사에 관해 알아차렸고, 이제 그녀에 관해서도 알아차린 것이다. '그 남자'가 그들한테 이야기해 준 것이다. 데이나는 침대 옆 탁자에 놓인 시계를 힐끔거렸다. 새벽 4시 15분. 비밀경찰의 근무 시간.

"그 남자는 어디 있지?"

데이나가 물었다.

"온 사방에."

로이드가 험악하게 말했다. 창백한 그의 얼굴은 윤이 났다. 부적이 V자 모양으로 벌어진 셔츠 안에 놓여 있었다.

"너는 머지않아 그분이 안 오셨으면 하고 바라게 될 거다."

"로이드?"

"뭐."

"나 너한테 성병 옮겼어, 로이드. 네 거시기가 콱 썩어 문드러졌으면 좋겠다."

로이드가 가슴뼈 바로 아래를 걷어차는 바람에 데이나는 뒤로 나가떨어지고 말았다.

"네 거시기가 썩어 문드러졌으면 좋겠다, 로이드."

"입 닥치고 옷 입어."

"여기서 나가 줘. 나는 사내가 한 명이라도 있는 곳에선 옷 안 입어."

로이드가 또 걷어찼다. 이번엔 데이나의 오른팔 이두박근이었다. 통증이 몹시도 지독했고 입이 떨리는 활처럼 아래로 벌어졌지만 데이나는 비명 시르지 않았다.

"너 꽤 곤란해졌겠다, 로이드? 첩자 마타하리랑 동침했으니까?"

데이나는 솟구치는 아픔의 눈물을 삼키며 그를 향해 웃었다.

"어서 나가 있자, 로이드."

로이드의 눈이 살의를 품은 것을 본 휘트니 호건이 재빨리 앞으로 나와 그의 팔을 잡으며 말했다.

"우린 거실에 가 있으면 돼. 제니가 이 여자 옷 입는 걸 감시하면 되잖아."

"그러다 이 년이 창문 밖으로 뛰어내리기라도 하면 어떡해?"

"이 년한테 그럴 기회는 없을 거야."

제니가 말했다. 널찍한 제니의 얼굴은 완전한 무표정이었다. 데이나는 그녀가 엉덩이에 찬 권총을 처음으로 눈여겨보았다.

"어쨌든 그러진 못할 거야. 여기 창문들은 다 겉모양만 그럴듯하게 꾸며 놓은 거잖아. 다들 그거 몰랐어? 이따금 노름판에서 폭삭 망한 도박꾼들이 공중 다이빙을 하려고 들잖아. 정말 그랬다가는 호텔 명성이 나빠질 테니까 창문이 열리지 않게 해 놨다고."

에이스 하이의 눈길이 데이나한테로 떨어졌다. 그가 동정심을 내보였다.

"이젠 너다, 이쁜아. 너야말로 진짜 폭삭 망한 도박꾼이야."

휘트니가 다시 재촉했다.

"어서 나가 있자, 로이드. 여기 있다간 넌 나중에 후회할 일을 저지를 거야. 이 여자 머리를 걷어차는 행동 같은 거 말이야."

"알았어."

그들과 함께 문으로 가던 로이드가 어깨 너머로 뒤돌아보았다.

"그분께서 너를 단단히 손봐 주실 거다, 개년아."

"넌 이제껏 내가 겪어 본 남자들 중에서 제일 시시한 애인이었어, 로이드."

데이나가 흥겨운 듯 놀려 댔다.

로이드는 다시 달려들려고 했지만 휘트니와 켄 디모트가 붙들어 문간 밖으로 끌고 나갔다. 나지막이 덜컥 소리를 내며 문짝 두 개가 닫혔다.

"옷 입어, 데이나."

데이나는 일어서면서 빨게지는 팔의 멍 자국을 계속 문질렀다.

"너흰 다 저런 사람들이니? 저게 바로 네가 부대끼며 함께 사는 사람들이야? 로이드 헨리드 같은 사람들?"

"그 사람과 동침한 사람은 너지, 내가 아냐."

제니의 얼굴이 처음으로 감정을 내비쳤다. 성난 질책.

"넌 여기로 넘어와서 사람들을 염탐한 게 썩 훌륭한 일이라고 생각하니? 무슨 처벌이든 당해도 싸. 그리고 말이야, 너는 엄청난 처벌을 받을 거야."

"그럴 만한 이유가 있어서 로이드와 동침했어."

데이나가 팬티를 입었다.

"그리고 그럴 만한 이유가 있어서 염탐했고."

"입 꽉 안 다물래?"

데이나가 몸을 돌려 제니를 바라보았다.

"너는 사람들이 여기서 무슨 짓을 하고 있다고 생각해? 응? 왜 그들이 인디언스프링스에서 제트기 타는 법을 익히고 있다고 생각해? 떼까치 미사일은 또 어떻고. 네 생각엔 플랙이 시골 축제에서 애인한테 큐피 경품 인형을 타게 해 주려고 저 지랄을 떠는 것 같아?"

제니가 입술을 꾹 다물었다.

"그런 건 내가 상관할 바 아냐."

"내년 봄에 저들이 로키 산맥 너머로 제트기를 타고 날아가서 미사일로 거기 사는 사람들을 모조리 쓸어 버린다고 해도 네가 상관할 바가 아닐까?"

"나는 오히려 그러기를 바라. 우리가 공격하지 않으면 너희 쪽 사람들이 공격해 올 테니까. 그분이 그렇게 말씀하셨어. 나는 그분을 믿어."

"한때는 사람들이 히틀러를 믿은 적도 있었어. 하지만 넌 그 남자를 믿으면 안 돼. 단지 그 남자 때문에 겁에 질려 무기력해진 것뿐이야."

"옷 입어, 데이나."

데이나가 바지를 끌어 올려 단추를 채우고 지퍼를 잠갔다. 그러고 나서 손을 입에 갖다 댔다.

"나…… 나 토할 것 같아…… 맙소사……!"

소매가 긴 블라우스를 손으로 움켜잡으며, 데이나는 몸을 돌려 화장실 안으로 뛰쳐 들어가 문을 잠갔다. 요란하게 헛구역질하는 소리를 냈다.

"문 열어, 데이나! 열지 않으면 자물통을 쏴 버리겠어!"

"메스꺼워서 그래……."

또 한 번 요란하게 헛구역질 소리를 냈다. 그러고는 발돋움하고 서서 약장 꼭대기를 손으로 훑었고, 거기에 칼과 스프링 칼집을 놔둔 걸 하나님께 감사하며, 20초만 더 시간 여유가 있기를 빌면서……

칼집을 꺼내 팔에 맸다. 이제 침실에서 다른 사람들의 목소리가 들려왔다.

그녀는 왼손으로 세면대 수도꼭지를 틀고 말했다.

"딱 1분만, 메스꺼워서 그래, 제길!"

그러나 그들은 1분도 주지 않으려 들었다. 누군가가 화장실 문에 발길질을 가하자 문이 문틀 속에서 덜덜 떨렸다. 데이나는 칼을 칼집에 철컥 꽂았다. 그것은 치명적인 화살처럼 팔뚝을 따라

놓였다. 필사적으로 서둘러 블라우스를 홱 끌어당겨 입고 소매 단추를 채웠다. 입에다 물을 튀겼다. 양변기 물을 내렸다.

문에 또 한 차례의 발길질이 가해졌다. 데이나가 손잡이를 돌리자 그들이 안으로 튀어 들어왔다. 로이드는 잔뜩 열불이 치밀어 오른 눈을 하고 있었고, 켄 디모트와 에이스 하이의 뒤편에 선 제니는 권총을 빼 들었다.

데이나가 싸늘하게 말했다.

"다 토했어. 좋은 구경거리를 놓쳐서 너무 안됐네, 그치?"

로이드가 데이나의 어깨를 움켜잡고 침실 안으로 내동댕이쳤다.

"네 목을 부러뜨려야겠다, 이 씨팔년아."

"너희 두목의 명령이나 상기해 보시지."

데이나가 블라우스의 앞 단추를 채우며 번뜩이는 눈빛으로 그들을 휙 둘러보았다.

"그 사람은 너희의 개새끼 신이지, 그렇지? 너희는 그 사람 엉덩이에 키스하고 그의 노리개가 된 거겠지."

"그 입 닥치는 게 좋겠다. 너 스스로 일을 더 나쁘게 만들고 있을 뿐이니까."

휘트니가 우락부락한 목소리로 말했다.

제니를 바라본 데이나는 환히 미소 짓는 섹시한 낯의 소녀가 어떻게 이런 무표정한 얼굴을 한 밤의 동물로 변할 수 있는 건지 이해할 수가 없었다.

"그가 또다시 시작하려고 준비하는 중이란 걸 모르겠어?"

데이나가 그들에게 필사적으로 물었다.

"살인, 전쟁을…… 전염병을?"

"그분은 가장 위대하신 분이자 가장 강한 분이셔. 그분께서 너희 쪽 사람들을 이 지구 상에서 전멸시켜 버리실 거다."

휘트니가 점잔 빼며 말했다.

"이제부턴 잡담 금지. 가자."

로이드가 말했다. 그들이 다가와 데이나의 양팔을 붙들었지만, 그녀는 뿌리치면서 팔짱을 꼭 끼고 고개를 저었다.

"난 당당히 걸어가겠어."

카지노는 소총을 들고 앉아 있거나 문가에 서 있는 남자들 몇을 빼고는 인적이 없었다. 그들이 벽, 천장, 텅 빈 게임 탁자를 둘러보며 뭔가 재미있는 일이 없을까 찾고 있을 때, 엘리베이터 문이 열리고 데이나를 호송하는 로이드 일행이 걸어 나왔다.

데이나는 나란히 줄지어 선 환전 창구 맨 끝에 있는 출입문으로 끌려갔다. 로이드가 작은 열쇠로 문을 열었고 안으로 들어간 그들은 은행처럼 보이는 구역으로 데이나를 신속하게 끌고 갔다. 계산기, 종이테이프로 가득 찬 휴지통, 고무줄과 종이 클립이 든 유리병 들이 있었다. 이제는 회색으로 텅 빈 컴퓨터 스크린도. 현찰 서랍은 조금 열려 있었다. 그중 일부에서 돈이 쏟아져 나와 타일 바닥 위에 널려 있었다. 지폐는 대개 50달러와 100달러짜리였다.

환전 구역 뒤편에서 휘트니가 또 다른 문을 열었다. 데이나는 카펫이 깔린 복도를 지나 텅 빈 비서실로 인도되었다. 품위 있게 치장한 곳이었다. 사각 정형을 벗어난 자유로운 형태의 하얀 책상을 쓰던 세련된 비서는 몇 개월 전에 기침을 하면서 다량의 녹색 가래 덩어리들을 토해 내다가 사망했다. 벽에 걸린 그림은 추상화가 클레의 판화 같았다. 연한 갈색의 매끄러운 직물 카펫이 깔린, 힘 있는 자리로 통하는 별실이었다.

데이나는 공포가 찬물처럼 몸 구멍들로 졸졸 흘러 들어와 온몸이 뻣뻣하게 굳어 버린 탓에 괴롭기 짝이 없었다. 로이드가 책상 위로 몸을 기울여 스위치를 탁 튕겼다. 데이나는 그가 약간 땀을 흘리는 것을 보았다.

"여자를 데려왔습니다, 알에프(RF).(RF는 랜들 플랙의 머리글자이자 무선 주파수(radio frequency)라는 뜻도 있다.—옮긴이)"

데이나는 속에서 신경질적인 웃음이 부글부글 끓어오르는 것을 느꼈지만 멈출 도리가 없었다. 어차피 신경 쓸 바도 아니었다.

"알에프! 알에프라! 거 참 멋진데! 너만 있으면 통신 준비 완료다, 시비(CB)!(CB는 민간용 무선 주파수(citizens band)의 약자—옮긴이)"

데이나가 한바탕 웃음을 터뜨리며 낄낄대자 제니가 그녀를 찰싹 때렸다.

"입 닥쳐! 네가 어떤 상황에 처했는지 모르니?"

제니가 꾸짖었다. 데이나가 그녀를 바라보며 말했다.

"알아. 너와 나머지 사람들, 너희야말로 상황이 어떤지 모르는 사람들이지."

인터콤에서 목소리가 흘러나왔다. 온화하고 즐겁고 명랑한 목소리였다.

"잘했어, 로이드, 고마워. 그 여자를 들여보내 주시게나."

"혼자요?"

"그래, 그렇게 해."

너그러운 듯한 웃음소리와 함께 인터콤이 끊겼다. 데이나는 그 웃음소리에 입 안이 바짝 마르는 것을 느꼈다.

로이드가 돌아섰다. 이젠 땀이 몹시 많이 나서 이마에 돋아난 굵은 땀방울들이 눈물처럼 홀쭉한 뺨으로 흘러내렸다.

"너도 그분 말씀 들었지. 들어가라."

데이나는 가슴 밑으로 팔짱을 끼고 칼이 계속 몸 안쪽을 향하게 두었다.

"사절하겠다면 어쩌실 건데?"

"내가 널 안으로 끌고 들어가야겠지."

"네 꼴을 봐, 로이드. 넌 너무 겁에 질려서 저 안에 똥강아지 한 마리도 끌고 들어갈 수 없어."

데이나는 다른 사람들을 둘러보았다.

"너희 전부 겁에 질렸어. 제니, 너 실은 팬티 적셨지. 우리 이쁜이, 얼굴색이 영 아닌걸. 아니 팬티 색이라고 해야 할까."

"그만 해, 이 추악한 좀도둑년아."

제니가 속삭였다.

"나는 자유 지대 안에서 너희처럼 겁에 질려 본 적이 한 번도 없어. 그곳에선 기분이 좋았어. 내가 여기로 넘어온 건 그곳의 좋은 기분이 계속 유지되기를 원했기 때문이야. 그것 말고 정치적인 이유는 전혀 없어. 너희는 그걸 곰곰이 생각해 봐야 해. 그 사람이 공포를 팔고 다니는 이유는 어쩌면 그 밖에 달리 팔 것이 아무것도 없기 때문일 거야."

휘트니가 사과하듯 말했다.

"아가씨. 맘 같아선 정말이지 네 설교를 마저 다 듣고 싶지만, 그분께서 기다리시는 중이잖니. 미안하지만, 아멘이라고 말하고서 네 발로 저 문 안으로 들어가지 않으면 내가 끌고 들어가겠어. 일단 저 안으로 들어가기만 하면 그분께 네 이야기를 실컷 할 수 있어…… 이야기를 할 수 있을 만큼 침이 좔좔 나오거들랑, 그렇게 하란 말이야. 하지만 그때까지는, 넌 우리 책임이야."

데이나는 이상하게도 휘트니의 말이 진실로 미안해하는 것처럼 들린다고 생각했다. 휘트니가 그렇게 진실로 겁에 질려 있다면 너무 딱한 일인데.

"그렇게까지 안 해도 돼."

억지로 발을 움직였다. 그러자 발걸음이 조금 더 가벼워졌다. 데이나는 자신의 죽음을 향해 가고 있었다. 그 점은 아주 확실했다. 그렇다면, 그렇게 되라지. 그녀한테는 칼이 있었다. 만약 할 수만 있다면 처음엔 플랙에게 사용할 것이다. 그다음엔 자신에게 사용할 것이다. 만일 필요하다면.

'내 이름은 데이나 로베르타 저겐스야. 나는 두려워. 하지만 예전에도 두려웠던 적은 있어. 플랙이 나한테서 빼앗아 갈 수 있는 것은 어쨌거나 내가 언젠가는 포기해야만 하는 거야. 나의 생명. 플랙이 나를 망가뜨리도록 놔두지만은 않겠어. 만약 조금이라도 가능성이 생긴다면, 플랙이 나를 지금의 나보다 못한 모습으로 전락시키도록 놔두지만은 않겠어. 멋지게 죽고 싶어…… 그리고 내가 원하는 것을 얻을 테야.'

데이나는 문 손잡이를 돌리고 사무실 안으로…… 랜들 플랙이라는 존재 안으로 걸음을 옮겼다.

실내는 넓고 장식이 거의 없었다. 책상은 멀리 떨어진 벽 쪽으로 밀려나 있었으며, 중역용 회전의자가 책상 뒤편에 들어가 있었다. 그림 액자들은 천으로 덮여 있었다. 조명이 꺼져 있었다.

방 맞은편에 벽 한 면을 가득 채운 창유리의 커튼이 걷어 올려져 사막이 내다보였다. 데이나는 자신의 인생에서 그토록 황폐하고 정나미 떨어지는 경치는 본 적이 없었노라고 생각했다. 공중에는 열심히 광을 낸 자그마한 은화 같은 달이 떠 있었다. 보름달이 거의 차올라 있었다.

그 자리에 사람의 형체가 서서, 밖을 내다보고 있었다.

데이나가 들어오고 나서도 한참 동안 그는 계속 바깥을 내다보며 그녀한테 무심히 등을 내보이다가, 돌아섰다. 사람이 돌아서는데 얼마나 오랜 시간이 걸릴까? 2초, 길어 봤자 아마도 3초. 그런데 다크맨은 영원토록 몸을 돌리면서, 자신의 모습을 조금씩 조금씩 데이나에게 드러내 보이는 것 같았다. 다크맨이 지켜보고 있던 바로 저 달처럼. 데이나는 다시금 어린아이가 되어, 극도의 공포가 빚어내는 무시무시한 호기심 때문에 말문이 막혔다. 한동안 다크맨의 흡인력에, 다크맨이 쳐 놓은 마력의 거미줄에 완전히 사로잡혔고, 끝을 알 수 없는 영겁의 시간 뒤에 저 뒤돌아서기가 완결되었을 때 자신의 꿈속에 등장했던 얼굴을 자세히 들여다볼 수 있으리라 믿었다. 꿈속에선 두건 달린 덧옷을 입은 중세의 수사였으며, 칠흑 같은 어둠 주위로 두건의 윤곽이 드러나 보였다. 얼굴 없는 음지의 남자. 마침내 볼 것이고 그러고는 미쳐 버릴 것이다.

그 순간 플랙이 데이나를 바라보며 앞으로 걸어 나와 따스하게 웃음 짓고 있었고, 그녀는 첫 번째로 충격을 받았다. '어, 내 나이

또래잖아!'

랜디 플랙의 머리칼은 까맸고, 헝클어져 있었다. 얼굴은 잘생겼고 사막의 바람 속에서 많은 시간을 보낸 듯 불그스레했다. 표정이 풍부하고 섬세한 인상의 용모에다, 극도의 환희 속에서 춤추는 두 눈은 경이로운 깜짝 선물을 받아 든 어린아이의 눈빛을 하고 있었다.

"데이나! 안녕!"

"아, 아, 안녕."

데이나는 더 말할 수가 없었다. 어떠한 상황이 닥치든 자신은 준비가 되어 있다고 생각해 왔지만, 이런 상황에는 준비가 되어 있지 않았다. 데이나의 마음은 충격으로 쓰러져 현관에 깔려 있는 신발 깔개까지 주르륵 풀려 나갔다. 플랙은 당황하는 데이나의 모습에 웃음 짓고 있었다. 그가 두 손을 벌렸다. 마치 사과하듯이. 옷깃이 닳은 빛바랜 페이즐리 셔츠, 징 박은 청바지, 굽이 닳고 닳은 몹시 낡은 카우보이 장화 차림이었다.

"뭘 기대했던 거니? 흡혈귀 한 마리?"

플랙의 미소가 더욱 커졌다. 그녀의 미소를 강요하는 듯한 분위기였다.

"변신 괴물? 사람들이 나에 관해 뭐라고 말했기에?"

"그들은 당신을 무서워해. 적어도 로이드는 그랬어…… 돼지처럼 땀을 흘리고 있었어."

플랙의 미소가 여전히 화답의 미소를 요구하고 있었다. 그 요구를 물리치느라 데이나는 모든 의지력을 끌어 모았다. 데이나는 플랙의 명령으로 말미암아 침대 밖으로 걷어차인 것이다. 여기까지 끌려온 것은…… 무엇을 위해? 자백을 받아 내려고? 자유 지대에 관해 데이나가 아는 모든 것을 말하게 하려고? 플랙이 아직 모르는 것이 그리 많으리라고는 생각할 수 없었다.

"로이드."

플랙이 애처로운 미소를 지었다.

"독감이 발광하던 와중에 로이드는 피닉스에서 다소 쓰라린 경험을 했어. 로이드는 그것에 대해 이야기하는 걸 좋아하지 않아. 나는 로이드를 죽음에서 구출했어. 그리고, (플랙의 미소가 훨씬 더 애교스럽게 커졌다. 그런 것이 가능하다고 과시하듯) 그리고 시쳇말로 죽음보다 더 지독한 운명에서 구출했어. 내 생각엔 그랬어. 로이드는 나만 보면 그때의 경험이 가슴에 사무치는 것 같더군. 로이드가 겪었던 상황이 내 탓이 아닌데도 말이야. 내 말 믿어지나?"

데이나는 천천히 고개를 끄덕였다. 데이나는 플랙을 정말로 믿었고, 로이드의 지속적인 샤워가 '피닉스에서 다소 쓰라린 경험'과 뭔가 관련이 있는 것은 아닌지 생각했다. 또한 로이드 헨리드와 관련해 절대 예상할 수 없었던 감정을 느끼는 자신의 모습도 발견했다. 동정심.

"좋아. 자리에 앉지, 친구."

데이나는 어정쩡하게 두리번거렸다.

"바닥에. 바닥이 괜찮을 거야. 우리는 이야기를 해야 하고, 진실을 이야기해야 해. 거짓말쟁이들이나 의자에 앉아. 그러니 우린 그런 건 피해 가자고. 꼭 야영지 모닥불 맞은편에 둘러앉은 친구들처럼 앉아 보자고. 앉아, 아가씨."

플랙의 두 눈이 아무리 참으려 해도 솟구치는 환희를 숨기느라 몹시 번쩍거렸다. 간신히 웃음을 참느라 양쪽 옆구리가 진저리치는 듯싶었다. 그는 바닥에 주저앉아 책상다리를 하고 간절하게 데이나를 올려다보았는데, 이렇게 말하는 듯한 표정이었다. '나만 혼자 덜렁 이 우스꽝스러운 사무실 바닥에 앉혀 놓으려는 건 아니겠지, 그렇지?'

잠깐의 숙고 끝에 데이나도 주저앉았다. 책상다리를 하고 앉아 두 손을 무릎 위에 가볍게 올려놓았다. 스프링 칼집 속에 든 칼의 중량감을 느끼자 다소 위안이 되었다.

"너는 이 땅을 염탐할 목적으로 여기에 보내졌어, 친구. 정확한 상황 설명이 되려나?"

"그래."

부정해 봤자 아무 소용 없었다.

"그리고 전시에 스파이들한테 통상적으로 어떤 처벌이 내려지는지 알고 있나?"

"그래."

플랙의 미소가 햇살처럼 활짝 펼쳐졌다.

"그렇다면 우리가, 너희 쪽 사람들과 나의 사람들이 전쟁 중이 아니니까 천만다행한 일 아니겠어?"

데이나는 극도로 놀라 플랙을 바라보았다.

"정말로 우리는 전쟁 관계가 아니잖아, 너도 알다시피."

그가 조용히 진지하게 말했다.

"하지만…… 너는……."

천 가지 혼란스러운 생각들이 데이나의 머릿속에서 빙빙 돌았다. 인디언스프링스. 때까치 미사일. 고엽제와 지포 라이터 장갑차를 갖고 노는 쓰레기통맨. 이 남자의 이름 또는 존재가 대화 속으로 들어올 때마다 늘 화제를 바꾸던 사람들의 모습. 그리고 그 변호사, 에릭 스트렐러튼. 뇌가 완전히 타 버린 채 모하비 사막 속에서 헤매고 다니는 중.

'그분은 그저 에릭을 바라보기만 했을 뿐이라고.'

"그러니까 우리가 너희 자유 지대를 공격한 적이 있단 말이야? 저 너머에 있는 너희 쪽에 대고 군사 행동을 조금이라도 했단 말이야?"

"아니…… 하지만……."

"그럼 너희가 우리를 공격했니?"

"당연히 그건 아니지!"

"그래. 게다가 우리는 군사 행동 같은 건 전혀 계획도 하고 있지 않아. 보라고!"

플랙이 갑자기 오른손을 내밀어 동그랗게 오므렸다. 그 동그라미 속으로 데이나는 유리 벽 너머 사막을 볼 수 있었다.

"서부 대사막!"

플랙이 부르짖었다.

"온통 초대형 똥통! 네바다! 애리조나! 뉴멕시코! 캘리포니아! 내 사람들 중 소수가 워싱턴 주 안에, 시애틀 근방에 오리건 주 포틀랜드에도 있어. 한 줌씩도 안 되는 인원이 아이다호와 뉴멕시코에도 있고. 너무 뿔뿔이 흩어져 있어서 1년마다 인구 조사를 하는 건 생각조차 할 수가 없어. 너희 자유 지대보다 훨씬 더 취약하단 말이야. 자유 지대는 고도로 조직화된 벌집 내지는 공동 생활체와 같아. 우리는 그저 연합체일 뿐이야. 나는 유명무실한 우두머리일 뿐이고. 우리 양쪽 편을 위한 여유 공간은 많아. 2190년이 되어도 양쪽 편에 충분한 공간이 남아 있을 거야. 만약 아기들이 살아남는다면 그런 날을 보겠지. 비록 우리는 다섯 달 뒤의 여기 생활이 어떻게 될지조차 모르는 상황이긴 하지만. 만약 아기들이 살아남고 인류의 생존이 지속된다면, 우리 할아버지들이 그랬듯, 또 그 아기들의 할아버지들이 그랬듯 맞붙어 결판을 내든 말든 맘대로 하라고 그래. 만약 그 애들이 싸울 만한 불만 거리가 생긴다면 말이야. 하지만 도대체 지금 우리가 싸워야 하는 이유가 뭐 하나 있기는 한가?"

"아무것도 없지."

데이나가 중얼거렸다. 목구멍이 바짝 말랐다. 정신이 멍했다. 그리고 그 밖에 또 느낀 건…… '희망'이었나? 그녀는 플랙의 눈 속을 들여다보고 있었다. 시선을 뗄 수 없을 것 같았고, 떼고 싶지도 않았다. 그녀는 미쳐 가고 있는 것이 아니었다. 플랙은 데이나를 조금도 미치게 몰아가지 않았다. 그는…… 사리 분별이 확실한 사람이었다.

"우리가 싸워야 할 경제적인 이유는 전혀 없어. 과학기술상의 이유도 전혀 없고. 우리가 처한 정치적 상황은 약간씩 다르지만, 그것은 매우 사소한 문제야. 우리 사이에 로키 산맥이 가로놓여 있으니 말이야."

'플랙이 나에게 최면을 걸고 있어.'

엄청난 노력을 기울인 끝에 데이나는 그의 눈에서 시선을 잡아떼어 그의 어깨 너머에 있는 달을 쳐다보았다. 플랙의 미소가 조금 시들었고, 짜증의 그림자가 얼굴에 스치는 듯싶었다. 아니면 데이나가 상상했던 것이었나? 이번에는 더욱 경계하며 다시 쳐다보았을 때, 플랙은 또다시 데이나를 향해 상냥하게 웃음 짓고 있었다.

"너는 판사님을 살해당하게 했어."

데이나가 난폭하게 말했다.

"나한테서 뭔가를 원하고 있고, 그것을 얻고 나면 나도 역시 살해하겠지."

플랙은 참을성 있게 데이나를 바라보았다.

"아이다호와 오리건의 경계선을 쭉 따라 감시병들이 있었고, 그들은 패리스 판사를 찾고 있었어. 사실이야. 하지만 판사를 살해한 것은 아니야! 그들이 받은 명령은 판사를 나에게 데려오라는 것이었어. 나는 어제까지 포틀랜드에 있었다고. 친구여, 지금 너와 대화하고 있는 것처럼 그 사람하고도 대화하고 싶었던 거야. 차분히, 이성적으로 그리고 건전하게. 내 감시병 두 명이 오리건 주 코퍼필드에서 판사를 발견했어. 판사는 총을 쏘며 걸어 나와서는, 내 부하 한 명한테 치명적인 부상을 입혔고 다른 한 명을 즉사시켰어. 부상당했던 부하가 죽기 전에 판사를 해치웠고. 일이 그렇게 돼서 나는 참 애석하게 생각해. 네가 아는, 또 네가 이해하는 정도보다 훨씬 애석하게 생각한다고."

플랙의 눈빛이 어두워졌다. 그것 때문에 데이나는 그를 믿었지만…… 적어도 그가 자기를 믿어 달라고 바랐던 방식대로는 아니었다. 데이나는 또다시 냉기를 느꼈다.

"여기 사람들이 말하는 내용과는 다른데."

"그들을 믿든가 나를 믿든가 둘 중 하나지, 친구여. 하지만 내가 그들에게 명령을 내리는 사람이란 사실을 유념해 줘."

플랙의 말은 설득력이 있었다. 염병할 설득력. 플랙은 별로 해롭지 않은 사람인 듯 보였다. 그래도 엄밀히 말하면 사실이 아니었다. 그렇지 않던가? 설득력 있다는 착각이 든 것은 플랙이 괴물이 아니라 사람이라는 것…… 또는 사람처럼 보이는 어떤 존재라는 것을 두 눈으로 직접 목격하고 있다는 데서 기인했다. 바로 그런 느낌이 적잖은 안도감으로 이어져 데이나를 고무 찰흙같이 물러터진 상태로 변모시켰다. 플랙은 풍모가 당당했고, 상대방의 가장 그럴듯한 주장들을 초라하게 변모시켜 버리는 정치인의 기교를 지녔다. 그러나 데이나는 플랙의 토론 방식이 매우 혼란스럽다는 것을 깨달았다.

"만약 네가 전쟁을 의도하는 게 아니라면, 인디언스프링스에 제트기와 온갖 무기를 준비하는 이유는 뭐지?"

플랙이 즉시 대답했다.

"방어 수단이지. 우리는 캘리포니아의 시얼스레이크에서, 또 에드워드 공군 기지에서도 비슷한 일을 하는 중이야. 워싱턴 주 야키마리지에 있는 원자로에서도 한 무리의 요원들이 일하고 있지. 너희 쪽 사람들도 똑같은 일을 할 거야. 만약 아직까지 준비가 안 됐다면 말이야."

데이나가 매우 천천히 고개를 저었다.

"내가 자유 지대를 떠나올 때, 여전히 전깃불을 복구하려고 애쓰는 중이었어."

"그렇다면 내가 기꺼이 기술자 두서너 명을 파견해 줄 수도 있는데 말이지. 다만 너희 쪽 브래드 키치너가 이미 전력을 멋지게 복구해 놓았다는 사실을 내가 우연히 알았어. 어제 잠깐 동안 정전 사태를 겪었지만, 매우 신속하게 문제를 해결했더군. 아라파호에 전력 과부하가 걸려 빚어진 정전이었어."

"그런 걸 어떻게 다 알지?"

"오, 나만의 방법이 있지. 그런데 말이야 할머니가 다시 나타났더군. 마음씨 고운 할머니."

플랙이 싹싹하게 말했다.

"마더 애버게일 님?"

"응."

플랙의 눈빛이 아득히 멀어지며 암울해졌다. 슬픔, 어쩌면.

"할머니는 죽었어. 참 딱한 일이지. 난 정말이지 할머니를 실제로 만나길 바랐는데."

"돌아가셨다고? 마더 애버게일 님께서 돌아가셨어?"

암울했던 표정이 말끔하게 가신 플랙이 데이나한테 웃음 지었다.

"그것 때문에 놀랐나 보구나?"

"아니. 하지만 그분께서 다시 나타나셨다는 건 무척 놀라워. 그리고 네가 그런 걸 안다는 게 더욱 놀랍고."

"할머니는 다시 나타났다가 돌아가셨어."

"별 말씀 없으셨어?"

아주 잠깐 온화한 평정을 유지하던 플랙의 가면이 떨어져 나가면서 암울하고 성난 당혹감을 드러냈다.

"없었어. 그 할머니가…… 뭔가 말했을지도 모른다는 생각이

들기는 해. 하지만 할머니는 혼수상태에서 죽었어."

"확실해?"

플랙의 미소가 다시 나타났다. 땅안개를 불사르는 여름 태양처럼 눈부시게.

"노인네는 신경 쓰지 마, 데이나. 더 즐거운 것들에 관해 이야기해 보자. 네가 자유 지대로 다시 돌아가는 문제 같은 거 말이야. 나는 네가 여기보다는 그곳에 있고 싶어 할 거라고 확신해. 그래서 네가 갖고 돌아갈 물건을 준비해 뒀어."

플랙이 셔츠 속에 손을 넣어 새미로 된 주머니를 들추고 그 속에서 주유소 사은품용 지도 세 장을 꺼냈다. 그것들을 건네받은 데이나는 점점 더 얼떨떨해하며 지도를 바라보았다. 지도들은 서부 지역의 일곱 개 주를 나타냈다. 일정한 지역들이 빨간색으로 칠해졌다. 각각의 지도 맨 밑에 손으로 써 놓은 일람표를 보니 색칠한 곳은 인구가 다시 증가하기 시작한 지역임을 알 수 있었다.

"내가 이것들을 가져가길 바란다고?"

"그래. 나는 너희 쪽 사람들이 어느 곳에 있는지 알아. 그래서 너희한테 내 사람들이 어느 곳에 있는지 알려 주고 싶어. 신뢰와 우정의 표시로 말이야. 그리고 그곳에 돌아가면, 그들한테 이렇게 이야기해 줬으면 좋겠어. 플랙은 해칠 의사가 전혀 없다고. 그리고 플랙의 사람들도 그들을 해칠 의사가 전혀 없다고. 이제부턴 스파이들을 보내지 말라고 이야기해 줘. 만약 여기로 사람들을 보내고 싶다면, 외교 사절단이든…… 교환 학생이든…… 빌어먹을 뭐든지 간에 요청만 하라고 말이야. 그런데 그런 사람들은 공개적으로 찾아와야 한다고 말이야. 그쪽 사람들한테 그렇게 이야기해 줄 테지?"

데이나는 불시에 한 방 맞은 듯 어안이 벙벙했다.

"물론이지. 그렇게 이야기할게. 그런데……"

"그게 다야."

플랙이 다시 활짝 편 손바닥을 들어 올렸다. 데이나는 무언가를 보았고 불안한 마음에 몸을 앞으로 기울였다.

"뭘 보는 거야?"

그의 목소리에 날이 서 있었다.

"아무것도."

그러나 데이나는 이미 보았고, 플랙의 눈살 찌푸린 표정으로 그가 눈치 챘다는 것을 알았다. 플랙의 손바닥에는 손금이 하나도 없었다. 손바닥이 유아의 뱃살처럼 매끄럽게 텅 비어 있었다. 생명선이나 애정선도 없고, 반지도 팔찌도 고리도 전혀 없었다. 그저 마냥…… 텅 빈 공간.

매우 긴 시간으로 느껴질 만큼 한참 동안 그들은 서로 바라보았다.

그러다 플랙이 벌떡 일어나서 책상 쪽으로 갔다. 데이나 역시 일어섰다. 그녀는 그가 정말로 자신을 풀어 줄지도 모른다고 믿기 시작했다. 플랙은 책상 언저리에 걸터앉아 자기 쪽으로 인터콤을 끌어당겼다.

"로이드한테 네 오토바이의 윤활유와 플러그와 소켓을 새로 갈아 놓으라고 일러둘게. 또 휘발유도 가득 채워 놓으라고 일러둘게. 이젠 휘발유나 윤활유가 부족할까 봐 걱정할 필요 없잖아, 응? 지천으로 널렸으니까. 에너지 파동에 시달리던 시절도 있긴 했지. 난 그 때를 기억해. 아마 너도 기억할 테지. 고급 무연 휘발유 부족 사태 때문에 온 세상을 핵폭탄 불덩이들이 연속적으로 터뜨려 버릴 것 같았던 시절이 있었잖아."

플랙이 머리를 절레절레 흔들었다.

"사람들이 몹시, 몹시 멍청했지."

엄지손가락으로 인터콤 버튼을 눌렀다.

"로이드?"

"예, 여기 있습니다."

"데이나의 오토바이에 휘발유를 채우고 부품을 말끔하게 정비해서 호텔 앞으로 끌어다 놔 주겠어? 데이나가 곧 떠날 테니까 말이야."

"예."

플랙이 인터콤을 껐다.

"자, 다 됐네, 친구여."

"나…… 그냥 가도 돼?"

"그럼요, 마님. 저에겐 더할 나위 없는 기쁨입니다요."

플랙이 손을 들어 문을 가리켰다. 손바닥을 아래로 향하고.

데이나는 문으로 갔다. 손잡이를 막 잡는데 플랙이 말했다.

"한 가지가 더 남았군. 딱 한 가지…… 매우 사소한 일이."

데이나가 몸을 돌려 플랙을 바라보았다. 플랙이 데이나를 향해 미소 지었다. 친절한 미소였지만 찰나의 순간에 그녀는 팔을 행주처럼 물어뜯어 놓을 수 있는 하얗고 뾰족한 이빨 사이로 혀를 축 늘어뜨린 덩치 큰 마스티프를 연상했다.

"그게 뭔데?"

"여기에 너희 쪽 사람이 한 명 더 잠입했어."

플랙의 미소가 활짝 커졌다.

"그게 누구일까?"

"세상에 맙소사, 내가 그걸 어떻게 알겠어?"

반문하는 데이나의 마음이 번뜩거렸다. '톰 컬런! ……그때 그 사람이 정말로 그 사람이었던 것일까?'

"오, 이젠 밝혀 줘, 친구여. 나는 우리가 모든 오해를 다 풀었다고 생각했는데."

"정말이야. 날 똑바로 봐. 그러면 내가 매우 솔직하게 말한다는 걸 알 테니까. 위원회가 나를 보냈어…… 그리고 판사님도…… 그리고 다른 대상자들이 얼마나 많은지 누가 알겠어…… 그리고 위원회는 아주 조심스럽게 일을 처리했다고. 그래야 우리가 서로의 이름을 누설할 수 없을 테니까. 만일의…… 그러니까, 만일의 사태에 대비해서 그랬던 거야."

"우리가 손톱 뽑는 고문을 할 때를 대비해서?"

"맞아, 그런 거야. 나는 수잔 스턴한테서 임무를 요청받았어. 내 짐작으론 래리 언더우드가…… 역시 위원회 사람인데……."

"언더우드 씨가 누군지는 나도 알아."

"그래, 음, 내 짐작으론 래리가 판사님한테 임무를 부탁한 거 같아. 하지만 그 밖에 다른 대상자들에 관해서라면……."

데이나가 고개를 저었다.

"대상자는 어떤 사람이든 될 수 있겠지. 또는 어떤 사람 '들.' 내가 아는 바로는 위원회 멤버 일곱 명 각자가 책임지고 스파이를 한 명씩 모집하기로 했어."

"그래, 그럴 가능성이 있어. 하지만 그건 아냐. 여기엔 스파이가 딱 한 명 더 있고, 너는 그게 누군지 알아."

플랙의 미소가 더욱더 커지더니 이제는 점점 무서워졌다. 자연스러운 미소가 아니었다. 죽은 생선, 오염된 물, 망원경으로 들여다본 달 표면을 연상시켰다. 데이나는 방광이 축 늘어지면서 뜨거운 액체가 가득 차오르는 것 같았다.

"너는 알아."

플랙이 거듭 말했다.

"아니야, 나는……"

플랙이 다시 인터콤에 몸을 기울였다.

"로이드는 벌써 떠났나?"

"아닙니다, 저 여기 있습니다."

값비싼 인터콤, 훌륭한 활용법.

"데이나의 오토바이 일은 잠깐 보류해. 아직 문제가 하나 남았거든. (데이나를 바라보는 플랙의 눈이 깊은 상념에 잠긴 듯 반짝기렸다.) 여기서 끝장을 봐야 하는 문제야."

"알았습니다."

인터콤이 꺼졌다. 플랙이 웃음 지으며 두 손을 포갠 채, 데이나를 바라보았다. 몹시 오랫동안 가만히 쳐다보았다. 데이나는 조금씩 땀을 흘렸다. 플랙의 두 눈이 점점 더 크게 그리고 검게 변하는 듯싶었다. 그 두 눈을 들여다보는 것은 매우 오래되고 깊은 우물 속을 들여다보는 것과도 같았다. 데이나는 시선을 옮겨 보려 애썼지만 이번에는 꿈쩍도 안 했다.

플랙이 매우 부드럽게 말했다.

"나한테 말해. 불쾌한 일은 조금도 만들지 말자고, 친구여."

아득히 먼 곳으로부터, 데이나는 자신의 목소리가 하는 말을 들었다.

"이건 모두 각본대로였어, 맞지? 짧은 단막극이었어."

"친구여, 무슨 뜻으로 하는 소린지 이해를 못 하겠는데."

"아니야, 각본이었어. 로이드를 너무 빠르게 대답하게 했던 것이 실수였어. 네가 여기 근방에 있는 개구리한테 말을 하면, 개구리들은 즉각 펄쩍 뛰지. 로이드는 내 오토바이를 가지고 라스베이거스 대로를 절반쯤 내려가 있어야 마땅한 거였어. 그런데 너는 제자리에 그대로 있으라고 일러두었던 거였지. 왜냐하면 결코 나를 풀어 줄 의사가 없었으니까."

"친구여, 너는 근거 없는 편집증에 사로잡혀 있어. 그 남자들과 함께 있었던 경험 때문이 아닐까 짐작되는군. 여자들을 붙잡아 떠돌이 동물원처럼 끌고 다니던 남자들 말이야. 틀림없이 끔찍한 경험이었겠지. '이것' 도 끔찍한 경험이라 여길 수도 있겠지. 그런데 우리는 그런 끔찍한 사태를 원하진 않잖아, 그렇잖아?"

데이나는 힘이 빠져나가고 있었다. 힘이 문자 그대로 물줄기를 이루어 다리에서 흘러내리는 듯싶었다. 마지막 남은 의지력을 짜내어, 데이나는 감각 없는 오른손으로 주먹을 쥐고 오른쪽 눈 위를 후려쳤다. 두개골 안으로 통증이 폭발하며 시야가 흔들렸다. 머리가 뒤로 휘청거리다 둔탁한 쿵 소리를 내며 문에 부딪혔다. 데이나의 시선이 플랙의 눈으로부터 덥석 떨어져 나갔고, 그녀는 의지력이 다시 돌아오는 것을 느꼈다. 그리고 저항력도.

"오, 너 대단한데."

데이나가 기진맥진한 상태로 말했다.

"너는 마지막 남은 스파이가 누군지 알아."

플랙이 말하곤 책상에서 내려와 데이나를 향해 걸어왔다.

"너는 알아. 그리고 나한테 말해 줄 거야. 자기 머리에 주먹질해 봤자 도움이 안 될 거야, 친구여."

"네가 어떻게 모를 수가 있지?"

데이나가 부르짖었다.

"너는 판사님을 알아챘고 나도 알아챘잖아! 네가 모르는 게 있다니 어쩌다……"

갑자기 플랙의 두 손이 가공할 힘으로 데이나의 어깨를 붙잡았다. 그의 손은 차가웠다. 대리석만큼이나 차가웠다.

"누구지?"

"나는 몰라."

그는 흉포하고 소름 끼치는 얼굴을 히죽거리며 데이나를 봉제인형처럼 뒤흔들었다. 손은 차가웠지만, 얼굴은 달구어진 오븐을 연상시키는 사막의 열기를 발산했다.

"너는 알아. 나한테 말해. 누구야?"

"왜 너는 모르지?"

"왜냐하면 나는 볼 수 없으니까!"

플랙이 포효하면서 데이나를 방 맞은편으로 집어 던졌다. 내동댕이쳐진 데이나는 흐느적거리는 덩어리가 되어 굴러다녔다. 어두침침한 그늘 속에서 자신을 내리누르며 탐조등처럼 발광하는 플랙의 얼굴을 보자, 방광이 풀리면서 뜨끈한 기운이 다리를 타고 퍼져 내려왔다. 지극히 이성적이며 부드럽고 도움이 될 듯하던 그 얼굴은 없어졌다. 랜디 플랙은 없어졌다. 데이나는 이제 걸어 다니는 멋쟁이, 키 큰 남자, 왕초와 함께 있었다. 오직 하나님만이 도와줄 수 있었다.

"너는 말할 것이다. 내가 알고 싶어 하는 것을 나에게 말할 것이다."

데이나는 플랙을 한참 응시하고 나서 천천히 일어섰다. 팔뚝에 놓인 칼의 무게감을 느꼈다.

"그래, 말해 줄게. 이리 가까이 와."

플랙이 히죽거리면서 데이나 쪽으로 한 걸음 내디뎠다.

"아니, 훨씬 가깝게. 네 귀에다 속삭여 주고 싶어."

플랙이 훨씬 더 가까이 다가왔다. 데이나는 달구어진 열기, 얼어붙은 냉기를 느꼈다. 귓속이 드높은 울림 소리로 멍멍했다. 축축하게 썩어 달착지근하고 신물 나는 지독한 악취가 풍겼다. 어두운 지하실에서 죽어 버린 식물인간 같은 광기의 냄새를 맡을 수 있었다.

"더 가까이."

데이나가 쉰 목소리로 속삭였다.

플랙이 한 걸음 더 내디디자 데이나는 오른 손목을 광폭하게 위로 젖혔다. 스프링이 철컥거리는 소리와 함께 묵직한 물체가 손안에 털썩 놓였다.

"자, 이거나 받아랏!"

데이나는 극도로 흥분하여 날카로운 소리를 지르며 팔을 힘껏 휘둘러 치켜 올리고, 플랙의 배를 갈라 버리려 했다. 김이 푹푹 나는 창자를 뭉텅이째 밖으로 쏟아 낸 채 실내를 비틀거리며 걷게 해 주려 했다. 그러나 그는 웃음을 내지르고 두 손을 엉덩이에 갖다 댔으며, 이글거리는 얼굴을 한껏 뒤로 젖히면서, 너무나 기분 좋아하며 표정을 마구 일그러뜨렸다.

"오, 나의 친구여!"

플랙이 부르짖으며 또 한 번 폭소를 터뜨렸다.

데이나는 얼빠진 모습으로 손을 내려다보았다. 그 손은 파랗고 하얀 치키타 상표가 붙은 단단한 노란 바나나를 움켜쥐고 있었다. 겁에 질려 카펫에 떨어뜨리자 살짝 휜 바나나의 껍질이 플랙의 미소를 흉내 낸 역겨운 노란 미소로 보였다.

"너는 말할 것이다. 오오 그래, 정말로 너는 그럴 거야."

플랙이 속삭였다.

그리고 데이나는 플랙의 말이 옳다는 것을 알았다.

데이나는 재빨리, 다크맨조차 한순간 깜짝 놀랐을 정도로 아주 재빨리 몸을 돌렸다. 검은 손이 불쑥 달려들었지만 블라우스 뒷자락만 붙잡았을 뿐, 검은 손아귀에는 실크 조각 말고는 아무것도 잡히지 않았다.

데이나는 창문 벽으로 뛰어올랐다.

"안 돼!"

플랙이 고성을 질렀고, 그녀는 검은 바람처럼 그가 쫓아오는 것을 느낄 수 있었다.

데이나는 아래쪽 다리를 피스톤처럼 움직이면서, 머리 꼭대기로 유리창을 들이받았다. 맥없이 유리가 깨지는 둔탁한 소리가 났고, 놀랍게도 두꺼운 유리 조각들이 직원 주차장으로 떨어져 내리는 것을 데이나는 볼 수 있었다. 수은 용액의 출렁이는 동심원들처럼, 갈라진 금들이 베베 꼬이며 그녀가 충돌한 지점에서부터 멀리 퍼져 나갔다. 돌진해 온 추진력이 데이나의 몸을 어정쩡하게 유리 구멍 속으로 운반시켰고, 구멍에 박힌 몸에서 피가 흘렀다.

데이나는 플랙의 두 손이 자신의 어깨에 닿는 것을 느꼈고 그가 자신을 자백하게 하는 데 과연 어느 정도의 시간이 걸렸을 것인지 궁금해했다. 1시간? 2시간? 그녀는 이제 죽어 가고 있다고 생각했지만, 아주 기분 좋은 느낌은 아니었다.

'내가 보았던 것은 톰 아저씨였어. 그러나 너는 그 사람을 느낄 수가 없어. 네가 알고자 하는 그 사람의 정체도 느낄 수가 없어. 왜냐하면 그 아저씨는 다르니까. 그는……'

플랙이 데이나를 다시 실내로 끌어당기고 있었다.

데이나는 머리를 난폭하게 오른쪽으로 휘둘러 간단하게 자살했다. 면도날처럼 날카로운 유리 조각의 끝 부분이 목 안으로 깊숙이 찔러 들어왔다. 또 다른 유리 조각이 오른쪽 눈 속으로 쑥 파고들었다. 한순간 몸이 경직되었고, 두 손이 창유리에서 진저리쳤다. 그러고 나서 데이나는 축 늘어졌다. 다크맨이 다시 사무실 안으로 끌어들인 것은 그저 피 흘리는 자루일 뿐이었다.

데이나는 저세상으로 갔다. 아마도 승리의 기쁨 속에서.

걷잡을 수 없는 분노로 울부짖으며, 플랙은 데이나를 걷어찼다. 그녀의 육체가 걷어차이는 대로 고분고분 아무렇게나 움직이는 것이 그를 더욱 성나게 했다. 실내 여기저기로 데이나를 걷어차며 울부짖고 으르렁거렸다. 머리칼에서 불꽃이 튀어 올랐다. 마치 그의 몸속 어딘가에서 이온 가속 장치가 윙윙 작동하면서 전기장을 형성하여 그를 건전지로 변모시키기라도 한 듯이. 플랙의 두 눈이 검은 불길로 타올랐다. 그는 울부짖고 걷어찼고, 걷어차고 울부짖었다.

바깥에 있던 로이드와 다른 사람들은 안색이 창백해졌다. 그들은 서로 바라보았다. 마침내 그들이 인내할 수 있는 한계를 벗어났다. 제니, 켄, 휘트니는 허둥지둥 밖으로 나갔다. 응고된 우유같이 하얗게 질린 그들의 얼굴은 아무것도 듣지 못해서 제대로 듣고 싶어 나가는 사람처럼 신중한 표정을 지었다.

오직 로이드만이 제자리를 지켰다. 자리를 지키고 싶어서가 아니라, 자신이 호출당할 것을 알았기 때문이었다. 마침내 플랙이 로이드를 안으로 불러들였다.

플랙은 넓은 책상 위에 다리를 꼬고 앉아 두 손을 청바지 무릎 위에 올려놓았다. 그는 로이드의 머리 위를, 허공을 바라보는 중이었다. 바깥바람이 불어오자 로이드는 유리벽 한가운데가 깨진 것을 보았다. 그 구멍의 들쭉날쭉한 테두리는 피로 끈적거렸다.

바닥에 놓여 있는 것은 커튼으로 감싼 둥그스름하고 두루뭉술한 사람 모양이었다.

"저거 치워."

플랙이 말했다.

"알았습니다."

로이드의 목소리가 쉬어 터진 속삭임으로 나왔다.

"목을 벨까요?"

"통째로 도시 동쪽으로 가져가 휘발유를 끼얹고 불태워. 내 말

들었지? 불태우라고! 저 좆같은 걸 태워 버리란 말이야!"

"그러겠습니다."

"그래."

플랙이 인자하게 웃음 지었다.

두려움 때문에 덜덜 떨리고 입 안이 바짝 마른 로이드는, 거의 신음하다시피 하며 부피가 큰 그 물체를 들어 올리느라 끙끙댔다. 아랫부분이 끈적거렸다. 물체가 로이드의 두 팔 안에서 U 자 모양으로 접히면서, 주르륵 미끄러져 나가 바닥에 쿵 하고 떨어졌다. 로이드는 겁에 질려 플랙을 향해 시선을 보냈으나, 플랙은 여전히 몽상에 빠진 상태로 바깥을 내다보고 있었다. 로이드는 다시 물체를 붙잡아 꽉 움켜쥐고 문 쪽으로 비틀거리며 걸어갔다.

"로이드?"

멈춰 선 로이드는 뒤돌아보았다. 짧은 신음이 플랙의 입에서 새 나왔다. 플랙은 여전히 몽상 상태에 있었으나, 이제는 책상 위에서 30센티미터 정도 두둥실 떠서 미동도 하지 않고 방 맞은편을 평온하게 바라보고 있었다.

"무, 무, 무슨 일로?"

"내가 피닉스에서 주었던 그 열쇠 아직도 갖고 있지?"

"예."

"계속 몸에 지니고 다녀. 때가 임박하고 있으니까."

"아, 알았습니다."

로이드는 기다렸지만, 플랙은 더 말하지 않았다. 플랙은 힌두교 탁발승이 믿기 어려운 놀라운 기교를 부리듯 어두운 허공에 떠서 바깥을 내다보며 점잖게 웃음 짓고 있었다.

로이드는 재빨리 문밖으로 나갔다. 언제나처럼 자신의 목숨과 제정신을 간직한 채로 무사히 나올 수 있어서 행복했다.

그날 라스베이거스는 고요했다. 로이드는 휘발유 냄새를 풍기며 오후 2시경에 돌아왔다. 바람이 강해지기 시작했고, 5시 무렵엔 바람이 라스베이거스 대로를 이리저리 포효하고 다니며 호텔들 사이로 절망적인 외침을 만들어 내고 있었다. 7월과 8월에 수돗물 공급이 중단되어 죽어 가는 야자나무들이 걸레가 된 군기처럼 하늘을 배경으로 휘날렸다. 기묘한 형상의 구름이 머리 위로 질주했다.

커브 바에서는 휘트니 호건과 켄 디모트가 앉아 병맥주를 마시며 계란 샐러드 샌드위치를 먹고 있었다. '불가사의한 자매들'이라 불리는 늙은 부인 세 명이 도시 변두리에서 닭을 길렀지만, 충분한 양의 계란이 공급된다고 여기는 사람은 아무도 없었다. 휘트니와 켄의 아래쪽 카지노에서는, 어린 디니 매카시가 장난감 병정 군대를 가지고 크랩 게임 탁자 위를 신나게 기어 다니고 있었다.

켄이 사랑스럽다는 듯 말했다.

"저 조그만 꼬맹이 좀 봐. 어떤 사람이 저 애를 한 시간만 돌봐 달라고 부탁하더라고. 나는 일주일 내내라도 돌봐 줄 수 있는데. 재가 내 아이였으면 하고 하나님께 빌 정도니까. 내 아내는 아이를 딱 하나 낳았는데, 2개월 조산아였어. 태어난 지 사흘 만에 인큐베이터 안에서 죽었지."

켄은 들어오는 로이드를 올려다보았다.

"야, 디니!"

로이드가 외쳤다.

"요이드! 요이드 아저씨!"

디니가 소리치며 크랩 탁자 언저리로 달려가 아래로 뛰어내려서 로이드에게 달려갔다. 로이드가 아이를 번쩍 들어 올려 빙빙 돌리고는 힘껏 껴안았다.

"아저씨한테 뽀뽀해 줄래?"

디니는 쪽쪽 요란한 소리를 내며 로이드에게 뽀뽀했다.

"너한테 줄 선물 있다."

로이드가 가슴 주머니에서 은박지로 포장된 허시 키세스 초콜릿을 한 움큼 꺼냈다.

디니는 기쁨의 환호성을 울리며 그것들을 움켜쥐었다.

"요이드 아저씨?"

"왜, 디니?"

"아저씨한테서 왜 휘발유 냄새가 막 나요?"

로이드가 웃음 지었다.

"쓰레기를 좀 태우다 왔단다, 얘야. 저기 가서 계속 놀렴. 지금은 네 엄마가 누구니?"

"안젤리나 아줌마."

아이는 '안제이나'라고 발음했다.

"그 다음엔 또 보니. 난 보니 아줌마가 좋아요. 그치만 안젤리나 아줌마도 또 좋아요."

"엄마한테 로이드 아저씨가 단 거 줬다고 말하지 마라. 안젤리나가 아저씨 엉덩이를 맴매할 테니까."

디니는 말하지 않겠다고 약속했고 안젤리나가 로이드의 엉덩이를 맴매하는 모습을 떠올렸는지 키득거리며 뛰어갔다. 잠시 후 아이는 다시 크랩 탁자의 '돈 걸지 마세요 선' 으로 돌아와, 입에 초콜릿을 잔뜩 우겨넣은 채 자신의 군대를 지휘하고 있었다. 하얀 앞치마를 두른 휘트니가 다가왔다. 로이드를 위해 샌드위치 두 개와 차가운 햄스 맥주 한 병을 가져왔다.

"고마워. 대단히 맛있어 보이는데."

"그거 내가 직접 만든 시리아 빵이야."

휘트니가 자랑스럽게 말했다.

로이드는 한동안 우적우적 씹어 먹었다.

"누구 그분 본 사람 있어?"

로이드가 마침내 입을 열었다. 켄이 고개를 저었다.

"그분은 또다시 떠나신 것 같아."

로이드는 생각에 골몰했다. 바깥에서는 보통 때보다 훨씬 강한 돌풍이 비명을 지르고 다니다 사막에서 길을 잃은 듯한 황량한 소리를 냈다. 디니가 잠깐 불안한 듯 고개를 쳐들었다가 다시 몸을 수그리고 놀았다.

로이드가 마침내 말했다.

"내 생각엔 그분이 어딘가를 돌아다니시는 것 같아. 이유까지는 모르겠지만, 그냥 그런 느낌이 들어. 어떤 일이 일어나기를 기다리며 돌아다니시는 것 같은 생각이 든다고. 정확히 무슨 일인지는 나야 모르지."

휘트니가 나지막한 목소리로 말했다.

"그 여자한테서 정보를 얻어 내셨을까?"

"아니."

로이드는 디니를 지켜보았다.

"그분이 정보를 입수했단 생각은 안 들어. 어찌 된 영문인지 일이 안 좋게 끝났어. 데이나…… 걔가 운이 좋았거나 그분보다 한 수 앞서 나간 거지. 흔히 일어나는 일은 아니지만."

"길게 보면 별로 중요한 일은 아닐 거야."

켄이 말했지만, 그래도 근심스러워 보였다.

"그래, 중요한 일은 아닐 거야."

로이드는 한동안 바람 소리를 귀 기울여 들었다.

"어쩌면 다시 로스앤젤레스로 가신 거겠지."

그러나 로이드는 사실 그렇게 생각하지 않았고, 그렇다는 것이 얼굴에 드러났다.

휘트니가 주방으로 돌아가 또 맥주를 가져왔다. 그들은 침묵 속에 술을 마시며, 걱정에 잠겼다. 처음에는 판사, 이제는 그 여자. 둘 다 죽었다. 그리고 둘 다 쓸 만한 정보를 말하지 않았다. 둘 다 상처를 내지 말라는 그분의 명령이 먹혀들지 않았다. 그것은 마치 맨틀과 마리스와 포드 같은 슈퍼스타가 포진한 양키스 야구 팀이 월드 시리즈에서 초반 두 경기를 연속으로 패한 것이나 다름없었다. 사람들로서는 믿기 어려운 일이었다. 그리고 불안감을 선사하는 일이었다.

밤새도록 바람이 세차게 불었다.

제63장

9월 10일 늦은 오후에, 디니는 호텔과 카지노 구역 바로 북쪽에 자리한 도시 소공원에서 놀고 있었다. 그 주간에 디니를 돌보는 당번 '어머니'였던 안젤리나 허슈펠트는 공원 벤치에 앉아서 5주쯤 전에 라스베이거스로 흘러 들어온, 그러니까 안젤리나 자신이 도착한 지 열흘쯤 후에 흘러 들어온 젊은 소녀와 담소를 나누고 있었다.

안젤리나 허슈펠트는 스물일곱 살이었다. 대화 상대 소녀는 열 살쯤 어렸는데, 다른 것을 상상할 여지가 전혀 없는 짧은 세일러복 블라우스와 엉덩이에 꽉 끼는 청 반바지를 입고 있었다. 고스란히 드러낸 젊은 육체의 매력과 어린아이같이 새침한, 다소 얼빠진 듯한 얼굴 표정이 대조를 이루어 음탕한 분위기를 풍겼다. 소녀의 이야기는 지루했고 끝이 없을 것 같았다. 록 음악 스타, 섹스, 인디언스프링스에 있는 군용 무기에서 코스몰린 부식 방지제를 제거하는 성가신 임무, 섹스, 다이아몬드 반지, 섹스, 사무치도록 그리운 텔레비전 프로그램들, 그리고 섹스.

안젤리나는 그 소녀가 누구랑 섹스라도 하러 가 버려서 자신을 혼자 내버려 두었으면 싶었다. 그리고 당번이 돌고 돌다가 이 소녀가 당번 어머니가 되기 전에 디니가 적어도 서른 살이 되었으면 좋겠다고 소원했다.

바로 그 순간 디니가 고개를 들고 웃음 지으며 소리쳤다.

"톰 아저씨! 여기예요!"

공원 반대편에서, 담황색 머릿결의 덩치 큰 남자가 일꾼들이 쓰는 커다란 도시락통을 다리에 떨그럭거리면서 휘청휘청 걷고 있었다.

"어휴, 저 남자 술 취했나 봐."

소녀가 안젤리나한테 말했다.

안젤리나가 웃음 지었다.

"아냐. 저인 톰이란 사람이야. 단지……."

그런데 디니가 놀던 곳에서 나와 달려가며 목청이 터져 나가도록 고함쳤다.

"톰 아저씨! 기다려요, 아저씨!"

톰이 돌아보며 미소 지었다.

"디니! 야, 야!"

디니가 톰에게 뛰어올랐다. 톰은 도시락 통을 떨어뜨리고 아이를 붙잡았다. 아이를 한 바퀴 빙글 돌렸다.

"나 비행기 태워 줘요, 톰 아저씨! 비행기 태워 줘요!"

톰이 디니의 손목을 붙잡고 빙글빙글, 점점 빠르게 돌리기 시작했다. 원심력이 아이의 몸을 끌어당겨서 두 다리가 씽씽 날며 지면과 평행을 이루었다. 아이가 깔깔 웃으며 소리를 질렀다. 두세 번 돌고 나서 톰은 아이를 서서히 땅에 세웠다.

디니는 이리저리 비틀거리며 웃었고 몸의 균형을 잡으려 노력했다.

"또 해 줘요, 톰 아저씨! 좀 더 해 줘요!"

"안 돼. 더 하면 토할 거야. 그리고 톰은 자기 집으로 가야 해. 어쿠, 그렇지."

"알았어요, 톰 아저씨. 안녕."

안젤리나가 말했다.

"내 생각에 디니가 이 도시의 누구보다도 로이드 헨리드 씨와 톰 컬런 씨를 제일 사랑하는 것 같아. 톰 컬런 씨는 순박한 사람이야. 하지만……."

안젤리나는 소녀를 바라보다 말을 멈췄다. 소녀는 톰을 지켜보는 중이었다. 눈을 가늘게 뜨고 생각에 잠겨 있었다.

"그 사람이 누구 다른 사람하고 같이 라스베이거스에 들어오지 않았어요?"

소녀가 물었다.

"누구? 톰 씨? 아니야. 내가 알기로는 보름쯤 전에 달랑 혼자서 들어왔어. 자유 지대 사람들과 살았는데, 그들이 그 사람을 쫓아냈대. 그들의 손실은 우리의 이득이지. 내 생각은 그래."

"그럼 벙어리랑 같이 들어오지 않았단 말이에요? 귀머거리에다 벙어리인 사람하고?"

"농아랑? 아니야, 그 사람 혼자서 들어온 게 확실해. 다니는 그 사람을 무척 좋아해."

소녀는 시야에서 사라지는 톰을 지켜보았다. 병에 든 펩토비스몰 소화제에 관해 생각했다. 휘갈겨 쓴 메모지의 내용을 생각했다. '너 필요 없어.' 캔자스에서 있었던 일이었으며, 천 년 전의 일인 것 같았다. 소녀는 그들을 향해 총을 쐈다. 그들을 죽이고 싶었다. 특히 그 벙어리 녀석을.

"줄리? 너 괜찮니?"

줄리 로리는 대답하지 않았다. 톰 컬런의 뒤만 물끄러미 쳐다보았다. 잠시 후, 줄리는 미소 짓기 시작했다.

제64장

죽어 가는 남자는 퍼머커버 공책을 펴고, 펜의 뚜껑을 벗긴 다음 잠시 가만히 있다가 이내 글을 쓰기 시작했다.

이상했다. 한때는 길운의 마법이 작용해서, 펜이 종이 위를 날아다니면서 한 면 한 면마다 맨 위에서 맨 아래까지 가득 채워 주는 것 아닌가 하는 생각까지 들었는데, 이제는 단어들이 헝클어지고 질질 끌렸으며, 글씨체는 크고 삐뚜름했다. 마치 일인용 타임머신을 타고 초등학교 저학년 시절로 되돌아간 것 같았다.

그 당시엔 어머니와 아버지가 그에게 어느 정도 사랑을 남겨 주었다. 에이미는 아직 매력을 꽃피우지 않았고, '경이로운 오군쿼뚱보 소년과 그럴싸한 똥성애자'로 추앙받을 그의 미래는 아직 결정되지 않았다. 그는 햇살 비치는 부엌 탁자 앞에 앉아, 옆에다 코카콜라 한 잔을 놓고 싸구려 종이에 파란 줄이 쳐진 블루 호스 메모장에 톰 스위프트 모험 소설 시리즈 중 한 권을 글자 하나하나까지 모조리 천천히 베껴 썼던 일을 떠올렸다. 거실에서 어머니의 말소리가 흘러나오고 있었다. 어머니는 때로는 전화기에 대고 이야기하고 있었고, 때로는 이웃 사람한테 이야기했다.

"그건 그저 아기 젖살이 아직 안 빠졌을 뿐이래. 의사가 그렇게 말했어. 우리 아들의 신체 분비선 계통에는 아무 이상도 없대. 하나님께 감사할 노릇이지. 게다가 우리 아들은 아주 영특해!"

단어들이 커 가는 것을 지켜보기, 한 글자 한 글자씩. 문장들이 커 가는 것을 지켜보기, 한 단어 한 단어씩. 문단들이 커 가는 것을 지켜보기, 언어라는 웅장한 성채에서 쌓여 가는 벽돌 하나하나.

"나의 가장 위대한 발명품이 되리라." 톰이 힘주어 말했다. "내가 금속판을 끄집어내면 무슨 일이 생기는지 똑똑히 보아라. 그러나 다칠 수도 있으니, 네 눈을 가리는 것을 잊지 마라!"

언어의 벽돌들. 돌 하나, 나뭇잎 하나, 미지의 문 하나. 단어들. 단어의 세상들. 마법. 생명 그리고 불멸. 힘.

"리타, 나는 우리 아들이 어디서 그런 똑똑한 머리를 타고났는지 모르겠어. 어쩌면 할아버지한테서 물려받았으려나. 그분은 안수받은 목사님이셨대. 사람들이 그러는데 참으로 훌륭한 설교를 해 주셨다고 그러더라……"

시간이 지날수록 글자들의 모양새가 향상되는 것을 지켜보기. 글자들끼리 서로 연결되는 것을 지켜보고 그 결과물을 베껴 써 보기. 이제 '직접' 글을 써 보기. 생각과 줄거리를 조립하기. 마침내 생각과 줄거리로만 이루어진 완전한 세상이 되었다. 그는 드디어

타자기를 가질 수 있었다.(그리고 그때쯤엔 그의 몫으로 남은 사랑 따위는 별로 없었다. 에이미는 고등학교에 들어가 전국 우등생 모임, 치어리더, 연극반, 토론 클럽에서 활약하며 성적도 전 과목 A를 받았고, 치아 교정기를 떼 냈고 이 세상에서 가장 친한 친구는 프래니 골드스미스였다…… 그런데 남동생의 아기 젖살은 열세 살이나 되었는데도 아직 떨어질 기미를 안 보였고, 그는 방어 수단으로 허풍을 치기 시작했으며, 서서히 피어나는 공포 속에서 인생이 무엇인지, '진짜로' 무엇인지 실감하기 시작했다. 인생은 하나의 거대하고 야만스러운 요리 항아리였고, 그는 그 속에 혼자 들어가, 천천히 삶아지고 있는 선교사였다.) 타자기는 글쓰기의 나머지 길을 터 주었다. 처음엔 글의 진도가 느렸다. 너무 느렸다. 그리고 끊임없이 나오는 오타들은 믿기 어려울 정도로 좌절감을 안겨 주었다. 마치 그 기계가 활발하게(그러나 교활하게) 그의 의지에 반항하고 있는 것 같았다. 그러나 타자기에 차츰 익숙해졌을 때, 그는 그 기계가 진정으로 무엇인지 이해했다. 그가 정복하려 기를 쓰는 빈 종이와 자신의 뇌를 이어 주는 일종의 마법 통로였던 것이다. 슈퍼 독감이 유행할 무렵엔 1분에 100단어 이상 칠 수 있었고, 비로소 질주하는 생각과 속도를 맞추어 단어들을 모조리 옮아맬 수 있었다. 하지만 그는 결코 글씨 쓰기를 완전히 그만두지는 않으면서, 『모비딕』도 『주홍글씨』도 『실낙원』도 손 글씨로 저술된 걸작들임을 명심했다.

그는 수년간의 연습을 통해 프래니가 장부 속에서 보았던 방식의 글쓰기를 발전시켰다. 문단 나누기 없음, 줄 간격 없음, 눈의 피로를 덜어 주는 띄어쓰기 없음. 그것은 일이었다. 손에 쥐가 날 정도로 고된 일이었지만, 사랑의 노동이었다. 그는 기꺼이 고마운 마음으로 타자기를 이용해 왔지만, 항상 최고의 솜씨를 발휘했던 것은 손 글씨를 쓸 때였다는 생각이 들었다.

이제 그는 똑같은 방식으로 자신의 마지막을 기록할 참이었다.

고개를 들자 하늘에서 천천히 선회하고 있는 대머리 독수리들이 보였다. 랜돌프 스콧이 나오던 토요일 조조 회차의 서부 영화 속 한 장면, 또는 맥스 브랜드가 쓴 서부 소설 속 한 장면 같았다. 그는 지금의 모습이 소설로 묘사되는 것을 생각해 보았다. '해럴드는 하늘에서 선회하는 대머리 독수리들을 쳐다보며, 기다리고 있었다. 한동안 그것들을 차분히 바라보았다. 그러고는 다시 자신의 일지로 눈길을 돌렸다.'

해럴드는 다시 자신의 일지로 눈길을 돌렸다.

결국 그는 어쩔 수 없이 불안정한 운동 신경 조절 능력이 온 힘을 다해 만들어 낼 수 있었던 처음의 그 삐뚤빼뚤한 글씨로 되돌아가고 말았다. 햇빛 찬란한 부엌, 차가운 코카콜라 한 잔, 오래되어 곰팡이가 핀 톰 스위프트 소설책들을 마음 아프게 떠올렸다. 그리고 이제, 마침내 생각했다.(그리고 글로 적었다.) 자기가 어머니와 아버지를 행복하게 해 드릴 수도 있었을 거라고. 아기 젖살이 빠졌으므로. 그리고 비록 여전히 법적으로는 숫총각이지만, 자신이 '똥성애자' 가 아님을 실제로 확인했으므로.

해럴드는 입을 열고 쉬어 터진 목소리로 말했다.

"나 성공했어, 엄마."

해럴드는 페이지의 중간까지 적어 나갔다. 이제까지 썼던 내용을 보다가, 휘어지고 부러진 자신의 다리를 바라보았다. 부러졌다? 그것은 너무도 관대한 단어였다. 다리는 박살 났다. 지금 해럴드는 닷새째 이 바위 그늘에 앉아 있는 중이었다. 마지막 남은 식량마저 다 없어졌다. 세찬 소나기가 두 번씩이나 내리지 않았더라면 어제 또는 그저께 이미 목이 말라 죽었을 것이다. 다리가 곪아 가고 있었다. 다리가 썩은 가스 냄새를 무럭무럭 피우며 바지에 꽉 끼도록 부어올라, 다갈색 바지 천이 소시지 껍질로 보일 만큼 팽창되었다.

네이딘은 오래전에 떠나갔다.

해럴드는 옆에 놓인 권총을 집어 들고 장전된 실탄을 점검했다. 이날만도 벌써 수백 번이나 실탄을 점검했다. 폭우가 쏟아지던 동안에는, 총이 젖지 않도록 조심했다. 총 안에 실탄 세 발이 남았다. 네이딘이 내려다보면서 자신을 놔두고 혼자 가 버리겠다고 말했을 때 처음 두 발을 네이딘한테 쐈다.

그들은 U자형으로 구부러진 커브 길을 도는 중이었다. 네이딘은 안쪽 차선, 트라이엄프 오토바이를 탄 해럴드는 바깥쪽 차선에 있었다. 유타 주 경계에서 약 100킬로미터 떨어진 콜로라도 서부 경사지였다. 커브 길의 바깥 부분에 기름 막이 있었는데, 그때 이래로 매일 매일 해럴드는 이 기름 막에 대해 아주 곰곰이 심사숙고해 보았다. 아무래도 지나치게 완벽한 듯 보였다. '무엇'에서 생겨난 기름 막인가? 분명히 지난 두 달 동안 여기까지 올라와 지나다닌 것은 아무것도 없었다. 기름 막이 완전히 말라 버리기에 충분한 시간이었다. 마치 '그 남자'의 빨간 눈동자가 지켜보면서, 기름 막을 만들어 내 해럴드를 탈락시킬 적절한 시기를 기다려 왔던 것 같았다. 불상사가 생길 경우를 대비해 산맥을 지나는 동안은 네이딘과 함께 있도록 놔두고, 그다음엔 해럴드를 길에서 이탈시키는 것이다. 사람들이 흔히 쓰는 표현대로, 목적을 달성하고 나니 해럴드는 쓸모가 없어졌으므로.

트라이엄프 오토바이가 가드레일로 미끄러졌고, 해럴드는 벌레처럼 옆으로 튕겨 나갔다. 오른쪽 다리에 벼락 같은 통증이 찾아왔다. 다리가 부러지면서 묵직하게 뚝 끊어지는 소리가 들렸다. 그는 비명을 질렀다. 그러자 척박한 땅이 눈앞에 다가와 해럴드를 맞이했다. 그 척박한 땅은 아래에 있는 골짜기를 향해 아찔한 각도로 가파르게 경사져 내려가고 있었다. 저 아래 어디선가 빠르게 흘러가는 물소리가 들려왔다.

땅바닥에 충돌한 해럴드는 바퀴가 구르듯 하늘 높이 튀어 올랐다가, 다시 비명을 지르고 또 한 번 오른쪽 다리를 깔며 떨어졌다. 어딘가 다른 부위가 부러지는 소리를 듣고 또다시 하늘로 날아올랐다가, 떨어졌다가, 굴러다녔고, 몇 년 전 천둥 치는 폭우 때 꺾어졌던 죽은 나무에 걸렸다. 만약 그 나무가 그 자리에 없었더라면, 해럴드는 골짜기 속으로 빠져서 대머리 독수리 대신에 산악 송어의 먹잇감이 되었을 것이다.

해럴드는 삐뚤빼뚤하고 큼지막한 어린애 글씨를 여전히 이상하다고 여기며 공책에 썼다. '나는 네이딘을 비난하지 않는다.' 그것은 진실이었다. 그러나 사고 당시에는 그녀를 비난했다.

충격에 휩싸여 온몸을 떨며, 살이 까진 채로 오른쪽 다리에 고통의 벼락을 맞아 가며, 해럴드는 몸을 일으켜 경사면을 조금씩 기어 올라갔다. 저 멀리 위에서 가드레일 너머로 내려다보는 네이딘이 보였다. 그녀의 얼굴은 하얗고 자그마했다. 인형 같은 얼굴이었다.

"네이딘!"

해럴드가 부르짖었다. 목소리가 거칠게 갈라져 나왔다.

"밧줄! 안장 왼쪽 가방 안에 있어요!"

네이딘은 그저 내려다보기만 했다. 네이딘이 자신의 말을 못 들었다고 생각한 해럴드가 다시 말해 주려 했을 때 그녀의 머리가 왼쪽으로, 오른쪽으로 또다시 왼쪽으로 움직이는 것을 보았다. 매우 느린 움직임. 그녀는 고개를 흔들고 있었다.

"네이딘! 난 밧줄 없으면 못 올라간다고요! 다리가 부러졌어!"

네이딘은 대답하지 않았다. 그저 그를 내려다보고만 있었고 더는 고개를 흔드는 것조차 하지 않았다. 해럴드는 깊은 구멍 속에 빠져 든 기분을 느끼기 시작했고, 네이딘은 그 구멍의 언저리에서 구경하고 있었던 것이다.

"네이딘, 밧줄 좀 던져 줘!"

또다시 천천히 등장하는 머리 흔들기. 아직 죽은 것이 아니고 무시무시한 강직증에 걸렸을 뿐인 사람에게 지하 무덤의 문이 천천히 닫히는 것만큼이나 무시무시했다.

"네이딘! 제발 하나님의 자비를!"

비로소 네이딘의 목소리가 그에게 흘러 내려왔다. 작지만 대산맥의 정적 속에서 완벽하게 들릴 정도로.

"이 모든 게 다 예정된 것이었어, 해럴드. 나는 계속 가 봐야 해. 몹시 유감이다."

그러나 네이딘은 떠날 기미가 보이지 않았다. 가드레일에 머물며 50미터 정도 아래쪽에 널브러진 해럴드의 모습을 지켜보았다.

벌써 파리 떼가 나타나 그가 부딪힐 때 살이 찢겨 나가면서 바위들 위에 묻은 피를 부지런히 시식하고 있었다.

해럴드는 박살 난 다리를 질질 끌며 기어올랐다. 처음에는 증오도 없었고, 네이딘한테 총알을 박을 필요성도 느끼지 못했다. 단지 그녀의 표정을 읽을 수 있을 만큼 가까이 다가가고 싶은 마음만이 간절한 듯싶었다.

정오가 조금 지난 시각이었다. 날이 뜨거웠다. 얼굴 위의 땀이 해럴드가 올라가고 있는 뾰족한 자갈과 바위로 뚝뚝 떨어졌다. 그는 팔꿈치로 몸을 위로 끌어당기고 왼쪽 다리로 밀면서 이동했다. 절름거리는 곤충 같았다. 목구멍은 호흡이 들락날락하며 거칠게 긁어 대서 뜨거운 빨래판이 되었다. 얼마나 오랫동안이었는지는 몰랐지만, 한 차례 또는 두 차례 다친 다리가 돌출된 돌덩이에 부딪혔고, 그 때문에 촉발된 어마어마한 통증으로 해럴드는 정신을 잃고 말았다. 여러 번 아래로 미끄러져 내리는 통에 속수무책으로 신음하기도 했다.

결국 더는 움직일 수 없다는 사실을 멍청하게 깨닫고야 말았다. 그림자의 방향이 바뀌었다. 3시간이 지났다. 가드레일과 도로를 마지막으로 올려다보았던 때를 기억할 수 없었다. 1시간도 더 전의 일인 것만은 분명했다. 고통 속에서도, 해럴드는 아무리 미세할지라도 자신이 이룩해 가고 있던 전진에 완전히 열중한 참이었다. 네이딘은 아마도 오래전에 떠났을 것이다.

그러나 네이딘은 여전히 제자리에 있었고, 해럴드가 불과 7미터 정도를 나아가는 데 성공했을 뿐이었는데도, 네이딘의 얼굴 표정이 소름 끼치도록 또렷했다. 몹시 마음 아파하는 슬픈 표정이었지만, 그녀의 눈은 단호했고 멀리 떠나가 있었다.

네이딘의 눈은 '그 남자'와 함께 있었다.

그때 바로 해럴드는 그녀를 증오하기 시작했고, 어깨의 권총집을 만졌다. 콜트 권총은 여전히 그곳에 있었다. 굴러 떨어지는 와중에도 총 꽁무니에 걸쳐 맨 끈 때문에 고정되어 있었기 때문이다. 해럴드는 끈을 툭 풀면서, 네이딘이 보지 못하도록 교묘하게 몸을 웅크렸다.

"네이딘……."

"이런 방식이 더 좋은 거야, 해럴드. 너한테는 더 좋은 거라고. 왜냐하면 그 남자의 방식은 훨씬 더 지독했을 테니까. 너도 잘 알잖니, 그렇지? 너는 그 사람과 얼굴을 직접 맞대고 대면하기를 바라진 않았을 테지, 해럴드. 그 사람은 한쪽을 배신할 사람이라면 틀림없이 다른 쪽도 배신할 것이라고 여겨서 너를 죽였을 거야. 하지만 우선은 너를 미쳐 버리게 몰아갔을 테지. 그 남자는 그런 힘을 지녔어. 그 남자는 내가 선택하도록 허락했어. 이런 방식으로 하느냐…… 또는 그 남자의 방식으로 하느냐. 나는 이 방식을 선택한 거고. 만약 네가 용감하다면 고통을 신속하게 끝장낼 수도 있어. 무슨 뜻인지 알겠지."

해럴드는 이제껏 수백 번(어쩌면 수천 번) 반복했던 권총 속 실탄 확인 작업을 그때 처음으로 하면서, 뜯겨 나가서 갈기갈기 찢어진 한쪽 팔꿈치의 그늘진 안쪽에 총을 놔두었다.

"당신은 어떤데? 당신도 배신자인 건 마찬가지 아냐?"

해럴드가 소리쳤다.

네이딘의 목소리는 슬펐다.

"내 마음속에서 결코 그 남자를 배신한 적이 없었어."

"나는 바로 그 잘나신 마음속으로 당신이 배신했다고 믿는데."

해럴드가 소리 질렀다. 얼굴로는 진심 어린 표정을 한껏 지어 보이려고 애썼지만, 실제로는 거리를 계산하고 있었다. 기껏해야 두 발을 쏠 수 있을 터였다. 그리고 권총이란 건 결과가 불확실하기로 악명 높은 무기였다.

"나는 그 남자도 당신의 배신을 알고 있으리라 믿어."

"그 남자는 내가 필요해. 나도 그 남자가 필요하고. 그 속에 네가 낄 자리는 없었던 거야, 해럴드. 그리고 만약 우리가 계속 함께 있었다간, 나는…… 나는 네가 나한테 무슨 짓을 할 수 있게 허락했을지도 몰라. 그 사소한 일 말이야. 그래서 모든 것을 망쳐 버렸을 테지. 기껏 모든 희생과 피와 역겨움을 치러 냈는데 우연히 발생할지도 모르는 아주 작은 위험 요소를 그대로 둘 수만은 없었어. 우리는 함께 우리 영혼을 팔았어, 해럴드. 하지만 내 영혼에 대해 최대한의 값어치를 바랄 만한 여지가 나에게는 충분히 남아 있어."

"내가 당신한테 최대한의 값어치를 지급하겠어."

해럴드가 가까스로 무릎을 세워 몸을 일으켰다. 태양이 눈부시게 빛나고 있었다. 현기증이 우악스럽게 엄습하여 머릿속에 어지러운 소용돌이를 일으켰다. 그는 깜짝 놀라 항의의 표시로 울부짖는 목소리들을, 하나의 목소리를 들은 것 같았다. 방아쇠를 당겼다. 메아리쳐 튕겨 나가는 총소리가 절벽 표면마다 좌충우돌 부딪히면서, 갈라지고 단절되고 사그라졌다. 깜짝 놀라는 우스꽝스러운 표정이 네이딘의 얼굴 위에 퍼졌다.

해럴드는 승리감에 도취되어 생각했다. '네이딘은 내가 총 쏠 능력이 있으리라고는 생각도 못 했어!' 충격을 받은 그녀의 입이 둥그런 O자 모양으로 떡 벌어졌다. 두 눈이 휘둥그레졌다. 손가락들이 빳빳해져서 위로 치켜 올라갔다. 마치 어떤 비정상적인 선율을 피아노로 막 연주하려는 듯했다. 그 순간이 너무나 달콤해서 해럴드는 천천히 음미하며 자신이 빗맞혔다는 것도 깨닫지 못한 채 일이 초를 허비했다. 깨닫고 나서 다시 권총을 도로 제자리에 내려놓고 왼손으로 오른 손목을 고정하고 조준하려 애썼다.

"해럴드! 안 돼! 그럴 순 없어!"

'그럴 순 없다고? 그것은 굉장히 사소한 일이야. 방아쇠 쥐어짜는 일 말이야. 물론 나는 할 수 있지.'

네이딘은 충격이 너무 커서 움직이지 못하는 듯했다. 권총의 가늠쇠에 그녀 목의 움푹한 곳이 들어오자, 해럴드는 짧고 무의미한 폭력의 분출인 이 한 발이 일을 끝장내 버릴 것이라는 서늘한 확신을 문득 느꼈다.

해럴드는 네이딘을 포착했다. 그의 겨냥으로 그녀는 꼼짝없이 죽을 터였다.

그런데 방아쇠를 당기기 시작하자, 두 가지 일이 일어났다. 땀이 눈 속으로 흘러들어 시야를 겹쳐 보이게 했다. 그리고 해럴드는 미끄러지기 시작했다. 나중에 그는 헐거운 자갈이 무너졌거나, 자신의 결딴난 다리가 꺾였거나, 아니면 둘 다였을 것이라고 혼자 생각했다. 사실일지도 몰랐다. 그러나 느낌은…… 몸이 떠밀린 것 같았고, 그때부터 지금껏 긴긴 밤마다, 다른 식으론 도무지 이해가 가지 않았다. 낮 동안 해럴드는 끝까지 완강하게 이성적으로 생각했지만, 밤이 되면 결국 훼방 놓으려고 간섭한 것은 다크맨 본인이었다는 오싹한 확신이 스며들었다. 네이딘 목의 움푹한 곳으로 때려 넣으려고 의도했던 탄환이 마구 나아갔다. 드높이, 저 멀리, 무심한 파란 하늘 속으로 유유히 나아갔다. 굴러 떨어져 다시 죽은 나무에 엎어진 해럴드는 오른쪽 다리가 뒤틀리고 꺽이면서, 발목부터 사타구니까지 온통 엄청난 통증에 휩싸였다.

죽은 나무에 충돌한 해럴드는 정신을 잃었다. 다시 의식이 돌아왔을 땐 황혼 녘이 막 지나간 뒤였고, 4분의 3이 차오른 달이 골짜기 위로 장엄하게 떠올라 있었다. 네이딘은 사라졌다.

해럴드는 광란의 공포 속에서 첫째 날 밤을 보내며 다시는 도로까지 기어 올라갈 수 없으리라 확신했고, 좁은 계곡 속에서 죽을 것이라 확신했다. 아침이 되자 그래도 땀을 흘리고 통증에 시달리면서도 다시 기어오르기 시작했다.

해럴드는 7시경에 움직이기 시작했는데, 볼더에서 매장 위원회의 오렌지색 대형 트럭들이 버스 터미널을 출발하는 시간과 그럭저럭 맞아떨어졌다. 마침내 그날 오후 5시가 되자 까지고 물집이 잡힌 손으로 가드레일 케이블을 감싸 쥘 수 있었다. 그의 오토바이는 여전히 제자리에 있었다. 안도감이 밀려와 그는 눈물을 흘릴 뻔했다. 발광하듯 서둘러서 안장주머니에서 음식 깡통들과 따개를 찾아냈다. 깡통 하나를 따서 소금에 절인 차가운 쇠고기를 두 손 가득 담아 입 안으로 잔뜩 쑤셔 넣었다. 그런데 상한 것이었다. 그는 한참의 몸부림 끝에 모두 토해 냈다.

당시 해럴드는 자신의 죽음이 다가온다는 반박할 수 없는 사실을 깨닫고 뒤틀린 다리를 아래로 늘어뜨린 채 트라이엄프 오토바이 옆에 누워 울었다. 얼마 후 조금은 잠들 수 있었다.

다음 날은 세차게 퍼붓는 소나기를 고스란히 맞아 온몸이 흠뻑 젖은 채 벌벌 떨었다. 다리에서 살이 썩어 들어가는 악취가 풍기기 시작했다. 콜트 우즈맨 권총이 젖지 않도록 몸으로 가리느라 고통을 감수해야 했다. 그날 저녁 퍼머커버 공책에 글을 쓰면서 자신의 필체가 퇴행을 시작했다는 사실을 처음으로 인식했다. 해럴드는 어느 틈엔가 대니얼 키스가 쓴 이야기를 생각하고 있었다. 소설 제목은 『앨저넌에게 꽃을』이었다. 그 이야기 속에서 한 무리의 과학자들이 정신 지체인 빵 가게 점원을 어찌어찌하여 천재로 변모시켰다…… 잠깐 동안만. 이내 그 불쌍한 사내는 천재의 면모를 잃어 갔다. '그 사내의 이름이 뭐였더라? 찰리 뭐였을걸, 맞겠지?' 물론이었다. 그것이 그 소설을 각색한 영화의 제목이었으니까. 「찰리」. 매우 좋은 영화였다. 원작 소설만큼 좋지는 않았다. 그의 기억으로는 1960년대의 사이키델릭 나부랭이로 가득했다. 그래도 좋은 영화였다. 해럴드는 예전엔 영화 보러 극장에 자주 다녔고, 비디오로는 훨씬 더 많은 영화를 감상했다. 돌이켜 보면 그 시절의 세상은 국방성이 '괄호 열고 실용적 대안 괄호 닫고' 라고 부를 법했다. 대개의 영화를 혼자서 보았으니까.

해럴드는 공책에 글을 적었다. 삐뚤빼뚤한 글자들에서 단어들이 천천히 모습을 드러냈다.

궁금하다. 그들이 모두 죽었을까? 위원회가? 만약 그렇다면, 미안하다. 나는 잘못된 방향으로 인도되었던 것이다. 이것이 내 행동에 대한 초라한 사죄다. 그러나 내가 아는 한 무척 중요한 의미

가 있는 유일한 사죄라는 것을 맹세한다. 다크맨은 슈퍼 독감이 그러하듯 분명히 실제로 존재하고, 저들의 지하 깊숙한 비밀 벽장 속 어딘가에 여전히 자리한 원자폭탄들이 그러하듯 실제로 존재한다. 그리고 죽음의 순간이 다가올 때, 그리고 훌륭한 사람들은 모두 알았던 바대로 그 죽음의 순간이 무시무시할 때, 모든 훌륭한 사람들이 심판의 옥좌 앞에 다가서며 할 수 있는 말은 단 한 가지밖에 없다. 나는 잘못된 방향으로 인도되었던 것이다.

해럴드는 적어 놓은 것을 읽었고, 여위고 떨리는 손을 이마에 댔다. 훌륭한 사죄가 아니었다. 진실성이 없는 사죄였다. 아무리 예쁘게 치장했다 한들, 여전히 냄새가 났다. 해럴드의 장부를 읽고 난 뒤에 저 짤막한 사죄의 글을 읽는 누군가는 그를 완전한 위선자로 여길 것이다. 해럴드는 자기 자신을 혼돈의 왕으로 여겨왔지만, 다크맨은 그를 꿰뚫어 보았고 고속도로에서 처절하게 죽어 가며 몸을 벌벌 떠는 말라깽이로 손쉽게 바꿔 놓아 버렸다. 다리가 고무 튜브처럼 부어올라 물러 터진 바나나 냄새를 무럭무럭 풍기는 가운데 해럴드는 머리 위의 상승 기류를 타고 얼쩡거리는 대머리 독수리들을 보며 이곳에 앉아, 말로 형언하기 어려운 상황을 합리적으로 설명하려고 노력했다. 해럴드는 시간을 너무 오래 끈 사춘기 동안에 희생자로 전락해 버렸다. 그것은 완전한 진실이었다. 자신의 치명적인 통찰력에 중독된 것이다.

해럴드는 죽어 가면서 약간 제정신을 차린 듯한, 그리고 어쩌면 약간의 품위까지도 얻은 듯한 기분을 느꼈다. 다리 사이에 놓인 공책에서 나풀거릴 작은 사죄 때문에 그 품격을 떨어뜨리고 싶지 않았다.

"볼더에 있었더라면 중요한 인재가 될 수도 있었을 텐데."

해럴드가 조용히 말했다. 만일 극도로 피곤하고 탈수증에 걸린 상태만 아니었다면 그 말에 담긴 순진하면서도 장엄한 진실이 눈물을 불러왔을지도 몰랐다. 그는 종이에 적힌 삐뚤빼뚤한 글씨들을 바라보다가 콜트 권총으로 시선을 옮겼다. 불현듯 총을 집어 들고 싶었고, 자신이 취할 수 있는 가장 진실되고 가장 간단한 수단으로 목숨을 끝장내는 방법을 생각해 보려 했다. 1년이 됐든 10년이 됐든 자기를 발견할 누군가를 위해 글을 적어 놓는 일이 어느 때보다 절실한 것 같았다.

해럴드는 펜을 쥐었다. 생각했다. 글을 썼다.

나는 내가 했던 파괴적인 일들을 사죄한다. 그러나 그런 일들을 나 자신의 자유 의지로 저질렀다는 점을 부인하지 않는다. 학교 시험지에다, 나는 항상 내 이름 해럴드 에머리 로더를 서명했다. 조잡한 수준인 내 원고들에다가도 똑같은 식으로 서명했다. 애처롭게도, 한때는 헛간 지붕에다 1미터 높이의 글씨로 이름을 적은 적도 있었다. 나는 볼더에서 내게 주어졌던 이름으로 여기다 서명하고 싶다. 그땐 그 이름을 인정할 수 없었지만, 이제는 기꺼이 받아들인다.

나는 제정신 속에서 죽어 갈 것이다

페이지 아래쪽에다 말끔하게 서명을 첨부했다. '날렵한 매.'

해럴드는 트라이엄프 오토바이의 안장주머니에 퍼머커버 공책을 넣었다. 펜에다 뚜껑을 끼우고 주머니에 꽂았다. 입속에 콜트 권총의 주둥이를 집어넣고 파란 하늘을 올려다보았다. 어린 시절 아이들이 모여 하던 놀이가 생각났다. 그 자신은 절대로 해 볼 엄두를 못 냈기에 다른 애들이 골려 대던 놀이였다. 시골길 한 곳에 자갈 채취하는 큰 구덩이가 있었고, 그 언저리에서 펄쩍 뛰어내려 심장이 멎을 듯 아득히 먼 거리를 계속 데굴데굴 굴러서 밑바닥 모래까지 떨어져 내려갔다가 마지막엔 다시 구덩이를 기어 올라와 또다시 펄쩍 뛰어내리기를 반복하는 놀이였다.

모든 애들이 하던 놀이. 해럴드만 빼고. 해럴드는 급경사의 가장자리에 서서, 다른 아이들과 똑같이 외쳤다. 하나…… 둘…… 셋! 하지만 그 신비로운 구령은 결코 효험이 없었다. 해럴드는 두 다리가 단단히 굳어진 채로 서 있었다. 자기 몸을 펄쩍 뛰게 할 수 없었다. 그리고 다른 아이들이 때로는 집까지 쫓아와서 소리소리 지르며 계집애 해럴드라고 외쳐 댔다.

해럴드는 생각했다. '만약 나 자신을 한 번만…… 딱 한 번만 펄쩍 뛰게 할 수 있다면…… 나는 여기에 없겠지. 자, 모든 실패를 만회할 마지막 기회다.'

해럴드는 생각했다. '하나…… 둘…… 셋!'

방아쇠를 당겼다.

총이 발사되었다.

해럴드가 펄쩍 뛰었다.

제65장

라스베이거스의 북쪽에 에미그런트 계곡이 있었다. 그날 밤엔 작은 불꽃이 그 황폐한 황무지에서 이글거렸다. 랜들 플랙이 불 옆에 앉아 작은 토끼의 몸통을 시무룩하게 요리하고 있었다. 손수 만든 투박한 바비큐 꼬챙이 틀에서 부단히 고기를 뒤집으며, 고기가 지글거리며 불 속으로 기름이 흘러내리는 모습을 지켜보았다. 가벼운 산들바람이 일어 맛있는 냄새를 사막으로 불어 날리자 늑대들이 나타났다. 늑대들은 모닥불이 내려다보이는 두 개의 언덕에 앉아 거의 꽉 찬 달을 향해, 그리고 요리 중인 고기 냄새를 향해 울부짖었다. 때때로 플랙이 늑대들을 힐끔거리면 두세 마리가 싸움을 시작해 제일 약한 녀석이 쫓겨날 때까지 물고 뜯고 강한 뒷다리로 걷어차곤 했다. 그러고 나면 나머지 늑대들이 또다시 울부짖기 시작했으며, 녀석들의 주둥이는 살찐 불그스름한 달을 향했다.

그러나 이제는 늑대들이 귀찮아졌다.

플랙은 청바지와 닳아 빠진 장화와 가슴 주머니 위로 배지 두 개가 달린 양가죽 재킷을 걸쳤다. 재킷의 배지는 웃음 짓는 스마일 배지와 '당신의 경찰 돼지고기는 맛이 어떻습니까?' 배지였다. 밤바람이 재킷의 옷깃을 마구 펄럭였다.

그는 일이 진행되어 가는 형세가 영 맘에 들지 않았다.

바람 속에 나쁜 징조가 있었다. 버려진 헛간의 어두운 다락 속을 이리저리 활개 치는 박쥐 떼처럼 불길한 흉조였다. 노파는 죽었고 처음에는 잘됐다고 생각했다. 무엇보다도 플랙은 그 노파를 무서워했다. 노파는 죽었고, 데이나 저겐스한테 노파가 혼수상태에서 죽었노라 일러 주었다…… 그런데 그것이 사실이었나? 플랙은 이제 자신 있게 확신하지 못했다.

그 노파는 말을 했던가, 마지막 순간에? 그리고 만약 했다면, 무슨 말을 했단 말인가?

그쪽 사람들은 무엇을 계획하고 있는가?

플랙은 제3의 눈을 발전시켜 왔다. 공중 부양 능력과 비슷한 것이었다. 그가 지니고 있고 기꺼이 사용했지만, 자신이 진정으로 이해하진 못하는 능력이었다. 플랙은 그 눈을 밖으로 내보낼 수 있었다. 염탐하고자…… 거의 항상. 그러나 이따금 그 눈동자는 불가사의한 이유로 장님이 되곤 했다. 그는 그 노파가 있던 죽음의 방 안을 들여다볼 수 있었다. 노파 주위로 모여든 사람들을, 해럴드와 네이딘의 작은 깜짝 선물에도 여전히 살아남아 조잘대던 그 조무래기들을 볼 수 있었다…… 하지만 그러고 나서 시야가 흐려졌고 플랙은 침낭에 몸을 감싸고 있던 사막으로 돌아와 있었으며, 고개를 드니 보이는 건 오로지 반짝거리는 흔들의자 모양의 카시오페이아 별자리뿐이었다. 그리고 내면에서 웬 목소리가 말했다. '그 노파는 저세상으로 갔다. 그들은 뭔가 말을 해 주기를 기다렸으나 노파는 절대 그러지 않았다.'

그러나 이제 더는 그 목소리를 신뢰하지 않았다.

스파이들에 관해서도 걱정스러운 문제가 있었다.

판사, 머리통이 터져 나갔다.

여자 애, 마지막 순간에 자신을 피해 나갔다. 게다가 알고 있었다, 염병할! 정말로 여자 애는 정보를 알고 있었는데!

플랙은 갑작스럽게 분노의 시선을 늑대들한테 던졌다. 거의 예닐곱 마리 되는 늑대가 싸움질에 돌입하여 정적 속에서 옷을 찢어 내는 듯한 걸걸한 울음소리를 냈다.

플랙은 그들의 비밀을 다 알았다…… 다만 세 번째 스파이만 빼고. 세 번째는 누구지? '눈동자'를 계속해서 부단히 밖으로 내보내 왔지만 눈동자는 그에게 오로지 영문을 알 수 없는, 바보스러운 달 표면만을 보여 주었다. 디귿, 아, 리을, 그것을 합쳐 읽으면 달이 된다.

세 번째는 누구인가?

어떻게 그 여자 애가 빠져나갈 수 있었지? 플랙은 완전히 허를 찔린 것이었다. 그의 손에 그녀의 블라우스 한 줌만이 남았으니. 그는 데이나의 칼을 알고 있었다. 그런 건 식은 죽 먹기였다. 그런데 창문 벽을 향해 갑자기 뛰어들 거라는 사실은 알지 못했다. 그리고 일말의 망설임도 없이 자기 생명을 끊어 버린 그 냉혹한 태도도. 겨우 몇 초 동안에 벌어진 일이었고 데이나는 죽어 버렸다.

온갖 생각이 어둠 속 족제비들처럼 서로서로 꽁무니를 쫓았다.

여러 일들의 경계가 아주 조금씩 부서지고 있었다. 플랙은 그것이 맘에 들지 않았다.

로더를 예로 들어 보자. 로더라는 애가 있었다.

그 아이는 매우 우수하게 움직였다. 등 뒤에 열쇠 손잡이가 튀어나온 태엽 장난감처럼. 이리로 가거라. 저리로 가거라. 이렇게 하여라. 저렇게 하여라. 그런데 다이너마이트 폭탄이 위원회 사람 중 겨우 두 명만을 해치웠다. 모든 계획, 모든 노고가 죽어 가는 그 깜둥이 노파의 귀환으로 말미암아 엉망이 되었다. 그리고 그 다음엔…… 해럴드를 처리하고 났더니…… 그 녀석이 네이딘을 죽일 뻔했다! 그것을 생각할 때면 플랙은 여전히 놀랄 만한 분노가 폭발하는 것을 느꼈다. 그리고 그 아둔한 년은 입을 벌린 채 제자리에 서서, 녀석이 또 총을 쏘기를 기다리고 있었다. 마치 자신이 살해당하기를 '희망' 하는 듯한 모습으로. 그러나 만일 네이딘이 죽는다면 모든 일을 어느 누가 마무리 짓겠는가?

어느 누가, 만약 그의 아들이 없다면?

토끼가 다 익었다. 꼬챙이에서 고기를 빼내 양철 접시에 담았다.

"그래, 이 병신 같은 해병대들아, 마구 처먹어라!"

그 말을 해 놓고는 크게 너털웃음을 터뜨렸다. 자신이 해병대원이었던 적이 있던가? 그는 그렇다고 생각했다. 엄밀히 말하면 패리스 섬의 해병대 훈련소에만 있었던 거지만. 그곳에 풋내기가 하나 있었다. 부 딩크웨이라는 이름의 정박아. 그들은……

무슨 짓을 했더라?

플랙은 식판을 내려다보며 얼굴을 찡그렸다. 그들이 곤봉으로 착한 부를 지나치게 두들겨 패서 죽였던가? 어찌어찌하다 그 녀석을 목 졸라 죽였던가? 휘발유에 얽힌 일이 기억나는 듯했다. 그런데 무슨 짓을 했더라?

갑작스럽게 분이 치밀어 올라 방금 요리한 토끼를 불 속으로 집어 던질 뻔했다. 마땅히 그 과거를 기억해 낼 수 있어야 했다. 이런 제기랄!

"마구 처먹어라, 돼지 새끼들아."

그는 속삭였지만, 과거의 기억은 그저 아스라이 멀어져 갈 뿐이었다.

플랙은 본래의 모습을 잃어 가고 있었다. 한때는 어슴푸레한 방으로 이어지는 폭 넓은 계단을 내려다보는 사람처럼 1960년대, 1970년대, 1980년대를 구석구석 돌이켜 볼 수 있었다. 이제는 오로지 슈퍼 독감 이후의 일들만을 또렷하게 기억할 수 있었다. 그 범위를 넘어선 일은 그저 안개 속에 휩싸였으며, 이따금 안개가 아주 살짝 걷힐 때면 다시 깔리기 전까지 단지 어떤 수수께끼 같은 대상이나 추억을 잠시 힐끔 쳐다볼 수 있을 정도였다.(예를 들어 부 딩크웨이…… 만약 그런 사람이 정말로 존재했다면.)

플랙이 현재 확실하게 기억할 수 있는 가장 이른 시절은 51번 도로 남쪽을 걸으며, 마운틴 시티와 키트 브래든턴의 집으로 향하던 때였다.

태어나기. 다시 태어나기.

플랙은 이제 단연코 사람이 아니었다. 만약 사람이었던 적이 있었다고 치면. 그는 양파와도 같아서 한 번에 한 겹씩 천천히 껍질을 벗고 있었으며, 지금 벗겨지는 것은 오로지 인간의 속성이라는 겉치장일 뿐이었다. 조직적인 사고, 기억, 어쩌면 자유 의지까지도…… 만약 그런 것이 정말로 존재했다면.

그는 토끼를 먹기 시작했다.

한때는 일이 틀어지기 시작하면 재빨리 자취를 감추곤 했다. 이번에는 아니었다. 이번에는 그의 공간, 그의 시대였고, 여기서 자신의 위세를 떨칠 작정이었다. 여태까지 세 번째 스파이의 정체를 밝혀내지 못했다거나, 해럴드가 마지막에 통제 불능 상태가 되어 터무니없이 몰염치하게도 플랙 아들의 어머니가 되기로 약속된 신부를 살해하려 시도했다든가 하는 일 따위는 중요치 않았다.

사막 어딘가에서는 저 기괴한 쓰레기통맨이 성가시고 꺼림칙한 자유 지대를 영원히 뿌리째 없애 버릴 무기들의 냄새를 쫓고 있었다. 그의 '눈동자'는 쓰레기통맨을 뒤쫓을 수 없었다. 여러 면에서 플랙은 자신보다 쓰레기가 더 괴팍하다고 생각했고, 쓰레기야말로 레이더처럼 지독히도 정확하게 코르다이트 화약과 네이팜탄과 젤리그나이트 폭약 냄새를 감지해 내는 일종의 인간 사냥개라고 생각했다.

앞으로 한 달 또는 그 전에라도, 주 방위군의 제트기들이 비행을 시작할 터였다. 날개 밑에 때까치 미사일들을 매달아 완전 무장한 상태로. 그리고 신부의 임신이 확인되면, 제트기들이 동쪽으로 날아갈 것이다.

플랙은 농구공 같은 달을 꿈꾸듯 올려다보며 웃음 지었다.

또 다른 가능성도 하나 있었다. 적절한 때가 되면 '눈동자'가 그에게 보여 줄 것이다. 그곳으로 갈지도 몰랐다. 어쩌면 까마귀의 모습으로, 어쩌면 늑대의 모습으로, 어쩌면 곤충의 모습으로.

어쩌면 사마귀같이 아주 작은 물체로 변해서 사막의 삐죽삐죽 나온 풀밭 한복판에 조심스럽게 은폐된 통풍구 덮개 속으로 꿈틀꿈틀 침입할 것이다. 캄캄한 통풍관 속을 껑충 뛰거나 기어 다니다가 마침내는 실내 공기 조절판의 격자 모양 틈새로 또는 회전을 멈춘 환풍기 날개 틈새로 빠져나올 것이다.

그 장소는 지하에 감춰져 있었다. 네바다 주 경계선을 바로 넘어간 캘리포니아 주 안에.

그곳에는 실험용 유리컵들이, 줄줄이 늘어선 유리컵들이 있었으며, 각각의 정체를 나타내는 깔끔한 플라스틱 테이프 명찰이 붙어 있었다. 슈퍼 콜레라, 슈퍼 탄저병, 림프선 페스트의 신종 개량형. 그것들 모두 슈퍼 독감을 거의 전 인류에게 너무도 치명적으로 작용시킨 항원 변형 능력을 기반으로 했다. 그 장소에는 그런 것들이 수백 종류나 있었다. '다채로운 맛들', 라이프 세이버 사탕 광고에서 흘러나오던 선전 문구와도 같았다.

'자유 지대여, 너희 식수에 그걸 약간 풀어 놓으면 어떨까?

멋지게 공중 폭발로 퍼뜨리는 것은?

크리스마스 기념으로 재향 군인들이 애용하던 사랑스러운 악성 폐렴은? 아니면 너희는 오히려 신종 개량형 돼지 독감을 선호하려나?

주 방위군 썰매를 탄 랜디 플랙, 검은 산타가 집집마다 굴뚝 속에 작은 바이러스를 하나씩 떨어뜨려 줄까?'

그는 기다릴 것이다. 그리고 마침내 적절한 때가 돌아오면 알 것이다.

무엇인가가 알려 줄 것이다.

상황이 완벽하게 움직여 줄 것이다. 이번엔 재빨리 자취를 감추지는 않을 터였다. 그는 정상에 섰고 정상에 계속 머무를 작정이었다.

토끼가 다 없어졌다. 뜨거운 음식이 들어찬 포만감에 다시 기분이 좋아졌다. 양철 접시를 들고 일어서서 남은 뼈들을 밤의 어둠 속으로 내던졌다. 뼈를 향해 달려든 늑대들이 으르렁거리고 물어뜯고 고함치며 서로 차지하려고 싸우느라 늑대들의 눈알이 달빛 속에서 공허하게 굴러다녔다.

플랙은 두 손을 엉덩이에 받치고 서서, 달을 향해 거침없이 웃음을 내질렀다.

다음 날 아침 일찍 네이딘은 베스파 스쿠터로 글렌데일 마을을 떠나 15번 주간 고속도로를 타고 내려갔다. 백설처럼 하얀 머리칼이 풀려서 뒤편으로 활짝 나부끼는 것이 웨딩드레스의 기다란 옷자락과 매우 흡사해 보였다.

그녀는 베스파 스쿠터한테 미안한 감정을 느꼈다. 아주 오랫동안 헌신적으로 그녀에게 봉사해 온 베스파가 이제 죽어 가고 있었기 때문이다. 총주행 거리와 사막의 열기, 힘겨운 로키 산맥 횡단, 게다가 무관심한 정비 상태까지 어우러져 수명을 재촉했다. 엔진은 힘들어하며 쉬어 터진 소리를 냈다. 분당 회전수 계기판 바늘이 5×1000 부근에 얌전히 머물러 있질 않고 덜덜 떨기 시작했다. 그런 건 중요치 않았다. 만약 스쿠터가 목적지에 도착하기도 전에 돌연사하고 만다면, 네이딘은 걸어가야 할 터였다. 이제는 아무도 그녀를 쫓아오고 있지 않았다. 해럴드는 죽었다. 그리고 만약 걸어가야 한다면, '그 남자'가 알아차릴 거였고 그녀를 데려다 줄 누군가를 보낼 것이다.

해럴드가 그녀를 총으로 쐈다! 해럴드가 그녀를 죽이려고 했다!

아무리 외면하려 애써도 네이딘의 마음은 계속 그 생각으로 되돌아가고 있었다. 뼈다귀를 걱정하는 개처럼 그녀의 마음은 그 생각으로 돌아갔다. 그런 식으로 일이 이루어지도록 예정되었던 것이 아니었다. 폭탄이 터지고 나서 첫째 날 밤, 해럴드가 비로소 야영을 허락했던 그 밤에, 플랙이 꿈에서 네이딘을 찾아왔다. 플랙은 유타 주 막바지의 서부 경사지에 다다를 때까지만 해럴드를 네이딘 곁에 놔두겠다고 했다. 그러고 나서는 해럴드가 신속하고 고통 없는 사고로 제거될 예정이었다. 기름 막. 도로 옆으로 추락. 승강이할 필요도, 아옹다옹할 필요도, 옥신각신할 필요도 전혀 없었다.

그런데 그 사고는 신속하고 고통 없는 것이 아니었고, 해럴드는 하마터면 네이딘을 죽일 뻔했다. 총알이 뺨에서 1센티미터 차이로 비켜나 바람 소리를 내며 지나갔는데도 그녀는 여전히 몸을 움직일 수가 없었다. 충격으로 몸이 얼어붙은 네이딘은 해럴드가 어떻게 그런 짓을 할 수 있었는지, 어떻게 감히 그런 짓을 '시도'할 생각을 했는지 의아해했다.

네이딘은 그것이 자기를 질겁하게 하려는, 자기가 누구의 소유인지 명심시키려는 플랙의 방식이라고 스스로 타이름으로써 그 상황을 합리화하려 했다. 하지만 도대체 이치에 맞지 않았다! 정신 나간 생각이었다! 설령 어느 정도 이치에 맞는 생각이라 하더라도, 총격 사고는 플랙이 맘대로 대처할 수 있는 성질의 일이 결코 아니라고 항변하는 단호하고 박식한 목소리가 그녀의 내면에 있었다.

네이딘은 그 목소리를 떨쳐 내려고, 정상적인 사람이 눈에 살기를 띤 달갑지 않은 사람을 막으려 문을 걸어 잠그듯이 그 목소리를 막으려 문을 걸어 잠그려고 애썼다. 그러나 그런 시도는 성공할 수 없었다. 그 목소리는 지금 자신이 막연한 가능성 덕분에 살아 있는 것이라고 말했다. 해럴드의 총알이 아주 간단히 두 눈 사이에 박힐 수도 있었고, 총알에 맞았든 안 맞았든 간에 그것은 랜들 플랙이 결정할 수 있는 일이 아닐 터였다.

네이딘은 그 목소리에 거짓말쟁이라고 소리쳤다. 플랙은 모든 것을 다 알았다. 제일 작은 참새가 떨어지는 곳까지도…….

'아니야, 그것은 하나님의 능력이야.' 그 목소리가 준엄하게 응답했다. '그 남자는 하나님이 아니야. 너는 막연한 가능성 덕분에 살아남았고, 그것은 모든 계획이 물거품이 되었다는 뜻이야. 너는 그 남자한테 빚진 것이 아무것도 없어. 만약 네가 원하기만 한다면 방향을 돌려 다시 돌아갈 수 있어.'

다시 돌아간다니, 웃기는 소리였다. 어디로 돌아간단 말인가?

목소리는 이에 대해선 별말이 없었다. 만약 뭐라고 말을 늘어놓았으면 네이딘은 당황했을 것이다. 다크맨이 본질적인 약점을 지녔다 한들, 그녀는 너무 늦게 발견한 셈이었다.

네이딘은 그 목소리 대신에 너무나 아름다운 사막의 아침 풍경에 집중하려 애썼다. 그러나 목소리는 그대로 남아 있었다. 거의 인식하지 못할 만큼 매우 나지막하고 끈질기게.

'만약 해럴드가 그 남자한테 반항하고 너한테 반격할 수 있을 거란 사실을 그 남자가 몰랐던 거라면, 이젠 또 뭘 모르고 있을까? 그리고 다음번에도 총알이 알아서 비껴가 줄 것 같니?'

하지만 오 하나님 맙소사, 너무 늦은 충고였다. 며칠씩이나, 몇 주씩이나, 어쩌면 몇 년씩이나 늦어 버린 것이었다. 왜 그 목소리는 말해 봤자 아무 소용 없는 때가 되어서야 나타난 거지?

마치 이에 동의하듯 목소리가 마침내 침묵에 빠졌다. 네이딘은 혼자만의 아침 시간을 가졌다. 아무 생각도 하지 않은 채 운전만 하면서, 시선을 정면에 펼쳐진 도로에 고정했다. 라스베이거스로 인도하는 도로. '그 남자' 한테로 인도하는 도로.

베스파 스쿠터는 그날 오후 사망했다. 몸체 내부 깊숙한 곳에서 뭔가 어긋나는 덜컹 소리가 나면서 엔진이 멎었다. 네이딘은 엔진 통에서 피어나는 고무가 타는 것 같은 뜨겁고 비정상적인 냄새를 맡을 수 있었다. 꾸준히 유지해 오던 시속 60킬로미터의 속도가 점점 떨어져서 거의 걷는 속도로 달리던 중이었다. 이제 스쿠터를 비상 차선으로 돌려 놓고 몇 차례 시동을 걸어 보고는, 아무 소용 없다는 것을 알았다. 네이딘이 스쿠터를 죽인 것이다. 그녀는 남편한테로 가는 길에 있는 수많은 것들을 죽였다. 폭발이 일어난 최후의 회의에서 자유 지대 위원회 전체와 초대 손님 전부를 전멸시킨 일에 대해 책임이 있었다. 그리고 그다음엔 해럴드도 있었다. 게다가, 어머나 세상에나, 프랜 골드스미스의 뱃속에 든 아기도 빼놓으면 섭섭했다.

그런 사실을 생각하니 속이 메스꺼웠다. 가드레일로 비틀비틀 걸어가 가볍게 먹었던 점심을 모조리 토해 냈다. 온몸이 뜨겁고 제정신이 아닌 것 같았으며 몹시 아팠다. 네이딘은 태양이 작열하는 사막의 악몽 속에서 유일하게 살아 움직이는 물체였다. 뜨거웠다…… 너무 뜨거웠다.

네이딘은 돌아서서 입가를 닦았다. 베스파가 동물 시체처럼 옆으로 누워 있었다. 잠시 그것을 바라본 다음 걷기 시작했다. 그녀는 이미 드라이 레이크를 지나왔다. 그것은 만일 아무도 그녀를 데려다 주러 나타나지 않는다면 오늘 밤엔 길가에서 자야 한다는 뜻이었다. 그나마 운이 좋으면, 아침에는 라스베이거스에 도착할 것이다. 그리고 불현듯 다크맨이 자기를 걷게 놔둘 거라고 확신했다. 네이딘은 허기지고 갈증 나고 사막의 열기에 타올라, 자기 몸에서 예전 인생의 마지막 한 조각까지 모조리 쏟아 버린 상태로 라스베이거스에 도착할 것이다. 뉴잉글랜드의 사립학교에서 어린 아이들을 가르쳤던 여자는 없어질 것이다. 나폴레옹처럼 죽은 신세가 될 것이다. 운이 좋다면, 자신을 그토록 걱정하고 호통쳤던 그 작은 목소리가 소멸하는 옛 네이딘의 마지막 부분이 될 것이다. 그러나 최후에는, 당연히 그 부분마저 없어질 것이다.

네이딘은 걸었다. 오후가 지나갔다. 땀이 얼굴에 흘러내렸다. 고속도로가 항상 빛바랜 청바지 색 하늘과 만나는 지점에서 은빛 아지랑이가 가물거렸다. 단추를 풀어 가벼운 블라우스를 벗고 하얀 순면 브래지어 차림으로 걸었다. '햇볕에 타는 거? 그러면 어때? 제길, 솔직히 좆도 상관 안 해.'

황혼 무렵, 피부가 지독히도 빨갛게 그을렸고 쇄골은 산등성이처럼 도드라진 곳을 따라 거의 자줏빛이 되었다. 저녁 냉기가 갑자기 찾아와 몸을 떨던 네이딘은 자신의 야영 장비를 베스파 스쿠터에 놔두고 온 것이 생각났다.

그녀는 불안하게 주위를 두리번거리며 여기저기 널린 차들을 보았다. 어떤 것들은 보닛 장식이 달린 높이까지 부유하는 모래 속에 묻혀 있었다. 저 무덤들 중 한 곳에서 하룻밤을 머문다는 생각에 기분이 나빴다. 별에 지독하게 그을린 것보다도 한층 더 기분이 나빴다.

'나는 제정신이 아냐.'

그런 건 중요치 않았다. 저런 차 속에서 자느니 차라리 밤새 걸어가기로 마음먹었다. 여기가 예전 중서부 지역이었다면 좋았을 것이다. 헛간, 건초 더미, 클로버 들판을 발견할 수 있었을 터였다. 깨끗하고 보드라운 장소. 여기에는 나가 봤자 오로지 도로, 모래, 달구어진 사막의 땅바닥만 있을 뿐이었다.

네이딘은 얼굴에서 긴 머리칼을 쓸어내리며 자신이 죽기를 바라고 있음을 어렴풋이 깨달았다.

이제 태양은 지평선 밑에 있었으며, 날은 완벽하게 빛과 어둠의 경계에 걸쳤다. 쌩쌩 곁을 지나치는 바람이 몹시도 차가웠다. 주변을 살펴본 네이딘은 불현듯 겁이 났다.

너무 차가웠다.

평원에 홀로 우뚝 솟은 산들은 까만 암석 기둥이 되었다. 모래 언덕들은 땅에 엎어진 험악한 거인들 같았다. 가시투성이인 사와로 선인장들이 서 있는 모습조차 얕은 무덤에서 모래를 헤치고 돌출하여 시비 거는 시체의 손가락 뼈다귀들 같았다.

머리 위에서는, 낮과 밤이 바뀌는 하늘의 순환 운동.

노랫말 한 소절이 떠올랐다. 밥 딜런의 노래, 차갑고 쓸쓸한 분위기. "악어처럼 붙잡혀서…… 옥수수밭 속에서 유린당했네……."

그리고 그 노래 바로 뒤에 또 다른 노래, 이글스의 노래. 불현듯 섬뜩해졌다. "오늘 밤 사막에서 그대와 자고 싶어라…… 사방에 수백만 개의 별들이 있는 가운데……."

갑자기 네이딘은 그 남자가 그곳에 와 있다는 것을 알았다.

그가 말을 하기도 전에 알았다.

"네이딘."

점점 짙어져 가는 어둠 속에서 들려오는 그 남자의 부드러운 목소리. 고향에 돌아온 것을 반기듯 무한히 부드러우면서도, 최후에는 온몸을 감싸 오는 공포.

"네이딘, 네이딘…… 내가 어찌나 네이딘을 사랑하는 것을 사랑하는지."

네이딘이 돌아다보자 그 남자가 그곳에 있었다. 언젠가는 나타날 것이라고 늘 알고 있었던 그 모습 그대로, 지금처럼 천진한 모습으로. 그 남자는 낡은 시보레 세단의 보닛 위에 앉아 있었으며 (그 차가 방금 그곳에 있었던가? 확실히는 알 수 없었지만, 그것이 있었다고는 생각하지 않았다.), 책상다리를 하고, 두 손을 빛바랜 청바지 무릎 위에 가볍게 얹었었다. 네이딘을 바라보며 다정하게 웃음 지으며. 그러나 그의 눈은 전혀 다정하지 않았다. 그 눈은 이 남자가 무엇에 대해서든 다정한 기분을 느낄 거라는 생각이 거짓임을 알려 주었다. 그 눈 속에서 네이딘은 교수대의 바닥 뚜껑 밑으로 방금 떨어져 내린 사람의 다리처럼 끝없이 춤추는 암흑의 환희를 목격했다.

"안녕. 나 여기 왔어."

네이딘이 말했다.

"그래. 마침내 네가 왔구나. 약속받았던 대로."

플랙은 더욱 크게 웃음 지으며 두 손을 내밀었다. 네이딘이 그 손을 맞잡고 다가서며, 그의 몸에서 일렁이는 열기를 느꼈다. 그가 그 열기를 발산했다. 듬뿍 불을 지핀 벽돌 화덕처럼. 손금 없는 부드러운 두 손이 그녀의 손 주위로 스르르 빠져나가…… 그녀의 손을 단단히 덮어 씌웠다, 수갑처럼.

"오, 네이딘."

플랙이 속삭였고, 키스하려고 허리를 굽혔다. 그녀는 아주 살짝 고개를 돌리며 싸늘한 별빛을 올려다보았다. 그의 키스는 네이딘의 입술이 아닌 턱 밑 움푹 들어간 곳에 닿았다. 플랙은 그런 일로 상심하지 않았다. 그녀는 조롱하듯 자신의 살에다 곡선을 그리는 플랙의 미소를 느꼈다.

'이 남자는 나를 불쾌하게 해.'

그러나 극도의 불쾌감은 더 나쁜 것 위에 비늘처럼 겹겹이 덮인 껍질일 뿐이었다. 더 나쁜 것은 응어리져서 오랫동안 감춰져 왔던 탐욕이었으며, 이제는 마침내 고개를 들어 고약한 냄새가 나는 분비액을, 부패한 지 한참 된 달콤한 액을 막 뿜어내려 하는, 세월을 초월한 뾰루지와도 같았다. 네이딘의 등에서 어른거리는 그의 두 손은 볕에 탄 그녀의 살갗보다 훨씬 더 뜨거웠다. 그녀가 몸을 뒤척이자, 갑자기 두 다리 사이의 좁은 계곡이 더 불룩해지고, 더 충만해지고, 더 부드러워지고, 더 예민해진 듯싶었다. 그 부분에 있는 바지의 솔기가 음탕한 방식으로 정교하게 그녀를 비벼 대고 있어서, 참을 수 없는 가려움을 없애려, 단번에 완전히 해소하려, 자신이 직접 문지르고 싶어졌다.

"나한테 한 가지 말해 줘."

네이딘이 말했다.

"뭐든지."

"너는 '약속받았던 대로' 라고 말했어. 누가 너한테 나를 약속해 주었지? 왜 나를? 그리고 나는 너를 뭐라고 부르지? 나는 그런 것조차 몰라. 살아오는 내내 너에 관해 알고는 있었지만 뭐라 불러야 할지조차 몰라."

"리처드라고 불러. 그게 내 진짜 이름이야. 그렇게 불러 줘."

"그게 진짜 이름이야? 리처드?"

네이딘이 의심스러워하며 묻자 플랙은 그녀의 목에 대고 키득거리면서, 그녀의 살갗을 혐오와 욕망으로 들끓게 했다.

"그리고 누가 나를 약속해 줬지?"

"네이딘, 난 깡그리 잊어버렸어. 자, 어서."

플랙이 차의 보닛에서 미끄러져 내려오며, 계속 네이딘의 두 손을 붙잡고 있었고, 그녀는 그의 손을 뿌리치고 도망가려 할 뻔했으나…… 하지만 그런 시도가 무슨 소용이 있을까? 그는 그저 그녀를 쫓아가서, 붙잡아서, 강간할 텐데.

"달. 달이 꽉 차올랐어. 그리고 나도 마찬가지야."

그가 그녀의 손을 자신이 입은 청바지의 부드럽고 빛바랜 가랑이로 끌고 내려갔다. 그곳엔 무시무시한 것이 있어서 맞물린 지퍼의 차가움 밑에서 독자적인 생명력으로 요동치고 있었다.

"안 돼."

네이딘이 중얼거렸다. 손을 떼려 애쓰면서, 이 시간이 그 옛날 사춘기 시절의 달빛 밤에서 얼마나 멀리 있는 것인지, 얼마나 더할 나위 없이 멀리 있는 것인지 생각했다. 이 시간은 시간의 무지개에서 반대쪽 맨 끄트머리에 치우쳐 있었다.

플랙은 네이딘의 손을 자기 몸에 그대로 붙들어 놓았다.

"사막으로 가서 내 아내가 되어 줘."

"안 돼!"

"안 된다고 말하기엔 너무 늦었어, 자기야."

그녀는 그와 함께 갔다. 침낭이 있었고, 달의 은빛 뼈대 아래로 모닥불이 꺼진 까만 뼈대가 있었다.

플랙은 네이딘을 눕혔다.

"아주 좋아. 아주 좋아, 그렇지."

플랙이 속삭이듯 말했다.

그의 손가락이 허리띠 버클, 그다음엔 단추, 그다음엔 지퍼를 풀었다.

네이딘은 플랙이 그녀를 위해 속에 품고 있었던 것을 보고 비명을 질렀다.

그 소리에 다크맨이 히죽 웃었다. 그것이 어둠 속에서 크고 빛나는 음탕한 모습을 드러냈고, 살찌고 너저분한 달이 두 사람을 멍하니 내려다보았다.

네이딘은 거듭 또 거듭 비명을 울려 대며 기어 나가려고 애썼고, 플랙이 움켜잡자 온 힘을 다해 두 다리가 열리지 않게 꽉 오므리고 있었지만, 손금 없는 텅 빈 손 하나가 다리 사이로 꽂히자 두 다리는 바닷물처럼 양옆으로 갈라졌다. 그녀는 생각했다. '나는 위를 올려다볼 거야…… 달을 올려다볼 거야…… 아무것도 느끼지 않을 것이고 그것은 끝날 거야…… 끝날 거야…… 나는 아무것도 느끼지 않을 거야…….'

이윽고 죽음 같은 냉기가 몸 안으로 쑥 들어왔을 때 날카로운 절규가 그녀의 입을 찢고 나와 마구 날뛰며 달아났고, 그녀는 몸부림쳤지만 아무 소용 없었다. 플랙은 그녀의 몸속으로 난폭하게 밀어붙이는 침입자, 파괴자였고, 차가운 피가 그녀의 양쪽 허벅지로 뿜어져 내려왔고, 그러고 나니 그가 그녀의 몸속으로, 자궁까지 완전히 들어와 있었고, 차가운 은빛 불꽃 같은 달이 그녀의 두 눈 속에 들어와 있었고, 플랙이 절정에 도달했을 때 그것은 녹은 철, 녹은 무쇠, 녹은 황동과도 같았다. 네이딘도 역시 절정에 도달했으며, 비명이 절로 터져 나오는 엄청난 쾌감에 빠졌으며, 공포감과 혐오감에 빠져 들며 무쇠와 황동의 관문들을 지나 광기 어린 사막의 땅으로 내몰려 계속 쫓겨 다녔으며, 고함치듯 내지르는 그의 웃음소리에 나뭇잎처럼 바람에 날리면서 그의 얼굴이 서서히 녹아내리는 것을 지켜보았다. 이제 그 얼굴은 그녀 얼굴 바로 위에서 축 늘어진 털북숭이 악마의 모습이었다. 악마의 두 눈이 노란 램프 불빛처럼 휘황찬란하게 빛났으니, 결코 상상조차 못할 지옥으로 통하는 창문들이었다. 여전히 그 눈 속엔 몹시도 기분 좋아하는 표정이 서렸으며, 음침한 밤의 도시 수천 군데의 구불구불한 골목길들을 가만히 내려다보는 듯한 눈빛이었다. 빛나고 반짝거리던 눈빛이 결국엔 식었다. 그는 또다시 들어왔다…… 그리고 또 다시…… 그리고 또다시. 플랙의 정력은 결코 바닥나지 않는 듯싶었다. 차가웠다. 지독하리만큼 차가웠다. 그리고 늙었다. 인류보다 늙었고, 지구보다도 늙었다. 또다시 그리고 또다시 그는 자신이 방출하는 어둠의 알로 그녀를 가득 채우며 웃음을 내질렀다. 지구. 빛. 오르가슴. 또다시 오르가슴. 네이딘에게서 터져 나온 마지막 절규가 사막 바람에 쓸려 나가 아득히 멀리 떨어진 야밤의 건물들 속으로, 수천 개의 무기가 새로운 주인이 나타나 소유권을 주장해 주길 기다리고 있는 곳으로 퍼져 나갔다. 털북숭이 악마의 머리, 끝이 두 가닥으로 깊숙이 갈라져 축 늘어진 악마의 혀. 그 악마의 죽음 같은 숨결이 네이딘의 얼굴 위로 떨어졌다. 네이딘은 이제 광기의 땅속에 있었다. 철문들이 닫혔다.

달……!

달이 거의 내려와 있었다.

플랙은 토끼를 또 한 마리 잡아 맨손 안에서 떨고 있는 그 작은 것을 움켜쥐고 목을 부러뜨렸다. 이전 모닥불의 뼈대 위에 새 불을 지폈고 이제 토끼가 요리되어, 맛 좋은 향기를 피워 올렸다. 지금은 늑대들이 한 마리도 없었다. 오늘 밤 그것들은 물러갔다. 마땅히 그래야만 했다. 어쨌거나 지금은 플랙의 결혼 첫날밤이었고, 모닥불 반대편에 볼품없이 앉아 있는 어리벙벙하고 무표정한 여인은 수줍어하는 그의 신부였다.

플랙은 몸을 기울여 무릎에 놓인 네이딘의 손을 들어 올렸다. 플랙이 손을 떼자 그녀의 손이 입 높이까지 들린 채 그대로 떠 있었다. 그는 잠시 이 현상을 바라보다 그녀의 손을 도로 무릎에 내려놓아 주었다. 그녀의 손가락들이 죽어 가는 뱀들처럼 꾸물꾸물 꼼지락거리기 시작했다. 그는 두 손가락으로 네이딘의 눈을 찌르는 시늉을 했지만 그녀는 전혀 눈을 깜빡거리지 않았다. 공허한 시선만이 계속 또 계속 이어졌다.

플랙은 솔직히 당황스러웠다.

내가 뭘 어쨌기에?

생각나는 것이 없었다.

그리고 그런 건 중요치 않았다. 네이딘은 임신했으니까. 설령 정신 분열증에 걸렸다 한들, 그게 뭐 대수겠는가? 그녀는 완벽한 부화기였다. 플랙의 아들을 잉태하여 출산할 것이고, 그러고 나서는 목적을 달성했으니 죽어도 무방했다. 어쨌거나, 그것 때문에 네이딘이 필요했으니까.

토끼가 다 익었다. 플랙은 그것을 둘로 나누었다. 그리고 그녀 몫인 반쪽을 자잘한 조각들로 찢었다. 아기한테 먹일 음식을 알맞게 잘라 놓듯이. 한 번에 한 조각씩 그녀한테 먹였다. 반쯤 씹힌 고기들이 몇 조각 입에서 무릎으로 떨어지기도 했지만, 네이딘은 고기를 거의 다 먹었다. 만약 네이딘이 계속 이런 상태로 지낸다면, 간호사가 필요할 것이다. 아마 제니 엥스트롬이 적임자겠지.

"아주 좋았어, 자기야."

플랙이 부드럽게 말했다.

네이딘은 멍하니 달을 올려다보았다. 플랙은 다정하게 그녀를 향해 웃음 짓고 자신의 결혼 만찬을 먹었다.

즐거운 섹스를 하고 나면 항상 플랙은 허기가 졌다.

그 밤이 끝나갈 무렵에 잠에서 깨어난 플랙은 침낭 속에서 일어나 앉아, 안절부절못하며 두려워했다. 짐승이 두려워하듯 본능적인, 영문 모를 느낌에 두려워했다. 자신이 추적당하고 있다는 것을 깨달은 야수처럼.

꿈이었던가? 환영?

'*그들이 오고 있다.*'

까무러치게 놀란 플랙은 그 생각을 이해하려, 어떠한 정황에 꿰맞춰 보려 노력했다. 불가능했다. 그것은 나쁜 주술처럼 홀로 제자리에서 맴돌고 있었다.

'그들은 *이제 더 가까워졌다.*'

'누구? 누가 이제 더 가까워졌다는 거지?'

그를 지나치는 밤바람이 속삭이며, 단서를 제공해 주는 것 같았다. 누군가 오고 있다. 그리고……

'*누군가 가고 있다.*'

플랙이 잠자는 동안 누군가 그의 야영지를 지나쳐 동쪽을 향해 갔다. 눈에 띄지 않았던 세 번째 스파이? 알 수 없었다. 보름달의 밤이었다. 세 번째 스파이가 탈출했나? 그 생각이 돌연한 공포를 불러왔다.

'그래. 그런데 누가 오고 있다는 거지?'

플랙은 네이딘을 바라보았다. 잠든 태아처럼 똘똘 뭉친 자세로 몸을 웅크렸는데, 그 자세는 이제부터 딱 몇 달만 있으면 자신의 아들이 네이딘의 뱃속에서 취할 자세였다.

몇 달 뒤의 시간은 존재하는가?

또다시 여러 가지 일들의 경계가 부서지고 있는 느낌이 들었다.

다시 드러누우며, 그는 이날 밤 더는 잠을 이루지 못할 것이라 믿었다. 그러나 곤히 잠들었다. 그리고 다음 날 아침 라스베이거스로 차를 몰고 들어갔을 무렵, 그는 다시 웃음 짓고 있었고 간밤의 돌연한 공포는 거의 잊었다. 네이딘이 뱃속에 조심스럽게 씨앗 하나를 감춘 커다란 인형이 되어 옆 좌석에 얌전히 앉아 있었다.

플래그는 그랜드 호텔로 가서 잠자는 사이에 일어났던 일들을 보고받았다. 부하들의 눈에서 조심스러워하면서도 캐묻고 싶어 하는 새로운 표정을 보았고, 나방의 가벼운 날개가 파닥거리듯 또다시 두려움이 자신에게 와 닿는 느낌을 받았다.

제66장

네이딘 크로스가 아마도 자명한 것이 확실한 어떤 진실들을 깨닫기 시작하던 때와 거의 동시에, 로이드 헨리드는 커브 바에 홀로 앉아 규칙을 멋대로 무시하며 1인용 카드 게임인 빅 클록을 했다. 울화통이 터졌다. 그날 인디언스프링스에서 돌발적인 화재가 나서 한 명이 사망하고 세 명이 부상했는데, 부상자들 중 한 명은 심한 섬광 화상으로 죽을 것 같았다. 라스베이거스에는 그런 화상을 어떻게 치료해야 할지 아는 사람이 없었다.

칼 호그가 사고 소식을 전해 왔다. 그는 극도로 화가 치민 상태였으며 가볍게 취급당해도 되는 사람이 아니었다. 칼은 해병대 출신으로 전염병 유행 전에는 오자크 항공의 비행기 조종사였고, 마음만 먹으면 한 손으로 다이커리 칵테일을 만들면서 다른 손으로는 로이드를 두 동강 낼 수 있었다. 칼의 말에 따르면 그는 길고 파란만장했던 생애 동안 몇몇 사람을 살해했다는데, 로이드는 그 말을 믿는 편이었다. 로이드가 칼 호그를 육체적 힘 때문에 무서워하는 건 아니었다. 그 비행기 조종사는 덩치가 크고 거칠었지만 서쪽 지대에 있는 다른 사람들처럼 걸어 다니는 멋쟁이를 조심스러워했고, 로이드는 플랙의 장식물을 목에 찬 거물이었다. 그래도 그 사람은 비행사였기 때문에 외교적으로 다루어야 했다. 그리고 매우 기이한 일이지만 로이드는 유능한 외교관이었다. 로이드의 외교관 신임장은 단순하지만 경이로웠다. 그는 포크 프리먼이라는 상당히 미친 사람과 수주일을 함께 지냈고, 살아남아서 믿기지 않는 이야기를 떠벌렸다. 또한 랜들 플랙과 수개월을 함께 지냈고, 여전히 공기를 호흡하며 온전한 정신을 유지하는 중이었다.

칼은 9월 12일 2시경에 오토바이 헬멧을 한쪽 팔에 끼고 찾아왔다. 왼쪽 뺨에 징그러운 화상 자국이 있었고 한 손에는 물집들이 생겼다. 화재 사고가 일어났다고 했다. 심각했다. 하지만 최악의 사태라고 할 만큼 심각한 것은 아니었다. 연료 트럭이 폭발하여 활주로에 온통 불타는 석유를 내뿜었다.

"잘 알았어요. 왕초께서도 아시는지 내가 확인해 보도록 하죠. 다친 사람들은 병원에 가 있나요?"

"그렇지. 거기 있지. 프레디 캄파나리는 살아서 해가 지는 광경을 볼 것 같지 않아. 그러니 비행기 조종사가 두 명만 남는 거지. 나와 앤디. 그분께 말씀드려. 그리고 그분이 돌아오시면 또 한 가지 사항을 말씀드려. 내가 좆같은 쓰레기통맨을 죽여 버리길 원한다고 말이야. 그것이 내가 여기 머무는 데 대한 보상이라고 말이야."

로이드가 칼 호그를 빤히 쳐다보았다.

"그러신가요?"

"내 말 똑똑히 들어 놓고 딴청 피우지 마."

"글쎄, 당신한테 분명히 말하는데요, 칼, 나는 그런 메시지를 전달할 수 없어요. 만약 '그분' 한테 명령을 내리고 싶으면, 당신이 직접 나서서 해야 할 거요."

칼이 갑자기 당황하고 조금 두려워하는 듯 보였다. 공포가 그 우락부락한 얼굴 위로 낯설게 내려앉았다.

"그래, 자네 말뜻을 이해하겠어. 많이 피곤해서 내가 실수한 거야, 로이드. 얼굴을 지독하게 다쳤기도 하고. 자네한테 화풀이하려는 의도는 아니었다고."

"이봐요, 그런 건 괜찮아. 민원을 들어주려고 내가 여기에 있는 거니까 말이지."

이따금 로이드는 자신의 일이 민원 상담이 아니었으면 하고 희망했다. 그의 머리는 이미 두통에 시달리고 있었다.

"그런데 그놈은 죽어도 싸. 꼭 내가 그분께 그 말을 해야만 한다면, 하겠어. 그놈이 검은 돌 하나를 꿰찼다는 건 나도 알아. 그분께서는 그 멀대 같은 놈을 애지중지하시는 것 같더구먼. 그렇지만, 이봐, 내 말 들어 봐."

칼이 자리에 앉으며 바카라 게임 탁자에 헬멧을 내려놓았다.

"쓰레기가 그 화재에 책임이 있단 말이야. 아이고, 왕초의 부하 한 명이 염병할 비행기 조종사들한테 불 지르고 다닌다면 우리가 어떻게 저 비행기들을 하늘로 띄울 수가 있겠어?"

몇 사람이 그랜드 호텔 로비를 지나가며 로이드와 칼이 앉은 탁자 쪽을 불안하게 힐끔거렸다.

"목소리 좀 낮추죠, 칼."

"알았어. 하지만 자네도 문제가 뭔진 알겠지, 그렇지?"

"쓰레기가 그 짓을 했다고 어떻게 확신하는 겁니까?"

칼이 몸을 앞으로 숙이며 말했다.

"잘 들어 봐. 그 녀석은 수송부에 있었어, 알겠어? 거기서 아주 오랫동안. 수많은 사람이 녀석을 목격했어. 나 혼자만 목격한 게 아니고."

"나는 그 친구가 어디 다른 곳에 나가 있다고 생각했는데. 사막에 말이죠. 아마도 쓸 만한 물건을 구하러."

"저런, 그놈이 다시 돌아왔다고, 알겠어? 몰고 나갔던 사막 운행차에 물건을 가득 싣고서 말이야. 어디서 구해 왔는진 하나님만이 아시겠지. 나야 전혀 모르지. 근데, 휴식 시간에 사람들이 그 녀석 때문에 배꼽 빠지게 웃었어. 쓰레기가 어떤 사람인지 자네도 알잖나. 쓰레기와 무기들의 관계는 어린애와 사탕의 관계와도 같잖아."

"그렇죠."

"쓰레기가 우리한테 보여 준 마지막 물건은 소이탄 퓨즈였어. 꼬랑지를 당기면, 인화 물질이 자그마한 폭발을 일으켜. 그러고는 삼사십 분 동안 아무 일도 안 일어나지, 퓨즈의 크기에 따라서. 알겠어? 이해가 가지? 그러고는 불지옥이 생기는 거야. 작아, 하지만 매우 격렬하지."

"그렇군요."

"그래 좋아. 쓰레기가 우리한테 보여 주면서, 그 물건에 무척 군침을 흘리는 거야. 사실이 그랬어. 그러니까 프레디 캄파나리가 이렇게 말한 거야. '이봐, 쓰레기, 불장난하면 잠잘 때 오줌 싼다.' 그러니까 스티브 토빈이, 자네도 그 친구 알지, 물렁 고무로 만든 목발처럼 웃기는 친구잖아, 그 스티브가 말한 거야. '너희 모두 성냥을 싹 치우는 게 좋을 거야. 쓰레기가 마을에 돌아왔잖냐.' 그러자 쓰레기가 정말로 이상해졌어. 우리를 두리번거리더니 작은 소리로 중얼거렸어. 나는 바로 옆에 앉아 있었는데 쓰레기가 이렇게 말하는 것 같더라고. '나한테 더는 늙은 셈플 아줌마의 수표에 관해 묻지 마라.' 그 말을 듣고 뭐 짚이는 거라도 있나?"

로이드가 고개를 저었다. 쓰레기통맨에 관해서라면 그 무엇도 별로 짚이지 않았다.

"그러더니 그 녀석이 휠적 가 버렸어. 우리한테 보여 준 물건들을 집어 들고 떠나가 버렸어. 뭐, 다들 썩 기분이 좋진 않았지. 쓰레기의 감정을 상하게 할 뜻은 없었다고. 대개는 정말로 쓰레기를 좋아하고 있잖아. 예전엔 그랬지. 녀석은 어린아이 같으니까, 자네도 알지?"

로이드가 끄덕거렸다.

"1시간 뒤, 그 빌어먹을 연료 트럭이 로켓처럼 터져 올랐어. 그리고 그 잔해를 치우고 있는 동안, 나는 우연히 고개를 들었다가 막사 옆에 서 있는 사막 운행차 안에서 쓰레기가 망원경으로 우리를 지켜보는 모습을 목격했던 거야."

"그게 증거의 전부인가요?"

로이드가 긴장을 풀고 물었다.

"아니지. 그게 다는 아니지. 만약 그게 다였으면, 귀찮게시리 자네를 만나러 오지도 않았을 거야, 로이드. 하지만 쓰레기를 보고 나니 그 트럭이 어떻게 터져 올랐는지 뭔가 생각이 떠오르더라고. 그 사고는 소이탄 퓨즈를 사용한 폭발 모습과 아주 흡사하더라고. 베트남에서, 베트콩이 딱 그런 방법으로 수많은 우리 군수 트럭들을 날려 버렸지. 우리가 만들어 낸 빌어먹을 소이탄 퓨즈를 가지고 말이야. 그것을 트럭 밑의 배기관에다 찔러 넣어. 아무도 트럭에 시동을 걸지 않으면, 시간 조절 장치가 다 됐을 때 터져. 시간이 되기 전에 누군가 트럭에 시동을 걸면, 배기관이 뜨거워져서 소이탄이 터지는 거고. 어느 쪽이든 간에, 콰광, 이제 트럭은 없는 거지. 이번에 더 큰 사고로 이어지지 않았던 유일한 이유는, 수송부 연료 트럭이 열두 대 있는데 딱히 순서를 정해 놓고 사용하지 않기 때문이었어. 그래서 불쌍한 프레디를 병원에 데려다 놓고 나서 존 와이트와 내가 그곳에 가 보았지. 존은 수송부 책임잔데 그 친구도 아주 울화가 치밀던 중이었다고. 존도 얼마 전에 거기서 쓰레기를 목격했거든."

"목격한 게 쓰레기통맨이었다고 확신할 수 있나요?"

"한쪽 팔 전체가 화상으로 뒤덮여 있는데, 그런 건 착각하기가 어려운 신체적 특징이잖아, 그렇지? 맞잖아? 그 당시엔 쓰레기에 관해서 아무도 별다른 생각을 안 했대. 그 녀석은 그저 주위를 어슬렁거리고 있었고, 그게 녀석의 일이니까, 그렇지?"

"그래요. 당신 말이 맞는 것 같군요."

"그래서 존과 함께 나머지 연료 트럭들을 일일이 조사하기 시작했어. 그리고 아이고 맙소사, 모든 트럭에 소이탄 퓨즈가 붙어 있는 거야. 그 녀석이 연료 탱크 바로 밑 배기관에다 놓아둔 거였다고. 우리가 사용 중이었던 트럭이 제일 먼저 터진 이유는 배기관이 뜨거워졌기 때문이었어. 내가 방금 자네한테 이야기했던 것처럼, 알겠지? 그런데 나머지 트럭들도 슬슬 출발 준비를 하고 있었어. 두세 대는 연기를 피우기 시작하고 있더라고. 일부 트럭은 텅 비었지만, 적어도 다섯 대는 제트기 연료로 가득 찼단 말이야. 10분만 더 있었으면 우린 그냥 그 염병할 기지의 절반을 잃었을 걸."

'오, 맙소사.' 로이드가 우울하게 생각했다. '그거 정말 끔찍한데. 아주 끔찍한 최악의 상황이었겠군.'

칼이 물집 잡힌 손을 쳐들었다.

"뜨거운 소이탄을 빼내느라 이렇게 됐어. 이젠 자네도 그놈이 죽어야 하는 이유를 알겠지?"

로이드가 주저하며 말했다.

"어쩌면 쓰레기가 오줌을 싸거나 다른 일을 하는 동안 딴 사람이 쓰레기의 사막 운행차에서 퓨즈를 훔쳤을지도 모르는데."

칼이 인내심을 발휘하며 말했다.

"그건 사실이 아냐. 녀석이 자기 장난감들을 자랑해 보이는 동안 한 친구가 녀석의 감정을 상하게 했고, 그래서 녀석은 우릴 전부 다 불살라 버리려 했던 거라고. 제기랄, 그 녀석은 거의 성공할 뻔했단 말이야. 무슨 조치든 반드시 취해져야만 해, 로이드."

"잘 알았어요, 칼."

로이드는 그날 오후 내내 쓰레기에 관해 물어보러 다니느라 시간을 보냈다. 누구 쓰레기를 보았거나 어디 있을 만한 곳 아는 사람 있어? 조심스러운 표정들과 부정적인 답변들. 이미 소문은 퍼졌다. 어쩌면 그게 좋을 듯싶었다. 누구든 쓰레기를 목격하면 잽싸게 신고할 테니까. 자기의 공로가 왕초한테 인정받고 칭찬받기를 희망하며. 그러나 로이드는 아무도 쓰레기를 보지 못할 것 같은 예감이 들었다. 그 녀석은 가벼운 불장난을 저지르고 사막 운행차를 몰고 사막으로 다시 들어가 버렸을 터이니.

로이드는 앞에 펼쳐 놓은 1인용 카드 게임을 내려다보며 모조리 바닥으로 쓸어 버리고픈 충동을 간신히 눌렀다. 대신에 에이스 카드를 한 장 더 유리하게 뒤바꿔서 계속 게임을 했다. 대수로운 일은 아니었다. 플랙이 녀석을 원하면, 자기는 바로 손길을 뻗쳐 잡아들일 것이다. 착한 쓰레기는 헥 드로건과 똑같이 십자가에 올라타는 것으로 인생이 끝장날 터였다. '불쌍해라, 그 녀석 참.'

그런데 마음속 깊숙한 곳에서, 로이드는 의아스럽게 생각했다.

플랙이 맘에 들어 하지 않는 일들이 최근에 줄줄이 터졌다. 예를 들어 데이나 사건. 플랙은 그 여자 애를 알아차렸다. 사실이었다. 그러나 데이나는 정보를 실토하지 않았다. 어찌 된 영문인지 자백하는 대신 죽음 속으로 탈출해 버려서, 세 번째 스파이 문제에 아무런 진척도 없었다.

그것은 또 다른 의문을 불러왔다. 어떻게 플랙은 세 번째 스파이에 관해 전혀 모르는 걸까? 그 늙은 얼간이의 존재를 알았고, 사막에서 돌아왔을 땐 데이나 일도 알았으며, 그들에게 자기가 여자 애를 어떻게 다룰 것인지 정확하게 일러두었다. 그런데 효력이 없었다.

그리고 이제는, 쓰레기통맨.

쓰레기는 하찮은 사람이 아니었다. 어쩌면 예전 시대에는 뒷전에서 별 볼일 없었겠지만, 이제는 아니었다. 쓰레기는 로이드 자신과 마찬가지로 검은 남자의 돌을 목에 걸었다. 로스앤젤레스에서 플랙이 수다쟁이 변호사의 뇌를 바삭바삭하게 구워 버린 뒤에, 플랙이 두 손을 쓰레기통의 어깨에 얹고서 모든 꿈이 진실된 꿈들이었노라고 부드럽게 이야기해 주는 것을 로이드는 목격한 바 있었다. 그러자 쓰레기는 이렇게 속삭였다.

"내 생명을 당신을 위해."

로이드는 그 밖에 또 무슨 말이 그들 사이에 오갔는지는 몰랐지만, 그 녀석이 플랙의 은총을 받아 사막을 떠돌아다녔다는 점은 분명한 듯싶었다. 그런데 이제 쓰레기통맨이 개망나니가 돼 버렸다.

그런 사실이 무척 심각한 의문들을 불러일으켰다.

그런 사실이 로이드가 밤 9시에 홀로 이곳에 앉아, 엉터리 카드게임을 하며 술에 취하기를 열망하는 이유였다.

"헨리드 씨?"

'이건 또 뭐냐?' 고개를 든 로이드는 예쁘장하면서도 새침데기 같은 얼굴을 한 소녀를 보았다. 몸에 꽉 끼는 하얀 반바지. 젖꼭지의 유륜조차 제대로 가려 주지 못하는 쫄티. 섹시한 타입인 것은 분명한데, 불안하고 창백해 보이다 못해 병에 걸린 것처럼 보이기까지 했다. 여자 애는 강박적으로 엄지손톱을 물어뜯고 있었고, 로이드는 여자 애의 모든 손톱이 다 물어뜯겨 너덜너덜해진 것을 보았다.

"뭔데."

"저…… 저는 플랙 씨를 만나야 해요."

여자 애가 말했다. 목소리 힘이 급격히 빠져나가서 마지막엔 속삭임으로 끝났다.

"그러셔, 응? 너는 내가 뭐라고 생각하냐. 그분의 친목 담당 비서?"

"하지만…… 사람들이 말했어요…… 당신을 찾아가라고."

"누가 그러디?"

"저기, 안젤리나 허슈펠트요. 그 여자가 그랬어요."

"네 이름은 뭐냐?"

"어, 줄리."

여자 애가 키득거렸지만, 그저 습관적인 행동일 뿐이었다. 겁먹은 표정이 얼굴에서 결코 떠나지 않았다. 침울해진 로이드는 이젠 또 어떤 신물 나는 일이 펼쳐질 것인지 궁금했다. 이런 여자 애는 정말로 심각한 일이 아니면 플랙을 찾아오지 않을 터였다.

"줄리 로리."

"저런, 줄리 로리, 플랙 님은 지금 라스베이거스에 안 계신다."

"언제쯤 돌아오실까요?"

"모르지. 훌쩍 오셨다가 훌쩍 떠나시는 분이니까. 그리고 호출기를 차고 다니시는 분도 아니고. 그분은 나한테 일정을 설명해 주시지도 않는다. 중요한 일이 있거든 나한테 말하렴. 그러면 그분이 받을 만한 건지 내가 판단할 테니까."

줄리는 믿지 못하겠다는 듯 바라보았고 로이드는 그날 오후 칼 호그한테 했던 말을 되풀이했다.

"민원을 들어주려고 내가 여기에 있는 거란다, 줄리."

"알았어요."

그러고 나서, 단숨에 쏟아 낸 말.

"만약 이게 중요한 거라면, 당신한테 말해 준 사람이 바로 나라고 그분께 꼭 전해 주세요. 줄리 로리가 말했다고."

"알았다."

"잊어버리지 않을 거죠?"

"안 잊어. 거 되게 그러네! 자, 무슨 일인데 그러냐?"

줄리가 입을 삐죽거렸다.

"어휴, 너무 쏘아붙이지 좀 마요."

로이드는 한숨지으며 손에 쥐고 있던 카드들을 탁자에 내려놓았다.

"안 그럴게. 내 다짐하마. 자, 무슨 일인데 그러니?"

"그 벙어리 새끼요. 만약 그 새끼가 얼씬거린다면, 분명히 스파이짓을 하는 중이라고 생각하거든요. 난 여러분도 알고 있어야 한다고 생각했어요."

줄리의 눈이 사악하게 번뜩였다.

"그 씹할 놈이 나한테 총을 뽑아 든 적이 있었지 뭐예요."

"어떤 벙어리?"

"그런데, 나는 그 저능아를 봤어요. 그래서 벙어리도 분명히 함께 있을 거라 생각했죠. 아시겠어요? 그리고 그놈들은 우리 같은 타입이 전혀 아니라고요. 분명히 저기 반대편에서 넘어왔을 거예요."

"네 생각에 그렇다는 거로구나, 그렇지?"

"그래요."

"글쎄, 도무지 무슨 소리를 하는 건지 난 모르겠다. 오늘은 정말 기나긴 하루였고 난 아주 피곤해. 만약 뭔가 이해가 갈 만한 소리를 하지 않는다면, 줄리, 난 잠자러 갈 거다."

줄리가 책상다리를 하고 주저앉았고, 자신의 고향 마을인 캔자스 주 프랫에서 닉 앤드로스와 톰 컬런을 만났던 일에 관해 로이드한테 이야기했다. 펩토 비스몰 소화제에 관해서도.("난 그냥 그 얼간이랑 좀 장난치고 있었다고요. 그런데 그 귀머거리에 벙어리 자식이 나한테 총을 뽑아 들지 뭐예요!") 그들이 마을을 떠나갈 때, 자신이 그들을 향해 총을 쐈던 일까지도 이야기했다.

"그 모든 게 무엇을 증명한다는 거냐?"

줄리가 말을 마치자 로이드가 물었다. 그는 '스파이'란 단어에 약간 호기심이 발동했지만, 그 이후론 약간 얼떨떨해져 지루해지고 말았다.

줄리가 또다시 입을 삐죽거리고 담배에 불을 붙였다.

"내가 이미 말했잖아요. 그 저능아, 그 자식이 지금 '여기'로 넘어와 있다고요. 나는 그 자식이 분명히 스파이 짓을 하고 있는 거라고 장담할 수 있어요."

"톰 컬런, 그게 그 사람 이름이라고?"

"예."

로이드는 아주 희미하게 기억했다. 컬런은 덩치 큰 금발 머리 사내였고, 분명히 지능이 모자라기는 했지만 이 돌대가리 같은 년이 묘사하는 것만큼 아주 골치 아픈 바보는 아니었다. 더 머리를 쥐어짜 보려 애썼지만 아무것도 생각나지 않았다. 사람들이 여전히 하루에도 60명에서 100명씩 라스베이거스로 흘러 들어오고 있었다. 그들을 일일이 챙기기는 불가능한 일이 되고 있었고, 이주해 오는 사람들의 수가 줄어들기는커녕 더 늘어날 것이라고 플랙은 말했다. 로이드는 라스베이거스 주민들의 기록 문서를 관리하고 있는 폴 벌슨한테 가면 이 컬런이라는 사내에 관한 정보를 발견할 수 있으리라 짐작했다.

"그 자식을 체포할 거예요?"

줄리가 묻자 로이드는 여자 애를 바라보았다.

"네가 날 계속 괴롭히겠다면 너를 체포하겠어."

"좆나 멋진 남자시네!"

줄리 로리가 심술이 잔뜩 난 목소리로 외쳤다. 그리고 벌떡 일어나서 로이드를 노려보았다. 몸에 꽉 끼는 하얀 반바지 속의 다리가 턱까지 치고 올라올 것 같았다.

"난 댁한테 친절을 베풀려 노력했건만!"

"네 얘기는 확인해 보도록 하마."

"예에, 퍽이나. 그런 입에 발린 말이나 할 게 뻔하지."

줄리는 우악스럽게 발을 구르고 떠나가면서, 분통이 터진다는 표시로 뾰족한 작은 엉덩이를 흔들어 댔다.

로이드는 다소 기진맥진했지만 흥미롭게 줄리를 지켜보며 세상에는 저런 애들이 무수히 많다고 생각했다. 슈퍼 독감이 휩쓸고 난 지금의 상황에서도, 저런 여자 애들이 수없이 주위에 널렸다고 기꺼이 장담할 수 있었다. 저런 여우 같은 애를 꾸짖는 건 쉬운 일이지만, 그 후엔 손톱 공격을 조심해야 했다. 섹스 후에 짝짓기 상대를 씹어 먹는 표독한 거미들과 친척뻘 되는 아가씨들이니. 두 달이 지나갔는데도 여자 애는 여전히 그 벙어리 사내한테 원한을 품고 있었다. '이름이 뭐라고 그랬더라? 앤드로스?'

로이드는 뒷주머니에서 낡은 검정 수첩을 꺼내, 손가락에 침을 묻히고 빈 페이지가 나올 때까지 종이를 넘겼다. 이 수첩은 그의 메모장이었고, 그가 유념해야 할 작은 메모들로 빽빽이 들어찼다. 플랙을 만나러 가기 전에는 면도를 하자는 명심 사항부터 모르핀이나 코데인 같은 약품들이 없어지기 전에 라스베이거스 약국들의 내용물 재고를 조사해 두자는 네모 친 업무 사항까지 모든 것들의 기록. 다음 수첩을 장만해야 할 시기가 곧 올 터였다.

멋대로 휘갈기는 초등학생 필체로 적어 넣었다.

'닉 앤드로스 또는 어쩌면 앤드로츠. 벙어리. 도시 안에?' 그리고 그 밑에 기록. '톰 컬런, 폴과 함께 조사할 것.' 로이드는 수첩을 주머니에 도로 쑤셔 넣었다. 다크맨은 북동쪽으로 60킬로미터 떨어진 곳, 반짝이는 사막의 별들 아래서 네이딘 크로스와 함께 장기간에 걸쳤던 관계를 완성했다. 닉 앤드로스의 친구가 라스베이거스 안에 들어온 것을 알면 매우 흥미로워할 것이다.

그런데 플랙은 잠들었다.

로이드는 카드 게임을 시무룩하게 내려다보면서, 줄리 로리와 그녀의 원한과 뽈록하고 작은 엉덩이를 잊어버렸다. 또 한 장의 에이스 카드를 속임수로 얻은 로이드의 생각은 우울하게 쓰레기통맨한테로 돌아갔고, 플랙에게 사고 보고를 할 때 그분이 무엇이라 말할 것인지(또는 무엇을 할 것인지) 걱정했다.

줄리 로리가 커브 바를 떠나면서 그저 시민으로서 의무라 여겼던 일을 했을 뿐인데도 거지 같은 기분을 느끼고 있던 바로 그 순간에, 톰 컬런은 그 도시의 다른 구역에 있는 자신의 아파트 전망창 앞에 서서, 꿈꾸듯 보름달을 내다보고 있었다.

가야 할 때가 되었다.

돌아가야 할 때.

이 아파트는 볼더에 있는 톰의 집과 달랐다. 가구가 구비돼 있었지만 장식을 꾸며 놓지는 않았다. 포스터 한 장 붙여 놓지 않았고 피아노선에 연결한 박제 새 한 마리 걸어 놓지 않았다. 이곳은 오로지 중간에 거쳐 가는 간이역일 뿐이었고, 이제 가야 할 때가 되었다. 톰은 기뻤다. 여기에 있기가 싫었다. 여기에 있으면 뭔가 다른 냄새가 났다. 결코 일일이 집어 말할 수 없을 만큼 만연한 메마르고 썩은 냄새. 사람들은 대체로 좋았고, 안젤리나와 어린 꼬마 디니 같은 몇몇 사람들은 볼더에 있는 사람들 못지않게 매우 좋았다. 자신의 행동거지가 굼뜨다고 해서 아무도 놀리지 않았다. 그들은 톰에게 일자리를 주었고 허물없이 농담을 나누었으며, 점심시간에는 더 맛있어 보이는 다른 사람의 음식과 서로 바꿔 먹기도 했다. 좋은 사람들이었다. 톰이 느끼기에는 볼더 사람들과 별반 다르지 않았다. 그러나…….

그러나 그 사람들한테선 그 '냄새'가 났다.

그들은 모두 기다리며 지켜보고 있는 듯싶었다. 이따금 이상한 침묵이 사람들 사이에 감돌았고 눈빛이 흐려지는 듯했다. 마치 그들 모두 불안한 꿈을 똑같이 꾸고 있는 듯했다. 왜 자신들이 맡겨진 일을 하고 있는지, 또는 그 일의 목적이 무엇인지 설명을 요구하지도 않은 채 꾸역꾸역 일했다. 이 사람들은 행복한 인간의 얼굴을 뒤집어쓰고 있지만, 진짜 얼굴, 숨겨진 얼굴은 괴물의 얼굴인 것 같았다. 톰은 옛날에 그런 것이 나오는 무서운 영화를 본 적이 있었다. 그런 괴물은 늑대 인간이라고 불렸다.

달이 사막 위로, 유령 같은 모습으로, 드높이 그리고 자유롭게 떠올랐다.

톰은 데이나를 목격했다. 자유 지대에서 온 사람이었다. 그녀를 한 번 보고는 두 번 다시 보지 못했다. 무슨 일이 생긴 것일까? 데이나도 스파이 행위를 하던 중이었나? 다시 돌아갔을까?

톰은 몰랐다. 그러나 무서웠다.

아파트의 쓸모없는 컬러 텔레비전 맞은편에 놓인 라제트보이 의자 위에 작은 배낭이 있었다. 그 배낭은 진공 포장된 햄 조각과 슬림짐 육포와 짭짤한 크래커들로 가득 차 있었다. 톰은 배낭을 집어 올려 등에 멨다.

'밤에는 여행, 낮에는 잠.'

뒤도 한 번 돌아보지 않고 건물의 마당 밖으로 걸음을 내디뎠다. 달이 매우 밝아 한때는 헛돈 쓰려고 작정한 사람들이 다른 주 번호판이 달린 차들을 주차했던 갈라진 시멘트 땅 위로 톰의 그림자가 늘어졌다.

톰은 하늘에 둥실 떠서 유령 같은 모습을 한 동전을 올려다보았다.

그가 속삭였다.

"디귿, 아, 리을, 그것을 합쳐 읽으면 달이 된다. 어쿠, 그래. 톰 컬런은 그것이 무슨 의미인지 안다."

톰의 자전거는 아파트 건물의 분홍색 흙벽에 기대져 있었다. 배낭을 고쳐 메고 나서 자전거에 탔고, 주간 고속도로를 향해 출발했다. 밤 11시 무렵에 라스베이거스를 벗어나 15번 주간 고속도로의 비상 차선에서 동쪽으로 페달을 밟고 있었다. 아무도 본 사람이 없었다. 경보가 울리지도 않았다.

톰의 마음이 평온한 중간 상태로 돌아왔다. 시급한 일들이 처리되고 나면 거의 늘 그랬듯이. 그는 길을 따라 부단히 자전거를 몰며, 가벼운 밤바람이 땀 나는 얼굴에 기분 좋게 와 닿는 것만을 의식했다. 가끔은 사막에서 기어 나와 하얀 뼈다귀 팔을 도로에 가로질러 내려놓은 모래 언덕을 우회해서 돌아가야만 했는데, 일단 도시에서 멀리 벗어나자 서로 마구 뒤엉켜 주저앉은 승용차와 트럭들도 있었다. '내 작품 좀 감상해 봐. 제목은 강한 자들 그리고 절망.' 글렌 베이트먼이 비꼬는 투로 그렇게 말했을 법도 했다.

톰은 슬림짐 육포와 크래커 그리고 자전거 뒤에 묶어 놨던 커다란 보온병에 담긴 쿨에이드 음료로 간단한 식사를 하려고 새벽에 두 차례 멈춰 섰다. 그런 다음 이동을 계속했다. 달이 졌다. 라스베이거스는 자전거 바퀴의 회전 운동과 함께 뒤로 아득히 멀어져 갔다. 그는 그것이 기분 좋았다.

그러나 9월 13일 새벽 4시 15분에 싸늘한 공포의 물결이 톰에게 밀려왔다. 갑작스럽게 나타났기 때문에, 겉보기에는 불합리했기 때문에 그만큼 더욱 위협적이었다. 톰은 큰 소리로 고함치려 했으나, 성대가 갑자기 얼어붙어 잠겼다. 펌프질하고 있던 다리의 근육들이 느슨해지는 바람에 페달을 밟지 못한 자전거는 관성의 힘으로 미끄러지며 별들 아래로 달려 나갔다. 흑백 필름의 원판 같은 사막 풍경이 점점 더 천천히 흘러갔다.

'그 남자' 가 근처에 있었다.

얼굴 없는 남자, 이젠 속세를 걸어 다니는 악마.

플랙.

키 큰 남자, 사람들은 그 남자를 그렇게 불렀다. 히죽거리는 남자, 톰은 마음속으로 그 남자를 그렇게 불렀다. 그 사람의 미소가 떨어지기만 하면, 누구든 몸 안의 모든 피가 완전히 사라져 버려, 살을 차갑고 창백하게 만들어 버렸다. 고양이를 쳐다보기만 해도 그 고양이가 그동안 삼켰던 털 뭉치들을 다 토해 내도록 할 수 있는 남자. 만약 그 남자가 건설 현장을 걸어 다니면, 사람들은 망치로 자기 엄지손톱을 내리칠 것이고 지붕 판자를 뒤집어 붙일 것이고 대들보 끄트머리를 졸면서 걸어 다닐 것이고 그리고……

'그리고 오 사랑하는 하나님 맙소사, 그 남자가 깨어났다!'

흐느끼는 소리가 톰의 목에서 새어 나왔다. 그는 갑작스럽게 깨어난 것의 존재를 느낄 수 있었다. 이른 새벽의 어둠 속에서 열리는 하나의 눈동자, 아직 잠에서 덜 깨 조금 멍하고 어리둥절해하는 무시무시한 붉은 눈동자를 볼 수 있고 느낄 수 있는 것만 같았다. 그것이 어둠 속에서 회전하고 있었다. 보기. 톰을 찾아보기. 눈동자는 톰 컬런이 그곳에 있다는 것은 알았지만, 정확히 어느 지점인지는 몰랐다.

톰은 감각이 마비되어 버린 두 발로 자전거 페달을 더듬어 빠르게 더 빠르게 밟아 가면서, 바람의 저항을 줄이려고 핸들 위로 몸을 숙이면서 속력을 높여 거의 날아갈 듯 질주했다. 만약 앞길에서 부서진 차량을 우연히 만나기라도 했더라면, 전속력으로 충돌해 죽었을 것이다.

그러나 조금씩 조금씩 저 어둡고 뜨거운 존재가 그의 뒤편에 내려오는 것을 느낄 수 있었다. 그리고 무엇보다 가장 놀라웠던 것은 저 섬뜩한 붉은 눈동자가 자신이 있는 방향을 힐끔 쳐다보았으며, 자신을 보지 못한 채 그냥 지나쳤으며('어쩌면 내가 여태껏 핸들 위로 몸을 수그려서 그랬을 거야.' 톰 컬런은 두서없이 이유를 생각했다.)…… 그러고 나서 다시 닫혔다는 사실이었다.

다크맨은 다시 잠에 빠졌다.

토끼는 검은 십자가 같은 매의 그림자가 자기한테 들이닥치면 어떤 기분을 느끼는가…… 그러고 나면 멈추거나 속도를 줄이는 일 없이 계속 길을 갈 수 있는가? 쥐는 하루 종일 쥐구멍 밖에서 끈질기게 웅크리고 있던 고양이가 주인한테 붙잡혀 현관 밖으로 꼴사납게 쫓겨나면 어떤 기분을 느끼는가? 사슴은 점심때 먹은 캔 맥주 세 개의 영향으로 꾸벅꾸벅 졸고 있는 힘센 사냥꾼 옆을 조용히 지나갈 때 어떤 기분을 느끼는가? 아마도 그것들은 아무런 기분도 느끼지 못할 것이다. 아니면 아마도 저 까맣고 위험한 둥근 물체의 영향권에서 벗어나 달려 나가는 톰 컬런과 똑같은 기분을 느낄 것이다. 웅장하고 거의 전기에 감전된 듯 짜릿짜릿하게 확산되는 안도감, 새로 태어난 기분. 무엇보다도 간신히 획득한 안도감. 그러한 엄청난 행운은 분명히 천국에서 내려온 기적이 틀림없을 터였다.

톰은 새벽 5시까지 계속 달렸다. 앞에서는 해돋이가 시작되며 하늘이 황금빛 깔린 검푸른 색으로 변하는 중이었다. 별들이 희미해지고 있었다.

톰은 거의 녹초가 되었다. 조금 더 가다가, 고속도로 오른편으로 50미터 정도 떨어진 곳에 있는 가파른 내리막을 발견했다. 자전거를 그리로 몰고 가서 말라 버린 개울 바닥으로 내려갔다. 본능적인 움직임으로 충분히 많은 양의 마른 풀과 잡목을 끌어다가 자전거를 거의 다 덮었다. 자전거에서 10미터 정도 떨어진 곳에 두 개의 커다란 바위가 서로 머리를 맞대고 있었다. 톰은 그 바위들 밑의 그늘진 공간으로 기어 들어가, 재킷을 베고 누워 거의 순식간에 잠들었다.

제67장

걸어 다니는 멋쟁이가 라스베이거스에 돌아왔다.

오전 9시 30분경에 왔다. 로이드는 플랙이 도착하는 것을 보았다. 플랙 또한 로이드를 보았지만, 눈길을 주지는 않았다. 웬 여자를 이끌고 그랜드 호텔 로비를 지났다. 모든 이들이 거의 만장일치로 다크맨 보기를 몹시 싫어했음에도, 여자를 바라보느라 고개들이 돌아갔다. 여자의 머리칼은 한결같이 순백색이었다. 지독하게 볕에 그을렸으며, 너무 심하게 탄 나머지 로이드로 하여금 인디언스프링스에서 일어난 휘발유 화재의 희생자들을 생각나게 했다. 하얀 머릿결, 무시무시한 햇볕 화상, 극도로 공허한 눈빛. 그 두 눈은 평온함을 초월한, 백치미까지도 초월한, 표정 없는 눈빛으로 세상을 바라다보았다. 로이드는 예전 언젠가, 그런 눈을 본 적이 있었다. 로스앤젤레스에서, 다크맨이 매사를 다스리는 법을 자기한테 훈계하고자 했던 변호사 에릭 스트렐러튼을 손봐 주고 나서였다.

플랙은 아무도 바라보지 않았다. 히죽거렸다. 여자를 엘리베이터로 인도했다. 그들 뒤로 승강기 문이 스르르 닫혔고 그들은 꼭대기 층으로 올라갔다.

그다음 6시간 동안 로이드는 모든 일을 체계적으로 정리하느라 바빴다. 그래야 플랙이 자신을 불러 보고하라고 할 때 대처할 수 있을 터였다. 로이드는 모든 것이 잘 정리되었다고 생각했다. 남은 것은 폴 벌슨을 찾아가서 톰 컬런이란 사람에 관한 어떠한 정보든 얻어 오는 일뿐이었다. 줄리 로리가 정말로 중요한 뭔가를 우연히 발견해 냈을 경우에 대비하여. 그럴 가능성이 클 것 같진 않았지만, 플랙과 함께 있을 땐 일을 어설프게 놔두는 것보다는 확실히 매듭지어 놓는 편이 나았다. 훨씬 더 나았다.

로이드는 전화기를 들고 끈기 있게 기다렸다. 얼마 후 철컥 소리가 난 다음 셜리 던바가 내는 테네시 출신 특유의 코맹맹이 소리가 들려왔다.

"교환입니다."

"안녕, 셜리. 나 로이드야."

"로이드 헨리드! 잘 지냈어?"

"그리 나쁘진 않았어, 셜리. 6214번으로 연결 좀 해 주겠어?"

"폴? 집에 없는데. 폴은 인디언스프링스에 나가 있어. 기지 작전실에 연락해서 확실히 수배해 줄 수는 있는데."

"좋아, 그렇게 해 줘."

"그래. 근데 로이드, 언제 놀러 와서 내 커피 케이크 맛 좀 보지 않을래? 이삼일에 한 번씩 케이크를 굽거든."

"머지않아 들를게, 셜리."

로이드가 인상을 찡그리며 말했다. 셜리는 마흔 살이었고, 체중이 거의 80킬로그램이었고…… 그리고 로이드의 환심을 사려고 환장해 있었다. 로이드는 셜리 때문에 놀림을 많이 받았다. 특히 휘트니와 로니 사이크스한테서. 하지만 셜리는 훌륭한 전화 교환원이었기에 라스베이거스 전화 시스템으로도 신통력을 발휘할 수 있었다. 전력 문제를 해결한 뒤 그들의 급선무는 전화를 작동시키는 것이었다(어쨌든 가장 중요한 일이었다.). 그러나 거의 모든 자동 전화 교환기가 불타 버렸고, 그 탓에 빈 깡통과 왁스를 칠한 실로 만든 애들 전화놀이와 맞먹는 원시적인 전화 연결 시대로 퇴보하고 말았다. 게다가 교환기는 꾸준히 작동 중단 사고를 일으켰다. 셜리는 초인적인 솜씨로 수동 교환기를 능숙하게 다루어 나갔고, 아직은 기술을 습득하는 중인 서너 명의 다른 교환원들을 끈기 있게 가르쳤다.

게다가 '정말로' 근사한 커피 케이크를 만들기까지 했다.

"정말로 머지않아 들를게."

로이드가 말을 덧붙이며, 만약 줄리 로리의 탄탄하고 굴곡 있는 육체가 셜리 던바의 손재주와 싹싹하고 친절한 성격에 접목될 수 있다면 얼마나 좋을까 생각했다.

셜리는 만족스럽게 일하는 듯싶었다. 전화상으로 삑삑 소리가 났고, 인상을 찌푸리며 수화기를 귀에서 뗄 정도로 귀청 떨어지는 굉음이 한 차례 울렸다. 그런 다음 요란한 따르릉 소리를 연달아 내며 반대편 전화기가 울렸다.

"작전실의 베일리입니다." 거리가 멀어 날카로운 쇳소리가 울렸다.

"나 로이드다. 폴 거기 있나?" 전화에 대고 큰 소리로 말했다.

"로이드, 홀 뭐라고요?"

"폴! 폴 벌슨!"

"오, 그분! 예, 마침 여기서 코카콜라를 마시는 중입니다."

통화가 잠시 중단되었고(로이드는 열악한 통화 사정으로 연결이 끊어진 것으로 생각했다.) 잠시 후 폴이 나왔다.

"고함을 지르면서 말해야겠어, 폴. 연결 상태가 지랄 같아."

로이드는 폴 벌슨이 고함칠 만한 폐활량이 되는지 확신할 수 없었다. 그 사람은 두꺼운 안경을 낀 수척하고 작은 남자였고, 어떤 이들은 시원한 양반이라 불렀는데 열기로 메말라 가는 라스베이거스의 날씨에도 매일같이 완벽한 스리피스 정장을 차려입기를 고집했기 때문이었다. 그래도 정보 장교로서는 좋은 사람이었고, 언젠가 기분이 좋아진 플랙이 1991년에는 벌슨을 비밀경찰의 수장 자리에 앉힐 것이라고 로이드한테 말한 적도 있었다. 그리고 따스하고 사랑스러운 미소를 지으며 "폴은 그 일을 아아아주 잘해낼 거야."라고 덧붙였다.

폴은 가까스로 목소리를 좀 더 키웠다.

"지금 인명록 갖고 있어?" 로이드가 물었다.

"그래. 스탠 베일리와 내가 업무 교대 프로그램을 검토하던 중이었거든."

"톰 컬런이란 남자에 관해 정보가 있는지 알아봐 주겠어?"

"딱 1초만."

1초가 2분 내지 3분으로까지 늘어났다. 로이드는 또다시 통화가 끊어진 건지 궁금해졌다. 그때 폴이 말했다.

"좋았어, 톰 컬런…… 거기 있지, 로이드?"

"여기 있어."

"전화 상대가 붙어 있는지 안심할 수가 없구먼. 통화 상태가 이래서야 원. 나이는 어림잡아 스물둘에서 서른다섯 사이야. 본인이 자기 나이를 확실히 알지 못해서 말이지. 가벼운 정신 지체. 작업 능력은 좀 있어. 청소 작업반에 배치되어 있군."

"라스베이거스에 머문 지는 얼마나 됐지?"

"3주가 채 안 되는군."

"콜로라도에서 온 사람인가?"

"그래. 하지만 그곳에서 살려다가 맘에 안 들어서 여기로 넘어온 사람이 열두 명이나 돼. 그곳 사람들이 이 남자를 추방했군. 이 남잔 정상적인 여성과 섹스를 하고 있었는데, 내 생각엔 그들이 자기들의 유전자 풀이 더럽혀지는 걸 두려워했나 봐."

폴이 웃어 댔다.

"그 사람 주소 있어?"

폴이 알려 주자 로이드는 수첩에다 받아 적었다.

"다 된 거야, 로이드?"

"만약 자네한테 시간이 있다면 다른 이름 하나 더."

폴이 웃어 댔다. 왜소한 남자가 하찮은 일에 호들갑 떠는 웃음.

"물론이지, 지금은 차 마시는 시간이거든."

"찾을 이름은 닉 앤드로스."

"그 이름은 내 빨간 리스트에 올라 있어." 폴이 즉시 말했다.

"어?"

로이드는 최대한 민첩하게 생각했지만 빛의 속도에는 한참 뒤떨어졌다. 그는 폴의 '빨간 리스트'가 무엇인지 전혀 알지 못했다.

"누가 자네한테 그 이름을 가르쳐 주었지?"

"누구긴 누구야? 빨간 리스트의 모든 이름을 나한테 전해 줬던 그분이시지." 버럭 화를 내며 폴이 말했다.

"아. 알았어."

로이드는 작별 인사를 하고 끊었다. 연결 상태가 나쁘니 자세한 얘기는 불가능했고, 로이드가 밀담을 나누기엔 고려해야 할 사항이 너무나 많았다.

빨간 리스트.

플랙이 폴한테만 알려 주고 다른 사람한텐 전혀 알려 주지 않은 이름들. 분명했다. 비록 폴은 로이드가 당연히 다 알고 있으리라 여기긴 했지만. 빨간 리스트, 그게 무슨 의미였던가? 빨간색은 멈춤을 의미했다.

빨간색은 위험을 의미했다.

로이드는 다시 전화를 들었다.

"교환입니다."

"또 로이드야, 셜리."

"우와, 로이드, 저기 말이야……"

"셜리, 나 잡담할 여유 없어. 어쩌면 크게 번질지도 모르는 음모를 포착했어."

"알았어, 로이드."

셜리의 목소리가 들뜬 기색을 잃었고 갑자기 사무적으로 바뀌었다.

"누가 치안본부 선임을 맡고 있지?"

"배리 도건."

"연결해 줘. 그리고 난 절대로 당신과 통화한 적이 없는 것으로 입단속 해 줘."

"그래, 로이드."

셜리는 이제 걱정스러워하는 듯했다. 로이드 역시 걱정스러웠지만, 동시에 흥분되기도 했다.

잠시 후 도건이 나왔다. 도건은 좋은 사람이었다. 그 점에 대해선 로이드도 깊이 감사했다. 대체로 포크 프리먼 타입의 부류들이 경찰 부서 쪽으로 자원해 오고 있었으므로.

"자네 말이야, 날 위해 누굴 좀 잡아 줬으면 좋겠어. 생포해야 해. 심지어 자네가 동료를 잃는 한이 있어도 나는 그 친구의 살아 있는 모습을 봐야 해. 이름은 톰 컬런이고 아마 집에서 붙잡을 수 있을 거야. 붙잡거든 그랜드 호텔로 데려와."

배리한테 톰의 주소를 알려 주고 나서 로이드는 그 주소를 다시 읽어 보라고 했다.

"이게 얼마나 중요한 일입니까, 로이드 씨?"

"매우 중요해. 자넨 이 일을 제대로 해야 해. 그러면 나보다 더 높은 어떤 분께서 무척 기뻐하실 테니까."

"알았습니다."

배리가 전화를 끊자 로이드도 끊으면서, 배리가 방금 한 말의 반어적 의미를 이해했으리라 확신했다. '그 일을 망치면 누군가가 너한테 무척 화를 낼 것이다.'

배리가 1시간 뒤 다시 전화를 걸어 톰 컬런이 튀어 버린 게 아주 확실하다고 말했다.

"하지만 정신박약자입니다."

배리가 말을 이어 나갔다.

"운전할 줄도 모릅니다. 스쿠터조차 못 움직이죠. 만일 동쪽으로 가는 중이라면, 드라이 레이크를 벗어나진 못했을 겁니다. 저희가 잡을 수 있습니다. 로이드 씨, 반드시 하겠습니다. 승인 명령을 내려 주십시오."

배리는 상당히 군침을 흘리고 있었다. 그는 라스베이거스에서 스파이 사건에 관해 알고 있는 너덧 명 중 한 명이었고, 로이드의 생각을 읽고 있었다.

"일단 심사숙고해 볼게."

로이드는 배리가 항변할 틈을 주지 않고 전화를 끊었다. 로이드는 독감 이전 시대보다 요새 들어 여러 가지 일들을 심사숙고하는데 더욱 능숙해졌지만, 이번 일이 자신한테는 너무 버겁다는 것을 알았다. 게다가 그 빨간 리스트 일이 마음을 심란하게 했다. 왜 자신은 들어 본 적이 없었지?

피닉스에서 플랙을 만난 이후 처음으로 로이드는 자신의 위치가 쉽게 무너질지도 모른다는 불안감을 느꼈다. 비밀들이 생겨나 있었다. 그들은 아마도 컬런을 붙잡을 수 있을 것이다. 칼 호그와 빌 재미슨 두 사람은 스프링스의 격납고에 있는 군용 헬리콥터를 조종할 수 있고, 필요하다면 네바다에서 동쪽으로 나가는 모든 도로를 봉쇄할 수도 있다. 게다가 그 녀석은 살인마 잭도 아니고 기계 팔을 주렁주렁 매단 옥토퍼스 박사도 아니다. 그저 도주하는 정신박약자에 지나지 않았다. 하지만 맙소사! 만약 줄리 로리가 찾아왔을 때 로이드가 앤드로스라는 작자의 정체를 알았더라면, 그들은 북부 라스베이거스의 작은 아파트에서 곧바로 톰 컬런을 붙잡을 수 있었을지도 몰랐다.

로이드의 내면 어딘가에서 문이 열리고 차가운 공포의 바람이 들이닥쳤다. 플랙이 일을 망쳐 놓은 것이다. 게다가 플랙이 로이드 헨리드를 신뢰하지 않을 가능성도 있었다. '끔찍찍찍히도' 불쾌한 일이었다.

그렇더라도 로이드는 이번 일에 관해 의견을 들어 보아야 했다. 또 한 번 인간 사냥을 시작하라고 자신이 독단적으로 결정을 내리지는 않을 터였다. 판사 생포를 망치고 난 뒤였으므로 제멋대로 결정하는 것은 어림도 없는 일이었다. 로이드는 일어나서 전화 교환실로 가다가 거기서 나오는 휘트니 호건을 만났다.

"그분이 부르셔, 로이드. 너를 만나길 원하셔."

"알았어."

로이드는 자신의 목소리가 어찌나 침착한지 깜짝 놀랐다. 그의 내면에 도사린 공포가 이제 몹시도 거대해졌다. 그리고 무엇보다도, 로이드의 처지에서는 만약 플랙이 없었더라면 오래전에 피닉스 감방에서 굶어 죽을 신세였다는 걸 명심하는 것이 중요했다. 자신의 처지에 불만을 갖는다는 건 분별없는 짓이었다. 로이드는 머리부터 발끝까지 다크맨의 소유였던 것이다.

'하지만 정보를 막아 버리면 내 임무를 수행할 수가 없잖아.'

로이드는 엘리베이터 승강장으로 갔다. 최상층 펜트하우스 버튼을 누르자 엘리베이터는 신속하게 올라갔다. 또다시 그 불길한 느낌이 끈질기게 찾아왔다. 플랙은 알지 못했다. 세 번째 스파이가 여기서 내내 활동하고 있었다. 그런데 플랙은 알지 못했다.

"들어와, 로이드."

평범한 파란 체크무늬 목욕 가운 위로 나른하게 웃음 짓는 플랙의 얼굴.

로이드가 안으로 들어갔다. 에어컨이 강하게 켜져 있어서 그린란드의 노천 객실로 걸어 들어가는 것 같았다. 그럼에도 다크맨 옆으로 걸어가니 그가 방출해 내는 체온이 느껴졌다. 작지만 매우 강력한 화로를 지핀 방 안에 있는 기분이었다.

구석의 하얀 캔버스 천 의자에 앉아 있는 사람은 그날 아침 플랙과 함께 들어온 여자였다. 머리칼에 정성스럽게 머리핀이 꽂혀 있었고, 날씬한 원피스 차림이었다. 얼굴은 멍한 것이 달덩이 같았지만 보고 있으려니 강한 냉기가 밀려왔다. 로이드는 십대 때 몇몇 친구들과 함께 건설 현장에서 다이너마이트를 훔친 적이 있었다. 신관을 달아서 해리슨 호수 속으로 던졌더니 그것이 폭발했다. 그 후에 수면 위로 떠오른 죽은 물고기들은 달무리가 생긴 것 같은 눈동자 속에 저 여자와 똑같은 섬뜩하고 완전히 무심한 표정을 담고 있었다.

"너한테 네이딘 크로스를 인사시키고 싶어."

플랙이 뒤편에서 부드럽게 말하는 통에 로이드는 움찔했다.

"내 아내야."

깜짝 놀란 로이드가 플랙을 돌아보았다. 저 조롱하는 듯한 미소, 저 춤추는 듯한 눈과 마주쳤다.

"여보, 로이드 헨리드야. 내 오른팔이나 다름없는 부하지. 로이드와 나는 피닉스에서 만났어. 그곳에서 로이드는 감방에 갇혀 있다가 결과적으로 동료 재소자를 시식하려던 참이었어. 사실 그때 이미 전채 요리를 먹어 치웠는지도 모르지. 맞나, 로이드?"

로이드는 얼굴을 후끈 붉힐 뿐 아무 말도 하지 않았다. 사실 그 여자는 정신이 이상하거나 제정신을 달 너머로 날려 보낸 것 같았지만.

"여보, 악수라도 해야지."

로봇처럼, 네이딘이 손을 내밀었다. 그녀의 두 눈은 변함없이 로이드 어깨 위의 어느 지점을 무심하게 응시했다.

'맙소사, 이거 소름 끼치는데.' 냉랭한 에어컨 바람에도 가벼운 땀이 로이드의 온몸에 돋아났다.

"만나 뵈어서 반갑습니이이다."

로이드가 말하며 부드럽고 따스한 고깃덩어리 손과 악수했다. 그러고 나서는 자기 손을 바지에 문질러 닦고 싶은 강렬한 충동을 억제해야만 했다. 네이딘의 손은 늘어진 채로 계속 허공에 머물렀다.

"이젠 손 내려놔도 돼, 내 사랑." 플랙이 말했다.

네이딘은 손을 무릎에 도로 내려놓았고, 무릎 위에 놓인 손이 비비 꼬이고 꿈틀거리기 시작했다. 로이드는 그 여자가 자위하는 중이었다는 사실을 깨달으며 공포를 느꼈다.

"내 아내가 몸이 좀 안 좋아."

플랙이 킥킥거리며 웃었다.

"하지만 임신을 해서 가문의 대를 잇게 됐어. 어르신들 말씀처럼 말이야. 축하해 줘, 로이드. 내가 아빠가 될 거란 말이야."

또다시 그 큭큭 웃음. 오래된 벽 뒤에서 후다닥 뛰어다니는 날렵한 쥐들의 소리.

"축하드립니다."

파랗게 질려 감각이 없어진 입술 사이로 로이드가 말했다.

"네이딘이 옆에 있어도 우리끼리 밀담을 나눌 수 있어. 안 그래, 여보? 네이딘은 무덤처럼 과묵하다고. 조금 흰소리를 하자면, 침묵의 보증 수표라고도 할 수 있지. 인디언스프링스 일은 어떻게 됐어?"

로이드는 눈을 껌뻑거렸고 벌거벗겨진 채 궁지에 몰린 기분을 느끼면서 마음의 변속 기어를 바꾸려고 애썼다.

"잘 진행 중입니다."

로이드가 가까스로 말했다.

"'잘 진행 중'?"

다크맨이 그를 향해 몸을 기울인 순간 로이드는 플랙이 입을 벌려 툿시 팝 막대 사탕처럼 자신의 머리통을 깨물어 먹을 것이라 확신했다. 로이드는 움찔했다.

"그런 건 내가 요청한 정밀 분석에 별로 어울리지 않는 대답인데, 로이드."

"다른 일들이 좀 있기는 한데……."

"다른 일들을 논의하고 싶었으면, 내가 진작 다른 일들에 관해 물어봤을 게 뻔하잖아."

플랙은 언성을 높이며 불쾌한 표정으로 비명을 지르다시피 했다. 로이드는 플랙의 성질이 그토록 과격하게 변하는 것을 한 번도 본 적이 없었고, 그래서 잔뜩 겁을 먹었다.

"나는 지금 당장 인디언스프링스에 관한 현황 보고를 받고 싶은 거고 너는 그것을 자세히 보고해야 해, 로이드. 너 자신을 위해서라도 똑바로 보고해야 할 거 아냐!"

"잘 알았습니다. 그러겠습니다."

로이드가 중얼거렸다. 뒷주머니에서 수첩을 찾으려 더듬거렸고, 그다음 30분 동안 그들은 인디언스프링스, 주 방위군 제트기들, 때까치 미사일들에 관해 논의했다. 플랙은 다시금 누그러들었다. 그래도 딱히 그렇다고 단정 지어 말하긴 어려웠다. 걸어 다니는 멋쟁이를 상대하고 있을 때는 뭐든 안심하고 지나친다는 것은 매우 좋지 않은 생각이었다.

플랙이 물었다.

"2주 후에는 볼더 상공으로 날아갈 수 있겠나? 그러니까……10월 초하루쯤?"

로이드가 모호하게 말했다.

"칼은 가능하리라 생각됩니다. 다른 두 명의 조종사 훈련병에 관해선 잘 모르겠습니다."

"나는 그들도 준비가 완료되기를 원해."

플랙이 중얼거렸다. 그러곤 일어나 방 안을 서성거렸다.

"내년 봄이면 구멍 속에서 숨어 지내고 있을 저쪽 녀석들을 소탕해 버리고 싶어. 밤에 덮치고 싶어. 놈들이 잠자는 동안에. 한쪽 끝에서 반대편 끝까지 도시를 갈아엎어 버리는 거지. 제2차 세계대전 당시 함부르크나 드레스덴처럼 만들어 버리고 싶어."

플랙이 로이드를 향해 고개를 돌렸다. 얼굴이 양피지같이 하얘졌으며, 검은 두 눈은 미치광이처럼 불타올랐다. 플랙의 미소는 언월도처럼 번뜩였다.

"스파이들을 보낸 죗값을 치르게 해야지. 봄이 오면 놈들은 동굴에서 살고 있을 거야. 그럼 우린 그리로 찾아가서 돼지 사냥을 즐기는 거지. 스파이들을 보낸 죗값을 치르게 해야지."

로이드가 비로소 자기 혀를 찾았다.

"세 번째 스파이는……."

"우리가 그 녀석의 정체를 알아낼 거다, 로이드. 그것에 관해선 염려하지 마. 그 개자식을 붙잡을 테니까."

매력적이고 음침한 미소가 돌아왔다. 그러나 로이드는 그 미소가 다시 나타나기 전에 분노하고 당혹스러워하는 공포가 순간적으로 스치는 것을 목격했다. 공포는 그 얼굴에서 보리라곤 결코 상상한 적 없었던 유일한 감정 표출이었다.

"스파이가 누구인지 알 것 같습니다만."

로이드가 조용히 말했다.

플랙은 고개를 돌려 두 손에 쥔 옥돌 조각상을 살펴보던 중이었다. 그의 손이 딱 얼어붙었다. 사위가 조용해졌고, 정신을 집중하는 듯 특이한 표정이 플랙의 얼굴에 스며들었다. 처음으로 크로스의 시선이 움직이더니 먼저 플랙을 향했고 그런 다음 서둘러 다른 방향을 향했다. 펜트하우스 객실 안의 공기가 탁해진 듯했다.

"뭐? 너 뭐라고 그랬어?"

"세 번째 스파이……."

플랙이 갑작스럽게 단호히 말했다.

"아냐. 아냐. 너는 자라 보고 놀란 가슴 솥뚜껑 보고 놀라고 있는 거야, 로이드."

"만약 제가 제대로 알고 있는 거라면, 그 세 번째 스파이는 닉 앤드로스라는 놈의 친구입니다."

플랙의 손가락 사이에서 옥돌 조각상이 떨어져 박살 났다. 잠시 후 로이드는 멱살을 붙잡혀 의자에서 끌어 올려졌다. 로이드가 전혀 보지 못할 정도로 민첩하게 플랙이 방 안을 가로질러 덮쳐 온 것이었다. 그러고 나서 플랙의 얼굴이 그의 얼굴을 짓눌러 대며 섬뜩하고 기분 나쁜 열기로 로이드를 뜨겁게 달구었다. 플랙의 검은 족제비 눈이 로이드의 눈에서 불과 1센티미터 떨어져 있었다.

플랙이 날카롭게 소리쳤다.

"그런데도 너는 저기 앉아서 태평스럽게 인디언스프링스 얘기나 하고 있었단 말이야? 너 같은 새낀 아예 저 창밖으로 집어 던져야겠어!"

무언가가(아마 그것은 다크맨한테도 비난받을 점이 있다는 인식일 수도 있었고, 어쩌면 그저 모든 정보를 얻어 내기 전까진 플랙이 죽이지 않을 거라는 판단에 불과할 수도 있었다.) 로이드로 하여금 자기 혀를 찾게 해서 자기변호의 말을 쏟아 낼 수 있게 했다.

로이드가 부르짖었다.

"플랙 님께 말씀드리려고 했습니다! 그런데 제 말을 막으셨잖습니까! 그리고 플랙 님께서는 빨간 리스튼가 뭔가 하는 정보에 저를 차단시키셨잖습니까! 만약 제가 그걸 알고 있었더라면, 그 좆같은 정신 지체자 따위 어젯밤에 붙잡을 수 있었다고요!"

그러자 로이드는 방 맞은편으로 내팽개쳐져 멀리 떨어진 벽에 충돌했다. 머릿속에서 별들이 폭발했고 그는 조각 타일 바닥으로 떨어져 해롱거렸다. 고개를 흔들며 정신을 차리려고 애썼다. 귓가에는 날카로운 잡음이 웅웅거렸다.

플랙은 미쳐 버린 듯했다. 방 안을 발작적으로 성큼성큼 걸어 다녔으며, 얼굴은 분노로 넋이 나갔다. 네이딘은 의자 안에서 움츠러들었다. 플랙은 옥돌 조각상들로 이루어진 연녹색 동물 군단이 기거하는 장식장 선반에 이르렀다. 잠시 그것들을 빤히 보면서 괴로워하는가 싶더니, 전부 방바닥으로 내쳤다. 조각상들이 자그마한 수류탄처럼 산산이 부서졌다. 그는 맨발로 커다란 파편들을 걷어차서 날려 보냈다. 검은 머리칼이 이마 위로 축 늘어졌다. 플랙은 고개를 휙 젖혀 머리칼을 뒤로 넘기고는 로이드를 향해 돌아섰다. 얼굴엔 연민과 동정이 어린 기괴한 표정을 짓고 있었다. 그 두 가지 감정은 아무리 봐도 3달러짜리 위조 지폐만큼이나 믿음직스럽지 못하다고 로이드는 생각했다. 플랙이 로이드가 일어나는 걸 도와주러 걸어왔다. 로이드는 플랙이 깨진 옥돌의 삐죽삐죽한 파편들을 맨발로 밟으면서도 아픈 기색도 없고…… 피 한 방울 흘리지 않는 데 주목했다.

"미안하구나. 한잔하자."

플랙이 한 손을 내밀어 로이드가 일어서는 것을 도와주었다. '짜증 부리는 어린애 같군.' 로이드는 생각했다.

"넌 버번 위스키 스트레이트, 맞지?"

"예."

플랙이 바에 가서 엄청나게 큰 잔에 위스키를 담아 왔다. 로이드는 단숨에 반 잔 분량을 해치웠다. 잔을 내려놓자 작은 탁자에서 유리잔이 잠시 덜덜거렸다. 그래도 로이드는 기분이 조금 나아졌다.

"빨간 리스트는 네가 사용할 일이 전혀 없을 거라 생각했던 것이야. 거기에는 여덟 개의 이름이 올라와 있었어. 이제는 다섯 개군. 저들의 통치 위원회에다 늙은 할머니를 더한 리스트였어. 앤드로스는 그중 한 명이었고. 그런데 그놈은 이젠 죽었어. 그래, 앤드로스는 죽었어. 확신할 수 있어."

눈을 가늘게 뜬 플랙이 불길한 시선을 로이드한테 고정했다.

로이드는 이따금 수첩을 참고하면서 그간의 사연을 이야기했다. 사실 수첩의 도움은 그다지 필요치 않았지만, 수첩은 요긴했다. 이따끔씩 저 김이 모락모락 나는 눈초리를 피하는 데에는. 로이드는 줄리 로리에서 시작하여 배리 도건으로 마무리했다.

"그놈이 정신 지체란 말이로군."

플랙이 생각에 잠겼다.

"예."

기쁨이 플랙의 얼굴에 번졌고 그가 고개를 끄덕이기 시작했다.

그가 뭐라 말했으나 로이드한테 하는 말은 아니었다.

"그래. 그래, 그게 바로 내가 볼 수 없었던 이유……"

플랙은 말을 중단하고 전화기로 갔다. 얼마 후 그는 배리와 통화하고 있었다.

"헬리콥터 준비해. 한 대엔 칼을 태우고 나머지 한 대엔 빌 재미슨을 태우도록 조치해. 계속해서 무선으로 서로 연락하고. 60명을 파견해. 아니, 100명. 동부와 남부 네바다로 나가는 모든 도로를 봉쇄해. 그들이 컬런의 인상착의를 숙지하도록 조치하고. 그리고 나한테 1시간 간격으로 보고를 올리도록 해."

플랙은 전화를 끊고 즐겁게 두 손을 비볐다.

"우린 그놈을 붙잡을 거야. 난 그저 우리가 녀석의 머리통을 그 놈의 양아치 친구 앤드로스한테 돌려보낼 수만 있으면 좋겠는데. 그런데 앤드로스는 죽었어. 안 그래, 네이딘?"

네이딘은 그저 멍하니 쳐다보기만 했다.

"오늘은 헬리콥터도 별 소용 없을 겁니다. 3시간 후면 어두워질 테니까요."

다크맨이 들뜬 표정으로 말했다.

"조바심 내지 마, 착한 로이드. 내일은 헬리콥터들이 활약하기에 충분한 시간이 있을 테니. 녀석은 멀리 못 갔어. 그래, 조금도 멀리 못 간 거야."

로이드는 초조한 듯 두 손으로 스프링 제본 수첩을 앞뒤로 구겨대면서, 여기만 빼고 어디든 다른 곳에 가 있으면 좋겠다고 생각했다. 플랙은 이제 기분이 좋아졌지만 쓰레기에 관한 일을 듣고 나서도 그런 기분이 이어질 것 같지는 않았다.

"한 가지 다른 안건이 있는데요."

로이드가 주저주저했다.

"쓰레기통맨에 관한 것입니다."

그는 이것이 옥돌 조각상을 때려 부수는 것 같은 또 한 번의 왕짜증을 유발할 것인지 궁금했다.

"사랑스러운 쓰레기. 그 녀석은 답사 여행을 떠났겠지?"

"그 친구가 어디 있는지는 모르겠습니다. 하지만 다시 떠나기 전에 인디언스프링스에서 가벼운 장난을 쳤습니다."

로이드는 칼이 어제 이야기했던 대로 자초지종을 전했다. 프레디 캄파나리가 치명적인 부상을 당했다는 얘기를 들었을 땐 플랙의 얼굴이 어두워졌지만, 로이드가 보고를 끝마쳤을 무렵엔 얼굴이 다시 평온해졌다. 분노를 폭발시키는 대신, 그저 조급하게 손을 휘휘 내저었다.

"잘 알았어. 쓰레기가 다시 돌아오면 죽이고 싶구먼. 그렇지만 신속하고 자비롭게 할 거야. 쓰레기를 괴로움에 시달리게 하고 싶진 않아. 나는 그 녀석이…… 더 오랫동안 버텨 주기를 바랐는데. 너는 아마 이런 걸 이해 못 할 거야, 로이드. 하지만 난 그 녀석한테서 어떤…… 혈연 같은 걸 느꼈어. 내가 쓰레기를 다룰 수 있을지도 모른다고 생각했어. 그리고 이제껏 잘 다뤄 왔고. 하지만 결코 완전히 확신한 적은 없었어. 아무리 조각의 명인일지라도 자기 손에서 조각칼이 무뎌진 것을 발견하는 경우가 생기는 법이지. 만약 그 칼이 불량품이라면. 안 그런가, 로이드?"

조각가와 조각칼에 관해선 아무것도 모르는 로이드(그는 조각가들이 망치와 끌을 사용한다고 생각했다.)는 기꺼이 고개를 끄덕거렸다.

"물론입니다."

"그리고 쓰레기는 때까치 미사일을 장착하여 우리한테 지대한 공헌을 했지. 쓰레기의 공로였잖아, 그렇잖아!"

"예, 맞습니다."

"돌아올 테지. 배리한테 말해서 쓰레기를…… 괴로운 인생에서 벗어나도록 저세상으로 보내라고 해. 가능한 한 고통 없이. 지금 당장은 동쪽으로 향하는 그 정신 지체 녀석한테 더 관심이 생기는구먼. 그놈을 그냥 보낼 수도 있지만, 이건 반역자 처리의 원리 원칙에 따라야지. 아마 어두워지기 전에 일을 끝낼 수도 있을 거야. 당신도 그렇게 생각해, 여보?"

플랙은 네이딘의 의자 옆에 웅크리고 앉았다. 그가 뺨에 손을 대자 네이딘은 마치 시뻘겋게 달궈진 쇠꼬챙이에 닿기라도 한 듯 몸을 피했다. 플랙은 히죽거렸고 다시 네이딘을 만졌다. 이번에 그녀는 굴복했다. 벌벌 떨면서.

"달."

플랙은 기뻐하며 벌떡 일어났다.

"만약 헬리콥터들이 어두워지기 전에 그놈을 찾지 못하면, 오늘 밤 달빛에 의지해서 수색을 계속하면 돼. 내 장담컨대 그놈은 바로 지금 15번 주간 고속도로 한복판을 자전거로 열심히 달리고 있는 중이야. 대낮에 말이야. 그 노파의 하나님이 자기를 지켜 줄 것으로 기대하면서. 하지만 노파도 역시 죽었어. 그렇지, 여보?"

플랙이 즐거워하며 웃었다. 행복한 어린아이의 웃음이었다.

"그 노파의 하나님도 역시 죽었어, 내 짐작으로는. 모든 일이 잘 풀리고 있어. 그리고 랜디 플랙은 아빠가 될 거야."

플랙이 또 네이딘의 뺨을 만졌다. 그녀는 상처 입은 동물처럼 신음했다.

로이드는 마른 입술을 핥았다.

"저는 이만 나가보겠습니다, 괜찮으시다면."

"좋아, 로이드, 좋아."

다크맨은 돌아보지 않았다. 네이딘의 얼굴을 황홀하게 주시하고 있었다.

"모든 일이 잘 풀리고 있어. 매우 잘."

로이드는 가능한 한 신속하게, 거의 뛰다시피 해서 밖으로 나갔다. 엘리베이터 안에 있는 동안 지독한 압박감과 히스테리가 엄습하는 바람에 로이드는 비상 멈춤 버튼을 눌러야만 했다. 거의 5분 동안이나 울고 웃었다. 폭풍이 지나가자, 비로소 기분이 조금 나아진 것을 느꼈다.

'그분은 무너져내리고 있는 것이 아니야.' 로이드는 혼잣말을 했다. '약간 사소한 문제들이 있지만, 그것들 꼭대기에 올라앉아 계셔. 준비 상황은 아마 10월 1일까지는 완료될 거다. 그리고 15일이면 확실히 완료되고. 모든 일이 잘 풀리기 시작했어. 그분이 말했던 바와 똑같이. 그분이 나를 거의 죽일 뻔했다는 건 신경 쓰지 말자…… 그분이 어느 때보다 더욱 이상해 보였다는 건 신경 쓰지 말자…….'

로이드는 15분 뒤 인디언스프링스의 스탠 베일리에게서 전화를 받았다. 스탠은 쓰레기를 향한 분노와 다크맨을 향한 공포 사이에서 거의 이성을 잃을 지경이었다.

칼 호그와 빌 재미슨이 라스베이거스 동쪽 지역 정찰 임무를 수행하려고 오후 6시 2분 인디언스프링스에서 이륙했다. 조종사 훈련병 중 한 명인 클리프 벤슨이 참관인으로 칼과 함께 탑승 중이었다.

오후 6시 12분, 헬리콥터 두 대가 공중에서 폭발했다. 기절초풍할 지경인 와중에서도 스탠은 소형 잠자리 헬리콥터 두 대와 대형 베이비 휴이 헬기 세 대가 더 보관된 9번 격납고로 부하 다섯 명을 보냈다. 그들은 남아 있는 헬기 다섯 대 모두에 테이프로 붙어 있는 폭발물을 발견했는데, 간단한 주방용 타이머가 장치된 소이탄 퓨즈였다. 퓨즈들은 쓰레기가 연료 트럭에 부착했던 것과 똑같지는 않았으나 매우 흡사했다. 의심의 여지가 별로 없었다.

"쓰레기통맨 짓이에요. 그 자식이 지랄 발광을 해 놓은 거예요. 여기에다 또 무슨 폭탄을 설치해 놨는지는 오로지 예수 그리스도만이 아실 테죠."

스탠이 말했다.

"철저히 조사해 봐."

로이드는 공포로 말미암아 심장 박동이 빨라지고 맥박이 가냘퍼졌다. 아드레날린이 몸속에서 끓어올랐고, 두 눈은 머리통에서 팍 터져 나오기 직전 같았다.

"철저히 조사하라고! 사람들을 모두 풀어서 그 지랄 염병할 기지의 한쪽 끝에서 다른 쪽 끝까지 샅샅이 뒤지란 말이야. 내 말 알겠어, 스탠?"

"귀찮게 뭐하러요?"

로이드가 소리를 내질렀다.

"귀찮게 뭐하러? 내가 일일이 설명해 줘야 알아듣겠냐, 이 똥싸개야? 만약 기지 전체가 탈 나기라도 하면 왕초께서 뭐라고 그러시겠……"

"우리 조종사들은 다 죽었어요."

스탠이 나지막하게 말했다.

"이해가 안 가십니까? 클리프까지도 죽었다고요. 그리고 그 친구는 아주 좆나게 유능한 조종사도 아니었어요. 단독 비행 근처에도 가 본 적 없는 훈련병 여섯 명만 남아 있고 비행 교관은 하나도 없어요. 이제 와서 우리한테 저 제트기들이 무슨 필요가 있겠습니까?"

스탠이 그대로 전화를 끊고 나서 로이드는 벼락 맞은 듯 멍하니 그냥 앉아 있었다. 마침내 로이드도 현실을 깨달았다.

톰 컬런은 그날 밤 9시 30분이 지나자마자 깨어나서 목이 마르고 몸이 뻣뻣해진 것을 느꼈다. 수통의 물을 마시며 머리를 맞댄 두 개의 바위 밑에서 기어 나와 어두운 하늘을 올려다보았다. 불가사의하고 평온한 달이 머리 위에 떠올랐다. 계속 이동할 시간이었다. 그러나 조심해야 할 터였다. 어쿠, 그렇다.

왜냐하면 그들이 이제 그의 뒤를 추적했으므로.

톰은 꿈을 꿨다. 닉이 자신에게 말하고 있었는데 좀 이상했다. 왜냐하면 닉은 말할 수 없기 때문이었다. 닉은 디귿, 아, 리을, 그것을 합쳐 읽으면 '귀머거리 벙어리'가 되는 몸이었다. 모든 말을 글로 적어야만 했고, 톰은 글을 거의 읽을 줄 몰랐다. 그러나 꿈은 재미있는 것이라서 무슨 일이든지 다 일어날 수 있었고, 톰의 꿈속에서는 닉이 말하고 있었다.

"그들은 이제 아저씨를 알아요. 하지만 그건 아저씨 잘못이 아니죠. 아저씨는 전부 다 제대로 해냈어요. 운이 나빴을 뿐이에요. 그러니 이제 조심하셔야 합니다. 도로에서 벗어나야 해요, 아저씨. 그러나 계속 동쪽으로 가야 해요."

톰은 동쪽 얘기는 알아들었지만, 사막에서 어떻게 하면 방향을 혼동하지 않을지는 알 수 없었다. 큰 원을 그리며 마냥 제자리를 맴돌지도 몰랐다.

"아저씨는 알게 될 겁니다. 우선 하나님의 손가락을 찾아봐야 해요……."

톰은 수통을 도로 허리띠에 차고 배낭을 고쳐 멨다. 자전거는 그냥 놔둔 채 다시 고속도로로 걸어갔다. 도로변 둑에 올라서서 양쪽 차선을 바라보았다. 중앙 분리대를 허둥지둥 건너가서 또 한 번 조심스럽게 살펴본 뒤, 15번 주간 고속도로 서쪽 방면 차선을 총총걸음으로 가로질렀다.

'그들은 이제 아저씨를 알아요.'

톰은 건너편 가드레일 케이블에 발이 걸려 고속도로 옆 둑의 밑바닥까지 곧장 굴러 떨어졌다. 한동안 몸을 웅크린 채 널브러져 있었더니 가슴이 두근거렸다. 사막의 울퉁불퉁한 바닥 위로 윙윙대는 희미한 바람 소리 말고는 아무 소리도 들리지 않았다.

그는 일어나서 지평선을 훑어보기 시작했다. 눈빛이 날카로웠고 사막의 공기는 수정처럼 맑았다. 오래지 않아 톰은 별이 총총 뜬 하늘로 느낌표처럼 돌출한 그것을 목격했다. 하나님의 손가락. 톰이 정동 쪽을 향해 있으면, 그 돌기둥은 10시 방향에 있었다. 톰은 한두 시간 안에 돌기둥이 있는 곳까지 걸어갈 수 있으리라 생각했다. 그러나 톰 컬런보다 더 경험 많은 여행자들까지도 우롱해 왔던 맑고 돋보기 같은 공기의 속성 탓에, 아무리 가도 돌 손가락이 항상 똑같은 거리만큼 떨어져 보이는 현상에 휘말려 어안이 벙벙했다. 자정이 지났고, 그러다 2시가 되었다. 하늘에 있는 웅장한 별들의 시계가 회전했다. 톰은 하늘을 가리키는 손가락과 매우 흡사해 보이는 저 바위가 신기루는 아닐지 의심하기 시작했다. 두 눈을 비비고 보았지만, 여전히 제자리에 있었다. 그의 뒤편에선 고속도로가 아득히 멀어진 까만 풍경 속으로 녹아들었다.

톰이 고개를 돌려 다시 그 손가락을 바라보자, 정말로 조금은 더 가까워진 듯 보였다. 내면의 목소리가 다가오는 낮을 대비해 좋은 은신처를 찾아봐야 할 때가 되었다고 속삭인 새벽 4시 무렵에는, 자신이 그 방향 표시물에 점점 더 가까워지고 있다는 사실을 의심할 여지가 전혀 없었다. 하지만 이 밤에 도달하진 못할 것 같았다.

그러면 언제쯤이나 정말로 도달하려나(날이 밝았을 때 그들이 톰을 발견하지 못할 거라는 가정하에)? 그러고 나면 무슨 일이 생기려나?

그런 것은 중요하지 않았다.

닉이 말해 줄 터였다. 착하고 믿음직한 닉.

톰은 볼더로 돌아가 닉을 만날 때까지 마냥 기다릴 순 없었다. 어쿠, 그랬다.

커다랗게 솟아오른 바위의 그늘 밑에서 상당히 안락한 장소를 찾은 그는 거기 들어가서 거의 곧장 잠들었다. 그날 밤 그는 북동쪽으로 50킬로미터 정도를 이동했던 것이었고, 모르몬 산맥에 접근하고 있었다.

오후 동안, 한낮의 열기를 피하려고 커다란 방울뱀 한 마리가 옆으로 기어 들어왔다. 톰 곁에서 똬리를 틀고 한동안 잠을 잤다. 그러고는 깨어나서 다른 곳으로 가 버렸다.

플랙은 그날 오후 옥상의 일광욕 베란다 언저리에 서서, 동쪽을 보고 있었다. 4시간 후면 태양이 질 것이었고, 그러면 그 정신 지체자는 다시 이동할 것이었다.

끊임없이 부는 거센 사막 바람이 뜨거운 이마의 검은 머리칼을 뒤로 날렸다. 그 도시는 너무도 갑작스럽게 영토의 끝을 맺으며 사막한테 자리를 내주었다. 이름도 없는 곳 언저리에 몇 개의 광고판들만 있을 뿐, 그걸로 끝이었다. 너무도 광활한 사막, 너무도 많은 은신처들. 예전에도 사람들이 저 사막으로 걸어 들어갔고 두 번 다시 눈에 띄지 않았다.

"그러나 이번엔 아니다. 나는 그놈을 잡을 것이다. 그놈을 잡을 것이다."

플랙이 속삭였다.

그 정신 지체자를 잡아들이는 것이 그다지도 중요한 이유를 설명할 수는 없었다. 그 문제에 관한 합리적 견해는 끊임없이 플랙을 피해 다녔다. 점점 더 마구 행동하고픈 충동을 느꼈다. 움직이는 것이다. 실행하는 것이다. 파괴하는 것이다.

어제 저녁, 로이드가 헬리콥터 폭발과 조종사 세 명의 죽음을 보고했을 때, 플랙은 극도로 치밀어 오르는 분노를 삭이느라 자신에게 가능한 모든 수단을 총동원해야 했다. 첫 번째 충동은 즉시 기갑부대를 집결시키라고 명령을 내리는 것이었다. 탱크, 화염 트랙, 장갑 트럭 등 전 부대 총집결. 닷새 만에 볼더로 진격할 수 있었다. 모든 지독한 아수라장이 보름이면 끝장날 것이다.

당연했다.

그런데 만약 산맥의 통행로에 이른 눈이 내린다면, 그것은 위대한 제국 군대의 종말이 될 것이다. 벌써 9월 14일이었다. 좋은 날씨는 이제 확실히 보장할 수 없었다. 도대체 어쩌다가 날짜가 이다지도 너무도 빠르게 너무도 많이 지나가 버린 것일까?

그러나 플랙은 지구 상에서 가장 힘센 사람이었다. 안 그런가? 러시아나 중국이나 이란에도 그와 같은 사람이 더 있을지도 모르지만, 그런 건 지금으로부터 10년 뒤에나 걱정할 문제였다. 지금 제일 중요한 것은 자신이 우월적 존재이고, 자신이 그것을 알고, 스스로 그것을 느낀다는 것이었다. 플랙은 강했다. 그것이 그 정신 지체자가 저쪽 사람들한테 전할 수 있는 유일한 말이었다…… '만약' 그 녀석이 사막에서 길을 잃거나 산맥에서 얼어 죽는 것을 가까스로 모면한다면. 그 녀석은 플랙의 사람들이 걸어 다니는 멋쟁이의 공포 속에서 살아가고 걸어 다니는 멋쟁이의 사소한 명령 하나하나에도 복종할 것이라는 소식만을 저쪽 사람들한테 전할 수 있었다. 그 녀석은 오직 저쪽 사람들의 사기를 더욱더 떨어뜨릴 소식들만 전할 수 있었다. 그런데 왜 컬런이 서쪽을 떠나기 전에 반드시 찾아내 죽여야 한다는 강박관념에 끊임없이 시달려야 했단 말인가?

'왜냐하면 그것이 내가 원하는 것이고, 나는 내가 원하는 것을 가질 것이고, 이유는 그것으로 충분하니까.'

그리고 쓰레기통맨. 그는 쓰레기를 완전히 깨끗이 잊을 수 있으리라 생각해 왔다. 쓰레기통맨을 불량품 기계처럼 내버릴 수 있으리라 생각해 왔다. 그런데 그 녀석은 자유 지대 전체가 달려들어도 불가능한 일을 성공시켜 버렸다. 그 녀석은 다크맨이 획득한 완전무결한 기계 장치 속에 진흙을 던져 넣어 버린 것이었다.

'내가 잘못 판단한 거였어…….'

그것은 불쾌한 생각이었고, 그런 식으로 결론을 도출하려는 자신의 마음을 용납 못 할 것 같았다. 플랙은 꼭대기 층의 낮은 난간 너머로 유리잔을 집어 던지고 그것이 반짝거리면서, 끝없이 끝없이 밖으로 밖으로 날아가다가 떨어지는 광경을 보았다. 닥치는 대로 사악한 생각, 심술궂은 어린애 같은 생각이 마음속을 질주했다. '아무라도 저 유리잔에 머리를 맞았으면 좋겠다!'

멀리 밑에서, 유리잔이 주차장에 충돌해 폭발했다…… 너무 먼 밑이라서 다크맨은 깨지는 소리를 전혀 들을 수 없었다.

그들은 인디언스프링스에서 더는 폭탄을 발견하지 못했다. 모든 곳을 샅샅이 뒤져서 조사한 결과였다. 쓰레기는 분명히 우선적으로 생각난 것들에만, 9번 격납고의 헬기들과 이웃한 수송부의 트럭들에만 부비트랩을 설치했던 것이다.

플랙은 눈에 띄는 즉시 쓰레기통맨을 죽이라는 명령을 거듭 되풀이했다. 뭐가 들었는지는 하나님만이 아는 정부 재산들 속을 쓰레기가 온통 뒤지고 돌아다닌다는 생각은 이제 그를 확실히 불안하게 했다.

불안.

그렇다. 그 아름다운 확실성이 모락모락 피어나고 있었다. 이런 식의 발산이 언제 시작되었더라? 말할 수도 없고, 확신할 수도 없었다. 플랙이 아는 것은 오로지 여러 가지 일들이 부스러져 가고 있다는 것이었다. 로이드도 그것을 알았다. 로이드가 자신을 바라보는 태도에서 간파할 수 있었다. 만일 겨울이 끝나기 전에 로이드가 불의의 변을 당한다면 그것은 나쁜 아이디어가 아닐 것 같았다. 그 녀석은 휘트니 호건과 켄 디모트를 비롯해 지나치게 많은 근위병들과 친하게 지내는 새끼였다. 심지어 벌슨하고도 친하게 지낼 정도라니. 빨간 리스트에 관한 일을 누설했던 그 작자 말이다. 플랙은 그 일에 대한 벌로 폴 벌슨을 산 채로 가죽 벗기는 것은 어떨지 막연하게 생각해 보았다.

'그런데 만약 로이드가 그 빨간 리스트에 관해 진작에 알았더라면, 이런 소동은 전혀 일어나지 않았을지도……'

"입 닥쳐. 콱…… 입…… 닥쳐!"

플랙이 중얼거렸다.

그러나 그 생각은 그렇게 쉽사리 떠나 줄 기세가 아니었다. 왜 플랙은 자유 지대 지도층 사람들의 명단을 로이드한테 전해 주지 않았던 것일까? 그는 알지 못했고, 기억할 수도 없었다. 당시엔 더할 나위 없이 타당한 이유가 있었을 듯했지만, 움켜쥐려 애쓸수록 기억은 손가락 틈새로 빠져나가기만 했다. 그저 한 바구니 안에 너무 많은 계란을 담아 두지 말자는 음흉하고 멍청한 판단이었을까? 로이드 헨리드처럼 아둔하고 충성스러운 사람이 있다 해도, 특정한 사람한테 너무 많은 비밀을 몰아 주어서는 안 되겠다는 생각이었을까?

당혹스러운 표정이 얼굴에 파문을 일으켰다. 자신이 줄곧 그토록 멍청한 판단들을 내려 왔단 말인가?

그런데 어쨌거나 아주 굉장히 충성스러운 사람이 로이드라고? 그 녀석의 눈빛에 담긴 표정은…….

갑작스럽게 플랙은 모든 생각을 치워 버리고 공중 부양하기로 결심했다. 그러면 늘 기분이 더 유쾌해졌다. 그의 기분을 더 강하게, 더 평온하게 했고, 머릿속을 맑게 했다. 그가 사막의 하늘을 올려다보았다.

(나는, 나는, 나는, 나는……)

플랙의 닳아 빠진 장화 굽이 일광욕 베란다의 지면을 떠나 공중에 맴돌다가 1센티미터 더 떠올랐다. 그러고는 2센티미터 더. 평화가 찾아왔고, 갑자기 그는 여러 해답을 찾을 수 있다는 것을 알았다. 모든 것이 더욱 선명해졌다. 우선 반드시……

"그들이 너를 노리고 오고 있단 말이야."

플랙은 부드럽고 억양 변화가 없는 단조로운 목소리에 놀라 다시 땅에 털썩 떨어졌다. 삐걱거리는 충격이 다리와 척추를 따라 턱까지 쭉 올라와서 턱이 큰 소리를 내며 맞부딪혔다. 그는 고양이처럼 우아하게 빙그르르 돌아섰다. 그런데 피어오르던 미소가 네이딘을 보고 시들고 말았다. 네이딘은 물결치는 얇은 소재의 하얀 나이트가운으로 몸을 감싸고 있었다. 가운만큼이나 새하얀 머리칼이 얼굴에 헝클어졌다. 얼굴에 핏기가 사라진 미친 무당처럼 보여서 플랙은 저도 모르게 겁이 났다. 네이딘이 가냘프게 한 걸음 더 가까이 다가왔다. 맨발이었다.

"그들이 오고 있어. 스튜 레드먼, 글렌 베이트먼, 랠프 브렌트너, 그리고 래리 언더우드. 그들이 오고 있어 그리고 그들은 닭 훔친 족제비 처리하듯 너를 죽일 거야."

"그들은 볼더에 있어. 저희 침대 밑에 숨어 죽은 깜둥이 노파를 애도하면서."

"아니야. 그들은 이제 거의 유타 주에 이르렀어. 곧 여기로 올 거야. 그리고 너를 질병 대하듯 짓밟아 버릴 거야."

네이딘이 냉담하게 말했다.

"입 닥쳐. 아래층으로 내려가."

"아래로 내려갈 거야."

그녀가 말하며 그에게 다가갔다. 이제 웃음 짓는 쪽은 그녀였다. 플랙의 마음을 두려움으로 가득 채우는 웃음이었다. 그의 두 빰에서 분노의 혈색이 희미해졌고, 이상하게도, 왕성하던 활력마저 혈색과 함께 사라지는 듯싶었다. 잠깐 사이에 늙고 허약해진 듯싶었다.

"나 아래로 내려갈 거야…… 그리고 너도 그럴 거고."

"여기서 나가 버려."

"우린 아래로 내려갈 거라네."

네이딘이 노래 부르며 웃음 지었다…… 소름이 끼쳤다.

"아래로, 아아래애애로……"

"놈들은 볼더에 있어!"

"그들은 여기 거의 다 왔어."

"아래층으로 내려가!"

"네가 여기서 이룩한 모든 것이 산산조각 나고 있어. 왜 안 그렇겠어? 악의 실질적인 번성기는 항상 짧은 법이야. 사람들이 너에 관해 수군거리고 있어. 그들은 네가 톰 컬런을 놓쳤다고 말하고 있어. 아주 무식한 정신박약자였지만 랜들 플랙을 속여 넘길 만큼 영특하다고."

네이딘의 말이 점점 더 빨라지더니 급기야는 조롱하는 미소에 뒤섞여 튀어나왔다.

"사람들은 너의 무기 전문가가 미쳐 버렸는데 너는 그런 일이 일어날 줄 몰랐다고 말하고 있어. 그들은 다음번에 그 미치광이가 사막에서 가지고 돌아오는 것이 동쪽 사람들 대신 그들한테 사용될까 봐 무서워해. 그리고 그들은 떠나고 있어. 너 그거 알았어?"

"거짓말."

플랙이 속삭였다. 얼굴이 양피지처럼 새하얘졌고, 눈이 불룩 튀어나왔다.

"그들이 감히 그럴 리 없어. 만약 그랬다면, 내가 알았겠지."

네이딘의 눈이 플랙의 어깨 너머 동쪽을 멍하니 응시했다.

그녀가 속삭였다.

"나는 보여. 그들은 쥐 죽은 듯이 고요한 밤에 자신의 구역을 이탈하고 있고, 너의 눈동자는 그들을 보지 못해. 그들은 자신의 구역을 이탈하여 몰래 달아나고 있어. 스무 명의 인원을 데리고 나갔던 작업반이 돌아올 때는 열여덟 명뿐이야. 국경 경계병들이 변절하고 있어. 그들은 힘의 균형이 바뀌고 있는 걸 무서워해. 그들은 너를 떠나면서 너를 버리고 있고, 남은 사람들은 동쪽에서 온 사람들이 너를 단호히 처단하더라도 손 하나 까딱하지 않을 거야……."

그것이 뚝 끊어졌다. 플랙의 내면에 있는 그것의 정체가 뭔진 몰라도 뚝 끊어졌다.

"거짓말쟁이야!"

플랙이 네이딘을 향해 날카롭게 소리쳤다. 그의 두 손이 그녀의 어깨를 억세게 내리쳐 양쪽 빗장뼈를 연필처럼 부러뜨렸다. 그녀의 몸을 머리 위의 빛바랜 파란색 사막 하늘로 높이 쳐들더니 빙그르르 돌면서 집어 던졌다. 위로 그리고 밖을 향해. 아까 유리잔을 집어 던졌던 것과 마찬가지로. 그는 네이딘의 얼굴에서 안심과 승리의 커다란 미소를, 눈 속에서 뜻밖의 온전한 정신을 보았고, 깨달았다. 그녀는 플랙이 그런 행동을 하도록 미끼를 던지면서, 아무래도 그것이 그에게서 자신이 해방될 수 있는 유일한 방법임을 이해하면서…….

그리고 네이딘은 플랙의 자식을 배고 있었다.

플랙은 거의 균형을 잃을 듯 위태롭게, 낮은 난간 위로 몸을 기울이며 돌이킬 수 없는 결과를 다시 돌이키려 애썼다. 네이딘의 나이트가운이 나부꼈다. 그의 손이 얇은 가운을 단단히 쥐었지만 그것이 찢어지는 것이 느껴지면서, 손가락이 다 비쳐 보일 정도로 매우 투명한 천 조각만이 손에 남았다. 백일몽이 남긴 유산이었다.

그러자 네이딘은 떠나가며 발끝을 땅을 향해 뻗은 채 곧장 아래로 추락했고, 솟구치는 기류 속에서 가운이 목과 얼굴을 완전히 휘감았다. 그녀는 비명을 지르지 않았다.

불량품 불꽃놀이 로켓처럼 조용히 떨어졌다.

네이딘이 땅바닥과 세차게 충돌하는, 이루 말로 형언하기 어려운 쿵 소리를 들었을 때, 플랙은 하늘을 향해 고개를 뒤로 젖히고 울부짖었다.

'헛수고였어, 헛수고였어.'

천 조각만이 그의 손바닥 안에 남아 있는 전부였다.

그는 다시 난간 위로 몸을 기울여 사람들이 달려오는 광경을 지켜보았다. 자석에 끌려오는 쇳가루들 같았다. 또는 고기 찌꺼기에 달려드는 구더기들이거나.

그들은 매우 작아 보였다. 그는 그들 위로 아주 높은 곳에 있었다.

플랙은 공중 부양하기로 결심했다. 평온한 상태를 다시 회복할 생각이었다.

그러나 플랙의 장화 굽이 일광욕 베란다에서 떠오르기까지는 아주 오랜 시간이 걸렸고, 떠올랐을 때 장화 굽은 콘크리트 위로 겨우 1센티미터의 반만 올라갔을 뿐이었다. 장화 굽은 더는 높이 올라가지 않으려 했다.

톰은 그날 밤 8시에 깨어났지만, 그때까지도 빛이 너무 환해서 이동하기가 곤란했다. 그는 기다렸다. 잠자는 동안 닉이 또 찾아와 그들은 이야기를 나누었다. 닉과 대화하는 것은 너무 좋았다.

톰은 커다란 바위의 그늘 밑에 누워 어두워진 하늘을 지켜보았다. 별들이 얼굴을 내밀기 시작했다. 프링글스 감자 칩이 생각났고 조금이라도 먹어 보고 싶었다. 자유 지대로 돌아가면(만약 '정말' 자유 지대로 돌아간다면) 원하는 만큼 실컷 먹어 치울 작정이었다. 프링글스 감자 칩을 게걸스럽게 포식할 것이다. 그리고 친구들의 사랑을 받을 것이다. 그것이야말로 라스베이거스에서 몹시 아쉬웠던 거라고 톰은 생각했다. 순수한 사랑. 그곳 사람들은 무척 멋진 사람들이기는 했지만, 그들 사이에는 별로 사랑이 없었다. 왜냐하면 그들은 무서워하느라 바쁘기 때문이었다. 사랑은 공포만 존재하는 장소에서는 잘 자라나지 않았다. 식물이 만날 어두운 곳에서는 잘 자라나지 않는 것과 똑같이.

어둠 속에서는 오직 버섯과 독버섯만이 자라났다. 톰도 그것을 잘 알았다. 어쿠, 그렇다.

"나는 닉과 프래니와 딕 엘리스와 루시를 사랑합니다."

톰이 속삭였다. 이것이 톰의 기도였다.

"나는 래리 언더우드와 글렌 베이트먼 교수님도 사랑합니다. 나는 스탠과 로나를 사랑합니다. 나는 랠프 씨를 사랑합니다. 나는 스튜 씨를 사랑합니다. 나는 사랑……"

이상야릇했다. 그들의 이름이 어찌나 쉽사리 머릿속에 떠오르던지. '어휴, 자유 지대 시절에 스튜가 찾아왔을 때 그 사람 이름을 기억해 줬더라면 좋았을걸.' 톰의 생각이 장난감에까지 미쳤다. 그의 차고, 그의 자동차들, 그의 모형 기차들. 톰은 매시간 그것들을 가지고 놀곤 했다. 그러나 이곳에서 돌아가면…… '만약' 자유 지대로 돌아가면 그때도 예전처럼 열심히 그것들을 가지고 놀고 싶어 할지 미심쩍었다. 예전과 똑같지는 않을 것이다. 슬펐다. 그러나 한편으론 잘된 일일 수도 있으리라.

톰이 조용히 읊었다.

"주님은 나의 목자이시니, 내가 부족함이 없으리로다. 주님은 나를 푸른 초원에 눕혀 주십니다. 주님은 내 머리에 기름을 쳐 주십니다. 주님은 적들의 얼굴에 날리라고 내게 쿵후를 가르쳐 주십니다. 아멘."

충분히 날이 어두워지자 톰은 전진했다. 그날 밤 11시쯤 하나님의 손가락에 도착하여 짧은 식사를 했다. 그곳은 땅이 높아서, 이제껏 왔던 길을 되돌아보니 움직이는 불빛들이 보였다. '고속도로 위다. 그들이 나를 찾고 있다.'

톰은 다시 북동쪽을 보았다. 저만치 앞에, 어둠 속에서 간신히 눈에 띄는 것을 찾으니(달, 이제 보름달에서 이틀 밤이 지난 그 달은 벌써 줄어들고 있었다.), 커다랗고 둥그런 화강암 둔덕이 보였다. 이번에는 저곳으로 가야겠다고 마음먹었다.

"톰은 발이 쓰라리다."

혼자 속삭였지만, 낙담한 어조는 아니었다. 쓰린 발보다 더욱 끔찍스러운 일이 생길 뻔했으니까.

"디귿, 아, 리을, 그것을 합쳐 읽으면 쓰린 발이 된다."

톰은 계속 걸었고, 밤의 생명체들이 그에게서 잽싸게 달아났다. 새벽에 걸음을 멈추었을 때는 거의 60킬로미터를 걸어온 후였다. 네바다와 유타의 경계선이 그리 멀지 않은 동쪽에 있었다.

아침 8시경 재킷을 베개 삼아 곤히 잠들었다. 닫힌 눈꺼풀 안에서 눈알이 재빠르게 앞뒤로 움직였다.

닉이 찾아왔다. 그래서 닉과 이야기를 나누었다.

얼굴을 찡그리는 바람에 잠든 톰의 이마에 주름살이 생겼다. 자신이 닉을 다시 만나길 얼마나 간절히 학수고대하고 있었는지 닉에게 말했다.

그런데 무슨 이유 때문인지 영문을 알 수가 없었다. 닉이 돌아서서 그대로 가 버렸던 것이다.

제68장

역사는 되풀이되는 법이다. 쓰레기통맨은 악마의 프라이팬 속에서 또 한 차례 산 채로 구워지는 중이었다. 그러나 이번엔 자신을 지탱해 줄 시볼라의 차가운 분수에 대한 희망은 전혀 없었다.

'나한텐 당연한 일이야, 그저 당연한 일이지.'

쓰레기의 살갗은 볕에 타고 벗겨지고, 볕에 타고 또 벗겨졌고, 마침내는 볕에 그을린 정도가 아니라 새까매졌다. 그는 인간이 마지막으로 갖추는 외양이 무엇인지 알 수 있는 살아 있는 증거였다. 마치 누군가가 쓰레기를 2급 등유 속에 담근 채 성냥불을 그어 버린 듯 보였다. 끊임없이 내리쬐는 사막의 눈부신 햇빛 속에서 쓰레기는 눈동자의 파란 빛을 잃고 말았다. 그 눈 속을 들여다보는 것은 우주에 있는 기묘한 초고차원의 구멍들을 들여다보는 것과도 같았다. 옷차림새는 다크맨을 야릇하게 흉내 낸 듯했다. 목 부분을 풀어 헤친 빨간 체크무늬 셔츠, 빛바랜 청바지, 벌써 긁히고 눌리고 꺾이고 구부러진 사막 장화. 그런데 쓰레기는 붉은 흠집이 난 자신의 부적을 내던져 버렸다. 그는 그것을 차고 있을 자격이 없었다. 이미 그럴 가치가 없는 인간임을 증명해 버렸다. 또한 모든 불량 악마들과 마찬가지로 추방당하고 말았다.

쓰레기는 설설 끓는 햇볕 속에 멈춰서서, 가늘고 떨리는 손으로 이마를 훑었다. 그는 이런 장소와 시간을 위해 운명 지어진 것이었다. 쓰레기의 모든 인생은 미리 준비된 것이었다. 여기까지 오느라 불타는 지옥의 회랑을 통과했다. 자신의 아버지를 살해한 보안관을 견뎌 내고, 테르 오트의 정신 치료 시설도 견뎌 냈으며, 칼리 예이츠도 견뎌 냈다. 기이하고 고독한 인생을 남김없이 겪고 나서, 친구들을 만났다. 로이드. 켄. 휘트니 호건.

그런데 아아, 신이시여, 그는 모든 것을 엉망으로 만들어 버렸다. 이 악마의 프라이팬 속에서 불타 죽어도 싸다. 다시 구원받을 수 있으려나? 다크맨이 알지도 몰랐다. 쓰레기통은 알지 못했다.

이제 쓰레기통은 무슨 일이 벌어졌던 것인지 거의 기억할 수 없었다. 아마도 그의 괴로운 마음이 기억하기를 원치 않았기 때문에. 그는 인디언스프링스로 마지막 비참한 복귀를 하기 전까지 일주일 넘게 사막에 있었다. 전갈이 왼손 가운뎃손가락(그의 좆가락, 오래전의 포탠빌에서 오래전의 칼리 예이츠가 확고부동한 당구장식 천박함으로 그렇게 불러 댔을 터였다.)을 찔렀고, 왼손이 한가득 물이 찬 고무장갑처럼 부어올랐다. 이 세상엔 존재하지 않는 것 같은 불길이 머릿속을 채웠다. 그래도 쓰레기는 계속 사막을 헤맸다.

마침내 인디언스프링스로 복귀하면서 그는 누군가의 상상력이 빚어낸 허구를 체험하는 듯한 기분을 느꼈다. 사람들이 자신이 찾아낸 물건들, 소이탄 퓨즈들, 촉발 지뢰들, 사실은 평범한 그런 물건들을 살펴보면서 훈훈한 대화가 오갔다. 쓰레기는 전갈한테 쏘인 이후 처음으로 좋은 기분을 느끼기 시작했다.

그런데 한순간, 어떠한 사전 경고도 없이 시간이 옆으로 미끄러져 나갔고 그는 다시 포탠빌 마을에 돌아와 있었다. 누군가가 말했다.

"불장난하면 잠잘 때 오줌 싼다, 쓰레기야."

고개를 쳐든 쓰레기는 빌 재미슨이 보일 거라 예상했지만 그것은 빌이 아니라 포탠빌에서 나온 리치 그라우드모어였으니, 녀석은 성냥 한 개비를 입에 물고 히죽거리고 있었고, 녀석의 손가락은 기름때가 묻어 까맸는데 그 이유는 휴식 시간에 나인볼 한 게임 치려고 자신이 근무하는 길모퉁이의 텍사코 주유소에서 당구장까지 어슬렁거리던 참이기 때문이었다. 그리고 또 다른 누군가가 말했다.

"너 그거 싹 치우는 게 좋겠다, 리치. 쓰레기가 마을에 돌아왔잖냐."

처음엔 스티븐 토빈의 목소리처럼 들렸지만 스티브가 아니었다. 낡고, 닳고, 두건 달린 오토바이 재킷을 입은 칼리 예이츠였다. 점차 커져 가는 공포 속에 쓰레기는 그들 모두 그곳에 있는 것을, 그 말 많은 시체들이 다시 살아난 것을 목격했다. 리치 그라우드모어와 칼리와 놈 모리셋, 또 겨우 열여덟 살인데도 대머리 티가 완연했고 모든 아이들이 해치 커닝왕이라 불렀던 해치 커닝엄까지.

그들이 쓰레기를 흘겨보고 있었다. 그 광경은 한꺼번에 빠르게 나타났다. 열병에 걸린 듯 일렁거리는 세월의 장벽을 뚫고서.

'야, 쓰레기, 왜 학교에다가는 불 안 질렀냐? 야, 쓰레기, 너 여태 네 돼지고기에 불 안 질렀냐? 야, 쓰레기통맨, 네가 론손 라이터 기름을 마신다는 소릴 들었는데, 진짜냐?'

그러고는 칼리 예이츠의 말.

'야, 쓰레기, 늙은 셈플 아줌마의 연금 수표에 불 질렀을 때 그 아줌마가 뭐라고 그러디?'

쓰레기는 그들을 향해 크게 소리치려 했지만, 오로지 입 밖으로 나온 것은 속삭임이었다.

"나한테 더는 셈플 아줌마의 연금 수표에 관해 묻지 마라."

그러고 나서 쓰레기는 달아났다.

나머지 일은 꿈이었다. 소이탄 퓨즈를 집어 들고 수송부에 있는 트럭들한테 한턱내기. 그의 손은 제 할 일을 다했고, 그의 정신은 혼란스러운 소용돌이 속에서 멀리 날아가 버렸다. 사람들은 쓰레기가 수송부와 커다란 풍선 바퀴가 달린 그의 사막 차 사이를 오가는 모습을 목격했다. 그들 중 몇몇은 손을 흔들어 주기까지 했지만, 다가와서 무엇을 하고 있는지 물어보는 사람은 아무도 없었다. 어쨌거나 쓰레기는 플래그의 부적을 차고 있는 몸이시므로.

쓰레기는 작업을 하면서 테르 오트에 관해 생각했다.

테르 오트에서 전기 충격을 가할 때면 사람들은 그의 입에 고무 덩어리를 물렸다. 전기 조종 장치를 다루는 남자는 가끔은 아버지를 죽인 보안관처럼 보였고 가끔은 칼리 예이츠처럼, 가끔은 해치 커닝왕처럼 보였다. 그때마다 쓰레기는 이번에야말로 오줌을 지리지 않겠다고 스스로에게 신경질적으로 맹세했다. 그러고는 항상 오줌을 쌌다.

트럭에 설치할 때 가장 가까운 격납고로 들어가서 그 안에 있던 헬기에도 설치를 했다. 쓰레기는 시간 조절 퓨즈들이 제대로 임무를 완수하길 원했고, 그래서 기지 식당의 부엌으로 들어가 싸구려 플라스틱 타이머를 열 개도 넘게 찾아냈다. 15분이나 30분 정도로 맞춰 놓으면 눈금 바늘이 다시 0으로 돌아올 때 땡 소리가 나면서 파이를 오븐에서 꺼낼 시간이 되었다고 알리는 물건이었다. 단지 이번엔 땡 소리가 나는 대신, 꽝 소리가 날 것이었다. 쓰레기는 그게 맘에 들었다. 무척 좋았다. 만약 칼리 예이츠나 리치 그라우드 모어가 저 헬기들 중 한 대에 타려고 했다간, 엄청나게 빵빵한 깜짝 선물을 받을 것이다. 쓰레기는 헬기 엔진 점화 장치에 부엌용 타이머를 간단히 연결했다.

그 일이 끝났을 때, 잠깐 제정신이 돌아왔다. 선택의 순간. 쓰레기는 소리가 울리는 격납고 안의 헬리콥터들을 의아한 듯 주시했고 그런 다음 자신의 손을 내려다보았다. 손에서 불탄 종이 화약 같은 냄새가 났다. 그러나 이곳은 포탠빌 마을이 아니었다. 포탠빌에는 헬리콥터가 없었다. 인디애나 주의 태양은 이곳 태양처럼 잔인할 정도로 강하게 빛나진 않았다. 그는 네바다 주에 있었던 것이다. 칼리와 그의 당구장 패거리들은 죽었다. 슈퍼 독감 때문에 죽었다.

쓰레기는 의아해하며 주위를 돌면서 자신의 손이 이뤄 낸 성과를 둘러보았다. 그가 한 일, 그건 다크맨의 장비를 고의로 파괴하는 짓이 아닌가? 몰지각한 짓, 정신 나간 짓이었다. 그는 취소시킬 생각이었다, 신속하게.

그러나 오, 사랑스러운 폭발이여.

사랑스러운 불이여.

사방으로 흘러나와 타오르는 제트기 연료. 공중에서 폭발하는 헬리콥터들. 너무나 아름다워.

쓰레기는 한순간 자신의 새 인생을 버렸다. 자신의 사막 차로 바삐 걸어가면서 볕에 까매진 얼굴 위로 능글맞은 미소를 떠올렸다. 차에 올라탔고, 차를 몰고 떠나갔지만…… 그리 멀리 간 것은 아니었다. 쓰레기는 기다렸다. 마침내 연료 트럭 한 대가 수송부 차고에서 나와 커다란 황록색 딱정벌레처럼 아스팔트를 가로질러 굴러 갔다. 그것이 터지며 사방으로 기름 불똥을 폭발시켰을 때 쓰레기는 쌍안경을 떨어뜨리고 하늘을 향해 고함치며, 이루 형언할 수 없는 기쁨으로 양주먹을 뒤흔들었다. 그러나 그 기쁨은 오래가지 않았다. 치명적인 공포와 가슴 아픈 애도의 슬픔으로 바뀌었다.

쓰레기는 북서쪽 사막으로 운전해 들어가며 자살이라도 할 듯 엄청난 속도로 사막 차를 밀어붙였다. 얼마나 오래전의 일이었을까? 그는 몰랐다. 만약 이날이 9월 16일이라는 것을 들었더라면, 분별력이 완전히 사라져 버린 상태에서 그저 고개만 끄덕거렸을 것이다.

자살해 버릴까도 생각했다. 그 자신에게 남은 건 아무것도 없었고, 모든 손길이 이젠 쓰레기에게 앙심을 품었으며, 너무나 당연한 결과였다. 자신을 먹여 살리는 손을 물기 전에 그 쭉 뻗은 손이 주먹으로 오므라들 것을 예상했어야 했다. 그것은 그저 인생이 흘러가는 방식만이 아니었다. 그것은 정의였다. 사막 차 뒤쪽에 커다란 휘발유통 세 개가 있었다. 그것을 온몸에 퍼붓고 나서 성냥불을 그어 댈 작정이었다. 그것이 쓰레기에게 마땅히 어울리는 조치였다.

그러나 쓰레기는 그렇게 하지 않았다. 이유는 알 수 없었다. 후회와 고독에 따른 고통보다 더욱 강력한 어떠한 힘이 그를 제지했다. 불교 스님처럼 자기 몸을 불살라 소신공양하는 것이 참회하는 행동은 아닌 듯싶었다. 잠을 잤다. 그러고는 깨어나서 잠자는 동안 새로운 생각이 자신의 뇌 속으로 기어 들어왔다는 것을 깨달았는데, 그 생각은 다음과 같았다.

'명예로운 원상회복.'

가능할까? 알 수 없었다. 그러나 만약 뭔가…… 뭔가 큰 것을 발견해 낸다면…… 그리고 그것을 라스베이거스에 있는 다크맨한테 갖다 준다면, 가능하지 않을까? 설령 명예로운 '원상회복' 이 불가능하다 해도, 잘못에 대한 '속죄' 마저도 불가능하진 않을 터였다. 만약 그렇다면 만족스럽게 죽을 기회는 여전히 남아 있는 셈이었다.

뭘까? 뭐가 제격일까? 명예로운 '원상회복' 이 될 만큼, 아니면 하다못해 잘못에 대한 '속죄' 라도 될 만큼 대단한 것이 무얼까? 지뢰나 화염 트랙은 아니었고, 수류탄이나 자동 총기류도 아니었다. 그런 것들은 그렇게까지 대단하진 않았다. 쓰레기는 실험 단계에 있던 대형 폭격기 두 대가 있는 곳을 알았지만(국회에 알리지도 않고 정체불명의 국방 자금을 써서 만든 것들이었다.) 그것들을 라스베이거스까지 갖고 갈 수가 없었고, 설사 갖고 갈 수 있다 해도 조종할 수 있는 사람이 라스베이거스엔 하나도 없었다. 폭격기의 모양새를 보아하니 적어도 열 명 어쩌면 그 이상의 승무원이 필요했다.

쓰레기는 어둠 속에서 열을 감지하고 그 열의 출처를 흐릿한 붉은 악마 모양으로 나타내는 적외선 감지기와도 같았다. 수없이 많은 군사 실험이 실시되었던 이 황무지 뒤편에 방치되어 있는 것들을, 그는 기묘한 방식으로 감지할 수 있었다. 곧장 서쪽으로 가서 모든 것의 시발점이 되었던 프로젝트 블루로 곧장 찾아갈 수도 있었다. 그러나 전염병은 쓰레기의 취향이 아니었고, 혼란스럽지만 전적으로 비논리적이지만은 않은 자신의 관점에서 볼 때 플랙의 취향도 아닐 거라는 생각이 들었다. 전염병은 죽여야 할 사람을 가리지 않았다. 만약 프로젝트 블루의 최초 설립자들이 그런 단순한 사실을 명심했더라면 인류에게 더 바람직했을지도 모른다.

그래서 쓰레기는 인디언스프링스로부터 북서쪽에 있는 넬리스 공군 실험장의 모래투성이 폐허 속으로 들어갔다. '미 정부 재산 불법침입 금지'와 '무장 경계 중'과 '경비견'과 '철조망에 고압 전류 흐름'이라는 표지판이 달린 드높은 가시철조망을 마주치자 사막 차를 세웠다. 그러나 전기는 죽었다. 경비견과 무장 보초병과 마찬가지로. 그리고 쓰레기통맨은 계속 운전하면서 이따금 진로를 수정했다. 그는 이끌려 가고 있었다. 무언가에 이끌려 가고 있었다. 무엇인지는 몰라도 대단한 것이리라 생각했다. 아주 대단한 것.

사막 차는 굿이어 저압 타이어를 착실히 굴려 가며 말라 버린 하천 바닥 속으로, 바위가 많아 반쯤 노출된 스테고사우루스 공룡의 등뼈처럼 보이는 비탈 위로 쓰레기를 데려갔다. 대기는 잔잔하고 건조했다. 기온은 영상 38도를 웃돌았다. 유일하게 들리는 소리는 사막 차의 스투드베이커 개조 엔진에서 나오는 저음뿐이었다.

쓰레기통맨은 둔덕 꼭대기에 올라가 아래를 내려다보고, 더 자세히 살펴보려고 잠시 변속기를 중립에 놓았다.

그 아래엔 집단을 이루고 있는 오밀조밀한 건물들이 은빛 아지랑이처럼 피어나는 열기 속에서 가물거렸다. 벽과 지붕이 반원형으로 이어진 퀀셋 주택들과 야트막한 콘크리트 블록 건물들. 차들이 먼지투성이 거리 여기저기에 주저앉아 있었다. 전체 구역이 삼중 가시철조망에 둘러싸였고, 그 철사 줄을 따라 도자기 재질의 전기 절연체인 뚱딴지들이 붙은 것을 볼 수 있었다. 약한 경고 전류가 흐르는 손가락 마디 크기의 작은 절연체들이 아니었다. 크기가 꽉 움켜쥔 주먹만 한 초대형이었다.

동쪽으로부터, 아스팔트 포장된 2차선 도로가 철근 콘크리트 토치카처럼 보이는 위병소까지 이어졌다. 여기에는 '카메라는 근무 중인 헌병한테 맡기시오'라거나 '마음에 드셨다면 지역구 의원님께 잘 말씀해 주십시오' 같은 귀엽고 깜찍한 표지판들이 없었다. 뚜렷이 눈에 띄는 유일한 표지판은 위험을 알리는 색깔인 노란 바탕에 빨간 글씨로 무뚝뚝하게 요점만 쓰여 있었다.

'즉시 신분을 밝히시오.'

"고마워요."

쓰레기통이 속삭였다. 자기가 누구한테 고마워하고 있는 건지 전혀 모르는 채로.

"아아, 고마워요…… 고마워요."

비범한 감각이 그를 이 장소까지 이끌었지만, 쓰레기는 처음부터 내내 그것이 여기에 있다는 사실을 확신해 왔다. 여기 어딘가에 있었다.

사막 차를 전진 기어에 놓고 비탈을 덜컹거리며 내려왔다. 10분 뒤 위병소의 진입로를 지나고 있었다. 검정과 흰색 줄이 쳐진 통행 정지 울타리들이 도로를 가로막았고, 쓰레기는 살펴보러 차 밖으로 나왔다. 이런 곳은 비상용 전력을 풍부하게 확보하려고 대형 발전기들을 갖췄다. 어떠한 발전기든 석 달 동안 계속 전력을 공급해 왔을 가능성에 관해선 회의적이었지만, 그래도 매우 조심해야 했다. 구내로 들어가기 전에 모든 발전기들이 끊긴 것을 확인해야 할 터였다. 쓰레기가 염원하는 물건이 이제 매우 가까운 근처에 있었다. 지나치게 흥분하다가 전자레인지 속 불고기처럼 익혀지는 신세가 되진 말아야 할 터였다.

15센티미터 두께의 방탄유리 뒤편에서, 군복 입은 미라 하나가 바깥 저 너머를 주시했다.

쓰레기는 위병소의 출입구 쪽에 있는 통행 정지 장애물 밑으로 들어가 그 작은 콘크리트 건물의 문에 접근했다. 손잡이를 돌렸더니 문이 열렸다. 다행이었다. 이런 곳은 비상 전력으로 전환해야 할 때 모든 것이 자동으로 잠겨지게 되어 있었다. 만약 똥을 싸고 있는 중이었다면 비상 사태가 끝날 때까지 화장실 안에 갇히는 것이다. 그러나 비상 전력이 끊어지면 모든 자물쇠가 다시 풀린다.

죽은 보초는 메마르고, 달착지근한, 흥미로운 냄새를 풍겼다. 토스트를 만들어 먹으려고 한데 섞은 계피와 설탕의 냄새 같았다.

그 보초는 부풀어 오르거나 부패하지 않았다. 단지 바싹 말랐다. 시체의 목 아래엔 아직도 캡틴 트립스의 대표적 특징인 검은 얼룩이 남아 있었다. 뒤편 구석에는 브라우닝 자동 소총이 있었다. 쓰레기통맨은 소총을 들고 다시 바깥으로 나왔다.

브라우닝을 단발 사격 방식으로 맞춰 놓고 조준기를 만지작거리고 나서, 총을 앙상한 오른쪽 어깨의 움푹한 곳에 갖다 댔다. 뚱딴지 하나를 조준하고 방아쇠를 당겨 한 발 쐈다. 한 차례 요란한 박수 소리와 함께 자극적인 코르다이트 화약 냄새가 풍겼다. 뚱딴지가 온 사방으로 폭발했지만, 고압 전기의 홍백색 불꽃은 전혀 보이지 않았다. 쓰레기통맨은 미소 지었다.

콧노래를 흥얼거리며 걸어가 정문 출입구를 조사했다. 위병소 문처럼, 그것도 잠겨 있지 않았다. 쓰레기는 정문을 밀어 살짝 열어젖힌 다음 몸을 숙였다. 여기에는 아스팔트 밑으로 압력 지뢰가 깔려 있었다. 자신이 어떻게 아는지는 몰랐지만, 아무튼 알았다. 지뢰는 작동할 수도 있지만 작동하지 않을 수도 있었다.

쓰레기는 다시 사막 차로 가서 시동을 걸고, 차를 통행 정지 장애물로 돌진시켰다. 장애물은 부러지고 으스러지는 소리를 내며 박살났고 사막 차의 대형 저압 타이어들이 그 위로 굴러 넘어갔다. 사막의 태양이 출렁거렸다. 쓰레기통맨의 기묘한 눈이 행복하게 반짝거렸다. 정문 앞에서, 그는 사막 차 밖으로 나와 다시 차에 기어를 걸었다. 운전사 없는 사막 차가 앞으로 굴러 가면서 정문을 밀어뜨려 활짝 열어젖혔다. 쓰레기통맨은 위병소 안으로 뛰어 들어갔다.

두 눈을 질끈 감았지만, 폭발은 전혀 없었다. 다행이었다. 그들은 정말로 완벽하게 기지를 차단했다. 그들의 비상 방어 체계는 한 달, 어쩌면 두 달까지 작동했을지도 몰랐다. 그러나 결국엔 정기적인 관리 부재와 엄청난 고온이 방어 체계를 망가뜨렸다. 그렇더라도 쓰레기는 조심해야 했다.

그러는 동안 사막 차가 긴 퀀셋 주택의 주름 진 벽을 향해 여유롭게 굴러 가고 있었다. 쓰레기통맨은 그 차를 뒤쫓아 바삐 걸어갔고 그가 따라잡은 바로 그 순간 차는 일리노이 스트리트임을 알리는 표지판이 있는 인도 경계석 위로 덜커덩 올라서고 있었다. 기어를 중립에 놓자 차가 멈췄다. 안에 올라탄 그는 후진하여 퀀셋 주택 정면으로 향했다.

그곳은 막사였다. 그늘진 실내가 설탕과 계피가 뒤섞인 냄새로 가득했다. 50여 개 침대 사이로 20명쯤 되는 군인들이 널브러져 있었다. 쓰레기통맨은 그들 사이에 있는 통로를 걸어가며, 자기가 어디로 가고 있는 것인지 의아해했다. 이 안에는 그를 위한 것이 아무것도 없었다. 그렇잖은가? 이 사람들은 한때 일종의 무기 역할을 했지만, 모두 독감한테 제압당했다.

그런데 그 건물의 맨 뒤편에 쓰레기의 흥미를 끈 무엇인가가 있었다. 표지판. 쓰레기는 걸어가서 그것을 읽었다. 실내의 열기가 어마어마했다. 그 때문에 머리가 쿵쿵거리고 지끈거렸다. 그러나 그 표지판 앞에 섰을 때, 저절로 미소가 떠올랐다. 그랬다, 그것이 여기 있었다. 이 기지 어딘가에 그가 찾던 것이 있었다.

그 표지판은 샤워하는 남자를 만화로 보여 주고 있었다. 자신의 생식기에 바쁘게 비누칠을 하고 있는 남자였다. 생식기는 거의 전부 비눗방울 그림으로 뒤덮였다. 그 아래 문구는 다음과 같았다.

'명심하라! 너의 최고 관심사는 매일 매일 샤워하는 것이다!'

그 밑으로 삼각형 세 개가 모여 아래쪽을 가리키는 노랗고 까만 그림 표시가 있었다.

방사능의 상징.

쓰레기통맨은 어린아이처럼 웃으며 정적 속에서 손뼉을 쳤다.

제69장

휘트니 호건이 방으로 찾아가 보니, 로이드는 가장 최근에 데이나 저겐스와 함께 썼던 커다란 원형 침대에 누워 있었다. 맨가슴 위에는 커다란 진토닉 술잔이 균형을 잡고 앉아 있었다. 로이드는 천장의 거울 속에 비친 자기 모습을 심각하게 주시하고 있었다.

"들어와. 격식 차리지 마, 제발. 일부러 노크하지 말라고. 개자식아."

그 말이 '개좌시가'로 발음되어 나왔다.

"취했나, 로이드?" 휘트니가 조심스럽게 물었다.

"아니. 아직은 아니야. 하지만 점점 취해 가는 중이지."

"그분이 여기 계셔?"

"누구? 두려움을 모르는 지도자?"

로이드가 일어나 앉았다.

"그분이야 어딘가 돌아다니겠지. 한밤중에 건들건들 건들대는 떠돌이니까."

로이드가 낄낄거리고는 다시 드러누웠다.

휘트니가 낮은 목소리로 말했다.

"말조심해. 그분이 안 계신다고 독한 술을 입에 대는 건 좋은 생각이 아니라는 거 자네도 알잖아……."

"좆 까."

"헥 드로건한테 일어났던 일을 기억해. 스트렐러튼도."

로이드가 끄덕거렸다.

"네 말이 맞아. 벽에 귀가 달린 거지. 좆같은 벽에 귀가 달린 거야. 너도 그 말 들어 본 적 있어?"

"그래, 한두 번쯤. 여기선 그 말이 진실이야, 로이드."

"아무렴."

로이드가 일어나 앉더니 갑자기 술잔을 방 저편으로 내던졌다. 유리잔이 산산조각 났다.

"객실 청소부를 위해 한잔하자. 좋지, 휘트니?"

"괜찮은 거야, 로이드?"

"아주 말짱해. 너 진토닉 한 잔 할래?"

휘트니가 잠시 망설였다.

"아냐. 나는 라임을 곁들이지 않으면 그런 술 별로야."

"맙소사, 겨우 그 이유로 안 먹겠다고 말하지 마! 나한테 라임 있어. 플라스틱 병에서 짜내는 거 말이야."

로이드가 바로 걸어가서 리얼라임 플라스틱 병을 들었다.

"그린자이언트 상표에 그려진 거인 왼쪽 불알이랑 똑같이 생겼지, 응?"

"그게 라임 맛이 난단 말이야?"

로이드가 시무룩하게 말했다.

"당연하지. 도대체 무슨 맛이 날 거로 생각한 건데? 좆같은 치리오스 시리얼 맛? 그럼 어쩔 건데? 남자답게 대범해져 봐. 자, 나랑 한잔하자."

"음…… 좋아."

"우리 창문 앞에 서서 경치 감상하면서 마시자."

"안 돼."

휘트니가 거칠고 퉁명스럽게 말했다. 로이드가 바에서 움직이다 멈추더니 얼굴이 갑자기 창백해졌다. 그가 휘트니를 돌아보았고, 잠시 둘의 시선이 마주쳤다.

"그래, 알았어. 유감이군, 친구. 풍류를 모르다니 말이야. 뭐, 그런 건 아무래도 괜찮아."

하지만 괜찮지가 않았다. 두 사람 모두 그것을 알았다. 플랙이 자신의 '신부'라고 소개했던 여자가 전날 고공 다이빙을 했다. 창문이 열리지 않기 때문에 데이나가 발코니에서 뛰어내릴 수 없을 거라던 에이스 하이의 말을 로이드는 기억했다. 그런데 펜트하우스에는 일광욕 베란다가 있었다. 호텔 사람들은 '진짜로' 돈이 넘쳐 나는 사람들이라면(대개는 아랍인들이었다.) 아무도 자살 다이빙을 하지 않으리라고 생각했던 게 틀림없었다. 철석같이 그렇게 믿었으리라.

로이드는 휘트니한테 진토닉을 만들어 주었고 그들은 앉아서 한동안 아무 말 없이 술을 마셨다. 바깥에서는 태양이 빨갛게 이글거리며 떨어지고 있었다. 마침내 휘트니가 너무 작아서 들릴락 말락 하는 소리로 말했다.

"자넨 정말로 그 여자가 스스로 죽음을 택한 거라고 생각해?"

로이드가 어깨를 으쓱했다.

"그게 뭐 중요해? 그래. 내 생각에 그 여자는 스스로 다이빙한 것 같아. 너 같으면 안 그러겠냐, 만약 네가 그분과 결혼할 처지가 됐다면? 한 잔 더 할래?"

휘트니는 자기 유리잔을 보고 정말로 잔이 빈 것에 놀라워했다. 그는 빈 잔을 로이드한테 건넸고, 로이드는 잔을 가지고 바에 갔다. 로이드는 마음껏 진을 따라 부었고, 휘트니는 얼큰하게 취했다.

다시금 그들은 한동안 아무 말 없이 술을 마시며, 해 지는 광경을 지켜보았다.

"컬런이라는 사내에 관해 무슨 소식 들은 거 있어?"

휘트니가 마침내 물었다.

"아무것도 없어. 깜깜무소식. 완전 먹통. 난 아무것도 들은 게 없어. 배리도 전혀 들은 게 없고. 40번 도로에서도, 30번 도로에서도, 2번과 74번 도로에서도 그리고 15번 주간 고속도로에서도 아무런 소식이 없어. 샛길에서도 아무 소식 없어. 길마다 사람들이 죄다 깔렸지만 죄다 아무것도 건진 게 없어. 그 사내는 사막 어딘가에 있어. 계속 밤에만 움직인다면, 계속 동쪽으로 이동하는 법을 터득할 수 있다면, 무사히 빠져나가겠지. 어차피 그게 뭐 중요해? 저쪽 사람들한테 전할 정보가 뭐 있을까?"

"나는 모르겠어."

"나도 모르겠단 말이야. 그러니 그냥 가게 놔두라는 거지. 그게 내 생각이야."

휘트니는 마음이 편치 않았다. 로이드의 발언이 또다시 위험스럽게 두목을 비판하는 쪽에 가까워지고 있었다. 휘트니는 더 얼큰하게 취했고, 반가웠다. 어쩌면 생각보다 일찍 용기를 내어 용건을 말할 수 있을 것 같았다.

"내 말 좀 들어 봐."

로이드가 몸을 앞으로 기울이며 말했다.

"그분은 제구력을 잃고 있어. 그 좆같은 말 들어 본 적 있지? 야구는 8회가 되었는데 그분은 제구력을 잃었고 좆도 불펜에서 몸을 푸는 사람은 아무도 없는 상황인 거야."

"로이드, 나……"

"한 잔 더 할래?"

"그럼, 그래야지."

로이드가 새로 두 잔을 만들었다. 한 잔을 건네받은 휘트니가 찔끔 마셔 보니 작은 전율이 몸 안에 흘렀다. 토닉이 거의 안 들어간 독한 진이었다.

"그분이 제구력을 잃어 간단 말이야."

로이드가 자기 얘기로 돌아갔다.

"처음에는 데이나, 그다음엔 컬런이라는 사내. 왕초의 아내, 그게 그 여자의 신분이 맞다면 말이야. 그 여자가 몸을 내던져 다이빙을 한다. 넌 그 여자가 펜트하우스 발코니에서 보여 준 좆같은 2연속 회전 다이빙이 그분의 경기 계획에 들어 있던 거라고 생각하냐?"

"그 일에 관해 이야기하면 안 돼."

"그리고 쓰레기통맨. 그 자식이 직접 저지른 만행을 보란 말이야. 그런 또라이를 데리고 있었다니. 똥꼬에 힘 빠지지 않고 배길 사람 있나? 내가 궁금한 건 그거야."

"로이드……."

로이드가 고개를 내저었다.

"나는 전혀 이해 못 하겠어. 모든 일이 너무나 잘 진행되고 있었잖아. 그분이 찾아와서는 저 너머 자유 지대의 그 늙은 할머니가 죽었다고 말한 그날 밤까지는 말이야. 그분은 우리 앞길에 있던 마지막 장애물이 없어졌다고 했지. 하지만 그게 오히려 여러 일들이 우습게 돌아가기 시작한 시발점이 됐던 거란 말이야."

"로이드, 난 정말이지 우리가 이러면 안 된다고 생각……"

"이제 난 도무지 모르겠어. 우린 내년 봄에 육로로 공격하여 저쪽 사람들을 쓸어 버릴 거야. 그 이전에 진격할 수 없다는 건 뻔할 뻔 자지. 그런데 내년 봄 무렵에, 그들이 저 너머에서 무슨 만반의 준비를 해 놨을지는 하나님만이 알겠지, 안 그래? 놈들이 조금이라도 이상한 깜짝 선물을 생각해 내기 전에 덮쳐야 했는데, 지금 우린 그럴 수가 없잖아. 게다가, 하나님 아이고 어머니 맙소사, 쓰레기 일도 걱정해야지. 그 자식이 사막 속 어딘가를 들쑤시고 돌아다니잖아. 내 장담컨대……"

"로이드. 내 말 좀 들어 봐."

휘트니가 목멘 소리로 나지막이 말했다.

로이드가 근심스럽게 몸을 앞으로 기울였다.

"뭐? 뭐가 문제야, 되물 아저씨?"

"내가 자네한테 물어볼 배짱이 있는지도 잘 모르겠어."

휘트니는 자기 유리잔을 강박적으로 꼭 쥐고 있었다.

"나랑 에이스 하이랑 로니 사이크스 그리고 제니 엥스트롬. 우린 여기 생활을 청산하려고 해. 자네도 같이 떠날래? 맙소사, 이런 얘길 꺼내다니 난 틀림없이 미친 거야. 그분의 가장 가까운 심복인 자네한테 털어놓다니."

"여기 생활을 청산해? 어디로 가려고?"

"남아메리카로 갈 것 같아. 브라질. 그 정도면 아주 충분히 멀리 벗어난 거겠지."

휘트니가 말하다 말고 진저리를 쳤다. 그러고는 불쑥 말문을 터뜨렸다.

"수많은 사람들이 떠나고 있어. 뭐, 어쩌면 그렇게 많은 건 아닐 거야. 하지만 꽤 많아. 그리고 날마다 늘고 있어. 그들은 플랙이 이탈을 막을 수 있을 거라고 생각하지 않아. 어떤 이들은 북쪽으로 향하고 있어, 캐나다까지. 거기는 나한텐 우라지게 추워. 하여튼 나도 여기서 빠져나가기로 했어. 저쪽 사람들이 나를 받아줄 것 같았으면 동쪽으로 가려 했을 거야. 그리고 이곳에 확신이 있었다면, 우린 이 난국을 타개해 나갈 수도 있었겠지."

휘트니가 불현듯 말을 멈추고 로이드를 불쌍하게 바라보았다. 자기 말이 도를 지나쳤다고 생각하는 표정이었다.

"잘 알아들었어. 밀고하지는 않을게, 퇴물 아저씨."

로이드가 부드럽게 말했다.

"여기는…… 죄다 엉망이 됐어."

휘트니가 비참한 표정으로 말했다.

"언제 떠날 계획이야?"

로이드의 말에 휘트니는 눈살을 찌푸리고 미심쩍은 듯 그를 바라보았다.

"어휴, 그냥 안 물어본 걸로 해, 휘트니. 한 잔 더 할래?"

"아직 남았어."

휘트니가 자기 잔을 들여다보며 말했다.

"난 한 잔 더."

로이드는 바로 갔다. 휘트니한테 등을 돌린 채 말했다.

"나는 못 가."

"어?"

"못 간다고!"

로이드가 날카롭게 내뱉으며 휘트니를 향해 돌아섰다.

"나는 그분에게 빚을 졌어. 아주 큰 빚을 졌지. 그분은 피닉스에서 지독한 곤경에 빠져 있던 나를 꺼내 주었고 그때 이후로 난 줄곧 그분과 함께였어. 실제보다 더 오랜 시간 동안이었던 것 같아. 가끔은 영원처럼 느껴져."

"그럴 테지."

"하지만 그 이상이야. 그분은 나에게 뭔가를 베풀어서, 나를 더욱 똑똑하게, 뭐 그렇게 해 줬던 거라고. 그것이 뭔지는 모르지만 나는 과거의 나와 똑같은 사람이 아닌 거야, 휘트니. 전혀 다른 사람이 됐어. 예전엔…… 로이드는…… 나는 고작 밑바닥 인생이었어. 그분은 나에게 이곳의 여러 가지 일을 관리하는 임무를 맡겼고, 나는 잘하고 있어. 난 머리가 더 좋아진 것 같아. 맞아, 그분은 나를 더 똑똑하게 해 준 거라고."

로이드가 흠집 난 돌을 가슴에서 들어 올려, 잠깐 바라보고 나서 다시 떨어뜨렸다. 마치 불결한 것을 만지기라도 한 듯 바지에 대고 손을 닦았다.

"지금의 내가 천재가 아니란 건 나도 알아. 해야 할 일을 모두 수첩에다 적어 놓아야만 해. 안 그러면 잊어버리거든. 하지만 내 뒤에 그분이 있으면 나는 명령을 내릴 수가 있어. 일의 결과가 대개는 좋게 나오더란 말이지. 과거에 내가 할 수 있던 일이라곤 명령이나 받고 곤경에나 빠지는 일뿐이었는데. 나는 변해 버렸어…… 그분이 나를 변하게 했지. 맞아, 실제보다 훨씬 더 긴 시간이었던 것 같아. 우리가 라스베이거스에 도착했을 때, 여기엔 겨우 열여섯 명만 있었어. 로니도 그중 한 사람이었어. 제니와 불쌍한 헥 드로건도 마찬가지였고. 그들은 그분을 기다리고 있었어. 우리가 도시에 들어왔을 때, 제니 엥스트롬은 예쁜 무릎을 꿇고서 그분의 장화에 키스했지. 내 장담하건대 제니가 침대에서 너한테 그런 얘긴 절대 안 했을 거야."

로이드가 한쪽 입가를 삐죽거리며 휘트니한테 웃음 지었다.

"그랬던 제니가 이제 인연을 끊고 달아나려는 거구먼. 그래, 나는 제니를 비난하진 않아. 너도 마찬가지고. 하지만 좋은 관계가 틀어지기까지 그리 오랜 시간이 걸리지 않는다는 건 확실해, 그렇지?"

"자넨 계속 붙어 있으려고?"

"최후까지 붙어 있을 거야, 휘트니. 그분의 최후가 됐건 내 최후가 됐건 간에. 그 정도로 그분에게 빚을 진 거야."

로이드는 휘트니와 나머지 동료들이 나무 십자가에 올라타는 최후를 맞을 거라고, 무사히 도망가기보단 그런 극형을 당할 가능성이 더 크다고 믿을 만큼 여전히 다크맨을 신뢰하고 있단 얘기를 덧붙이지 않았다. 그리고 다른 이유도 있었다. 여기서 그는 플랙의 부사령관이었다. 뭐 하러 브라질에 간단 말인가? 뭐랄까, 휘트니와 로니 두 사람 모두 그보다 더 똑똑했다. 로이드와 에이스 하이는 원래 미천한 닭대가리로 인생을 끝낼 팔자였고, 그런 건 로이드의 취향엔 맞지 않았다. 예전 같으면야 닭대가리가 되건 말건 아무렇지도 않았겠지만, 이젠 상황이 변했다. 그리고 그 스스로 깨달은 바와 같이 머리가 변하면 상황은 거의 언제나 영원토록 변하는 법이다.

"글쎄, 그분에게 빚졌다는 건 우리 모두한테 해당되는 말일지도 몰라."

휘트니가 어색하게 말했다.

"물론이지."

로이드는 생각했다. '하지만, 나는 너희 편에 끼고 싶은 맘이 없어. 결국에는 플랙한테 들키고 말 테니까. 플랙이 너희가 브라질 구석에 내려가 있는 것을 눈치 챘을 때 너희 편에 있고 싶은 맘이 없는 거지. 그땐 나무 십자가에 올라타는 정도는 너희 걱정거리 중 가장 사소한 것에 불과할지도 몰라…….'

로이드가 자기 잔을 쳐들었다.

"건배, 휘트니."

휘트니도 자기 잔을 쳐들었다.

"아무도 다치는 사람은 없어. 그게 내 건배 이유야. 아무도 다치는 사람은 없어."

"좋아, 그거라면 나도 기꺼이 건배하겠어."

휘트니가 들떠서 말했고, 두 사람은 건배했다.

그러고 얼마 후 휘트니는 방에서 나갔다. 로이드는 계속 술을 마셨다. 9시 30분경에는 곤드레만드레 취해서 원형 침대에서 푹 잠들었다. 아무 꿈도 꾸지 않았고, 다음 날 숙취에 시달리는 대가를 치를 만한 가치가 충분한 잠이었다.

9월 17일 아침에 해가 떴을 때, 톰 컬런은 유타 주 건록에서 북쪽으로 약간 떨어진 곳에서 야영하고 있었다. 얼굴 앞으로 뿜어져 나오는 자신의 입김을 볼 수 있을 정도로 추웠다. 귀가 얼얼하고 차가웠다. 그러나 기분은 좋았다. 전날 밤에 톰은 바퀴 자국이 난 험한 도로를 상당히 가까이 스쳐 지나면서 지글거리는 작은 모닥불 근처에 세 사람이 모여 있는 것을 목격했다. 세 사람 모두 총을 지녔다.

그들을 지나 둥근 돌멩이가 어지럽게 깔린 벌판을 뚫고 동쪽으로 가려다가(톰은 이제 유타 황무지의 서쪽 끝 자락에 있었다.) 발을 헛디뎌 자갈 한 무더기를 말라붙은 하천 바닥으로 굴러 떨어뜨렸다. 톰은 얼어붙었다. 뜨끈한 오줌이 다리로 새 나왔지만, 1시간 정도가 지날 때까지는 어린 아기처럼 바지에 쉬했다는 것을 전혀 눈치 채지 못했다.

세 사람 모두가 몸을 돌렸으며, 그중 둘은 앞에총 자세로 무기를 집어 들었다. 톰의 위장술은 빈약했고 몹시 허술했다. 그는 여러 그림자 사이에 낀 또 하나의 그림자였다. 달은 구름 떼 뒤편에 있었다. 만약 달이 밖으로 나오려는 순간이었더라면…….

그들 중 한 명이 긴장을 풀었다.

"사슴 짓이야. 사슴들이 여기 곳곳에 쫙 깔렸잖아."

"조사해 보는 게 좋겠어."

다른 사람이 말했다.

"똥구멍에 엄지손가락을 꽂고 그거나 조사해 보셔."

세 번째 사람이 응답했고, 그걸로 끝이었다. 다시 불가에 앉자, 톰은 한 걸음 한 걸음 신중하게 살금살금 걸으면서 저들의 모닥불이 괴로울 만큼 느릿느릿 멀어져 가는 것을 지켜보았다. 1시간이 흐른 후에 그 불은 저 아래쪽 비탈에서 겨우 한 점 불꽃에 지나지 않았다. 마침내 그것마저 사라지자 엄청난 중량감이 어깨에서 스르르 빠져나가는 듯싶었다. 톰은 조금씩 안전하다고 느꼈다. 여전히 서쪽 지역에 있었고 조심해야 한다는 걸 잘 알았지만(어쿠, 그래) 이젠 사방에 인디언이나 무법자가 우글거릴 만큼 상황이 심각한 것 같지는 않았다.

해가 떠오르자 톰은 몸을 똘똘 말고 낮은 덤불숲 속으로 굴러들어가 잠잘 준비를 했다. '담요 좀 구해야겠어. 날이 추워지고 있어.' 잠이 그를 휘어 감았다. 늘 그랬던 것처럼 갑작스럽게 그리고 완벽하게.

톰은 닉이 나오는 꿈을 꿨다.

제70장

쓰레기통맨은 자신이 원하던 것을 발견했다.

그는 탄광처럼 어두운 복도를 따라 지하 깊숙이 내려왔다. 왼손에 손전등을 들었다. 오른손엔 총을 들었는데, 여기 지하는 으스스했기 때문이었다. 널찍한 통로를 따라서 거의 소음 없이 굴러가는 전동 운반차를 타고 이동했다. 운반차가 내는 나지막한, 거의 가청 범위를 벗어난 웅웅거림이 유일한 소리였다.

그 운반차에는 운전석 하나와 커다란 화물 적재 공간이 있었다. 화물칸에 놓인 것은 원자폭탄의 탄두였다.

그것은 무거웠다.

쓰레기는 정확히 얼마나 무거운지 짐작할 수 없었는데, 그 이유는 손으로 들어 올릴 수조차 없었기 때문이었다. 무척 긴 원통 모양이었다. 그것은 차가웠다. 손으로 탄두의 둥그스름한 표면을 훑어 보니, 그토록 차갑고 활력 없는 금속 덩어리가 엄청나게 강한 열기를 분출할 잠재력을 지닐 수 있다는 것이 믿기 어려웠다.

쓰레기는 새벽 4시에 핵탄두를 발견했다. 기지의 수송부로 돌아가 쇠사슬 도르래를 구했다. 쇠사슬 도르래를 가지고 다시 지하로 와서 탄두에 둘렀다. 90분 뒤, 탄두는 앞부리를 위로 향한 채 전동 운반차 속에 아늑한 보금자리를 마련했다. 탄두 앞부리에 찍힌 글씨는 A161410 USAF(미국 공군)이었다. 핵탄두를 화물칸에 싣자, 운반차의 단단한 고무 타이어들이 눈에 띄게 지면에 내려앉았다.

쓰레기는 복도의 끝에 다가가고 있었다. 곧장 앞은 유혹적으로 문을 열어 두고 서 있는 대형 화물 엘리베이터였다. 운반차를 수용할 수 있을 정도로 무척 넓었지만 당연하게도 전기가 들어오지 않았다. 쓰레기는 계단을 이용해 내려왔다. 쇠사슬 도르래도 똑같은 식으로 가지고 내려왔다. 탄두와 비교하면 쇠사슬 도르래는 가벼운 것이었다. 그 도르래는 무게가 70킬로그램 정도밖에 안 나갔다. 그렇더라도 그것을 끌고 다섯 층계를 내려오는 것은 무척 고된 작업이었다.

어떻게 탄두를 저 계단 위로 끌어 올릴 것인가?

'전동식 윈치.' 그의 마음이 속삭였다.

운전석에 앉아 손전등으로 마구 주위를 비춰 대던 쓰레기는 고개를 끄덕였다. 물론, 그것이 제격이었다. 핵탄두를 윈치로 감아 올린다. 꼭대기에 윈치 모터를 설치하고 탄두를 끌어 올리는 것이다. 계단 한 칸 한 칸씩. 그런데 어디서 전체 길이가 150미터에 이르는 쇠사슬을 구한단 말인가?

아마도 구하지 못할 것 것 같았다. 그러나 쇠사슬 여러 개를 용접해서 이어 붙일 수는 있었다. 그것이 제대로 힘을 쓸까? 용접한 부위들이 제대로 붙어 있으려나? 단정 지어 말하기는 어려웠다. 그리고 설령 쇠사슬이 잘 버틴다 쳐도, 계단 여러 개가 꼬불꼬불 이어져 위로 올라가는 층계들은 어떡하지?

쓰레기는 좌석에서 껑충 뛰어내려 적막한 어둠 속에서 매끄럽고 치명적인 핵탄두 표면을 애무하듯 손으로 훑었다.

사랑이 길을 보여 줄 것이다.

탄두를 운반차에 남겨 두고 가능한 방법을 알아보려고 다시 계단을 오르기 시작했다. 이런 기지에는, 부족하나마 별별 것이 다 있을 터였다. 자신에게 필요한 것을 찾아낼 수 있을 것 같았다.

쓰레기는 계단 두 줄을 오른 다음 숨을 돌리려고 멈추었다. 불현듯 궁금해졌다. '방사능에 노출되고 있었던 건 아닐까?' 기술자들은 그런 종류의 폭탄을 꽁꽁 감쌌다. 납으로 감쌌다. 그런데 텔레비전에서 본 영화에서는, 방사능 물질을 다루는 사람들이 항상 방호복을 입고 방사능 노출 시 색이 변하는 필름 배지를 부착하고 있었다. 왜냐하면 방사능은 소리 없이 돌아다니니까. 방사능은 눈으로 볼 수 없다. 사람의 살과 뼛속으로 침투했다. 구토가 나오고 머리칼이 빠지고 수시로 화장실로 달려가야 하는 상황이 될 때까지는 방사능증에 걸린 줄도 까맣게 몰랐다.

모든 증상이 나에게도 일어날 것인가?

그는 자신이 전혀 신경 쓰지 않는다는 것을 깨달았다. 저 폭탄을 위로 끌어 올려야 했다. 어떻게 해서든 위로 끌어 올려야 했다. 어떻게 해서든 저것을 라스베이거스까지 가지고 돌아가야 했다. 쓰레기는 자신이 인디언스프링스에서 저질렀던 끔찍한 과오를 만회해야 했다. 만약 과거 일에 대해 보상을 하려다가 죽어야 한다면, 그럼 기꺼이 죽을 작정이었다.

"내 생명을 당신을 위해."

쓰레기는 어둠 속에서 속삭였다. 그러고는 다시 계단을 올라갔다.

제71장

9월 17일 밤 자정이 가까운 때였다. 랜들 플랙은 발끝부터 턱까지 담요 세 장으로 감싼 채 사막에 있었다. 네 번째 담요가 아랍인이 쓰는 두건처럼 머리에 둘둘 말려 있어서 그의 눈과 코끝만이 보였다.

조금씩 조금씩, 그는 모든 생각들이 스르르 빠져나가게 했다. 점차 고요해졌다. 별들은 차가운 불꽃, 마녀의 불빛이었다.

플랙은 '눈동자'를 밖으로 내보냈다.

그는 눈동자가 슬그머니 고통 없이 끌려 나가며 자신의 몸에서 분리되는 것을 느꼈다. 그것은 멀리 날아갔다. 매처럼 조용히 어둠의 상승 기류를 타고 떠오르면서. 비로소 그는 밤과 결합했다. 그는 까마귀의 눈, 늑대의 눈, 족제비의 눈, 고양이의 눈이었다. 전갈이었다. 점잔 빼며 걷는 왕거미였다. 사막 공기 속을 끝없이 헤쳐 나가는 치명적인 독화살이었다. 어떠한 일이 생길지라도, 그 눈동자는 플랙을 버리지 않았다.

힘들이지 않고 날아가는 동안, 밑에서는 땅에 들러붙은 물체들의 세계가 시계 문자판처럼 활짝 펼쳐졌다.

'놈들이 오고 있다…… 이제 거의 유타 주에 이르렀다…….' 플랙은 공동묘지 같은 세상 위로 높이, 널리, 조용히 날았다. 밑에서는 한 줄기 검은 주간 고속도로에 잘려 허연 무덤처럼 보이는 사막이 드러누워 있었다. 계속 동쪽으로 날아 이제는 주 경계선 위에 이르렀으며, 저 멀리 뒤편에 남은 그의 육신에서는 번뜩이는 두 눈이 흰자위만 보일 정도로 위로 말려 올라갔다.

땅이 변하기 시작했다. 평원에 우뚝 솟은 산들과 기묘한 모습으로 바람에 깎인 돌기둥들과 탁자 모양 봉우리들. 고속도로가 일직선으로 뻗어 나갔다. 보너빌 솔트 평원이 멀리 북쪽에 있었다. 스컬 밸리는 서쪽 어딘가에. 비행. 바람의 소리, 죽은 듯 아득한…….

리치필드의 남쪽 어딘가에서 옛날 옛적에 벼락 맞은 소나무의 가장 높은 나뭇가지 아귀에 균형 잡고 있던 독수리는 무언가가 가깝게 지나가는 것을, 눈 달린 치명적인 물체가 야밤을 쌩하니 뚫고 나아가는 것을 느꼈다. 그 독수리는 겁도 없이 그 물체를 쫓아 날아갔다가, 히죽거리는 극도의 냉기에 강한 타격을 받았다. 독수리는 정신을 잃고 거의 땅바닥까지 곧장 떨어지다가 가까스로 의식을 회복했다.

다크맨의 눈동자는 동쪽으로 갔다.

아래로 70번 주간 고속도로가 펼쳐졌다. 도시들은 뒤죽박죽된 채 덩어리지어 있었으며, 쥐들과 고양이들과 사람 냄새가 씻겨 나감에 따라 이미 숲에서 기어 내려오기 시작한 사슴들만 빼고는 생명의 흔적이라곤 찾을 수 없었다. 프리몬트와 그린 리버와 세고와 톰슨과 할리 돔 같은 이름이 붙은 도시들. 그다음의 작은 도시 하나도 역시 인적이 없었다. 콜로라도 주 그랜드 정션이었다. 그다음엔……

그랜드 정션의 정동쪽에 모닥불의 섬광이 있었다.

눈동자가 나선형 모양으로 하강했다.

모닥불은 사그라지고 있었다. 그 주변에 네 개의 형체가 자고 있었다.

그 순간 그것은 진실임이 드러났다.

눈동자는 그들을 냉정하게 관찰했다. 그들이 오고 있었다. 여러 가지 이유 때문에 미리 간파할 수는 없었지만, 그들은 정말로 오고 있었다. 네이딘은 진실을 말했던 것이다.

낮게 으르렁거리는 소리가 들리자 눈동자는 시선을 돌렸다. 모닥불 건너편에 개 한 마리가 있었는데, 고개를 조아리고 꼬리를 감아 내려 음부를 가렸다. 개의 눈이 불길한 호박색 보석처럼 이글거렸다. 개는 지속적으로 으르렁거렸다. 끊임없이 옷감을 찢는 것 같은 소리를 내며. '눈동자'가 노려보자 개도 두려움 없이 마주 노려보았다. 개의 입술이 말려 올라가며 이빨을 드러냈다.

자고 있던 형체 중 하나가 일어나 앉는 자세를 취했다. 그 형체가 웅얼웅얼 말했다.

"코작, 제발 입 좀 다물어 줄래?"

코작은 목털을 곤두세우고 끊임없이 으르릉댔다.

깨어난 사람, 글렌 베이트먼이 갑자기 불안해하며 주위를 두리번거렸다.

"거기 누가 있어서 그러니, 얘야? 거기 뭔가 있니?"

개한테 속삭였다.

코작은 멈추지 않고 으르렁거렸다.

"스튜!"

글렌이 옆에 있는 형체를 흔들었다. 그 형체는 뭐라고 중얼거리더니 다시 침낭 안에서 조용해졌다.

이 밤, 어둠의 눈이 된 다크맨은 충분히 다 보았다. 위로 빙글빙글 올라가면서, 자신의 움직임을 쫓느라 개가 목을 길게 위로 빼는 것을 힐끔 보았다. 나지막한 으르렁 소리가 한꺼번에 폭발하며 짖는 소리로 바뀌었다. 처음엔 우렁차게, 그다음엔 서서히 수그러들다가 사라졌다.

침묵 그리고 쇄도하는 어둠.

얼마간 시간이 흐르고 나서 플랙은 사막 지면 위에 멈추어서, 자신의 육체를 내려다보았다. 그는 천천히 내려앉으며 육체에 접근하다가, 그 육체 속으로 쑥 들어갔다. 잠시 현기증을 느꼈고 두 개가 하나로 융합되는 묘한 기분도 들었다. 그러고 나자 '눈동자'는 사라지고 오로지 두 눈만이 남아, 차갑게 반짝이는 별들을 올려다보았다.

그들이 오고 있었다. 그랬다.

플랙은 웃음 지었다. 그 노파가 그들한테 가라고 말했던 것인가? 만약 임종을 맞은 노파가 몹시도 희한한 방식으로 자살하라고 지시했다면 그들은 말을 들었을까? 그럴 것 같았다.

플랙이 잊고 있었던 것은 지극히 단순한 것이라서 오히려 하찮게 여겨졌다. '그들' 도 역시 그들 나름의 문제가 있었다. '그들' 도 역시 겁을 먹었고…… 그 결과 엄청난 실수를 저지르고 있었다.

그들이 오던 걸음을 돌려 버릴 가능성도 있을까?

꼼꼼하게 따져 보았지만 결국엔 그런 일이 일어날 가능성은 전혀 없을 것 같았다. 그들은 그들 자신의 선택에 따라 오고 있었다. 식인종 마을로 접근하는 선교사 집단처럼 옳다고 믿는 신념에 휩싸여 오고 있는 것이었다.

'호오, 그거 참 귀여운걸!'

의심이 끝날 것이다. 두려움도 끝날 것이다. 그 성과로 얻을 것은 MGM 그랜드 호텔 분수대 앞에 그들 네 명의 머리통이 못 박혀 높이 내걸린 광경일 것이다. 플랙은 라스베이거스의 모든 사람들을 집합시킨 다음 줄 서서 지나가며 처형 현장을 보게 할 것이다. 현장 사진을 찍게 할 것이며, 그걸로 전단을 인쇄할 것이며, 그 전단들을 로스앤젤레스와 샌프란시스코와 스포케인과 포틀랜드로 보낼 것이다.

머리통 다섯 개. 개의 머리통도 장대 위에 높이 내걸 것이다.

"착한 개야."

플랙은 네이딘이 자신을 자극하여 그녀를 지붕에서 집어 던지게 했던 이후 처음으로 크게 웃어 댔다.

"착한 개고말고."

플랙이 되뇌며 히죽거렸다.

그날 밤 그는 푹 잤고, 다음 날 아침엔 유타와 네바다 사이의 도로들에 대한 경계를 세 배로 강화하라는 명령을 내려 보냈다. 사람들은 이제 동쪽으로 가는 한 남자를 찾는 대신 서쪽으로 향하는 네 남자와 개 한 마리를 찾고 있었다. 그리고 그 침입자들을 생포해야 했다. 어떤 대가를 치르더라도 그들을 산 채로 붙잡아야 했다.

아무렴.

제72장

글렌 베이트먼이 이른 새벽의 햇살 속에서 그랜드 정션 쪽을 내다보며 말했다.

"나는 정확히 무슨 뜻인지도 모르면서 수년간 '그거 짜증 만땅이다' 란 표현을 들어 왔다네. 그런데 이제 그 말이 무슨 뜻인지 알 것 같군."

글렌은 아침 식사인 모닝 스타 팜스 줄줄이 소시지를 내려다보며 얼굴을 찌푸렸다.

"아니에요, 이 정도면 훌륭해요. 내가 군대에서 먹던 짬밥을 교수님도 좀 드셔 봤어야 하는 건데."

랠프가 진지하게 말했다.

그들은 래리가 1시간 전에 다시 지펴 놓은 모닥불 주위에 앉아 있었다. 모두 따뜻한 코트와 장갑 차림이었고, 다들 커피를 두 잔째 마시는 중이었다. 기온은 영상 1.5도 내외, 하늘은 구름이 끼고 찬바람이 몰아쳤다. 코작은 털이 타지 않을 만큼만 거리를 두고 불에 바짝 붙어 졸고 있었다.

글렌이 일어나면서 말했다.

"난 배 다 채웠네. 자네들의 가난과 허기진 식성을 나한테도 좀 나눠 주게. 아니, 다시 생각해 보니까, 자네들 쓰레기를 나한테 줘. 내가 땅에 묻어 버릴게."

스튜가 종이 접시와 종이컵을 글렌에게 건넸다.

"이번 행군은 정말 대단해요. 그렇죠, 대머리 아저씨? 아저씨가 스무 살 때 이후로 이렇게 좋은 체형을 유지하는 건 처음일 것 같은데요."

"맞아요. 70년 만에 처음이시겠네요."

래리가 말하며 웃어 댔다.

"스튜, 내 체형이 이랬던 적은 한 번도 없었다네."

글렌은 정색을 하고 쓰레기를 주워 땅에 묻으려고 놔둔 비닐 주머니에 던져 넣었다.

"나는 한 번도 이런 체형이 되길 바랐던 적이 없어. 하지만 신경 안 써. 만성적인 불가지론자로 50년을 살고 나니, 흑인 할머니의 하나님을 따라 죽음의 아가리 속으로 들어가는 것이 나의 운명인 듯하군. 만약 그것이 내 운명이라면, 그럼 그게 내 운명인 거지 뭐. 그걸로 끝이야. 하지만 진지하게 얘기하건대 난 뭘 타고 가는 것보다 오히려 걸어가는 편이 좋다네. 걸어가면 시간이 더 오래 걸리니까, 결과적으로 더 오래 살 수 있는 거지…… 어쨌든 단 며칠 동안만이라도. 그럼 이만 실례하네, 신사 양반들. 난 이 잡쓰레기를 예절 바르게 매장해 줘야 해서."

그들은 구덩이 파는 작은 도구를 들고 야영장 변두리로 걸어가는 글렌을 지켜보았다. 글렌이 '서쪽 나라행 콜로라도 도보 여행단' 이라고 표현한 이 행군은 글렌 자신한테 제일 힘든 것이었다. 일행 중 가장 나이가 많은 그는 랠프 브렌트너보다 열두 살 연상이었다. 그럼에도 나머지 사람들을 위해 힘든 상황을 상당히 느긋하게 받아들였다. 빈정거림은 끊이질 않았으나 나긋나긋했고, 천하태평인 듯했다. 글렌이 매일 매일 쉬지 않고 걸어갈 수 있다는 사실은 나머지 사람들에게 '성령의 인도' 까지는 아니더라도 적어도 감동을 주기는 했다. 글렌은 쉰일곱이었고, 스튜는 최근 사나흘간 쌀쌀한 아침마다 그가 손가락 관절을 움직이며 얼굴을 찡그리는 광경을 목격했다.

"많이 아프세요?"

스튜가 어제 길을 떠난 지 1시간 후에 물어본 적이 있었다.

"아스피린으로 다스리는 거지. 관절염이라네. 그렇지만 앞으로 5년이나 7년 후에 맞이할 관절염만큼 심하지는 않아. 그리고 솔직히 말이야 동부 텍사스 양반, 나는 내 목숨이 그 정도로 오랫동안 붙어 있으리라고 기대하진 않네."

"정말로 그 남자가 우리 목숨을 앗아 갈 것 같아요?"

그러자 글렌 베이트먼은 묘한 말을 했다.

"나는 결코 악을 두려워하지 않으리라."

그것으로 그 논의는 끝났다.

이윽고 글렌이 얼어붙은 땅을 파면서 구시렁대는 소리가 들렸다.

"참 대단한 분이셔, 그렇지?" 랠프가 말했다.

래리가 고개를 끄덕였다.

"예, 제 생각도 그래요."

"나는 늘 대학교 선생들을 물러 터진 샌님으로 여겼는데, 저분은 확실히 안 그래. 저 쓰레기를 그냥 도로 한쪽에 내다 버리지 않는 이유를 여쭤 보니까 뭐라고 하셨는지 알아? 또다시 그따위 헛지랄을 시작할 필요는 없다고 하시더군. 우린 옛날에 악명을 떨쳤던 헛지랄들을 벌써 너무 많이 해 버렸다면서."

코작이 잠에서 깨더니 글렌이 뭐하는지 보려고 총총걸음으로 다가갔다. 글렌의 목소리가 들려왔다.

"야아, 왔구나, 못 말리는 게으름뱅이 녀석아. 어디로 가 버렸나 하고 궁금해하던 참이었다. 너도 땅에 묻어 주랴?"

래리가 씩 웃으며 허리띠에 걸쳤던 거리 측정계를 떼 냈다. 그는 골든 스포츠용품점에서 그것을 구했다. 당사자의 보폭 길이를 설정한 다음 목수가 쓰는 자처럼 허리띠에 꽂는 것이었다. 매일 저녁 래리는 늘 접어 놓아서 모서리가 닳은 종이 한 장에다 그들이 그날 얼마나 많이 걸었는지를 기록했다.

"그 커닝 페이퍼 좀 봐도 될까?"

"물론이죠."

래리가 스튜에게 종이를 건넸다.

종이 상단에 래리가 제목을 적어 놓았다. '볼더에서 라스베이거스까지 1241킬로미터.' 그 밑의 기록은 다음과 같았다.

날짜	킬로 수	총킬로 수
9월 6일	45.2	45.2

9월 7일	43.0	88.2
9월 8일	42.6	130.8
9월 9일	45.3	176.1
9월 10일	44.8	220.9
9월 11일	46.8	267.7
9월 12일	46.3	314.0
9월 13일	47.4	361.4
9월 14일	51.0	412.4
9월 15일	52.4	464.8
9월 16일	57.1	521.9
9월 17일	59.8	581.7

스튜가 지갑에서 종이쪽지를 꺼내 뺄셈을 해 보았다.

"음, 출발했을 때보다 이동 속도가 빨라지고 있군. 하지만 아직도 600킬로미터 이상을 더 가야 해. 젠장, 여태 반도 못 왔네."

래리가 끄덕였다.

"속도가 빨라졌다는 건 맞습니다. 내리막길을 가는 중이니까요. 그리고 글렌 교수님 말씀도 옳습니다. 왜 서둘러 가야 합니까? 저 너머에 도착하면 그놈이 우리를 완전히 쓸어 버릴 텐데."

랠프가 말했다.

"근데 말이야, 나는 그런 말 하나도 믿지 않아. 물론 우리는 죽을지도 몰라. 하지만 일이 그렇게 단순하게, 뻔하게 진행되진 않을 거야. 만약 우리가 살해당하고 아무런 성과 없이 끝나는 거라면 마더 애버게일 님이 보내지 않으셨을 거야. 절대로."

"내 생각에 우리를 보내기로 결정한 당사자는 그분이 아니에요."

스튜가 조용히 말했다.

래리가 그날의 측정을 위해 거리 측정계를 000.0으로 맞춰 놓자 딸깍 소리가 명료하게 네 번 났다. 스튜는 모닥불의 잔해를 흙으로 덮었다. 아침의 작은 의식들이 계속 이어졌다. 그들이 여행을 시작한 지 12일이 되었다. 스튜는 나날들이 이런 식으로 영원히 계속될 것 같았다. 음식에 관해 그나마 너그럽게 불평하는 글렌, 모서리가 닳은 커닝 페이퍼에 이동 거리를 기록하는 래리, 두 잔씩 마시는 커피, 어제 나온 쓰레기를 땅에 묻는 누군가, 잔불을 흙으로 덮는 다른 누군가. 그것이 일과였고, 만족스러웠다. 그런 일과가 종국에는 어떤 결과로 이어질지 개의치 않았기에 더욱 좋았다. 스튜는 아침마다 프랜이 매우 멀게만 느껴졌다. 모습은 선명했지만 멀기만 했다. 목걸이 장식 속에 간직한 사진처럼. 그러나 저녁마다, 어둠이 찾아오고 달이 밤을 항해할 때면, 프랜이 매우 가까이 있는 듯싶었다. 손에 잡힐 만큼 아주 가까이…… 그리고 그런 느낌에는 당연히 아픔이 동반되었다. 그럴 때마다 마더 애버게일을 향한 신뢰는 쓰디쓴 불신으로 변했고 스튜는 일행을 모두 다 깨우고 싶었다. 그래서 이번 일은 다 헛수고라고, 그들은 죽음의 풍차를 무너뜨리려 고무 창을 치켜든 꼬락서니라고, 다음 마을에 멈춰서 오토바이를 구해 돌아가는 게 낫다고 외치고 싶었다. 아직 여유가 있을 때 작은 빛과 작은 사랑을 붙잡는 게 낫다고. 왜냐하면 작은 것이야말로 플래이 그들한테 겨우 허락해 줄 전부였으므로.

그러나 그때는 밤이었다. 아침이면 상황은 정상적으로 흘러가는 듯싶었다. 스튜는 래리를 곰곰이 쳐다보며 그가 밤늦은 시간에 루시 생각을 하는지 궁금해했다. 루시의 꿈을 꾸고 부디 그녀와……

글렌이 코작을 꽁무니에 달고 약간 주춤주춤 걸으며 야영장으로 돌아왔다.

"사람들 데리고 떠나자. 좋지, 코작?"

코작이 꼬리를 흔들었다.

"얘가 그러는데 라스베이거스가 아니면 말짱 꽝이라는군. 어서들 떠나세."

그들은 그랜드 정션을 향해 내리막이 된 70번 주간 고속도로의 제방에 올라서서 그날의 도보 여행을 시작했다.

그날 오후 늦게 차가운 비가 쏟아져 그들 모두 추위에 떨어야 했고 대화도 시들해졌다. 래리는 주머니에 양손을 찔러넣고 혼자 동떨어져 걸었다. 처음에는 이틀 전에 시체로 발견된 해럴드 로더를 생각했지만(해럴드에 관해 이야기하지 않기로 그들 사이에 묵계가 이루어진 것만 같았다.), 결국 래리의 생각은 그가 늑대 남자라고 이름 붙였던 사람한테로 향했다.

그들은 아이젠하워 터널의 바로 동쪽에서 늑대 남자를 발견했다. 그곳은 차들로 꽉 막혔고, 역겨울 만큼 죽음의 악취가 진동했다. 오스틴 자동차에 탄 늑대 남자의 몸은 절반은 안에 절반은 밖에 나와 있었다. 징 박은 청바지와 실크로 번쩍이는 서부풍 셔츠를 입은 남자였다. 죽은 늑대 몇 마리가 오스틴 자동차 주변에 널려 있었다. 늑대 남자 본인은 오스틴의 조수석에서 몸이 절반씩 안팎에 걸렸고, 죽은 늑대가 가슴 위에 놓여 있었다. 늑대 남자의 두 손이 그 늑대의 목을 조르고 있었고, 피투성이가 된 늑대의 주둥이는 남자의 목을 향해 기울어졌다. 사건을 재구성해 보니, 늑대 패거리가 높은 산에서 내려왔다가 이 외톨이 남자를 포착하고 공격한 듯싶었다. 늑대 남자한텐 총이 한 자루 있었다. 그는 오스틴으로 퇴각하기 전에 늑대 몇 마리를 쏴 죽였다.

굶주림 때문에 어쩔 수 없이 그 피난처에서 나와야 했을 때까지 얼마나 오랜 시간이 걸렸을까?

래리는 알지 못했다. 알고 싶지도 않았다. 그러나 늑대 남자가 얼마나 끔찍하게 야위었는지는 똑똑히 목격했다. 어쩌면 일주일. 그가 누구든 간에 서쪽으로 가던 중이었다. 다크맨한테 동참하러 가던 중이었다. 그러나 래리는 어느 누구한테든 그토록 무시무시한 종말이 일어나기를 바라지는 않을 터였다. 터널을 빠져나오고 나서 이틀 뒤, 늑대 남자가 그들 뒤편으로 안전하게 멀어지고 나서 래리는 그런 생각을 스튜한테 말한 적이 있었다.

"왜 늑대 무리가 그토록 오랫동안 그 사람 주변에 붙어 있었던 걸까요?"

"나야 모르지."

"제 생각에는요, 만약 늑대들이 뭔가 먹을 것을 원했던 거라면, 녀석들은 그 남자 외엔 다른 먹을거리를 발견할 수 없었던 게 아닐까요?"

"그런 것 같은데그래."

래리에게는 그것이 무시무시한 미스터리였고, 부단히 마음속으로 되새김질하면서 자신이 결코 해답을 발견하지 못할 것임을 알았다. 늑대 남자가 누구였든 간에, 그 사람은 총알이 부족했던 것이 아니었다. 굶주림과 갈증에 못 이겨 결국 조수석 문을 열었던 것이다. 늑대 무리 중 한 마리가 그에게 뛰어들어 목을 찢어발겼다. 그런데 늑대 남자는 자신이 죽어 가는 와중에도 그 늑대의 목을 졸라 죽였던 것이다.

그들 네 사람은 함께 밧줄을 묶고 아이젠하워 터널을 지나갔고, 그 지독한 암흑 속에서 래리는 링컨 터널을 통과했던 여행을 떠올렸다. 단지 이번에 래리를 끈질기게 괴롭혔던 것은 리타 블레이크무어의 이미지들이 아니라 인간과 늑대가 서로 죽이려 드는 순간 늑대의 마지막 으르렁거림 속에서 얼어붙어 버린 늑대 남자의 얼굴이었다.

'늑대들은 그 남자를 죽이라고 보내졌던 것일까?'

그러나 너무도 뒤숭숭한 생각이어서 차분하게 정리할 수가 없었다. 래리는 모든 것을 마음에서 떨쳐 버리고 그냥 열심히 걸으려고만 했지만, 그것은 더욱 어려운 일이었다.

일행은 그날 밤 유타 주 경계선에 인접한 로마 너머에서 야영했다. 저녁 식사는 매 끼가 그랬듯이 풀 부스러기와 끓인 물이 전부였다. 그들은 마더 애버게일의 지시를 충실히 따르고 있었다. 현재 옷차림 그대로 떠나기. 아무 짐도 들지 말고.

랠프가 한마디 했다.

"유타 주에서는 상황이 나빠질 테지. 거기선 하나님이 정말로 우리를 지켜봐 주고 계신 건지 아닌지 알게 될 거야. 곧장 전진하는 거라고. 150킬로미터 이상 되는, 마을 하나 없고 심지어 주유소나 카페 하나 없는 거리를."

하지만 그런 전망 때문에 특별히 불안해하는 것 같진 않았다.

"물은요?"

스튜가 묻자 랠프가 어깨를 으쓱했다.

"별로 없을걸. 난 잠자리에 기어 들어가야겠어."

래리도 자러 갔다. 글렌은 남아서 파이프 담배를 피웠다. 스튜는 이미 담배 몇 개비를 피웠지만 한 개비 더 피우기로 했다. 그들은 한동안 침묵 속에서 담배만 피웠다.

"뉴햄프셔에서부터 먼 길을 오신 거네요, 대머리 아저씨."

스튜가 마침내 입을 열었다.

"여기서 텍사스까지만큼 엎어지면 코 닿을 거리는 분명 아니지."

스튜가 웃음 지었다.

"그래요. 아무렴, 그렇죠."

"자넨 프랜이 아주 많이 그립겠구먼."

"맞아요. 프랜이 그립고, 걱정돼요. 아기도 걱정되고. 날이 어두워지고 나면 걱정이 더 심해져요."

글렌이 파이프를 빠끔거렸다.

"그런 건 자네가 어찌할 수 있는 일이 아닐세, 스튜어트."

"압니다. 그렇지만 걱정스러운걸요."

"당연하지."

글렌이 파이프를 바위 위에 털었다.

"어젯밤에 재밌는 일이 일어났어, 스튜. 나는 온종일 그것이 현실이었는지, 아니면 꿈이었는지, 아니면 다른 무엇이었는지 알아내려고 애쓰는 중이었다네."

"그게 뭐였는데요?"

"글쎄, 내가 밤에 깨어나 보니까 코작이 무언가를 향해 으르렁대고 있더군. 틀림없이 자정이 지난 무렵이었을 걸세. 모닥불이 다 꺼져 있었으니까. 코작이 모닥불 건너편에서 목털을 곤두세우고 있는 게 아닌가. 입을 다물라고 했는데도 그 애는 결코 나한테 눈길을 주지 않았어. 내 오른쪽 너머를 바라보고 있더군. 그래서 생각했다네. 만약 늑대들이 나타난 거면 어쩌지? 래리가 늑대 남자라고 부르는 그 사내를 목격한 뒤부터 줄곧……."

"그랬군요, 거 참 심각했겠네요."

"그런데 아무것도 없었어. 자세히 관찰했지만. 그 아이는 아무것도 없는 데를 향해 으르렁거리고 있더라고."

"코작이 무슨 냄새를 맡은 거겠죠, 뭐."

"그랬겠지. 그런데 기이한 일이 또 있었어. 몇 분 뒤에 난……뭐랄까, 뚜렷하게 기괴한 기분을 느끼기 시작했어. 고속도로 둑 바로 위에 무언가가 있다고 느꼈던 거야. 게다가 그것이 나를 지켜보고 있는 느낌. 우리 모두를 지켜보는 것 같은. 그것을 거의 볼 수 있을 것처럼, 만약 눈을 제대로 가늘게 떴다면 볼 수 있을 것 같았어. 하지만 그러고 싶지 않았어. 왜냐하면 그 남자 같았으니까. 플랙처럼 느껴졌어, 스튜어트."

"아마 아무것도 없었을 거예요."

스튜가 잠시 후 말했다.

"분명히 뭔가 있었어. 코작도 그렇게 느꼈던 거고."

"그럼, 그 남자가 감시하고 있었다고 추측하시는 거예요? 그렇다고해도 우리가 무슨 조치를 취할 수 있었겠어요?"

"아무것도 없지. 그렇지만 맘에 안 들어. 플랙이 우리를 감시할 수 있다는 게 맘에 안 들어…… 만약 정말로 그러는 거라면, 똥줄이 타들어 갈 만큼 무섭단 말이야."

담배를 다 피운 스튜는 바위에다 꽁초를 조심스럽게 비벼 껐지만 침낭을 향해 움직이진 않았다. 코작은 코를 앞발에 내려놓은 채 모닥불 옆에 엎드려 그들을 지켜보고 있었다.

"참, 해럴드가 죽었잖아요." 스튜가 마침내 말했다.

"그랬지."

"빌어먹을 개죽음에 불과했어요. 수잔과 닉처럼. 그 녀석 자신도 개죽음을 당했다는 생각이 드네요."

"나도 동의하네."

더는 할 말이 없었다. 아이젠하워 터널을 빠져나온 다음 날 그들은 해럴드와 그의 비참한 사망 선언서를 우연히 보았다. 해럴드와 네이딘은 러브랜드 산길을 넘어왔던 게 틀림없었다. 왜냐하면 해럴드한테 여전히 트라이엄프 오토바이(그것의 잔해에 불과했지만)가 있었고, 랠프가 말했던 바와 같이 작고 빨간 유모차보다 더 큰 운송 수단으로는 아이젠하워 터널을 통과하기가 불가능할 것이기 때문이었다. 대머리 독수리들이 아주 철저하게 헤집어 놓았지만, 해럴드는 그때까지도 뻣뻣하게 굳어진 한 손으로 퍼머커버 공책을 움켜잡고 있었다. 비록 해럴드를 묻어 주진 못했지만, 괴상한 막대사탕처럼 그의 입 안에 처박혀 있던 38구경 권총은 스튜가 제거했다. 그는 그 일을 부드럽게 처리했다. 해럴드의 역할이 끝났을 때 다크맨이 어찌나 효율적으로 그를 파괴해 버렸는지, 어찌나 무정하게 그를 내팽개쳐 버렸는지 목격한 덕분에 스튜는 한층 더 플래그를 증오했다. 몰지각하기 이를 데 없는 아이들의 십자군 전쟁에 자신들이 몸을 던지고 있다고 느꼈다. 그래도 밀고 나아가야 한다고 생각하는 한편으로 늑대 남자의 굳어 버린 찡그린 얼굴이 래리를 끈질기게 괴롭혔던 것처럼, 박살 난 다리를 늘어뜨린 해럴드의 시체가 스튜를 끈질기게 괴롭혔다. 스튜는 닉과 수잔뿐만 아니라 해럴드를 위해서도 플래그한테 앙갚음하고 싶었지만…… 자신은 절대로 그런 기회를 얻지 못하리라는 예감이 더욱더 강하게 들었다.

'그래도 조심해야 할 거다.' 스튜의 마음은 단호했다. '만약 내가 네 목을 조를 수 있을 만큼 가까이 가면 넌 경계를 늦추지 말아야 할 거다, 이 괴물 새끼야.'

글렌이 약간 주춤거리며 일어섰다.

"나도 잠자리에 들어야겠어, 동부 텍사스 양반. 더 머물러 달라고 애원하지 마. 정말 지루한 파티가 될 테니까."

"관절염은 어때요?"

글렌이 웃으며 말했다.

"그리 심하진 않아."

그러나 침낭으로 가면서 그는 절뚝거리고 있었다.

스튜는 담배를 더 피우면 안 되겠다고 생각했지만(하루에 딱 두세 개비만 피워도 이번 주 안에 다 떨어질 것 같았다.) 어느새 새 담배에 불을 붙였다. 이날 밤은 그리 춥지 않았으나 고원 지대에서는 여름이 끝나 버렸다는 데 의심의 여지가 없었다. 그것이 스튜를 슬프게 했다. 자신이 결코 내년 여름을 보지 못할 것이라는 예감이 매우 강하게 들었으므로. 여름이 시작될 무렵 스튜는 휴대용 계산기를 만드는 공장에서 근무와 휴직을 단속적으로 반복하는 노동자였다. 아네트라는 작은 마을에 살면서 빌 햅스콤의 텍사코 주유소 근처에서 어슬렁거리며, 사람들이 경제, 정부, 힘든 시대에 관해 잡소리 하는 것을 들으면서 한없이 남아도는 한가한 시간을 보냈다. 스튜는 그 사람들 중 어느 누구도 진짜 어려운 시대가 무엇인지는 알지 못했으리라고 생각했다. 그는 다 피운 꽁초를 모닥불 속으로 던졌다.

"잘 지내, 프래니, 우리 애늙은이여."

스튜는 침낭으로 들어갔다. 그는 꿈속에서 무엇인가가 그들의 야영지 가까이 다가왔고, 그 무엇인가가 계속해서 그들을 사악하게 감시하고 있다고 생각했다. 그것은 인간의 지능을 가진 늑대인지도 몰랐다. 또는 까마귀. 또는 관목 숲에서 배를 깔고 기어 다니는 족제비. 아니면 육체에서 분리된 어떤 존재, 지켜보는 '눈동자'인지도 몰랐다.

'나는 결코 악을 두려워하지 않으리라.' 그가 꿈속에서 중얼거렸다. '그래, 비록 나는 죽음의 그림자가 드리워진 계곡을 걷지만, 결코 악을 두려워하지 않으리라. 악은 두렵지 않아.'

마침내 꿈은 사라졌고 스튜는 곤히 잠들었다.

다음 날 아침 그들은 또다시 일찍 길을 나섰으며, 유타 주를 향한 완만한 서부 경사지를 이리저리 여유롭게 훑으며 고속도로를 지나는 동안 래리의 측정 장치는 이동 거리를 꼼꼼히 기록했다. 정오가 지나자마자 그들은 콜로라도 주를 완전히 뒤로 보내고 나아갔다. 그날 저녁은 유타 주 할리 돔의 서쪽에서 야영했다. 처음으로 거대한 침묵이 가혹하고 불길하게 그들을 짓눌렀다. 랠프 브렌트너는 그날 밤 잠자리에 들며 생각했다. '우리는 이제 서쪽 지역에 들어왔어. 홈그라운드를 떠나 플랙의 경기장으로 들어왔어.'

그날 밤 랠프는 황무지에서 나와 그들을 지켜보는 외눈박이 늑대의 꿈을 꾸었다. 랠프가 늑대를 향해 말했다. '저리 가. 우리는 무섭지 않아. 네가 하나도 무섭지 않아.'

9월 21일 오후 2시 무렵, 그들은 세고를 지났다. 스튜의 휴대용 지도에 따르면 다음에 만날 큰 도시는 그린 리버였다. 그 뒤로는 오래, 아주 오랫동안 도시가 없었다. 그러면 랠프가 말했던 바대로 하나님이 그들과 함께 하시는 건지 아닌지 알 수 있을 터였다.

래리가 글렌한테 말했다.

"사실은요, 저는 물뿐만 아니라 음식에 대해서도 걱정하지 않아요. 여행 중인 사람들은 대개 자동차 안에 몇 가지 간식거리를 놔두잖아요. 오레오 쿠키라던가 피그 뉴튼 과자라던가 그 비슷한 먹을거리들 있잖습니까."

글렌이 웃음 지었다.

"어쩌면 주님께서 축복을 소나기처럼 퍼부어 주시겠지."

래리가 구름 한 점 없는 파란 하늘을 올려다보곤 그런 아이디어를 떠올린 자신을 자책하며 얼굴을 찌푸렸다.

"이따금 저는 애버게일 님이 임종의 순간에 머리가 완전히 이상해지셨다는 생각이 들어요."

글렌이 온화하게 말했다.

"어쩌면 그러셨을 수도 있지. 만약 자네가 신학 책을 읽어 본다면, 하나님이 종종 죽어 가는 자와 제정신이 아닌 자를 통해 말씀을 전하는 방법을 선택하신다는 걸 발견할 거야. 내가 보기에도, 음, 그러고 보니 숨어 있던 예수쟁이가 정체를 드러내는 꼴이구먼. 어쨌든 그런 방법에는 타당한 심리학적 이유가 있어. 광인이나 임종을 맞이한 사람은 철저하게 변형된 정신을 지닌 인간이야. 건강한 사람은 신의 메시지를 걸러 내기 십상이지. 그 메시지를 자기 개성에 맞춰 바꿔 버리기 십상일 거라고. 바꾸어 말하면, 건강한 사람은 개망나니 예언자가 될지도 모르는 거야."

"하나님의 방식은 저도 알아요. 어슴푸레한 유리를 들여다보는 식이죠. 저한테는 몹시 어두운 유리고요. 차로 가면 일주일 안에 갈 수 있는 길을 왜 줄곧 걷고 있는 건지는 제 이해력을 넘어서 버린 부분이에요. 그렇지만 어차피 정신 나간 짓이라면 정신 나간 방법으로 하는 것도 타당한 것 같네요."

"우리가 하고 있는 일의 역사적 전례는 매우 많다네. 그리고 나는 이 걷기에 관해서라면 완벽하게 타당한 심리학 및 사회학적 이유를 어느 정도 인지하고 있지. 하나님의 이유인지 아닌지는 모르겠지만, 그것들이 내게는 온전하게 의미가 와 닿는단 말일세."

"그게 뭔데요?"

스튜와 랠프도 이 대화를 들으려고 두 사람 옆으로 다가왔다.

"성인식의 필수 요소로 '환상 체험'을 행하던 아메리카 인디언

부족들이 몇 있었지. 어른이 될 시기가 오면 당사자는 아무 무기도 없이 황야로 나가야만 했어. 그는 한 번의 사냥을 해야 했고 두 개의 노래를 만들어야 했는데, 하나는 위대한 정령에 대한 노래 그리고 또 하나는 사냥꾼이자 말 타는 사람이자 전사이자 성교 가능자로서 자신의 용맹에 대한 노래였지. 거기다 환상까지 체험해야 했던 거야. 음식을 먹어선 안 돼. 육체적으로는 물론이고 정신적으로도 최상의 상태로 각성하여 그 환상이 찾아오길 기다려야 했다네. 그리고 결국에 가선, 당연히 환상이 찾아올 테지. 굶주림은 탁월한 환각제니까."

글렌이 낄낄거렸다.

"마더께서 환상 체험을 하라고 우리를 여기로 보낸 거라 생각하시나요?" 랠프가 물었다.

"어쩌면 심신을 정화하는 과정을 통해 힘과 신성함을 얻게 하려는 것일지도 몰라. 버리는 일은 그 자체로 상징적이거든. 신비로운 마력이 있어. 자네가 여러 가지 것들을 버릴 땐, 그 여러 가지 것에 상징적으로 관련된 또 다른 요소들까지도 버리는 거란 말일세. 자네들은 청소 절차를 시작한 거야. 뱃속을 비우기 시작한 거란 말이지."

래리가 천천히 고개를 저었다.

"그 말의 의미를 못 쫓아가겠네요."

"그러니까, 전염병 이전의 시대에 살던 어느 총명한 사람을 떠올려 봐. 그 사람의 텔레비전이 부서졌어. 그럼 밤에 뭘 할까?"

"책을 읽지요." 랠프가 말했다.

"친구들도 만나러 가고." 스튜가 말했다.

"스테레오 오디오 감상." 래리가 씩 웃으며 말했다.

"물론 그 모든 것들이 가능하겠지. 그런데 그 사람은 동시에 텔레비전을 그리워하고 있다네. 그 사람 인생에서 텔레비전이 차지했던 부분에 구멍이 생긴 거야. 마음 한편으로는 계속 생각하고 있는 거라고. '9시에 캔 맥주 몇 개를 갖다 놓고 텔레비전으로 레드 삭스 팀의 야구 경기를 구경해야지.' 그렇게 생각하고 방에 들어갔는데 텅 빈 텔레비전 장식장을 목격하면 지독히도 실망감을 느끼는 거지. 그 사람의 익숙해진 생활 중 일부가 밖으로 쏟아져 나가 버렸다고, 그렇잖은가?"

"맞아요. 예전에 우리 집 텔레비전이 2주 동안 고장 난 적이 있었는데 원상 복구될 때까지 기분이 몹시 편치 않았어요."

랠프가 말했다.

"만약 텔레비전을 아주 많이 시청했다면 그 사람 인생에 난 구멍은 더욱 커지는 거야. 조금만 봤다면 구멍은 더 작아지는 거고. 그런데 그게 끝이 아니었어. 책들, 친구들, 스테레오 오디오까지도 빼앗아 갔어. 게다가 길가에서 주워 모을 수 있는 것만 빼고는 양식도 없애 버렸어. 그것은 자아를 비우는 과정이고 또한 자아를 축소시키는 것이라네. 신사 여러분, 자네들의 자아가 말이야, 유리창으로 변하는 중이라는 뜻이야. 또는 더 그럴듯하게 표현하자면, 속이 텅 빈 오뚝이로 변하는 중이란 말이지."

"그런데 말씀의 요점이 뭡니까? 이 장황한 이야기를 늘어놓으시는 이유가 뭐예요?"

랠프의 질문에 글렌이 대답했다.

"만약 자네가 성경을 읽어 봤다면, 예언자들이 이따금 황야로 나가는 것이 무척 전통적인 행사였다는 걸 알 걸세. 구약 성서의 마술 같은 비밀 유람 여행들. 이런 유람 여행에 주어진 여행 기간은 대체로 40번의 낮과 40번의 밤이었는데, 고대 헤브라이 관용어로 이 여행 기간의 진짜 의미는 이런 거였다네. '그가 얼마나 오래 떠나 있을지 아무도 정확히 알지 못하지만, 그 기간은 꽤 오래였다.' 자네들 그 말 들으니까 누구 생각나는 사람 없나?"

"물론이죠. 마더 님요."

"이젠 자네들 자신이 축전지라고 생각해 보게. 자네들은 실제로 축전지야. 자네들 뇌는 화학적으로 전환된 전류로 움직여. 그렇게 보면 근육도 역시 자그마한 전하로 움직이는 거야. 자네들이 움직일 필요가 있을 땐 아세틸콜린이라는 화학 물질이 전하가 흘러가도록 해 주지. 그리고 움직임을 멈추고 싶을 땐 콜린에스테라아제가 생성되는 거고. 콜린에스테라아제가 아세틸콜린을 파괴하면 신경이 다시 불량 전도체가 돼. 만약 이런 작용이 없다면, 일단 코를 긁기 시작하면 절대 멈출 수 없게 돼. 내 말의 요점은 이것일세. 자네들이 생각하는 모든 것, 행하는 모든 것, 그 모든 게 축전지를 소모시켜야만 가능하단 말이지. 자동차의 부속품처럼."

그들은 모두 열심히 귀를 기울이고 있었다.

"텔레비전 시청, 독서, 친구와 대화, 푸짐한 식사…… 이 모든 일이 축전지를 소모시킨다네. 평범한 생활, 적어도 서양 문명에 적용되는 평범한 생활은 파워 윈도우, 파워 브레이크, 파워 시트, 이 모든 좋은 것들을 장착한 자동차를 움직이는 것과도 같다네. 그런데 자네들이 이 좋은 것들을 더 많이 장착할수록 축전지가 충전될 수 있는 여지는 더 줄어드는 거야. 안 그런가?"

"맞아요. 대형 델코 축전지라고 해도 캐딜락에 들어가 있으면 많이 충전하지 못하겠죠."

"자, 우리는 이제껏 부속품들을 떼어 버리는 중이었어. 지금은 충전 중이야."

랠프가 불안한 듯 말했다.

"너무 오랫동안 충전하면 폭발할 텐데요."

"그래. 사람도 마찬가지야. 성서에는 이사야와 욥과 그 밖에 다른 예언자들의 이야기가 씌어져 있지만, 얼마나 많은 예언자가 그들의 뇌를 바싹 구워 버린 환상을 안고 황야에서 다시 돌아왔는지는 말해 주지 않아. 나는 몇 명 안 될 거라고 상상하네. 그러나 나는 인간의 지혜와 인간의 정신에 대해선 건전한 존경심을 갖고 있어. 비록 여기 있는 동부 텍사스 양반처럼 퇴행 현상을 일으키는 인간도 가끔 있지만……."

"나 좀 괴롭히지 마시구려, 대머리 아저씨."

스튜가 으르렁거렸다.

"여하튼 인간 정신의 용량은 가장 큰 델코 축전지보다도 훨씬 더 커. 내 생각엔 거의 무한대까지 충전할 수 있을 것 같네. 특정한 상황에서는 어쩌면 무한대까지도 초월할 걸세."

그들은 한동안 침묵 속에서 걸으며, 이 말을 곰곰이 생각해 보았다.

"우리가 변화하는 중이라고요?" 스튜가 조용히 물었다.

"그래, 나는 그렇다고 생각하네." 글렌이 대답했다.

랠프가 말했다.

"우린 체중이 상당히 줄었어. 여기 있는 사람들만 봐도 알 수 있지. 날 봐. 나는 맥주 배가 지독히도 볼록 나와 있었거든. 지금은 아래를 내려다보면 다시 발끝이 보여. 사실, 발 전체를 다 볼 수 있어."

"정신 상태는 또 어떻고요."

래리가 갑자기 말했다. 그들이 일제히 바라보자 래리는 다소 무안해하는 듯싶었지만 말을 이어 나갔다.

"지난주부턴가 이런 기분이 들었는데, 처음에는 이해할 수 없었죠. 어쩌면 이젠 이해할 것 같아요. 뽕 가는 기분이었어요. 질 좋은 대마초 담배를 반 정도 피우거나 코카인을 아주 약간 흡입한 것처럼. 하지만 그런 걸 쓰면 곧 방향 감각을 잃게 되는데 그런 느낌은 전혀 없었어요. 약물을 복용하면 정상적인 사고력이 손아귀에서 살짝 빠져나가는 것 같은 기분도 들죠. 하지만 전 지금 아주 활발하게 생각하고 있어요. 사실은 어느 때보다 더 사고력이 좋아진 것 같아요. 뽕 가는 기분은 그대론데 말이에요. 어쩌면 너무 굶주려서 그런지도 모르지만요. 하하."

"굶주림도 그런 현상의 일부이긴 하지. 하지만 그게 다는 아닐세."

"나 말이야, 계속 배고파. 하지만 그게 그리 중요한 것 같진 않아. 기분은 좋거든."

"나도 그래요, 랠프 형님. 육체적으로는, 수년간 이렇게 좋은 기분을 느껴 본 적이 없어요." 스튜가 말했다.

"뱃속을 비우면 그 속에 떠다니던 온갖 쓰레기까지도 비워지는 거라네. 식품 첨가제들. 불순물들. 당연히 좋은 기분이 들 수밖에. 육체와 정신 전체에 대한 관장이니까."

"설명이 참 화려하시네요, 대머리 아저씨."

"내 설명이 우아하진 못해도 정확하긴 하지."

랠프가 물었다.

"이런 체험이 '그 남자'를 상대하는 데 도움이 될까요?"

"글쎄, 이 체험은 바로 그런 목적을 위한 것이지. 나는 그 점에 관해 별로 의심하지 않네. 어쨌든 우린 그저 이번 일의 경과를 두고 볼 수밖에 없으니까, 안 그런가?"

그들은 계속 걸었다. 코작이 덤불에서 나와 한동안 그들과 함께 걸으면서 70번 도로의 아스팔트에 발톱을 맞부딪혔다. 래리가 손을 내려 개를 쓰다듬었다.

"착한 코작, 너는 네가 축전지였다는 걸 알고 있었니? 평생 수명을 보장하는 초대용량 델코 축전지였다는 걸?"

코작은 알았거나 알고 싶어 하는 것처럼 보이지는 않았지만, 꼬리를 흔들어서 자기가 래리 편이라는 것을 표시해 주었다.

그날 밤 그들은 세고에서 서쪽으로 20킬로미터 떨어진 곳에서 야영을 했다. 마치 오후에 나누었던 대화의 요점을 확인시키기라도 하듯, 볼더를 떠난 이래 처음으로 먹을 것이 하나도 없었다. 글렌이 글래드스턴 가방에서 마지막 남은 인스턴트커피를 꺼냈고, 일행은 그것을 머그컵 하나에 타서 돌려 가며 나눠 마셨다. 그들은 단 한 대의 차량도 목격하지 못한 채로 마지막 15킬로미터를 걸어왔던 것이다.

다음 날인 9월 22일 아침, 일행은 네 구의 시체가 든 채로 뒤집힌 포드 스테이션왜건을 발견했다. 시체 중 둘은 어린아이였다. 차 안에 동물 모양 크래커 두 상자, 그리고 곰팡내 나는 커다란 감자 칩 한 봉지가 있었다. 동물 크래커는 상태가 좀 나았다. 그들은 그것을 다섯 등분으로 나눠 먹었다.

"걸신들린 것처럼 굴지 마라, 코작."

글렌이 훈계했다.

"나쁜 개로구나! 너는 예절도 모르느냐? 이제 보니 예절을 모르는 건 분명하다만, 설마 염치마저 없는 거냐?"

코작은 꼬리를 탁 내리쳤고 예절은 물론이고 염치도 없다는 사실을 매우 결정적으로 드러내 주는 눈길로 동물 크래커를 뚫어지게 쳐다보았다.

"그럼 열심히 돼지처럼 처먹든지 죽든지 맘대로 해라."

글렌은 자신에게 마지막 남은 과자인 호랑이 크래커를 개한테 주었다. 코작은 게걸스럽게 먹어 치우고는 코를 킁킁거렸다.

래리는 자기 몫의 동물 무리 전체를, 열 개 정도 되는 동물 크래커를 모아서 한꺼번에 먹었다. 아주 천천히 꿈에 잠긴 듯한 표정으로 먹었다.

래리가 말했다.

"여러분은 느껴 보셨나요? 동물 크래커에 희미하게 레몬 같은 속 맛이 있다는 걸? 저는 꼬마였을 때 그 맛을 느꼈던 게 기억나요. 그 후로 까맣게 잊고 있다가 이제야 다시 느끼는군요."

랠프는 마지막 크래커 두 개를 양손으로 주거니 받거니 하다가 한 개를 씹어 먹었다.

"맞아, 자네 말이 옳아. 정말 레몬 맛이 살짝 나. 근데 말이야,

난 닉이 여기에 있었으면 얼마나 좋을까 싶어. 이 눅눅한 크래커라도 함께 나눠 먹었을 텐데."

스튜가 끄덕였다. 동물 크래커를 다 먹은 그들은 계속 이동했다. 그날 오후 그린 리버로 향하던 것이 분명한 그레이트 웨스턴 마켓 배달 트럭을 발견했다. 차는 비상 차선에 반듯하게 멈춰 서 있었고 운전사는 운전석에 빳빳이 몸을 세우고 앉아 죽어 있었다. 그들은 트럭 짐칸에서 꺼낸 햄 통조림을 점심으로 먹었지만, 아무도 그다지 많이 먹고 싶어 하는 것 같지가 않았다. 글렌은 위장이 쪼그라든 거라고 말했다. 스튜는 햄 냄새가 거슬린다고 했다. 상했다는 게 아니라 냄새가 너무도 강하다는 말이었다. 심한 고기 누린내. 그것 때문에 스튜는 배가 울렁거렸다. 억지로 햄 한 조각만 먹을 수 있었다. 랠프가 차라리 동물 크래커나 두세 상자 더 먹는 게 낫겠다고 하자 모두 웃어 댔다. 코작조차도 그저 조금 깨작거리다가 뭔가 냄새를 맡고 자리를 떴다.

그날 밤 일행은 그린 리버 동쪽에서 야영했다. 이른 새벽에 눈발이 조금 날렸다.

그들은 23일 정오를 약간 지난 시각에 도로가 침식된 곳에 이르렀다. 하늘은 하루 종일 흐렸고 날도 추워서 스튜는 눈이 내릴 수도 있겠다고 생각했으나, 눈보라가 날릴 정도는 아니었다.

네 사람은 침식지 언저리에 서서, 코작은 글렌의 발치에 서서 아래를 그리고 저 너머를 바라보았다. 이곳의 북쪽 어딘가에서 댐이 붕괴되었거나 세찬 여름 폭풍우가 연속적으로 들이닥쳤던 것인지도 몰랐다. 무엇 때문이었든 간에, 수년간 오로지 말라붙은 하천 바닥이었던 산 라파엘 강을 따라 돌발적인 홍수가 났던 것이다. 그것이 70번 주간 고속도로의 아스팔트 길을 10미터 넓이만큼 왕창 휩쓸고 가 버렸다. 침식지의 협곡은 깊이가 15미터 정도였으며, 양쪽 비탈은 푸석푸석하고 잘게 부서진 흙과 퇴적암으로 이루어져 있었다. 맨 밑바닥은 느릿느릿 흘러가는 물길이었다.

랠프가 말했다.

"아이고, 이런 걸 봤으니 어서 유타 주 고속도로 관리국에다 신고해야겠는걸."

래리가 손으로 한쪽을 가리켰다.

"저기 좀 보세요."

황량한 허허벌판에 기묘한 모습으로 바람에 깎인 돌기둥과 암석이 드문드문 모습을 드러냈다. 산 라파엘 강의 진행 방향으로 100미터 정도 떨어진 지점에 가드레일과 케이블 그리고 엄청난 양의 아스팔트 표층이 뒤엉켜 있는 게 보였다. 끊어져 버린 흰색 통행 차선의 끝엔 큰 아스팔트 덩어리 하나가 재앙을 예언하는 손가락처럼 구름 떼가 흘러가는 하늘을 향해 돌출되어 있었다.

글렌은 돌 파편으로 뒤덮인 침식 골짜기를 내려다보고 두 손을 주머니에 찔러 넣으며, 꿈꾸듯 넋 나간 표정을 지었다. 낮은 목소리로 스튜가 말했다.

"저기를 걸어서 건너실 수 있겠어요?"

"물론, 나는 그럴 수 있다고 생각해."

"관절염은 좀 어때요?"

글렌이 미소를 일그러뜨렸다.

"더 나빠졌어. 하지만 아주 솔직히 말하자면 더 좋아진 면도 있기는 해."

그들은 몸을 서로 단단히 연결할 밧줄이 없었다. 스튜가 조심스럽게 움직이며 제일 먼저 내려갔다. 가끔 발밑에서 땅이 들썩거리고 돌과 흙이 조금씩 부스러져 내려가는 모습이 맘에 들지 않았다. 그 생각을 하자마자 발밑이 완전히 아래로 푹 꺼지는 바람에 스튜는 엉덩방아를 찧고 밑바닥을 향해 주르륵 미끄러졌다. 허우적거리던 한쪽 손이 돌출해 나온 단단한 돌을 붙잡은 덕분에 거기 죽을 힘을 다해 매달리면서, 발 디딜 만한 단단한 땅을 찾아 헤맸다. 그러자 코작이 스튜의 옆을 지나 명랑하게 뛰어 내려가며 발길질로 작은 흙먼지를 일으켰고 땅에는 그저 자그만 파문들만이 남았다. 잠시 후 개는 밑바닥에 서서 꼬리를 흔들며 스튜를 향해 상냥하게 짖었다.

"좆나게 잘난 척하는 개네."

스튜가 으르렁거리며 조심스럽게 내려가 밑바닥에 닿았다.

글렌이 소리쳤다.

"내가 바로 뒤이어 내려갈 거다. 자네가 내 개한테 하는 소리 내가 다 들었다고!"

"조심해요, 대머리 아저씨! 염병할 조심하라고요! 발밑이 정말로 푸석푸석해요."

글렌은 천천히 내려오며, 한 번 발을 디딘 곳에서 그다음 디디는 곳까지 매우 신중하게 움직였다. 스튜는 글렌의 낡은 조지아 자이언츠 장화 밑에서 푸석푸석한 흙이 미끄러져 나가는 모습을 볼 때마다 긴장했다. 글렌 귓가의 머리칼이 위로 솟구치는 가벼운 바람을 타고 은백색으로 휘날렸다. 휘날리는 머리칼은 스튜로 하여금 글렌을 처음 만났던 때를 떠올리게 했다. 당시 글렌은 뉴햄프셔에 있는 도로변에서 그저 그런 그림을 그리던 중이었고, 머리칼은 그때도 희끗희끗했다.

글렌이 드디어 협곡의 평평한 바닥에 두 발을 딛고 서는 순간까지 스튜는 그가 추락해서 두 동강 날 거라 믿었다. 스튜는 안도의 한숨을 내쉬며 글렌의 어깨를 토닥거렸다.

"전혀 진땀 빼는 일이 아니었어, 동부 텍사스 양반."

글렌이 몸을 숙여 코작의 털을 어루만졌다.

"이쪽은 진땀이 무진장 흘렀네요."

스튜가 대꾸했다.

랠프가 그다음에 내려오면서 한 지점 한 지점 조심스럽게 이동하다가 마지막 2.5미터는 펄쩍 뛰어내렸다.

"이야, 저 잡것이 거위처럼 대책 없이 물컹거리네. 만약 저 반대편 비탈로 못 올라가고 더 얕은 비탈을 찾아 상류로 7, 8킬로미터쯤 걸어야 한다면 돌아 버리겠구먼, 안 그래?"

"그렇게 걷는 동안 또 한 차례 홍수가 치고 내려온다면 더 돌아 버리겠죠."

래리가 마지막으로 민첩하게 내려왔고, 이로써 그들은 채 3분도 안 되어 아래에서 합류했다.

"누가 먼저 올라갈까요?"

래리의 물음에 글렌이 대답했다.

"자네가 하지그래. 무척 원기 왕성하잖나?"

"그러지요."

올라가는 데는 훨씬 더 오랜 시간이 걸렸다. 불안정하게 디디고 있던 발이 밑으로 푹 빠져 두 번이나 거의 추락할 뻔했다. 그러나 결국 래리는 정상을 정복했고 일행을 향해 손을 흔들었다.

"다음은 누구지?" 랠프가 물었다.

"날세."

글렌이 반대편 비탈로 걸어갔다. 스튜가 그의 팔을 잡았다.

"내 말 들어 보세요. 랠프 형님이 말한 대로 상류로 올라가서 더 얕은 비탈을 찾아볼 수도 있어요."

"그러고는 나머지 하루를 몽땅 허비하라고? 내가 어릴 땐 말이야, 저 정도 높이는 40초면 올라갔어. 맥박 수도 70을 넘지 않을 거라고."

"이젠 어린애가 아니잖아요, 교수님."

"그렇지. 하지만 어린애 같은 면이 조금은 남아 있다네."

스튜가 더 뭐라고 말하기도 전에 글렌이 출발했다. 그는 전체 거리 중 약 3분의 1 지점에 멈춰 휴식을 취하고 나서 계속 전진했다. 절반 지점 부근에서 돌출된 점토암을 움켜잡았는데 그만 손안에서 으스러졌고, 스튜는 글렌이 밑바닥까지 주르륵 굴러 떨어져 관절염 인생에 종지부를 찍을 것이라 믿었다.

"아, 제길……."

랠프가 읊조렸다.

글렌이 두 팔을 휘휘 내저어 그럭저럭 균형을 잡았다. 오른편으로 급히 자리를 옮기고 5미터를 더 올라가서 쉬었다가, 또다시 올라갔다. 정상 가까이서 디디고 서 있던 돌출 바위가 부스러져서 추락할 운명이었지만, 다행히 래리가 거기 있었다. 래리가 글렌의 팔을 움켜잡고 위로 끌어 올렸다.

"아무 일 없어."

글렌이 아래로 소리쳤다. 스튜는 안도하며 미소 지었다.

"맥박은 어때요, 대머리 아저씨?"

"90을 더 추가해야겠는걸."

글렌이 힘이 부치는 것을 인정했다.

랠프는 매번 내딛는 곳을 확인해 보면서 아주 신중하게 손과 발을 움직여 둔한 야생 염소처럼 잘려 나간 경사면을 올랐다. 랠프가 꼭대기에 이르렀을 때 스튜가 출발했다.

추락하는 순간이 오기 직전까지도, 스튜는 정말로 이 경사지가 그들이 내려왔던 경사지보다 좀 더 이동하기 쉽다고 생각했다. 손발을 기대기가 더 편했으며 경사도도 약간 더 낮았다. 그러나 지면은 축축한 날씨 탓에 푸석푸석해진 흙가루들과 돌 부스러기들로 뒤범벅되어 있었다. 스튜는 그것이 사악해지려 한다는 것을 감지하면서 조심스럽게 위로 올라갔다.

가슴이 정상 언저리에 닿았을 때 왼발이 디디고 있던 돌출 바위가 갑자기 사라졌다. 스튜는 몸이 미끄러지기 시작하는 것을 느꼈다. 래리가 그의 손을 붙잡았지만, 이번엔 놓치고 말았다. 스튜는 끊어진 고속도로의 불쑥 튀어나온 가장자리를 움켜쥐었지만 손안에서 툭 부러졌다. 부러진 아스팔트 덩어리를 멍청히 쳐다보고 있으려니 몸이 미끄러져 내려가는 속도가 빨라지기 시작했다. 부러진 덩어리를 내버린 스튜는 「루니툰」 만화 영화에 나오는 멍청한 와일 E. 코요테가 된 것처럼 미칠 듯한 기분을 느꼈다. 그는 생각했다. '오로지 나에게 필요한 것은 내가 밑바닥에 충돌하기 전에

개구쟁이 로드러너처럼 누군가 '삡삡' 소리를 내 주는 것뿐.'

무릎이 무언가를 들이받으면서 청천벽력 같은 통증이 찾아왔다. 경사지의 질척한 지면을 움켜잡았지만 지면은 깜짝 놀랄 만한 속도로 그를 지나쳐 솟구쳤고, 그저 손 안에 흙 한 줌만 남긴 채 끊임없이 멀어져 갔다.

스튜는 돌 부스러기들 속에서 뭉툭한 대형 화살촉처럼 튀어나온 둥그스름한 바위에 사정없이 부딪혀 데굴데굴 굴렀다. 숨을 제대로 쉴 수가 없었다. 비스듬히 꺾인 다리 아랫부분을 깔아뭉개면서 3미터쯤 곧장 추락했다. 다리가 뚝 부러지는 소리가 들렸다. 통증은 즉각적이고 어마어마했다. 고함을 질렀다. 몸이 뒤쪽으로 공중제비를 한 바퀴 돌았다. 흙이 입속에 들어왔다. 날카로운 자갈들이 얼굴과 팔에 피투성이 상처들을 휘갈겨 놓았다. 다친 다리를 또다시 깔아뭉갰고, 또 다른 부분이 뚝 부러지는 것을 느꼈다. 이번에는 고함치지 않았다. 비명을 질렀다.

스튜는 마지막 4미터 50센티미터를 배를 깔고 미끄러져 내려갔다. 수영장 미끄럼틀을 즐기는 어린애처럼. 바지가 진흙으로 가득 차고 나서야 몸이 정지했고 심장이 미칠 듯 고동치는 소리가 귓가에 울렸다. 다리에서는 격렬한 불길에 휩싸인 것 같은 고통이 들끓었다. 코트와 그 밑의 셔츠가 모조리 턱까지 쭈글쭈글 밀려 올라갔다.

'부러졌구나. 많이 다친 걸까? 아픈 걸 보아하니 무척 심한 거야. 적어도 두 군데는 부러졌을걸. 어쩌면 더 많아. 게다가 무릎 관절이 꺾였어.'

래리가 스튜한테 방금 일어난 일을 조롱이라도 하듯 살짝살짝 뛰어서 경사지를 내려왔다. 그러고는 스튜 옆에 무릎을 꿇으면서, 스튜가 이미 자기 자신한테 물어봤던 질문을 던졌다.

"많이 다쳤어요, 스튜 씨?"

팔꿈치로 상반신을 일으키고 래리를 바라보는 스튜의 얼굴은 충격으로 하얗게 질렸고 갈색 진흙으로 줄무늬가 생겼다.

"대략 석 달 후에나 다시 걸어 다닐 수 있을 것 같은데."

스튜가 말했다. 토할 것만 같은 기분이 들었다. 구름 낀 하늘을 올려다보며, 두 주먹을 불끈 쥐고 하늘을 향해 뒤흔들었다.

"으아아, 제기랄!"

스튜는 절규했다.

랠프와 래리가 다리에 부목을 댔다. 글렌은 '내 관절염 알약' 이라면서 약병 하나를 꺼내더니 스튜한테 한 알을 주었다. 스튜는 '관절염 알약' 병 속에 든 것이 무엇인지 몰랐고 글렌은 말해 주기를 거부했지만, 어쨌든 다리 통증은 아득히 먼 웅얼거림으로 희미해졌다. 매우 차분했고, 심지어 평화스럽기까지 했다. 스튜는 문득 그들 모두 기적적으로 살아 있는 중이라는 생각이 떠올랐다. 꼭 플래그을 찾아가는 도중이기 때문이라서가 아니라, 애당초 캡틴 트립스에서 살아남았기 때문이었다. 좌우지간 스튜는 해야 할 일이 무엇인지 알았고…… 그 일이 실행되는 것을 보고자 했다. 래리가 막 말을 끝마쳤다. 그들 모두 무슨 말이 나오는지 보려고 스튜를 걱정스럽게 바라보았다.

스튜의 대답은 아주 간단했다.

"안 돼."

글렌이 조용히 말했다.

"스튜, 자네가 이해 못 하나 본데……"

"이해합니다. 이해하고 안 된다고 말하는 겁니다. 그린 리버로 되돌아갈 순 없어요. 밧줄도 없습니다. 차도 없습니다. 게임의 규칙에도 어긋납니다."

"이건 좆도 게임이 아니잖아요! 스튜 씨가 죽을 판국인데!"

래리가 소리쳤다.

"여러분도 저 너머 네바다에 들어가면 거의 확실히 죽을 팔자예요. 계속 전진해서 목적지에 도달하세요. 아직 햇빛이 4시간 더 남았어요. 그걸 낭비할 필요는 없지요."

"스튜 씨를 버리고 가진 않을 거예요."

래리가 말했다.

"유감이지만, 그냥 가도록 해. 내 말 들어."

"안 돼요. 지금은 내가 대장이에요. 마더께서 말씀하시길 만약 스튜 씨한테 무슨 일이 생길 시에는……"

"자네가 앞장 서서 계속 전진해야지."

"안 돼요. 안 돼."

래리가 지지를 바라며 글렌과 랠프를 둘러보았다. 그들은 심란한 마음으로 마주 보았다. 코작이 근처에 앉아 꼬리를 발에 둘둘 말고 네 사람을 지켜보았다.

스튜가 말했다.

"내 말 들어, 래리. 이번 여행 전체는 할머니께서 당신이 이야기하는 내용을 제대로 인식했다는 전제를 근거로 한 거야. 만약 자네가 거기에 토를 달아 여행을 쓸데없이 지체시킨다면, 상황을 어렵게 만들 뿐이야."

"맞아, 그 말이 옳아." 랠프가 말했다.

"아니죠, 그건 옳지 않지요, 시골 무지렁이 아저씨."

래리가 랠프의 단조로운 오클라호마 지방 억양을 사납게 흉내 내며 말했다.

"스튜 씨를 여기로 추락시킨 건 하나님의 의지가 아니에요. 다크맨의 짓도 아니고요. 그냥 물렁물렁한 흙, 단지 그것 때문이에요. 그냥 물렁한 흙이라고요! 그냥 내버려 두지 않을 거예요, 스튜 씨. 나는 이미 여러 사람을 뒤에 내버려 두고 내뺐던 놈이에요."

"안 되겠어. 스튜를 남겨 놓고 떠나야겠네."

글렌이 조용히 말했다.

래리가 믿기지 않는 듯 고개를 돌리고 노려보았다. 마치 배신이라도 당한 듯.

"교수님은 스튜 씨 친구라고 생각했는데!"

"친구 맞아. 하지만 그건 중요치 않아."

래리가 신경질적인 웃음을 내뱉으며 협곡 아래로 몇 걸음 걸어 내려갔다.

"교수님은 미쳤어! 교수님도 그거 알아요?"

"아니, 난 안 미쳤네. 우리는 계약을 맺은 거야. 우리는 마더 애버게일 님께서 임종을 맞는 자리에 둘러서서 그 계약에 합의했어. 그것은 거의 분명히 우리의 죽음을 의미했고, 우리도 그것을 알았지. 그 계약을 이해했어. 그러니 이제 계약에 따라 행동하려는 거라네."

"어휴, 나도 그러고 싶어요, 제길. 내 말은요, 꼭 그런 리버로 돌아갈 필요도 없다 이거예요. 스텐이션왜건을 한 대 구해서, 스튜 씨를 뒷좌석에 태우면 돼요. 그러고는 계속……"

"우리는 걸어가기로 되어 있잖아."

랠프가 말하며 스튜를 가리켰다.

"스튜는 걸을 수가 없어."

"옳소. 훌륭하신 지적이에요. 다리 하나가 부러지셨죠. 아저씨는 우리가 어떻게 해야 한다고 말씀하실래요? 스튜 씨를 말처럼 총으로 쏴서 안락사시켜라?"

"래리……"

스튜가 말을 잇기도 전에 글렌이 래리의 셔츠를 부여잡고 거칠게 끌어당겼다.

"지금 네가 구하려고 애쓰는 게 누구야? 스튜야, 아니면 너 자신이야?"

글렌의 목소리는 싸늘하고 엄했다.

래리는 글렌을 바라보며 입을 움찔거렸다.

"상황은 매우 단순해. 우린 여기 머물 수 없어…… 그리고 스튜는 움직일 수 없어." 글렌이 말했다.

"저는 인정할 수 없어요."

래리가 속삭였다. 얼굴이 시체처럼 창백했다.

"이것은 시험이야. 그런 거라고." 랠프가 불쑥 말했다.

"아마도 제정신 시험이겠죠." 래리가 말했다.

스튜가 땅바닥에 앉은 채로 말했다.

"투표합시다. 나는 여러분이 계속 길을 간다에 투표합니다."

"나도." 랠프가 말했다.

"스튜, 미안해. 하지만 만약 하나님께서 우리를 지켜봐 주신다면, 어쩌면 자네도 지켜봐 주실 거야……."

"저는 그렇게는 못 하겠는데요."

"래리, 자네가 신경 쓰고 있는 것은 스튜가 아니야. 내가 보기에 자네는 자기 내면의 무엇인가를 구하려 애쓰고 있는 것 같아. 그러나 이번에는 계속 나아가는 것이 옳아. 우리는 그래야만 해."

글렌의 말에 래리는 손등으로 천천히 입을 문질렀다.

"오늘 밤만 여기서 머무르기로 하죠. 그리고 어떻게 빠져나갈지 곰곰이 생각해 봅시다."

"안 돼."

스튜가 말했다.

랠프가 고개를 끄덕였다. 그와 글렌 사이에 시선이 오갔고, 글렌이 주머니에서 '관절염 알약' 병을 끄집어내 스튜의 손에 쥐여 주었다.

"이 알약은 모르핀 성분을 지녔어. 서너 알 이상 복용하면 아마 치명적일 거야."

글렌의 눈이 스튜의 눈과 마주쳤다.

"이해가 가, 동부 텍사스 양반?"

"그럼요. 알아들었죠."

"무슨 소리들 하시는 겁니까? 아니, 도대체 뭘 권하고 있는 거예요?"

"자넨 모르나?"

랠프가 극도의 경멸을 담은 목소리로 말하자 래리는 잠시 말문이 막혔다. 그러자 마치 유원지에서 궤도를 따라 도는 줄줄이 회전차를 탔을 때 악몽 같은 속도로 달려드는 낯선 사람들의 얼굴처럼, 모든 것이 래리의 눈앞으로 달려들었다. 알약들, 지랄 발광약, 침착 약, 유람 약. 리타. 침낭 안을 들추었더니 구린내 나는 파티 경품처럼 입에서 녹색 구토물을 흘린 채 뻣뻣하게 죽어 있는 리타의 모습.

"안 돼!"

래리가 절규하며 스튜의 손에서 약병을 낚아채려 했다.

랠프가 그의 어깨를 붙들었다. 래리는 몸부림쳤다.

"래리를 놔줘요. 내가 얘기해 볼게요."

스튜가 말했다.

랠프가 래리를 붙잡은 채로 망설이며 스튜를 바라보았다.

"아니요, 괜찮아요. 놔줘요."

랠프는 손을 놓았지만 언제든 달려들 채비를 하는 듯 보였다.

"이리 와, 래리. 쭈그리고 앉아 봐."

래리가 와서 스튜 옆에 쭈그려 앉았다.

그리고 스튜의 얼굴을 애처롭게 들여다보았다.

"그건 옳지 않아요, 스튜 씨. 누군가 떨어져서 다리가 부러졌을 때, 그렇다고…… 단지 걸을 수가 없다고 죽게 내버려 두다니. 이해 못 하겠어요? 이봐요, 스튜 씨……."

래리가 스튜의 얼굴을 매만졌다.

"제발요. 생각 좀 해 봐요."

스튜가 래리의 손을 붙들었다.

"내가 미쳤다고 생각해?"

"아니오! 아니, 하지만……."

"자네는 올바른 정신을 가진 사람은 자기가 원하는 바를 스스로 결정할 권리가 있다고 생각하지?"

"아, 스튜 씨."

래리가 울음을 터뜨렸다.

"래리, 자네는 이곳에 있으면 안 돼. 나는 자네가 계속 길을 가길 원해. 만약 라스베이거스에서 나오면, 이쪽으로 돌아오면 되잖아. 잘은 모르지만 어쩌면 하나님이 나를 먹여 살리려고 갈까마귀를 보낼지도 몰라. 예전에 신문 가십 기사에서 읽었는데 말이야, 사람은 음식 없이도 70일까지 생존할 수 있대. 물만 있으면."

"얼마 안 있으면 여긴 겨울이 될 텐데요. 추운 날씨에 사흘만 방치되어도 죽을 거예요. 알약을 안 먹는다고 해도."

"그런 건 자네가 책임질 일이 아냐. 자네는 이 상황에 매달려선 안 돼."

"저를 보내지 마세요, 스튜 씨."

스튜가 엄하게 말했다.

"나는 자네를 떠나 보내고 있는 거야."

"이거 정말 짜증 만땅이라고요."

래리가 말하며 일어섰다.

"프랜이 우리한테 뭐라고 하겠어요? 우리가 스튜 씨를 인디고 뱀 떼와 대머리 독수리들한테 버려 두었다는 사실을 프랜이 안다면요?"

"만약 자네가 저 너머에 가서 그 녀석을 두들겨 패지 않으면 프랜은 아무 말도 못하고 죽을걸. 루시도 마찬가지야. 딕 엘리스도.

또 브래드도. 그 밖에 다른 사람 누구든지 간에."

"알았어요. 갈게요. 하지만 내일요. 오늘 밤은 여기서 야영할게요. 어쩌면 무슨…… 꿈을 꿀지도 모르고……."

스튜가 조용히 말했다.

"꿈은 없어. 기적도 없어. 일이 그런 식으로 되진 않아. 하룻밤 머물러 봤자 아무 일도 안 일어날 거야. 그러면 자네는 하룻밤 더 있고 싶어 하겠지. 그러고는 또 하룻밤 더…… 지금 당장 떠나야만 해."

래리가 그들에게서 떨어져 걸어가다가 고개를 숙였다. 그는 등을 돌린 채로 우두커니 서 있었다.

마침내 너무 낮아서 들릴락 말락 한 목소리로 래리가 말했다.

"알았어요. 스튜 씨 말대로 하겠습니다. 하나님께서 우리 영혼을 도와주시길 빕니다."

랠프가 스튜한테 다가와 무릎을 꿇었다.

"우리가 뭐든 해 줄 게 없을까, 스튜?"

스튜가 미소 지었다.

"물론 있지요. 고어 비달이 쓴 책을 읽고 싶어요. 링컨과 에런 버 같은 사람들에 관한 책들 말이에요. 항상 그 빌어먹을 것들을 읽고 싶은 마음이 굴뚝같았거든요. 이제 그럴 여유가 생긴 것 같은데요."

랠프가 한쪽 입가를 올리며 씩 웃었다.

"미안, 스튜. 내 눈의 수도꼭지가 고장 났나 봐."

스튜가 팔을 한번 꽉 붙들어 주자 랠프는 물러났다. 글렌이 다가왔다. 그도 역시 울고 있었고, 스튜 옆에 앉자 눈물을 줄줄 흘렸다.

"아, 왜 이러세요. 아기 같으시네. 난 괜찮을 거예요."

"래리 말이 맞아. 이래선 안 돼. 불쌍한 말한테 하는 짓이나 똑같아."

"이럴 수밖에 없다는 거 아저씨도 잘 아시잖아요."

"그런 것 같기는 하네. 하지만 어느 누가 확신할 수 있겠나. 다리는 어때?"

"하나도 안 아파요, 지금 당장은."

"좋아. 약 잘 간수하게."

글렌이 팔로 눈을 벅벅 문질렀다.

"안녕, 동부 텍사스 양반. 자넬 만나서 아주 아주 행복했다네."

스튜가 고개를 옆으로 돌렸다.

"안녕이라고 말하지 마요, 대머리 아저씨. 나중에 또 보자고 말하는 게, 재수가 더 좋잖아요. 아저씬 아마 저 경칠 놈의 비탈을 절반쯤 오르다 여기로 떨어질지도 몰라요. 그럼 우리는 크리비지 카드 게임이나 하면서 겨울을 보내는 거죠."

"나중에 또 볼 일은 없어. 나는 그렇게 느껴, 자네는?"

자신도 역시 그렇게 예감했기에 스튜는 얼굴을 돌려 글렌을 바라보았다.

"나도 그래요."

스튜가 말하고 나서 살짝 웃었다.

"그렇다 해도 나는 결코 악을 두려워하지 않으리라, 맞죠?"

"맞았어!"

글렌의 목소리가 허스키한 속삭임으로 낮아졌다.

"만일 불가피한 상황이 닥치면 직접 운명을 마무리하도록 해,

스튜어트. 마냥 넋 놓고 가만있지만 말고."

"그럴게요."

"안녕, 그럼 이만."

"안녕, 글렌 교수님."

세 사람은 협곡의 서쪽 면에 한데 모였다. 등 뒤를 한 번 돌아보고 나서, 글렌부터 올라가기 시작했다. 스튜는 비탈을 오르는 글렌의 모습을 점차 불안하게 주시했다. 글렌은 무턱대고 조심성 없이 움직이면서, 발 디딜 곳조차 제대로 살펴보려 하지 않았다. 발밑에서 한 번, 그러고 나서 또 한 번 흙이 산산이 허물어졌다. 그때마다 그는 무심하게 손을 뻗쳤고, 그때마다 우연히도 손 잡을 만한 곳이 그 자리에 있었다. 글렌이 꼭대기에 이르자 스튜는 억눌렀던 숨을 거친 한숨으로 길게 내뿜었다.

랠프가 그다음으로 꼭대기에 도착하자, 스튜가 마지막으로 래리를 불렀다. 래리의 얼굴을 올려다보면서 나름대로 그 얼굴이 죽은 해럴드의 얼굴과 유난히 비슷하다고 스튜는 생각했다. 지나치게 차분한 두 눈은 조심스럽고 약간 경계심을 품은 듯했다. 오로지 드러내고 싶은 감정만을 드러낼 뿐인 얼굴.

"이제는 자네가 인솔자야. 잘해 낼 수 있겠지?"

"모르겠어요. 노력은 해 보죠."

"여러 가지 결정들을 내려야 할 테지."

"제가요? 제 첫 번째 결정은 반대에 부딪혀 무효가 되어 버린 것 같은데요."

래리의 두 눈은 한 가지 감정을 분명히 드러내고 있었다. 질책.

"맞아, 그렇지만 그런 결정 무효는 앞으론 없을 거야. 내 말 잘 들어. '그 남자'의 부하들이 자네 일행을 붙잡을 거야."

"맞아요. 저도 그럴 거라 생각해요. 그들이 우리를 붙잡겠죠. 아니면 숨어서 우리가 개 떼라도 되는 양 총으로 쏘든지."

"아니, 내 생각엔 그들이 자네 일행을 붙잡아서 '그 남자'한테 데려갈 거야. 요 며칠 새에 그렇게 될 거야. 일행이 라스베이거스에 도착하거들랑, 눈을 계속 똑바로 뜨고 있으라고. 기다려. 때가 올 거야."

"무슨 때요? 무슨 때가 온다는 거죠?"

"나는 모르겠어. 무엇이든 간에 우리가 여기로 보내진 목적에 맞는 때가 오겠지. 준비하고 있으라고. 때가 오면 알아차려야 하니까."

"우리는 돌아올 겁니다, 가능하다면요. 그렇게 알고 계세요."

"그래. 좋아."

래리가 재빨리 비탈을 올라 두 사람과 합류했다. 그들은 꼭대기에 서서 아래로 손을 흔들었다. 스튜도 손을 들어 화답했다. 그들은 떠났다. 그리고 두 번 다시 스튜 레드먼을 보지 못했다.

제73장

세 사람은 스튜와 헤어진 장소에서 서쪽으로 25킬로미터 떨어진 지점에서 야영했다. 그들은 또 침식지와 마주쳤는데, 이번 것은 쉽게 건넜다. 이동 거리가 적었던 진짜 이유는 마음 일부가 몸 밖으로 빠져나간 것 같았기 때문이었다. 빠져나간 것이 다시 돌아올지는 단정 짓기 어려웠다. 발걸음이 더욱 무거워진 듯싶었다. 대화도 거의 없었다. 아무도 다른 사람의 얼굴을 쳐다보고 싶어하지 않았다. 그 얼굴 속에서 자신의 죄책감이 거울처럼 비치는 것을 볼까 봐 두려웠으므로.

날이 어두워지자 그들은 자리를 잡고 나뭇가지를 모아 불을 피웠다. 물은 있었지만, 음식은 없었다. 글렌은 파이프에 마지막 남은 담배를 다져 넣으며 불현듯 스튜한테도 담배가 있을지 궁금했다. 그 생각 때문에 담배 맛을 망쳐 버린 그는 파이프를 바위에다 털고, 마지막 남은 보컴 리프 담배를 무심코 발로 걷어찼다. 몇 분 뒤 어둠 속 어딘가에서 올빼미가 울어 대자 글렌은 주위를 두리번거렸다.

"아 참, 코작은 어딨지?" 글렌이 물었다.

"이런, 참 이상하네, 그죠?"

랠프가 말했다.

"지난 몇 시간 동안 그 개를 본 기억이 전혀 없어요."

"코작! 야, 코작! 코작!"

글렌이 벌떡 일어서서 고함질렀다. 글렌의 목소리가 황무지 속으로 쓸쓸히 울려 퍼졌다. 응답하여 짖는 소리가 전혀 없었다. 다시 주저앉은 글렌은 우울하고 무기력해졌다. 가벼운 탄식이 흘러나왔다. 코작은 거의 대륙 전체를 횡단하여 줄곧 그를 따라다녔다. 그런데 그 개가 없어졌다. 그것은 소름 끼치게 무서운 징조 같았다.

"무언가가 녀석의 흥미를 끌었던 것일까?"

랠프가 부드럽게 물었다.

래리가 조용하고 수심에 잠긴 목소리로 말했다.

"어쩌면 스튜 씨와 함께 있겠죠."

글렌이 화들짝 놀라 고개를 들었다.

"어쩌면. 어쩌면 정말 그럴 거야."

래리의 말을 곰곰이 따져 보며 말했다.

래리는 조약돌 하나를 이 손에서 저 손으로 이리저리, 이리저리 던져 올렸다.

"스튜 씨가 그랬는데요, 어쩌면 하나님이 자기를 먹여 살리려고 갈까마귀를 보낼지도 모른댔어요. 그런데 이 근방에는 갈까마귀가 한 마리도 없을 것 같아요. 그래서 하나님이 대신 개를 보냈겠죠."

불이 툭툭 터지는 소리를 내며 어둠 속으로 불꽃 기둥을 올려 보냈고, 불꽃들은 잠시 반짝거리며 소용돌이치다가 윙크를 끝내고 밤하늘로 사라졌다.

스튜는 자신을 향해 협곡으로 살금살금 내려오는 검은 물체를 보고 가까운 둥근 바위로 몸을 끌어 올렸다. 다리를 앞으로 꼿꼿이 내뻗고, 얼얼한 손으로 꽤 큰 돌멩이를 찾아냈다. 뼛속까지 추위가 스며들었다. 래리가 옳았다. 이런 기온 속에서 이삼일 드러누워 있는 것은 꽤 효과적으로 죽어 가는 방법일 터였다. 다만 이제는 뭔진 몰라도 이 물체가 먼저 자신의 목숨을 앗아 갈 것처럼 보였다. 해가 질 때까지도 스튜와 함께 남아 있던 코작은 그를 떠나 협곡을 쉽게 기어올라 밖으로 나갔다. 스튜는 그 개를 되돌아오라고 부르지 않았다. 개는 글렌한테 가는 길을 찾아서 그들과 함께 여행할 것이었다. 아마 그 개도 자신만의 임무가 있을 터였다. 그러나 이제는 코작이 좀 더 오래 머물렀더라면 좋았을 것이라 생각했다. 알약을 먹어도 죽는 건 같았지만, 다크맨의 늑대한테 주검을 갈가리 찢기고 싶지는 않았다.

스튜가 돌멩이를 더 단단히 움켜잡자 그 검은 물체는 협곡 위쪽으로 20미터쯤 되는 지점에서 멈추었다. 그러더니 그것이, 어둠 속에서 더 까맣게 보이는 그 그림자가 다시 다가오기 시작했다.

"그래, 올 테면 와 봐."

스튜가 쉰 목소리로 말했다.

검은 그림자가 꼬리를 흔들고 다가왔다.

"코작이니?"

그랬다. 개는 입 안에 무언가를 물고 있었으며, 스튜의 발밑에 그 무언가를 떨어뜨렸다. 개는 주저앉아 꼬리를 철썩이며 칭찬을 기다렸다.

"착한 개로구나. 참으로 착한 개로다!"

스튜가 감탄하며 말했다.

코작이 토끼를 물어다 준 것이다.

스튜는 주머니칼을 꺼내 칼집을 열고, 재빠른 칼 놀림을 세 차례 해서 토끼의 내장을 꺼냈다. 김이 나는 내장을 집어 들어 코작한테 던졌다.

"이거 먹고 싶니?"

코작은 그러했다. 스튜는 토끼 가죽을 벗겼다. 토끼를 날것으로 먹는다는 생각에 속이 메스꺼워졌다.

"나무는?"

별로 기대하지 않고 코작한테 말했다. 협곡 비탈에는 돌발적인 홍수로 떠내려 온 나뭇가지와 나무토막이 곳곳에 깔려 있었지만, 스튜의 손길이 닿는 범위 안에는 아무것도 없었다.

코작은 꼬리를 흔들었지만 움직이지는 않았다.

"가져다줄래? 가……."

그런데 코작이 가 버렸다. 휙 돌아서더니 협곡 동쪽 면으로 번개같이 질주했고, 입 안에 커다란 마른 나무토막을 물고 달려왔다. 나무토막을 스튜 옆에 떨어뜨리고 짖었다. 꼬리를 빠르게 흔들었다.

"착한 개로구나."

스튜가 또 한 번 말했다.

"나도 개자식이 될 테다! 또 가져다줘, 코작!"

기뻐서 짖어 대며, 코작이 또 달려갔다. 20분 동안 개는 큰 불을 피워도 될 만큼 충분히 땔감을 가져다 날랐다. 스튜는 넉넉하게 많은 잔가지들을 조심스럽게 벗겨 불쏘시개를 만들었다. 성냥 상태를 확인해 보니 한 갑 반 남아 있었다. 성냥을 두 번째 켠 끝에야 불쏘시개에 불이 붙었고 조심스럽게 스튜는 모닥불을 지폈다. 곧이어 상당히 큰 불꽃이 타오르자 스튜는 최대한 불에 가깝게 자리를 잡고 침낭 속에 들어가 앉았다. 코작은 앞발에 코를 올려놓은 채 모닥불 건너편에 엎드렸다.

불이 약간 누그러지자 토끼를 구워서 요리했다. 이내 냄새가 강렬해지고 너무나 향긋해져서 스튜의 배가 꼬르륵거렸다. 코작은 몸을 일으키고 각별한 관심으로 토끼를 지켜보며 차렷 자세를 유지했다.

"반은 네 거고 반은 내 거다, 덩치야. 괜찮지?"

15분 뒤 불에서 토끼를 끌어내어 손가락을 조금씩 데어 가며 가까스로 반으로 찢었다. 고기는 몇 군데 타고 다른 몇 군데는 덜 익었지만, 그레이트 웨스턴 마켓에서 파는 햄 통조림을 무색케 하는 뛰어난 맛이었다. 스튜와 코작은 꿀떡꿀떡 먹어 치웠고…… 그들의 식사가 끝나 갈 무렵, 뼛속까지 오싹해지는 울부짖음이 침식지로 흘러 내려왔다.

"맙소사!"

스튜가 한 입 가득 토끼 고기를 물고 외쳤다.

코작이 일어서며 목털을 곧추세우고 으르렁거렸다. 개는 불 주위를 뻣뻣한 걸음걸이로 돌아다니며 또다시 으르렁거렸다. 정체가 뭐였든지 간에 울부짖던 동물이 잠잠해졌다.

스튜는 한 손에는 주먹만 한 돌멩이를, 나머지 손에는 칼집을 열어젖힌 주머니칼을 쥐고 드러누웠다. 별들은 차가웠고 드높았고 무심했다. 스튜는 프랜한테로 생각이 향했지만 아주 신속하게 그것을 쫓아 버렸다. 그 생각은 너무나 많은 아픔을 안겨 주었다. 배가 부르든 그렇지 않든 간에. '쉽게 잠들진 못하겠구나. 오래도록 잠을 못 이룰 거야.'

그러나 스튜는 곧히 잠들었다. 글렌이 준 알약 한 알의 도움을 받아서. 모닥불 불덩이들이 완전히 타 재가 되자 코작이 다가와 곁에 누워서, 스튜한테 자기 체온을 나눠 주었다. 그것이 바로 일행이 쪼개지고 난 첫째 날 밤에 다른 사람들은 굶주렸을 때 스튜는 식사했던 사연이자, 다른 사람들이 나쁜 꿈과 급속히 다가오는 파멸에 대한 불안감으로 잠을 설치는 동안 스튜는 편히 잠들 수 있었던 사연이었다.

24일에 세 명의 순례자인 래리 언더우드 일행은 50킬로미터를 나아가 산 라파엘 둔덕의 북동쪽에서 야영했다. 그날 밤 기온은 영하 4도로 떨어졌고, 그들은 큰 모닥불을 피워 놓고 바로 곁에서 잠들었다. 코작은 그들과 재결합하지 않았다.

"오늘 밤엔 스튜가 뭘 하고 있을까?"

랠프가 래리한테 물었다.

"죽어 가는 중이겠죠."

짧게 대답한 래리는 랠프의 수수하고 순박한 얼굴에 괴로워하며 질겁하는 표정이 나타나는 것을 목격하자 미안해졌지만, 이미 쏟아 낸 말을 주워 담을 방법은 없었다. 게다가 어쨌거나 그 말은 거의 확실한 진실이었다.

래리는 다시 드러누워서, 이상하게도 내일이 바로 그날이라는 확신을 느꼈다. 무엇을 향해 가고 있는 중이든지 간에 목적지에 거의 다 온 것 같았다.

그날 밤의 나쁜 꿈들. 깨어나서 가장 또렷하게 기억했던 나쁜 꿈속에서 래리는 셰이디 블루스 커넥션이라는 밴드와 함께 순회공연 중이었다. 매디슨 스퀘어 가든에서 열린 공연은 매진 사례를 이루었다. 우레와 같은 박수갈채 속에 무대에 오른 래리는 앞에 나가 마이크를 적당한 높이로 낮추려고 했지만 꿈쩍도 하지 않았다. 리드 기타리스트의 마이크에 가 봤지만, 그것도 역시 얼어붙었다. 베이스 연주자, 건반 연주자 쪽도 마찬가지였다. 청중에게서 야유를 보내는 리드미컬한 손뼉 소리가 나오기 시작했다. 한 명씩 한 명씩, 셰이디 블루스 커넥션의 멤버들이 무대를 살그머니 빠져나가며, 높게 치켜세운 사이키델릭풍 셔츠 옷깃 속에서 살며시 히죽거렸는데, 그 셔츠는 1966년에 록 그룹 버즈가 입었던 것과 흡사했다. 그때는 바야흐로 보컬인 로저 맥귄이 여전히 「황홀한 8마일」이란 노래를 부르던 시절이었다. 아니, 800마일이던가. 그리고 여전히 래리는 이 마이크에서 저 마이크로 떠돌아다니면서, 조절할 수 있는 마이크를 하나라도 찾아내려고 노력했다. 그러나 마이크들 모두 다 키가 적어도 2미터 70센티미터였고 단단히 얼어붙어 있었다. 흡사 강철 코브라처럼 보였다. 청중 속 누군가가 「베이비, 당신의 남자를 믿나요?」를 불러 달라고 고함치기 시작했다. '나는 이제 그 노래를 부르지 않아.' 그는 말하려고 애썼다. '세상이 끝장났을 때 그 노래를 그만두었어.' 청중은 그의 말을 들을 수 없었고, 뒷줄에서 시작된 구호가 들끓기 시작하더니 이윽고 매디슨 스퀘어 가든을 휩쓸면서 강도와 음량이 커져 갔다.

"베이비 당신의 남자를 믿나요! 베이비 당신의 남자를 믿나요! 베이비 당신의 남자를 믿나요!"

래리는 귓가에 울리는 구호를 들으며 잠에서 깨어났다. 땀이 온몸에 흥건했다.

어떤 종류의 꿈이었는지, 무슨 의미를 담은 꿈이었는지 글렌한테 물어볼 필요는 없었다. 마이크 위로 손이 닿지 않아 그것을 조절할 수 없는 꿈은 록 음악 하는 사람들한텐 흔한 꿈이었다. 무대에 섰는데 가사를 단 한 마디도 기억할 수 없는 꿈처럼 아주 흔한 것이었다. 래리는 연주하는 사람들이 모두 그런 유의 꿈을 꾸는 것은 '그것' 을 앞두었을 때라고 짐작했다.

공연을 앞두었을 때.

몹시 부적절한 꿈이었다. 그것은 하나의 단순하고 압도적인 두려움을 표출했다. 만약 당신이 할 수 없다면 어쩔 것인가? 만약 당신이 하고 싶은데 할 수 없다면 어쩔 것인가? 가수든, 작가든, 화가든, 음악가든, 어떠한 예술가든 간에 첫발을 내딛는 쉬운 도약을 자신 있게 할 수가 없다는 공포.

'사람들을 위해 멋지게 해 봐, 래리.'

누구의 목소리였지? 어머니 목소리?

'너는 받기만 하는 사람이다, 래리.'

'안 돼, 엄마. 안 돼, 난 안 돼. 나는 이제 그 노래를 부르지 않아. 세상이 끝장났을 때 그 노래를 그만두었어. 정말이야.'

래리는 도로 드러누워 다시 잠에 빠져 들었다. 래리의 마지막 생각은 스튜가 옳았다는 것이었다. 다크맨이 그들을 붙잡을 것이다. '내일이야. 무엇을 향해 가는 중이든지 우리는 거의 다 왔어.'

그러나 그들은 25일에 아무도 보지 못했다. 그들 세 사람은 눈부신 파란 하늘 밑으로 무덤덤하게 걸었고, 새들과 짐승들을 수없이 보았지만, 사람은 전혀 보지 못했다.

"야생 환경이 이토록 급속도로 회복되다니 정말 놀랍구먼. 회복 과정이 꽤 신속하게 진행될 거라고 생각하긴 했어. 겨울이 생명체들을 어느 정도 솎아 낼 테지만, 그래도 지금으로선 정말 놀라울 따름이야. 첫 번째 재앙 발생 이후로 겨우 100일 정도밖에 안 지났는데."

랠프가 글렌의 말을 받았다.

"맞습니다. 그런데 개도 말도 안 보이네요. 그건 옳지 않은 것 같아요, 안 그래요? 그들이 만든 세균 벌레는 거의 모든 인류를 죽이는 걸로는 부족했나 봐요. 그래서 사람이 가장 좋아하는 두 가지 동물도 데려가야 했던 거죠. 사람과 사람의 제일 친한 친구들까지 포획했던 거라고요."

"그리고 고양이들은 남겨 놓았죠."

래리가 시무룩하게 말하자 랠프의 표정이 밝아졌다.

"그래도 코작이 있잖아……."

"코작이 '예전' 에는 있었죠."

그 말이 대화를 끊어 버렸다. 평원에 우뚝 선 산들이 그들을 향해 얼굴을 찌푸리고 내려다보았다. 소총과 망원경을 든 사람들 수십 명이 있을 만한 장소들을 감추어 놓고서. 오늘이 바로 일이 터지는 날이라는 예감이 래리를 떠나지 않았다. 그들이 언덕 꼭대기에 올라설 때마다 매번, 래리는 그들 아래로 봉쇄된 도로를 보리라 예상했다. 그리고 그런 예상이 빗나갈 때마다 매복 공격에 관해 생각했다.

그들은 말에 관해 이야기했다. 개와 들소에 관해서도. 들소가 다시 돌아오는 중이라고 랠프가 이야기했다. 닉과 톰 컬런이 목격한 적이 있었다고. 들소가 다시금 평원을 뒤덮을 날이 그리 멀지만은 않았다. 어쩌면 그들의 생애에 그런 날을 볼지도 몰랐다.

래리는 그것이 진실이라는 건 알았지만, 또한 얼토당토않은 것이란 사실도 알았다. 그들의 생애가 겨우 10분 후에 끝장을 볼지도 모르는 판국인데.

그러다 날이 거의 어두워져 야영할 자리를 찾아볼 때가 되었다. 그들은 그날의 마지막 언덕 꼭대기에 이르렀고 래리는 생각했다. '지금이다. 바로 저 아래에 그들이 있을 거야.'

그러나 아무도 없었다.

일행은 '라스베이거스 420킬로미터' 라고 씌어져 있는 녹색 야광 표지판 근처에서 야영했다. 그날은 비교적 거하게 식사했다. 타코칩, 소다수, 슬림짐 육포 두 봉지를 공평하게 나눠 먹었다.

'내일이야.' 래리는 또다시 되새기고 잠들었다. 그날 밤 래리는 자기와 배리 그릭과 누더기 자투리들 밴드가 매디슨 스퀘어 가든에서 공연하는 꿈을 꾸었다. 그들에게는 큰 기회였다. 그들은 어느 인기 그룹 공연의 오프닝을 연주하는 중이었는데, 그 그룹은 도시 이름을 따서 그룹 이름을 지었다. 보스턴, 어쩌면 시카고. 그리고 이번에도 모든 마이크 스탠드가 적어도 2미터 70센티미터는 되었고 이번에도 래리가 이 마이크에서 저 마이크로 비틀거리기 시작하자 청중이 이번에도 주기적으로 손뼉을 치며 "베이비, 당신의 남자를 믿나요?"를 연호했다.

래리는 청중의 첫 번째 줄을 내려다보며 차가운 얼음물 같은 공포가 불쑥 밀려오는 것을 느꼈다. 연쇄 살인범 찰스 맨슨이 그 자리에 있었다. 이마의 X 자 상처가 하얗게 엇갈린 흉터 자국으로 남았으며, 손뼉을 치면서 구호를 외치고 있었다. 연쇄 살인범 리처드 스펙도 그 자리에 있었다. 건방지고 뻔뻔스러운 눈으로 래리를 올려다보면서 입술 사이로 필터 없는 담배를 쉴 새 없이 질겅거렸다. 그들은 다크맨의 양옆에 있었다. 연쇄 살인범 존 웨인 게이시가 그들 뒤에 있었다. 플래이 구호를 선동하고 있었다.

'내일이야.' 래리는 또다시 생각하며, 매디슨 스퀘어 가든의 뜨거운 꿈의 조명들 아래로 키가 엄청 큰 마이크에서 그다음 마이크로 비틀비틀 헤매고 있었다. '내일은 너희를 볼 거야.'

그러나 운명의 날은 다음 날도 아니었고, 다음다음 날도 아니었다. 9월 27일 저녁에 그들은 프리몬트 정션이라는 마을에서 야영했다. 이날은 먹을 게 풍성했다.

래리가 그날 저녁 글렌한테 이야기했다.

"오늘이면 끝장이겠거니 하는 생각이 계속 들어요. 그런데 매일 매일 예상이 빗나가다 보니, 기분이 정말 최악이네요."

글렌이 끄덕였다.

"나도 똑같이 느끼고 있다네. 그런데 만약 그 남자가 겨우 신기루에 지나지 않는다면 참 우스울 걸세, 안 그런가? 그저 우리의 집단 의식 속에 깃든 나쁜 꿈에 불과한 것이라면 말이지."

래리는 한순간 놀라운 생각에 사로잡혀 글렌을 바라보았다. 그러고는 천천히 고개를 내저었다.

"아니오. 저는 그것이 한낱 꿈이라고는 생각하지 않습니다."

글렌이 웃음 지었다.

"나도 마찬가지일세, 젊은이. 나도 마찬가지라고."

그들은 그다음 날 조우했다.

아침 10시가 막 지났을 무렵, 언덕 꼭대기에 올라간 일행은 저 아래 서쪽으로 8킬로미터 떨어진 곳에 차량 두 대가 서로 앞부리를 맞대고 서서 고속도로를 차단한 광경을 보았다. 래리의 예상과 정확히 일치했다.

"교통사고?" 글렌이 물었다.

랠프가 손을 쳐들어 눈가의 햇볕을 가렸다.

"그런 것 같지는 않아요. 저런 식으로 멈춰 있을 리가 없죠."

"'그 남자'의 부하들."

"맞아, 내 생각도 그래."

래리의 말에 랠프가 동의했다.

"이제 어떻게 하지, 래리?"

래리가 뒷주머니에서 손수건을 꺼내 얼굴을 닦았다. 여름이 다시 돌아온 것이든가 아니면 남서부 사막의 영향을 받기 시작한 것 같았다. 기온이 섭씨 30도 정도였다.

'하지만 이건 건조한 더위야.' 래리가 차분히 생각했다. '땀을 조금밖에 안 흘리고 있어. 아주 조금밖에.' 손수건을 주머니 속으로 쑤셔 넣었다. 이제 실제로 일이 벌어졌고 래리는 끄떡없다고 생각했다. 또다시 이것은 공연이라는, 치러 내야 하는 쇼라는 야릇한 생각이 들었다.

"우리 아래로 내려가서 하나님이 정말로 우리와 함께하시는지 어쩐지 확인해 보도록 하죠. 어때요, 교수님?"

"자네가 대장이야."

일행은 다시 걷기 시작했다. 30분의 시간은 서로 앞부리를 맞댄 차들이 예전엔 유타 주 순찰대 소속이었다는 걸 확인할 수 있을 만큼 가까운 곳으로 그들을 데려다 주었다. 무장한 남자들 몇 명이 기다리고 있었다.

"저들이 우리를 총으로 쏠까?"

랠프가 천연덕스럽게 물었다.

"모르겠어요."

"왜냐하면 저 소총들 중 어떤 것들은 정말 끝내 주거든. 조준경이 달린 거야. 햇빛에 조준경 렌즈가 반짝거리는 것이 보인단 말이야. 만약 저들이 우리를 쏠 생각이라면, 우리는 언제든지 사정거리 안에 있는 셈이야."

그들은 계속 걸어갔다. 도로 장애물에 있는 남자들은 두 무리였다. 전방에 있는 다섯 명이 그들을 향해 걸어오는 세 사람을 총으로 겨누었고, 차량 뒤에 세 사람이 더 몸을 웅크리고 있었다.

"저들은 여덟 명인가, 래리?" 글렌이 물었다.

"세어 보니 여덟 명이네요. 맞습니다. 기분은 좀 어떠세요?"

"나는 괜찮아."

"랠프 아저씨는요?"

"때가 닥쳤을 때 무엇을 해야 할지 잘 알고 있기만 하다면야, 그럼 더 바랄 게 없겠어."

래리가 랠프의 손을 붙잡고 잠시 꼭 쥐었다. 그러고 나서 글렌의 손도 꼭 쥐었다.

그들은 이제 순찰차들로부터 1킬로미터도 채 떨어져 있지 않았다.

"우리한테 무작정 총을 쏘진 않을 거야. 그럴 맘이 있었으면 벌써 쏴 버렸겠지."

랠프가 말했다.

이제 그들의 얼굴을 식별할 수 있었고, 래리는 신기한 듯 살펴보았다. 한 명은 수염이 매우 무성했다. 또 한 명은 젊었는데도 거의 대머리였다. '학창 시절에 이미 머리가 빠지기 시작해서 틀림없이 마음고생이 심했겠군.' 래리는 생각했다. 또 다른 사람은 미소 짓는 낙타 그림이 선명한 노란색 민소매 셔츠를 입고 있었고, 낙타 밑에는 나긋나긋하게 이어진 고풍스러운 글씨체로 '슈퍼 혹부리' 라고 적혀 있었다. 또 한 명은 회계사 같은 외모였다. 그는

357구경 매그넘 권총을 만지작거리고 있었고, 래리보다 세 배는 더 신경과민으로 보였다. 조심하지 않으면 자기 발에다 총을 쏘아 댈 사람처럼 보였다.

"우리 쪽 사람들이랑 하나도 달라 보이지 않는구먼."

"분명히 달라 보여. 모두 총으로 무장하고 있잖아."

일행은 도로를 봉쇄한 경찰차로부터 6미터 이내로 접근했다. 래리가 걸음을 멈추자, 나머지 사람들도 멈추었다. 플랙의 부하들과 래리의 순례단이 서로 주시하는 동안 죽음 같은 침묵의 순간이 흘렀다. 이윽고 래리 언더우드가 상냥하게 말했다.

"안녕."

공인 회계사처럼 보이는 작은 남자가 앞으로 나섰다. 여전히 매그넘 권총을 주물럭거리고 있었다.

"당신들이 글렌든 베이트먼, 로손 언더우드, 스튜어트 레드먼, 그리고 랠프 브렌트너인가?"

"이런 병신. 사람 수도 제대로 못 세냐?"

랠프의 말에 누군가 숨죽여 낄낄거렸다. 공인 회계사 타입의 남자가 얼굴을 붉혔다.

"누가 빠진 거지?"

래리가 대답했다.

"스튜 씨가 여기로 오는 도중 사고를 만났어. 내가 보기에 당신은 그 총으로 손장난하는 걸 그만두지 않으면 자기 몸에다 사고를 칠 것 같다는 불길한 예감이 드는데."

낄낄 웃음이 더 크게 나왔다. 공인 회계사는 가까스로 회색 바지의 허리춤에다 권총을 쑤셔 넣었는데, 그런 모습이 더욱 우스꽝스럽게 보였다. 소심한 몽상가 월터 미티가 공상에 잠겨 무법자 행세를 하는 것 같았다.

"내 이름은 폴 벌슨이다. 그리고 내게 부여된 권한에 따라, 당신들을 체포하고 나와 동행할 것을 명령한다."

"누구의 이름으로?"

글렌이 즉시 말했다.

벌슨은 경멸하는 눈초리로 바라보았으나…… 그 경멸은 다른 무언가와 뒤섞여 있었다.

"내가 어느 분을 대변하는지 당신도 알잖아."

"그럼 말해 보시지."

그러나 벌슨은 잠잠했다.

"무서워서 그러나?"

글렌이 물었다. 글렌은 저쪽 편의 여덟 명 전부를 바라보았다.

"그가 너무나 무서운 나머지 감히 이름도 못 부른단 말이야? 썩 잘됐군. 내가 당신들을 대신해 말해 주지. 그의 이름은 랜들 플랙, 또 다크맨으로도 알려졌고, 키 큰 남자로도 알려졌고, 걸어 다니는 멋쟁이로도 알려졌지. 당신들 중엔 그런 식으로 부르는 사람 없나?"

글렌의 목소리가 또렷한 분노를 드러내며 옥타브를 한껏 높였다. 사내들은 불안한 듯 서로를 돌아보았고 벌슨은 한 걸음 뒤로 물러났다.

"그를 마귀의 우두머리 바알세불이라고 부르게, 왜냐하면 그것도 역시 그의 이름이니까. 니알랏호텝, 아하스, 아스타로트라고 불러도 돼. 리엘라, 세티, 아누비스라고 불러. 그의 이름은 레기온이고 지옥의 변절자이고 당신들은 그의 엉덩이에 입맞춤하는 신세지."

글렌의 목소리가 다시 일상적인 어조로 낮아졌다. 그 흥분을 가라앉히며 씩 웃었다.

"그냥 한번 까발려 주고 싶었던 것뿐이야."

"저들을 붙잡아."

벌슨이 말했다.

"모두 붙잡아. 제일 먼저 움직이는 놈은 쏴 버려."

이상하게도 한동안 아무도 체포하려고 움직이지 않자 래리는 생각했다. '사람들은 그러지 않을 거야. 우리가 이들을 무서워하는 만큼 이들도 우리를 무서워해. 더 무서워해. 비록 총을 갖고 있긴 하지만…….'

래리가 벌슨을 보며 말했다.

"지금 누구한테 장난질이냐, 이 쪼그만 오물 바가지야? 우리야말로 가고 싶다. 그게 우리가 찾아온 이유니까 말이다."

그러자 그들이 행동을 취했다. 비록 래리가 그들한테 명령을 내리는 꼴이 되긴 했지만. 그와 랠프는 순찰차 한 대의 뒷좌석으로 떠밀려 들어갔으며, 글렌은 다른 순찰차의 뒷좌석에 처박혔다. 그들은 그물 철망 뒤편에 앉았다. 뒷좌석 문짝 안쪽에는 문을 여는 손잡이가 달려 있지 않았다.

'우리는 체포되었어.' 래리는 문득 자신이 즐거워 한다는 것을 깨달았다.

네 명의 남자가 앞좌석으로 몰려들었다. 순찰차는 후진하여 앞머리를 돌리고 서쪽을 향했다. 랠프가 한숨지었다.

"무서워요?"

래리가 나지막한 목소리로 물었다.

"내가 그걸 알면 천하태평이겠지. 이 개자식들한테서 떨어져 있으면 기분이 무지 좋을랑가, 잘 모르겠구먼."

앞좌석 사내들 중 한 명이 말했다.

"저 수다쟁이 노인네. 그 사람이 대표자인가?"

"아니, 대장은 나다."

"당신 이름은 뭐지?"

"래리 언더우드. 이분은 랠프 브렌트너. 다른 분은 글렌 베이트먼."

래리는 뒤쪽 창문을 내다보았다. 또 한 대의 순찰차가 그들 뒤에 있었다.

"네 번째 남자한텐 무슨 일이 생긴 거야?"

"다리가 부러졌어. 우리는 그분을 놔두고 떠나야만 했지."

"고달픈 여행이었군. 잘 알았어. 나는 배리 도건이다. 라스베이거스 치안 담당이야."

래리는 터무니없는 반응이 나오려는 것을 느꼈다. '만나 뵈어 반갑습니다.' 그 말이 입가에 맴돌아 씩 웃음 지어야 했다.

"라스베이거스까지는 얼마나 달려야 하지?"

"글쎄, 도로에 뒤엉킨 차들 때문에 질주할 수는 없어. 도시에서부터 차들을 치우고는 있지만, 진척 상황이 더뎌. 5시간쯤 후면 그곳에 도착할 거야."

"참 대단하군. 우리는 3주 동안이나 도로 위에 있었는데, 차에 태우더니 딱 5시간 만에 그곳으로 데려다 준다니."

랠프가 고개를 흔들며 말했다.

도건은 한참을 우물쭈물하고 나서야 그들을 볼 수 있었다.

"왜 당신들이 걷고 있었는지 이해가 안 가. 하기야 왜 당신들이 찾아왔는지도 전혀 이해가 안 가지만 말이지. 일이 이런 식으로 끝날 줄 분명히 알았을 텐데."

"우리는 파견된 거야, 플랙을 죽이려고. 내 생각엔 그래."

래리가 말했다.

"그럴 기회는 별로 없어, 친구. 당신과 당신 친구들은 라스베이거스 구치소로 곧장 가고 있는 중이거든. 모노폴리 게임에서는 감옥으로 가는 순간 여행 보너스 200달러마저 취소되지. 그분께서는 당신들한테 특별한 관심을 두고 계셔. 당신들이 찾아오는 중이란 것도 아셨고…… 그저 그분이 신속하게 처리해 주시기만 기도하라고. 하지만 그래 주실 것 같진 않아. 요즘은 별로 좋은 기분이 아니시니까."

"왜 기분이 안 좋은데?"

래리가 물었다.

그러나 도건은 자신이 충분히, 어쩌면 너무 많이 말했다고 느끼는 듯싶었다. 아무 대답도 없이 고개를 돌렸고, 래리와 랠프는 사막이 흘러가는 광경을 구경했다. 딱 3주 만에 느끼는 빠른 속도는 아무리 봐도 무척 신기한 경험이었다.

라스베이거스에 도달하는 데 실제로는 6시간이 걸렸다. 그 도시는 있을 성싶지 않은 비현실적인 보석처럼 사막 한복판에 자리했다. 거리마다 사람이 아주 많았다. 근로 시간이 끝난 후였기에 사람들은 잔디밭과 벤치와 버스 정류장에서, 또는 유명무실해진 결혼식 예배실과 전당포 문간에 앉아서 초저녁의 시원함을 만끽하는 중이었다. 그들은 지나가는 유타 주 순찰 차량을 유심히 구경했고 그러고는 서로 이야기를 나누던 주제로 돌아갔다.

래리는 생각에 잠겨 주위를 둘러보는 중이었다. 전기가 들어왔고, 거리는 깨끗했고, 약탈로 말미암은 파괴 현장은 없어졌다.

"교수님이 옳았어. 그 남자는 기차를 시간표에 맞춰 제때 제때 운행시키는군. 그렇다고는 하지만 이게 철도를 운영하는 바람직한 방식인지는 미심쩍은걸. 도건, 당신 쪽 사람들은 죄다 신경질적이고 불만에 차 있는 것처럼 보여."

도건은 대답하지 않았다.

그들은 구치소에 도착하여 뒤편으로 돌아갔다. 시멘트 마당에 경찰차 두 대가 주차되어 있었다. 뻣뻣하게 경직된 근육 때문에 주춤거리며 차 밖으로 나온 래리는 도건이 수갑 두 개를 꺼내 든 것을 보았다.

"이봐, 왜 이러셔. 이것 참."

"미안. 그분의 명령이야."

"난 평생 한 번도 수갑 차 본 적이 없어. 결혼하기 전에 두 차례 정도 체포당해 주정뱅이 유치장에 팽개쳐진 적은 있어도, 결코 쇠고랑 찬 적은 없었다 이 말이야."

랠프가 천천히 말하는데도 오클라호마 억양이 더욱 강해지고 있어서 래리는 그가 완전히 격분했다는 것을 알았다.

"나는 내가 받은 명령을 따르는 거야. 필요 이상으로 일을 힘들게 만들지 마."

"당신이 받은 명령, 누가 내리는지 나는 알아. 그놈이 내 친구 닉을 살해했어. 당신은 그 지옥의 사냥개한테 코가 꿰여 무슨 짓을 하고 있는 거야? 사람 자체로만 보면 당신은 상당히 멋진 사내처럼 보이는데 말이야."

랠프가 분노에 차서 심문하는 듯한 표정으로 바라보자 도건은 고개를 흔들고 시선을 피했다.

"이것은 내 임무야. 그리고 나는 임무를 수행 해야 해. 잡담 끝. 손목 내밀어. 안 그러면 다른 사람에게 시킬 테다."

래리가 두 손을 내밀자 도건이 쇠고랑을 채웠다.

"당신 예전엔 무슨 일 했어?"

래리가 궁금한 듯 물었다.

"산타모니카 경찰. 2급 형사였어."

"그런데 이제는 '그 남자' 편에 서 계시는 거로군. 그것 참…… 이런 말 해서 미안한데, 정말로 웃기는 짓이야."

글렌 베이트먼이 우악스럽게 떠밀려서 그들한테 합류했다.

"왜 그 사람을 밀어붙이는 거야?"

도건이 화를 내며 사내들에게 물었다.

"이 남자의 허튼소리를 6시간 동안 듣고 나면 도건 씨도 떠밀지 않을 수 없을걸요."

사내들 중 한 명이 말했다.

"허튼소리를 얼마나 많이 들었든 전혀 관심 없어. 너희 손버릇이나 조심해."

도건이 래리를 돌아보았다.

"내가 그분 편에 있는 것이 왜 웃긴다는 거지? 나는 캡틴 트립스 전에는 10년간 경찰이었어. 당신 같은 놈팡이들이 활개 칠 때 무슨 일이 일어나는지 다 보았던 사람이라고."

"이보게, 젊은 양반. 소수의 학대당한 유아와 약물 중독자를 상대해 본 경험이 괴물을 품에 안은 당신의 행동을 정당화시키는 것은 아냐."

글렌이 상냥하게 말했다.

"저들을 끌고 가라. 각기 다른 감방, 각기 다른 구역으로."

도건이 차분하게 명령했다.

"나는 당신이 당신의 선택을 견디며 살아갈 수 있다고는 생각하지 않아. 당신 마음속엔 지독한 나치 근성이 별로 없는 것처럼 보이니까 말이지."

이번에는 도건이 직접 글렌을 마구 떠밀었다.

래리는 다른 두 사람과 따로 떨어져 '침 뱉기 금지', '샤워 및 위생실 방향' 같은 여러 표지판으로 우아하게 장식된 텅 빈 복도로 끌려 내려갔는데 한 표지판의 내용은 다음과 같았다. '당신은 이곳에 손님으로 온 것이 아니다.'

"샤워 좀 하면 좋겠는데." 래리가 말했다.

"아마도. 그 전에 먼저 확인해 볼 게 있어."

"무엇을 확인해?"

"당신이 얼마나 협조적일 수 있는지."

도건은 복도 끝에 있는 감방을 열고 래리를 안으로 인도했다.

"은팔찌 좀 어떻게 해 주지?"

래리가 수갑을 쳐들며 물었다.

"물론."

도건이 수갑을 풀어서 떼어 냈다.

"기분이 좋아졌나?"

"아주 많이."

"아직도 샤워하고 싶어?"

"물론이고말고."

샤워에 대한 열망 이상으로, 래리는 홀로 남아 발걸음이 멀어져 가는 메아리 소리를 듣고 싶지가 않았다. 만약 홀로 남는다면 공포가 다시 찾아올 것 같았다.

도건이 작은 수첩을 꺼냈다.

"당신들은 얼마나 많아? 자유 지대 인구는?"

"6,000명. 우린 매주 목요일 밤에 모여서 빙고 게임을 하는데 우승 상품은 10킬로그램짜리 칠면조야."

"당신 샤워실 쓰고 싶은 거야 안 쓰고 싶은 거야?"

"샤워하고 싶어."

그러나 래리는 이제 샤워 생각이 나지 않았다.

"저 너머에 있는 당신들 인구가 몇 명이냐니까?"

"25,000명. 하지만 4,000명은 12세 이하라서 자동차 전용 극장 입장이 무료야. 경제적으로 말하자면, 영 실속이 없는 거지."

도건이 수첩을 덥석 닫고 나서 래리를 바라보았다.

"말할 수 없단 말이야. 당신이 내 입장이 돼 보라고."

래리가 말했다.

도건이 고개를 저었다.

"당신 입장이 될 순 없어. 왜냐하면 나는 또라이가 아니니까. 당신들 왜 여길 찾아온 거야? 그게 당신들한테 무슨 도움이 된다고? 그분께서는 내일이나 모레 당신들을 인정사정없이 죽일 거야. 그리고 만약 그분께서 당신들이 비밀을 털어놓길 원하시면, 당신들은 그럴 거야. 만약 그분께서 당신들이 탭댄스와 딸딸이를 동시에 하기를 원하시면, 당신들은 그것도 역시 할 거야. 틀림없이 돌아 버리고 말겠지."

"여기로 가라는 할머니 말씀을 들었어. 마더 애버게일 님. 아마 당신도 그 할머니 꿈을 꿔 봤을 텐데."

도건은 고개를 저었지만, 어째서인지 래리의 눈을 마주치지 않으려 들었다.

"무슨 소리 하는 건지 모르겠군."

"그럼 그렇다고 치지 뭐."

"진짜로 비밀을 털어놓기 싫은 건가? 샤워실을 쓰게 해 달라며?"

래리가 웃어 댔다.

"난 그런 싸구려 미끼에 걸려들지 않아. 당신네 스파이를 우리 쪽으로 보내 봐. 만약 당신이 마더 애버게일 님 이름이 언급되는 순간 족제비 같은 표정이 되지 않는 사람을 구할 수만 있다면, 스파이로 보내 보라고."

"어쨌든 당신은 샤워를 포기했다 이거로군."

도건은 철망에 감싸인 조명등 아래의 통로를 되돌아갔다. 통로 맨 끝에서 그가 철창 출입문을 지나가자 덜컹 소리를 내며 문이 닫혔다.

래리는 주위를 두리번거렸다. 랠프처럼, 자신도 두 차례 유치장에 들어가 본 적이 있었다. 한 번은 고성방가죄, 또 한 번은 대마초 소지죄. 불타는 청춘기.

"자랑할 일이 아니야."

래리가 중얼거렸다.

침상 위의 매트리스는 명백히 곰팡이가 핀 것으로 보였고, 누군가 그 위에서 6월이나 7월 초에 죽은 것은 아닌지 약간 병적이다 싶은 의심이 생겼다. 물을 내려 보니 변기는 작동했지만 처음엔 녹물이 가득 차올랐다. 변기가 오랫동안 사용된 적이 없다고 믿을 만한 증표였다. 누군가 서부 소설 문고본을 놔두었다. 래리는 그것을 집어 들었다가 다시 내려놓았다. 침상에 앉아 침묵의 소리에 귀를 기울였다. 항상 혼자 있는 것을 싫어했다. 그러나 어찌 보면 래리는 항상 혼자였다…… 자유 지대에 도착하기 전까지는. 그리고 이제 혼자 있는 것은 미리 두려워했던 것만큼 나쁘지는 않았다. 상당히 나쁜 것이었지만, 극복할 수 있었다.

"그분께서 내일이나 모레 당신들을 인정사정없이 죽일 거야."

래리는 그 말을 믿지 않았다. 일이 그냥 그런 식으로 벌어지지는 않을 터였다.

"나는 결코 악을 두려워하지 않으리라."

독방 구역의 죽음 같은 침묵을 향해 말했다. 그 말의 어감이 맘에 들었다. 래리는 그 말을 되뇌었다.

그는 드러누웠고, 결국 서부 해안 지역으로 복귀하고자 했던 여정을 대체로 끝마쳤다는 생각을 했다. 그러나 그 여행은 어느 누가 상상할 수 있는 것보다도 더욱 길고 더욱 기묘했다. 게다가 아직 완전히 끝난 게 아니었다.

"나는 결코 악을 두려워하지 않으리라."

재차 되뇌인 래리는 잠에 빠졌다. 차분한 표정으로 아무 꿈도 꾸지 않고 평화롭게 잤다.

다음 날 10시, 그러니까 그들이 처음으로 멀리서 도로 장애물을 목격한 지 24시간이 지난 후, 랜들 플랙과 로이드 헨리드가 글렌 베이트먼을 보러 왔다.

글렌은 자신의 감방 바닥에 책상다리를 하고 앉아 있었다. 침상 밑에서 숯 쪼가리를 발견하고는 남녀 생식기들, 이름들, 전화번호들, 그리고 음탕한 짧은 시들이 새겨진 벽 한복판에다 방금 이런 글을 적어 놓는 것을 끝마쳤다. '나는 옹기장이가 아니오, 옹기장이의 원반 물레도 아니오, 옹기장이의 점토로다. 원반 물레와 도예가의 기술만큼이나 점토의 본질적인 가치에 따라 도자기의 진가가 결정되는 것은 아닐까?' 글렌이 이 격언(또는 잠언이라고 해야 하나?)을 찬탄하고 있을 때 인적 없던 독방 구역의 온도가 별안간 10도 정도 떨어지는 듯싶었다. 복도 끝에 있는 문이 덜커덕 열렸다. 글렌은 입 안의 침이 순식간에 다 말라 버렸고, 손가락 사이에 쥐고 있던 숯 조각은 뚝 부러졌다.

통로에서 그를 향해 장화 굽 소리가 저벅저벅 들려왔다.

또 다른 발소리, 더 작고 대수롭지 않은 소리가 장화 소리와 대조적으로 후다닥거리며 보조를 맞추려 애썼다.

'오호라, 그가 왔군. 그의 얼굴을 보겠군.'

갑자기 글렌의 관절염이 더 심해졌다. 사실은 소름 끼칠 정도였다. 갑자기 뼛속이 비어 날카로운 유리 가루로 채워진 듯싶었다. 그렇기는 했어도 장화 굽이 감방 앞에서 멈추자 글렌은 얼굴에 관심과 기대가 어린 미소를 띠고 돌아섰다.

"이야, 당신이로군. 그런데 우리가 기대했던 마귀의 모습과는 전혀 딴판인데."

철창 건너편에 서 있는 것은 두 남자였다. 플랙은 글렌의 오른쪽에 있었다. 그는 청바지에 흐릿한 조명 속에서도 매끄러운 윤기가 나는 하얀 실크 셔츠를 입고 있었다. 글렌을 향해 히죽거리고 있었다. 플랙의 뒤편에 더 키 작은 남자가 전혀 웃지 않고 서 있었다. 그 사람은 돌출한 아래턱과 얼굴에 비해 너무 커 보이는 눈을 지니고 있었다. 얼굴색은 사막 기후가 결코 인정을 베풀지 않았던지, 땡볕에 화상을 입었다. 껍질이 벗겨졌고, 또다시 화상을 입었다. 목 둘레에는 붉은 흠집이 난 검은 돌을 찼다. 매끄러운 천연수지 덩어리 모양의 돌이었다.

플랙이 키득거리며 말했다.

"당신한테 내 동료를 소개하고 싶어. 로이드 헨리드, 이 양반은 사회학자인 글렌 베이트먼인데, 닉 앤드로스가 죽었으니 이제는 자유 지대 두뇌 집단의 현존하는 유일한 구성원이라네."

"반가워요."

로이드가 웅얼거렸다.

"관절염은 좀 어떠신가?"

플랙이 물었다. 불쌍히 여기는 어조였지만, 두 눈은 커다란 환희와 은밀한 깨달음으로 번쩍거렸다.

글렌은 두 손을 재빠르게 쥐었다 펴면서 플랙을 마주 보고 웃어 보였다. 그런 다정한 미소를 유지하느라 얼마나 대단한 노력이 필요했는지 아무도 모를 터였다.

'점토의 본질적인 가치!'

"아주 좋군. 덕분에 실내에서 수면을 취했더니 훨씬 좋아졌어. 고맙구려."

플랙의 미소가 약간 주춤거렸다. 글렌은 놀라움으로 질겁하며 분노하는 표정을 뚜렷이 엿보았다. 공포의 표정도 보였던가?

"당신을 풀어 주기로 결정했어."

플랙이 쾌활하게 말했다. 그의 미소가 또다시 앞으로 튀어나와 반짝이고 능글거렸다. 로이드가 깜짝 놀라 살짝 숨이 막히는 소리를 내자 플랙이 로이드에게 시선을 돌렸다.

"정말이지, 로이드?"

"어…… 물론입니다. 지당하신 말씀이십니다."

로이드가 말했다.

"그래? 잘됐군."

글렌이 느긋하게 말했다. 관절염이 관절 속으로 깊이 더 깊이 가라앉으며 관절 부위를 얼음처럼 얼얼하게 하고, 불길처럼 부풀게 하는 것이 느껴졌다.

"작은 오토바이를 줄 테니 당신 편할 때 운전해서 돌아가면 될 거야."

"당연한 말이지만 난 내 친구들 없이는 갈 수 없어."

"당연한 말이지만 그러실 테지. 당신이 할 일은 오로지 부탁하는 거야. 무릎 꿇고 나한테 부탁해 봐."

글렌이 배꼽을 잡고 웃었다. 고개를 뒤로 젖히고 오랫동안 폭소를 터뜨렸다. 그렇게 웃어 젖히는 동안 관절 속의 통증이 약해지기 시작했다. 심신이 더 편안해지고, 더 강해지고, 다시금 지배력을 회복한 기분을 느꼈다.

"와, 당신 정말 괴상한 사람이구먼. 그럼 당신은 무엇을 하면 좋을지 내가 말해 주겠네. 근사한 대형 모래 말뚝을 구해서 말이지, 직접 망치를 들고 당신 항문에다 마구 두들겨 박아 보는 건 어때?"

플랙의 얼굴이 점차 어두워졌다. 미소가 스르르 빠져나갔다. 조금 전까지는 로이드가 차고 있는 검은 옥돌만큼이나 까맸던 두 눈이 이제는 노랗게 번들거리는 듯싶었다. 그가 철창문의 잠금장치로 손을 뻗어 그 둘레를 손가락으로 감쌌다. 전기가 지지직거리는 소리가 났다. 불이 손가락들 사이로 튀어올랐고, 공기 중에 뜨거운 냄새가 났다. 자물통이 바닥에 떨어지며 연기를 뿜고 새까매졌다. 로이드 헨리드가 고함을 질렀다. 다크맨이 철창을 움켜잡고 감방문을 뒤로 열어젖혔다.

"그만 웃지 못해!"

글렌은 더욱 세차게 웃어 댔다.

"나를 비웃는 짓 그만두라니까!"

"너는 아무것도 아냐!"

글렌은 눈물이 흐르는 눈을 닦으며 계속 낄낄거렸다.

"아, 실례지만 말이야…… 우린 모두 지나치게 겁을 집어먹었던 거야. 우리는 너 때문에 몹시도 힘겨워했어. 나는 애처로울 정도로 위력 없는 너의 힘만큼이나 우리 자신의 어리석음도 비웃는 중이란 말이야. 하하……."

"이놈 쏴 버려, 로이드."

플랙이 뒤편 남자한테 돌아섰다. 그의 얼굴이 무시무시하게 꿈틀거리고 있었다. 두 손은 야수의 갈퀴 손처럼 굽어졌다.

"왜, 날 죽이려거든 직접 죽여 보시지. 분명히 너는 그럴 능력이 있어. 네 손가락을 나한테 대 봐. 그러면 내 심장이 멈추겠지. 거꾸로 뒤집힌 십자가 표시를 만들어서 나한테 강력한 뇌 색전증을 선사해 봐. 머리 위의 전기 소켓에서 번개를 떨어뜨려 나를 두 동강으로 쪼개 보란 말야. 아이고, 웃겨, 아이고 웃겨 죽겠네!"

글렌이 감방 침대로 쓰러져서 앞뒤로 구르며 웃음보를 신나게 터뜨렸다.

"이놈을 쏴 버려!"

다크맨이 로이드한테 호통쳤다.

안색이 창백해지고 공포로 몸을 떨면서, 로이드는 허리띠에서 권총을 더듬거리다 하마터면 떨어뜨릴 뻔했고, 그러고는 글렌을 향해 조준하려 애썼다. 로이드는 두 손을 모두 사용해야만 했다.

글렌은 로이드를 바라보며, 여전히 웃고 있었다. 그는 뉴햄프셔 주 우즈빌의 먹물 엘리트들 집단으로 다시 돌아가 교수단 칵테일 파티에 참석했다가, 포복절도할 웃음거리에서 정신을 회복하고 이제 대화를 더욱 진지한 사색의 장으로 되돌릴 채비라도 하는 표정이었다.

"헨리드 씨, 만약 당신이 누군가를 총으로 쏴야만 한다면, 저자를 쏴 버려."

"지금 해치워 버려, 로이드."

로이드가 무턱대고 방아쇠를 당겼다. 밀폐된 공간 속에서 어마어마한 굉음과 함께 총이 발사되었다. 울림 소리가 이러저리 맹렬하게 튀어 다녔다. 그러나 총알은 글렌의 오른쪽 어깨에서 5센티미터 떨어진 콘크리트를 겨우 부서뜨리고 튕기더니 또 다른 무엇과 충돌했고, 또다시 바람을 가르며 날아가 버렸다.

"너는 뭐 하나 제대로 하는 게 없냐?"

플랙이 호통쳤다.

"저놈을 쏘라고, 이 병신아! 쏴 버려! 네 코앞에 서 있잖아!"

"저도 노력 중……."

글렌의 미소는 변치 않았다. 충격에 약간 움찔했을 뿐이었다.

"내가 거듭 말할게. 만약 당신이 누군가를 쏴야 한다면, 저자를 쏴 버려. 저자는 사람이 결코 아니란 말이야. 나는 예전에 친구한테 저자를 합리적인 생각이 낳은 마지막 마법사라고 묘사한 적이 있어, 헨리드 씨. 그 말은 내가 생각했던 것보다 더욱 정확한 것이었어. 그러나 지금 저자는 마법을 잃어 가는 중이야. 마법이 스르르 빠져나가고 있고 저자도 그 점을 안다고. 그리고 당신 역시 그것을 알아. 이제 그자를 쏴 버려. 그러면 당신은 얼마나 많이 피 흘리고 죽어 가고 있는지 하나님만이 아시는 우리 모두를 구원하는 거야."

플랙의 얼굴이 딱딱하게 굳어졌다.

"좌우지간 우리 중 하나를 쏴 버려, 로이드. 네가 굶어 죽어 가고 있었을 때 내가 너를 감방에서 꺼내 주었지. 네가 복수하고 싶어 했던 게 바로 이런 녀석들이었잖아. 허풍이나 치는 소인배들."

로이드가 말했다.

"형씨, 나를 놀리지 마. 랜들 플랙 님의 말씀이 딱 맞아."

"하지만 그자는 거짓말을 해. 당신도 그자가 거짓말하는 걸 알잖아."

"플랙 님은 형편없는 내 인생을 통틀어 그동안 집적거린 어느 누구보다도 더 많은 진실을 나에게 말씀해 주셨단 말이야."

로이드는 글렌을 세 번 쏘았다. 글렌이 뒤쪽으로 밀려나며, 헝겊 인형처럼 뒤틀리고 뒤집혔다. 칙칙한 공기 속에 피가 흩날렸다. 글렌은 침대에 부딪히고 튕겨서 바닥에 굴렀다. 한쪽 팔꿈치로 간신히 몸을 일으켰다.

글렌이 속삭였다.

"잘 알았어, 헨리드 씨. 당신은 그 정도 머리밖에 안 되는군."

"입 닥쳐, 수다쟁이 늙은 개자식아!"

로이드가 날카롭게 소리치며 또 총을 발사하자 글렌 베이트먼의 얼굴이 사라졌다. 또 총을 쏘자 시신이 무력하게 펄쩍거렸다. 그런데도 로이드는 또다시 쏘았다. 그는 울고 있었다. 눈물이 화가 난, 볕에 탄 뺨 위로 흘러내렸다. 로이드는 깜빡 잊고 앞발을 씹어 먹도록 내버려 두었던 토끼를 기억하고 있었다. 포크를, 그리고 흰색 콘티넨털 승용차 안의 사람들을, 그리고 멋쟁이 조지를 기억하고 있었다. 피닉스 구치소 그리고 쥐, 그리고 차마 침대 매트리스만은 씹어 먹을 수 없었던 처절한 상황을 기억하고 있었다. 로이드는 트라스크를 기억하고 있었고, 얼마 후 어떻게 트라스크의 다리가 켄터키 프라이드치킨 정식처럼 보이기 시작했는지 기억하고 있었다. 또다시 방아쇠를 당겼지만, 권총은 그저 무기력한 틱틱 소리만을 내뱉었다.

"아주 좋아. 잘했어. 잘했어, 로이드."

플랙이 부드럽게 말했다.

로이드는 바닥에 총을 떨어뜨리고 플랙한테서 뒷걸음질쳤다.

"나한테 손대지 마요! 당신을 위해 총을 쏜 게 아니에요!"

로이드가 부르짖었다.

"아니, 너는 나를 위해 쐈어."

플랙이 온화하게 말했다.

"너는 그렇게 생각하지 않을지도 모르지만, 실은 그랬던 거야."

그는 손을 뻗어 로이드의 목에 걸린 검은 옥돌을 매만졌다. 그가 옥돌을 손으로 감쌌고, 다시 손을 펴 들자 돌이 없어졌다. 작은 은색 열쇠로 바뀌어 있었다.

"내 기억에는 너에게 이것을 약속했지. 예전 감옥 안에서 말이야. 이 사람이 한 말은 틀렸어…… 나는 내가 한 약속을 지킨다. 그렇지, 로이드?"

"예."

"다른 녀석들은 떠나는 중이거나, 떠나려고 계획 중이야. 나는 그들이 누군지 알아. 그 이름들을 모두 안다고. 휘트니…… 켄…… 제니…… 오 그래, 나는 모조리 알아."

"그렇다면 왜……."

"이탈을 막지 않느냐고? 난 모르겠어. 어쩌면 그들이 떠나게 놔두는 것이 더 나을 것 같아. 그렇지만 너, 로이드, 너는 나의 착하고 충직한 부하다, 그렇지?"

"맞아요. 맞아요, 저는 플랙 님의 사람입니다."

로이드가 속삭였다. 최종 승인.

"내가 없었으면, 기껏 네가 할 수 있는 일이랬자 지지리 궁상밖에 없었을 테지. 설령 그 감옥에서 살아남았다고 해도 말이야. 맞잖아?"

"맞아요."

"그 로더 소년도 그것을 알았어. 내가 자기를 더욱 키워 줄 수 있다는 걸 로더도 알았던 거야. 더욱 크게 키워 준단 말이지. 그게 바로 그 아이가 나를 찾아오고 있었던 이유라고. 하지만 그 아이는 지나치게 생각이 많아서…… 지나치게 많아서……."

플랙은 갑자기 난처해하는 듯 보였고 늙어 보였다. 그러고 나서 조급하게 손을 휘휘 내저었고, 또다시 얼굴에 미소가 피어났다.

"아마 상황이 악화되는 중일 거야, 로이드. 아마 그럴 거야. 나조차 이해할 수 없는 어떤 이유 때문에…… 그렇지만 노련한 마법사는 아직 몇 가지 요술을 감춰 두고 있어, 로이드. 한두 가지 요술을. 내 말 들어 봐. 만약 우리가 이번…… 이번 위기를 은밀하게 막고자 한다면 시간이 촉박해. 아예 위기의 싹을 잘라 버리고자 한다면, 그렇단 말이지. 난 내일 언더우드와 브렌트너로 상황을 마무리 지으려고 해. 자, 그러니까 내 말 아주 주의 깊게 들어 보라고……"

로이드는 자정이 지나도록 잠자리에 들지 않았고, 이른 새벽까지도 잠을 이루지 못했다. 그는 '쥐 남자' 한테 이야기했다. 폴 벌슨한테도 이야기했다. 배리 도건한테도 이야기했는데, 배리는 다크맨이 원하는 것을 해 뜨기 전에 완성할 수 있다고, 또 반드시 완성해야만 할 거라고 동감했다. 29일 밤 10시경에 MGM 그랜드 호텔의 현관 잔디밭에서 공사가 시작되었다. 용접기와 망치와 볼트와 상당한 양의 긴 쇠 파이프를 동원해 가며 열 명의 인부가 작업했다. 그들은 분수대 앞에서 트럭 두 대의 평평한 짐칸 바닥 위에 파이프들을 조립하고 있었다. 용접 불꽃이 이내 구경꾼을 끌어 모았다.

"저것 봐요, 안젤리나 엄마! 불꽃놀이 쇼예요!"

디니가 소리쳤다.

"그래, 하지만 착한 꼬마들은 잠자리에 들 시간이란다."

안젤리나 허슈펠트는 마음속에 자리한 내밀한 공포 때문에 소년을 끌어당기며 어떤 나쁜 것, 아마도 슈퍼 독감만큼이나 사악한 어떤 것이 제작되는 중임을 느꼈다.

"보고 싶다! 불꽃 보고 싶다!"

디니가 징징거렸지만 안젤리나는 아이를 재빨리 꽉 붙들어 끌고 가 버렸다.

줄리 로리가 '쥐 남자' 한테 다가갔는데, 그녀가 생각하기에 그는 너무나 오싹해서 동침할 수 없는 라스베이거스의 유일한 사내였지만…… 다만 위기에 몰리면 어쩌면 동침할 수도 있었다. 까만 피부가 용접기의 파랗고 하얀 섬광 속에서 번득이는 쥐 남자는 에티오피아 해적처럼 치장했다. 통이 넓은 실크 바지에 빨간 어깨띠, 앙상한 목에 두른 치렁치렁한 1달러 은화 목걸이.

"저게 뭐예요, 쥐 아저씨?"

"쥐 남자는 모른다, 예쁜아. 하지만 쥐 남자도 나름대로 짐작가는 게 있지. 그래 참말로 쥐는 짐작하지. 내일이면 저것은 까만, 매우 까만 물체처럼 보이지. 후다닥 재미 좀 보게 쥐와 함께 자리를 뜰까, 우리 예쁜이?"

"글쎄, 이게 다 무슨 일인지 당신이 알고 있다면요."

"내일이면 라스베이거스 전체가 알 텐데 뭐. 그 점에 대해선 너의 달콤하고 맛 좋은 꿀 엉덩이를 걸고 장담할 수 있어. 쥐 남자랑 같이 가자, 예쁜아. 그러면 쥐가 너에게 듣도 보도 못한 황홀한 세계를 보여 줄 테니까."

그러나 쥐 남자가 너무나 불쾌했던 줄리는 슬그머니 내빼고 말았다.

로이드가 마침내 잠들었을 무렵, 공사가 끝나고 구경꾼들은 흩어졌다. 커다란 철창 우리 두 개가 트럭 두 대의 평평한 짐칸 바닥 위에 세워졌다. 각각의 철창 오른편과 왼편에 네모난 구멍이 뚫려 있었다. 인근에 네 대의 차량이 주차되어 있었는데, 모두 트레일러 견인 장치가 달려 있었다. 견인 장치에 부착된 것은 견인용 강철 쇠사슬이었다. 그 쇠사슬들이 그랜드 호텔 잔디밭을 가로질러 꼬불꼬불 나아가서 철창들의 네모난 구멍들 바로 안쪽에서 멈추었다.

안쪽에 들어간 쇠사슬의 끝 부분에는 각각 강철 수갑 한 짝이 매달려 있었다.

9월 30일 새벽, 래리는 독방 구역의 맨 끝에 있는 문이 스르르 열리는 소리를 들었다. 발걸음 소리가 복도를 따라 서둘러 다가왔다. 래리는 간이침대에 누워 머리 뒤로 두 손을 포개고 있었다. 전날 밤 잠을 못 이루었다.

(생각하고 있었던가? 기도하고 있었던가?)

아무래도 상관없었다. 뭘 하고 있었든지 간에, 마음속에 있던 오래된 상처가 비로소 아물어 평화로워졌다. 래리는 평생을 함께 했던 두 종류의 사람(현실적인 사람과 이상적인 사람)이 하나의 생명체로 융합되는 것을 느꼈다. 어머니는 이런 래리를 좋아했을 것이다. 그리고 리타 블레이크무어도. 웨인 스투키가 결코 진실된 충고를 해 줄 필요가 없을 법한 래리였다. 오래전에 만났던 구강위생사조차 맘에 들어 했을지도 모르는 래리였다.

'난 죽겠지. 만약 하나님이 존재한다면(이제 나는 분명히 존재할 것이라 믿어.) 죽음은 하나님의 뜻이야. 우리는 죽을 테고 아무튼 결과적으로 우리의 죽음이 이 모든 사태를 결말지을 거야.'

래리는 글렌 베이트먼이 이미 죽은 게 아닌가 의심했다. 전날에 다른 구역에서 총격이 있었다. 랠프 쪽이 아니라 글렌이 끌려갔던 방향이었다. 저런, 글렌은 늙었고, 관절염으로 고통받고 있었다. 그래서 이날 아침은 플랙이 그들을 위해 무엇을 계획했든지 몹시 불쾌할 것 같았다.

발걸음들이 래리의 감방에 이르렀다.

"일어나, 허여멀건 원더 브래드 식빵아. 쥐 남자가 네 허여멀건 몸뚱어리를 데리러 왔다."

환희에 찬 목소리가 불렀다.

래리는 두리번거렸다. 감방 문앞에 목에 1달러 은화를 엮어 만든 목걸이를 두른 흑인 해적이 히죽거리고 서서, 한 손에 검을 빼

들고 있었다. 그 뒤편에 안경 쓴 공인 회계사 타입의 남자가 서 있었다. 벌슨, 그 사람이었다.

"무슨 일이야?"

"여보세요. 이제는 끝입니다. 아주 끝장이라고요."

해적이 말했다.

"알았어."

래리는 일어났다.

벌슨이 서둘러 꺼낸 말을 듣고 래리는 그가 겁먹었다는 것을 알아차렸다.

"이건 내 아이디어가 아니라는 걸 알아 줬으면 해."

"이 주변에 당신만의 아이디어는 하나도 없겠지. 내가 파악한 바로는 말이야. 어제 누가 살해당했지?"

"베이트먼."

벌슨이 시선을 아래로 떨어뜨렸다.

"탈출을 시도하다 그만."

"탈출 시도."

래리가 중얼거리고는 웃기 시작했다. '쥐 남자'가 합세하여 래리의 웃음을 흉내 냈다. 그들은 함께 웃었다.

감방 문이 열렸다. 벌슨이 수갑을 들고 앞으로 걸어 나왔다. 래리는 아무런 저항도 하지 않았다. 그저 손목을 내밀 뿐이었다. 벌슨이 은팔찌를 채웠다.

"탈출 시도라. 머잖아 당신도 탈출을 시도하다가 총살당할 거야, 벌슨."

래리는 해적을 향해 눈을 쓱 돌렸다.

"당신도 마찬가지야, 쥐. 탈출 하려다 그냥 총살당하는 거야."

그가 또 웃었지만, 이번엔 쥐 남자가 웃음에 동참하지 않았다. 쥐는 래리를 언짢게 바라보다 검을 쳐들었다.

"그거 내려놔, 멍청아."

벌슨이 말했다.

그들 셋은 한 줄로 서서 밖으로 나왔다. 벌슨, 래리 그리고 쥐 남자가 맨 뒤를 맡았다. 그 구역의 맨 끝에 있는 출입문을 통과했을 때, 다섯 명이 합세했다. 그중 한 명은 랠프였고 역시나 수갑을 찼다.

"이봐, 래리. 자네도 들었어? 저놈들이 자네한테 얘기했어?"

랠프가 비탄에 잠겨 말했다.

"예, 저도 들었습니다."

"개자식들. 저놈들은 이제 끝장이야, 안 그래?"

"맞아요. 끝장난 거죠."

"그따위 잡소리 집어치워!"

그들 중 한 명이 으르렁거렸다.

"끝장난 건 너희야. 그분께서 너희한테 무엇을 준비해 놓으셨는지 두고 봐라. 굉장한 파티가 될 거다."

"아니야, 너희는 끝장이야."

랠프가 단언했다.

"그걸 모르겠냐? 그걸 못 느끼겠어?"

쥐가 랠프를 떠밀어 휘청거리게 했다.

"입 닥쳐라! 쥐 남자는 더 이상 흰둥이들의 그런 엉터리 똥 마술 주문을 듣고 싶지 않아! 더 이상은!"

"당신 지독하게 창백하군, 쥐. 지독하게 창백해. 당신이야말로 지금 허여멀건 고깃덩어리처럼 보인단 말이야."

래리가 히죽거리며 말했다.

쥐 남자가 또 검을 쳐들며 눈을 부라렸지만, 그 행동에 위협적인 구석은 없었다. 그는 겁을 집어먹은 듯 보였다. 그들 모두 그랬다. 공기 중에 어떤 분위기가 감돌았으며, 그들 모두가 무언가 웅장하고 저돌적인 존재의 그림자 속으로 들어가 버린 느낌이었다.

옆면에 '라스베이거스 구치소'라고 적힌 황록색 승합차 한 대가 햇살 가득한 마당에 서 있었다. 래리와 랠프는 차 안으로 떠밀려 들어갔다. 차 문이 세차게 닫히고 엔진에 시동이 걸렸다. 그들은 무릎 사이로 수갑 찬 두 손을 늘어뜨린 채 딱딱한 나무 벤치에 나눠 앉았다.

랠프가 낮은 목소리로 말했다.

"저들 중 한 명이 그러는데 라스베이거스의 모든 사람이 그곳에 있을 거라더군. 래리, 저들이 우리를 십자가에 못 박을까?"

"그러거나 그 비슷한 걸 하겠죠."

래리는 그 덩치 큰 남자를 바라보았다. 랠프의 땀에 전 모자가 머리에 푹 눌러 씌워져 있었다. 깃털은 닳고 헝클어졌지만, 여전히 모자 띠에서 삐딱한 각도로 튀어 올라와 있었다.

"겁먹었어요, 아저씨?"

랠프가 속삭였다.

"몹시 겁먹었지. 나 있잖아, 난 아픈 거 앞에선 아기가 돼 버려. 병원에 주사 한 방 맞으러 가는 것조차 좋아해 본 적이 없었어. 주사를 모면하려고 가능하면 어떻게든 변명거리를 찾아내려 들었지. 자넨 어땠어?"

"그거야 저도 부지기수죠. 여기 제 옆에 앉아 주시겠어요?"

랠프가 수갑 쇠사슬을 철그럭거리며 일어서서 래리 곁에 앉았다. 그들은 얼마 동안 조용히 앉아 있었고 잠시 후 랠프가 부드럽게 말했다.

"우린 곡괭이로 지독히도 기다란 줄을 파 왔던 거였어."

"맞는 말씀이에요."

"난 그저 이 곡괭이질이 죄다 뭘 위한 것이었는지 알았으면 여한이 없겠어. 내가 아는 거라곤 오로지 그 남자가 우리를 구경거리로 만들 거라는 사실뿐이야. 그러면 모든 이들이 플랙을 엄청나게 위대한 인물로 여길 테지. 그 꼴을 보자고 우리가 이 먼 길을 찾아온 건가?"

"저도 모르겠어요."

침묵 속에서 승합차가 웅웅거렸다. 그들은 말없이 벤치에 앉아 서로 손을 맞잡았다. 래리도 겁을 먹었지만, 겁먹은 감정을 뛰어넘은 평온한 느낌이 더 깊게 자리를 잡아 평정을 유지했다. 하지만 그 느낌도 결국 바닥나려 하고 있었다.

"나는 결코 악을 두려워하지 않으리라."

그렇게 중얼거렸지만, 그래도 무서웠다. 눈을 감고 루시를 생각했다. 어머니를 생각했다. 무작위로 떠오르는 생각들. 쌀쌀한 아침마다 학교 가려고 일어나던 일. 교회 안에서 토해 버리고 말았던 시절. 배수로에서 누드 잡지를 발견하고는 루디와 함께 탐독하던 기억. 둘 다 아홉 살 정도였던 시절. 로스앤젤레스에서 맞은 첫 번째 가을에 이본 웨털렌과 함께 구경한 월드 시리즈 야구 경기.

래리는 죽고 싶지 않았고, 죽는 것이 무서웠지만, 가능한 한 온 힘을 다해 죽음과 친해지려 했다. 어쨌든 선택은 절대 자신이 내리는 것이 아니었고, 죽음이란 그저 준비 장소, 대기하는 장소라고 믿었으며, 그것은 공연하러 나가기 전에 공연자 휴게실 안에서 대기하는 것과 같았다.

래리는 가능한 한 편히 쉬면서 스스로 마음의 준비를 하려고 노력했다.

승합차가 멈추고 문이 벌컥 열렸다. 찬란한 햇빛이 쏟아져 들어와 래리와 랠프는 눈살을 찌푸렸다. 쥐 남자와 벌슨이 차 안으로 올라왔다. 햇살과 함께 쏟아져 들어온 것은 소리였다. 랠프가 머리를 조심스럽게 곧추세우게 한 나지막하고 어수선하게 웅성거리는 소리. 그러나 래리는 그 소리의 정체를 알았다.

1986년에 누더기 자투리들 밴드는 그들로서는 가장 큰 공연을 가졌다. 차베스 러빈에서 록 밴드 밴 헤일런을 위한 오프닝 공연을 맡았던 것이다. 그들이 공연을 시작하기 직전에 났던 소리가 지금 들리는 소리와 비슷했다. 그래서 승합차에서 걸어 나왔을 때 앞으로 닥칠 것이 무엇인지 알았고, 얼굴 표정이 전혀 변하지 않았다. 비록 옆에 있는 랠프가 기함한 듯 가냘픈 소리가 들리기는 했어도.

그들은 거대한 카지노 호텔의 잔디밭에 있었다. 건물 입구 양옆엔 황금 피라미드가 하나씩 서 있었다. 풀밭에는 짐칸이 평평한 트럭 두 대가 멈춰 서 있었다. 평평한 짐칸에는 각각 쇠 파이프로

된 우리가 있었다.

사람들이 우리를 에워싸고 있었다.

엉성한 원형을 이룬 사람들이 잔디밭 건너편에 넓게 퍼져 있었다. 카지노 주차장에, 로비 출입문으로 이어지는 계단에, 유턴 차도에도 있었다. 한때는 찾아온 손님들이 주차하는 동안 도어맨이 짐꾼을 부르던 장소였다. 거리에도 사람들이 넘쳐 났다. 몇몇 청년들은 곧 펼쳐질 축제를 더 잘 보게 하려고 여자 친구를 목말을 태우고 있었다. 나지막한 웅성거림은 동물적으로 모여든 군중의 소리였다.

래리가 그들을 훑어보자 마주치는 모든 눈이 시선을 피했다. 모든 얼굴이 창백하고, 냉담하고, 죽음의 표시가 새겨진 듯했고, 자신들도 그것을 아는 눈치였다. 그런데도 그들은 모여들었다.

랠프와 함께 쇠우리 쪽으로 떠밀려 가면서 래리는 쇠사슬과 트레일러 견인 장치가 달린 차량을 눈여겨보았다. 그러나 그 광경의 의미를 이해한 사람은 랠프였다. 어쨌거나 그는 인생의 대부분 기계 장치들과 함께 일하며 기계 장치들 곁에서 보낸 사람이었다.

랠프가 목멘 소리로 말했다.

"래리, 우리를 갈기갈기 찢으려고 해!"

"계속 전진, 안으로 들어가."

쥐 남자가 말하며 래리의 얼굴에 썩은 마늘 내가 나는 숨결을 불어 댔다.

"저 위로 올라가는 거야, 허여멀건 원더 브래드 식빵아. 너와 네 친구는 호랑이 등에 올라타는 셈이지."

래리가 평평한 짐칸 바닥으로 올라갔다.

"셔츠를 벗어 줘, 허여멀건 원더 브래드 식빵아."

셔츠를 벗고 맨가슴으로 서 있자니, 아침 공기가 시원하고 부드럽게 피부에 와 닿았다. 랠프도 이미 셔츠를 벗었다. 군중 속을 흐르던 대화의 물결이 잠잠해졌다. 두 사람 모두 도보 여행 탓에 지독히도 야위었다. 양쪽 갈비뼈가 뚜렷하게 드러났다.

"우리 안으로 들어가, 허여멀건 고깃덩어리야."

래리가 우리 안으로 물러섰다.

이제 명령을 내리는 사람은 배리 도건이었다. 그가 이곳저곳으로 왔다 갔다 하면서 준비 상태를 점검했다. 얼굴에는 혐오감을 드러내는 표정을 굳게 지었다.

네 명의 운전사가 차량 속으로 들어가 시동을 걸었다. 랠프는 잠시 멍하니 서 있다가 우리 안에 매달린 용접 수갑 한 짝을 붙잡아 작은 구멍 밖으로 던져 버렸다. 그것이 폴 벌슨의 머리통을 때렸고, 소리를 죽이고 킥킥거리는 웃음이 겁에 질린 군중 속으로 퍼져 나갔다.

도건이 말했다.

"이봐, 그런 짓 하지 마. 또 그러면 사람들을 동원해서 당신을 꼼짝 못하게 묶어야만 해."

"저들이 맘대로 하게 놔두세요."

래리가 랠프한테 말하고 나서 도건을 내려다보았다.

"이봐, 배리. 산타모니카 경찰서에서는 당신한테 이런 거나 하라고 가르치던가?"

또 한 번의 웃음이 군중 사이에 일렁거렸다.

"경찰의 만행이다!"

어느 대담한 영혼이 외쳤다. 도건은 얼굴을 붉혔지만 아무 말도 하지 않았다. 그는 래리의 유치장 안으로 쇠사슬을 더 깊이 밀어 넣었고, 쇠사슬에 침을 뱉은 래리는 그렇게 많은 양의 타액이 입에 남아 있다는 사실에 조금 놀랐다. 작은 환호성이 군중 뒤쪽에서 고조되자 래리는 생각했다. 어쩌면 이게 그것이겠지. 어쩌면 저들이 폭동을 일으켜서는…….

그러나 래리의 마음은 그 생각을 믿지 않았다. 저들의 얼굴은 너무나 창백했고, 너무나 음울했다. 뒤쪽에서 터져 나온 반항의 소리는 무의미했다. 학교 자습실에서 애들이 소란을 일으키는 소리에 지나지 않았다. 그 이상은 아니었다. 현장에는 불신과 불만이 있다는 걸 느낄 수 있었다. 그러나 플랙은 그런 것마저 한결같은 빛깔로 덧칠했다. 이 사람들은 칠흑 같은 밤이 되면 한때 세상의 일부였던 광활한 텅 빈 공간의 어떤 지역을 향해 몰래 떠나갈 것이다. 그리고 걸어 다니는 멋쟁이는 그들이 떠나가게 놔둘 것이며, 그럼에도 도건과 벌슨 같은 핵심 인물들만은 반드시 보유해야만 한다는 것을 그는 알고 있었다. 도망자들과 야밤의 이탈자들은 나중에 한데 모아다가 그들의 불완전한 충성심에 대한 대가를 치르게 할 기회가 있을 터였다. 이 현장에서는 공개적인 폭동이 결코 일어나지 않을 것이다.

도건과 쥐 남자 그리고 세 번째 남자가 래리가 있는 우리 안으로 밀어닥쳤다. 쥐 남자는 쇠사슬 끝에 용접되어 래리의 손목을 향해 입을 벌린 수갑을 잡고 있었다.

"두 팔을 내밀어."

도건이 말했다.

"법질서라는 건 참 경이롭지 않나, 배리?"

"팔 내밀라니까, 제기랄!"

"안색이 별로 안 좋군. 최근에 심장은 괜찮았어?"

"친구여, 마지막으로 말하는 거다. 저 수갑 구멍 속으로 두 팔을 내밀어!"

래리는 그렇게 했다. 수갑이 철컥 채워져 잠겼다. 도건과 동료들이 밖으로 물러나고 철창문이 닫혔다. 래리의 오른쪽에서 랠프가 자신의 철창 안에 서서, 머리를 숙이고 두 팔을 옆으로 늘어뜨린 모습이 보였다. 랠프의 손목에도 수갑이 채워졌다.

"당신들은 이게 잘못이란 걸 알아!"

래리가 부르짖었다. 다년간 노래를 하여 단련된 목소리가 놀랄 만한 힘으로 가슴에서 울려 나왔다.

"당신들이 이 짓을 막으리라곤 기대 안 해. 하지만 당신들은 분명히 기억하게 될 거야! 우리가 처형당하는 이유는 랜들 플랙이 우리를 무서워하기 때문이야! 플랙은 우리를 무서워하고 우리가 살던 곳의 사람들을 무서워해!"

웅성거림이 점차 커지며 군중 속으로 퍼져 갔다.

"우리가 죽는 모습을 기억해 둬! 그리고 다음번에는 당신들이 이런 식으로 죽을지도 모른다는 것을 기억해 둬. 존엄성이라곤 조금도 없이, 우리 안의 동물 취급을 당하며 죽는다는 것을!"

또다시 나지막한 웅성거림, 언성을 높이며 성내며…… 그러고는 침묵.

"래리!"

랠프가 소리쳐 불렀다.

플랙이 그랜드 호텔의 계단을 내려오는 중이었다. 로이드 헨리드가 곁에 있었다. 플랙은 청바지, 체크무늬 셔츠, 가슴 주머니 위에 배지가 한 개씩 달린 청 재킷, 닳아 빠진 카우보이 장화 차림이었다. 갑작스러운 정적 속에서, 시멘트 길을 뚜벅거리며 걸어오는 장화 굽 소리만이 들렸다. 뒤늦게 나타난 소리였다.

다크맨은 히죽거리고 있었다.

래리는 그를 아래로 노려보았다. 플랙은 두 개의 우리 사이에서 멈춰 올려다보았다. 음흉한 미소가 매력적이었다. 플랙은 자기 관리가 철저한 사람이었고, 래리는 지금이 그 남자 인생의 분수령, 극치의 순간이라는 것을 불현듯 깨달았다.

플랙이 돌아서서 자신의 사람들을 마주했다. 그들한테로 시선을 던졌지만 아무도 플랙과 시선을 마주치지 않으려 했다.

"로이드."

플랙이 조용히 부르자, 창백하고, 괴롭고, 병약해 보이는 로이드가 두루마리처럼 말린 종이를 건네주었다.

다크맨이 종이를 펴 들고 낭독하기 시작했다. 깊고, 낭랑하고, 유쾌한 그의 목소리가 검은 연못 위에 일렁이는 단 하나의 은빛 물결처럼 정적 속에서 퍼져 나갔다.

"여러분에게 알리고자 하는바 이는 전염병의 해 원년으로 알려진 1990년의 9월 30일 오늘 날짜로 나, 랜들 플랙이 내 이름을 서명한 정식 기소장이다."

"플랙은 네 이름이 아니야!"

랠프가 고함쳤다. 군중 속에서 동요하는 웅성거림이 있었다.

"네 진짜 이름을 저들한테 말해 보지그래?"

플랙은 개의치 않았다.

"여러분에게 알리고자 하는바 이 사람들, 로손 언더우드와 랠프 브렌트너는 좋은 의도가 아니라 소요를 일으킬 목적으로 여기 라스베이거스로 잠입한 스파이들이며, 이들은 우리 영토에 은밀하게, 그리고 어둠을 틈타 침투하여"

"그거 무척 훌륭하군. 왜냐하면 우리는 백주에 70번 도로를 따라 찾아왔으니까."

래리가 다시 목소리를 높여 고함을 질렀다.

"저들은 한낮에 고속도로에서 우리를 잡았는데, 어떻게 그것이 은밀하고 어둠을 틈탄 것이 되는 거야?"

플랙은 이 항변을 끈기 있게 참고 들었다. 마치 래리와 랠프한테 기소 내용에 답변할 수 있는 온전한 권리가 있다는 듯이…… 또한 그래 봤자 궁극적으로 별다른 차이가 생기리라고는 여기지 않는다는 듯이.

플랙이 말을 이어 갔다.

"여러분에게 알리고자 하는바 이 사람들의 무리는 인디언스프링스의 헬리콥터 폭파 공작에 책임이 있고, 그런고로 칼 호그, 빌 재미슨, 클리프 벤슨의 죽음에도 책임이 있다. 이들은 살인죄를 저지른 것이다."

래리의 시선이 군중의 앞줄에 서 있는 한 남자의 시선에 닿았다. 래리는 몰랐지만, 이 남자는 인디언스프링스의 작전 책임자인 스탠 베일리였다. 래리는 그 남자의 얼굴에 당혹스러움과 놀라움의 기색이 어른거리는 것을 목격했고, '무슨무슨 통맨' 이라고 말하듯 입 모양을 우스꽝스럽게 만드는 것을 목격했다.

"여러분에게 알리고자 하는바 이 사람들의 무리는 우리에게 다른 스파이들을 보낸 전력이 있었고 그들은 처단되었다. 그리하여 판결을 내리노니 이 사람들을 합당한 방식으로 사형에 처하도록 할 것이다. 즉 그들을 잡아 찢도록 할 것이다. 이 처벌을 목격하는 것은 여러분 각자의 의무이자 책임인 것이며, 그런고로 여러분은 그것을 유념하고 오늘 여기에서 본 것을 다른 사람들에게도 알리도록 하라."

플래의 미소가 번득였다. 이 순간에 환심을 사고자 하는 의도였으나, 아무래도 상어의 미소처럼 따스하지도 인간적이지도 않은 미소였다.

"여러분 중 아이가 있는 사람은 열외로 나가도 좋다."

플래은 부르릉거리면서 아침 공기 속으로 배기가스를 살살 내보내는 차량들 쪽으로 돌아섰다. 플래이 돌아서자, 군중의 앞쪽 근처에서 소란이 일어났다. 갑자기 한 남자가 공터로 밀치고 나왔다. 덩치가 큰 남자였으며, 얼굴은 입고 있는 하얀 요리사 복장만큼이나 핏기가 거의 없었다. 다크맨이 두루마리를 로이드한테 건넬 때 휘트니 호건이 공터로 밀치고 나오자, 로이드의 두 손이 경련을 일으키며 움찔거렸다. 두루마리가 반으로 찢어지는 소리가 또렷이 났다.

"여보쇼, 사람들아!"

휘트니가 외쳤다.

당황해 하는 웅성거림이 군중 속으로 퍼졌다. 휘트니는 마치 중풍에라도 걸린 듯 온몸을 떨고 있었다. 다크맨을 향해 고개가 홱 돌아가더니만 다시 방향을 틀었다. 플랙은 흉포한 미소를 지으며 휘트니를 주시했다. 도건이 요리사 쪽으로 움직이기 시작했으나 플랙은 가만있으라고 손짓했다.

"이건 옳지 않아! 옳지 않다는 걸 당신들도 알잖아!"

휘트니가 고래고래 소리쳤다.

군중의 쥐 죽은 듯한 침묵. 그들 모두 말 없는 무덤 비석으로 변하기라도 한 모양이었다.

휘트니의 목구멍이 발작적으로 꿈틀거렸다. 나뭇가지 위에서 난리 치는 원숭이처럼 목젖이 위아래로 덜렁거렸다.

휘트니가 마침내 부르짖었다.

"우리는 한때 미국이라는 나라의 국민이었어! 이것은 미국인의 행동 방식이 아니야. 난 별로 대단한 사람은 아니야. 당신들한테 그 점은 밝혀 두겠어. 난 그저 요리사일 뿐이라고. 그렇지만 이것이 미국인의 행동 방식이 아니라는 건 알아. 카우보이 장화를 신은 살인마 괴물이 하는 말을 듣자 하니……."

공포에 질려, 숨을 몰아쉬느라 들썩거리는 소리가 새로운 라스베이거스 주민들에게서 흘러나왔다. 래리와 랠프는 어리둥절한 시선을 교환했다.

"그게 바로 이 사람의 정체라고!"

휘트니가 주장했다. 숱이 무성한 상고머리 언저리에서 나온 땀이 눈물처럼 그의 얼굴에 흘러내리고 있었다.

"당신들 말이야, 이 두 사내가 당신들 눈앞에서 두 쪽으로 찢어지는 것을 구경하고 싶은 거야, 그런 거야? 당신들은 그것이 새로운 인생을 시작하려는 방법이라고 생각하는 거야? 그러한 것이 진정으로 합리화될 수 있다고 생각하는 거야? 단언하건대 당신들은 남은 일생 내내 이 일의 악몽을 꿀 거라고!"

동요하듯 군중이 웅성거렸다.

"우리는 중지시켜야 해. 당신들 그거 알아? 우리는 심사숙고할 시간을 가져야 해…… 무엇에 관해서인고 하니……"

"휘트니."

그 목소리는 비단처럼 부드럽고, 속삭임보다 약간 더 강할 뿐이었는데도, 떨고 있는 요리사의 목소리를 완벽하게 잠재우고도 남았다. 휘트니가 플랙을 향해 시선을 돌리며 소리 없이 입술만 우물거렸다. 두 눈은 고등어 눈깔처럼 퀭했다. 이제 얼굴에서 땀이 억수같이 쏟아지고 있었다.

"휘트니, 너는 잠자코 있어야 했어."

플랙의 목소리는 낮았으나, 그래도 쉽사리 모든 이들의 귓가에 전달되었다.

"난 네가 떠나가게 그냥 놔두려 했어…… 너를 붙들 이유가 뭐가 있겠어?"

휘트니의 입술이 움직였지만, 아무 소리도 나오지 않았다.

"이리 와, 휘트니."

"안 돼."

휘트니가 속삭였지만, 로이드와 랠프와 래리와 어쩌면 배리 도건까지만 빼고는 아무도 그의 항변을 듣지 못했다. 휘트니의 두 발은 마치 주인의 입이 내뱉은 말을 듣지 못한 것처럼 움직였다. 갈라지고 찌그러진 단화 두 짝으로 풀밭을 살랑거리면서 휘트니는 유령처럼 다크맨을 향해 움직였다.

군중은 입을 떡 벌린 채 눈을 빤히 뜨고 쳐다보았다.

다크맨이 말했다.

"나는 네 계획을 알았어. 네가 실행하기도 전에 이미 뭘 하려는지 알고 있었단 말이다. 그리고 너를 다시 데려올 준비가 될 때까지는 몰래 도망가도 그냥 놔두려고 했어. 어쩌면 1년 후까지, 어쩌면 10년 후까지. 그런데 이제는 모든 것이 다 소용없어졌구나, 휘트니. 틀림없이 그렇고말고."

휘트니가 마지막 한순간에 자신의 목소리를 되찾았다. 말소리가 억눌린 비명으로 터져 나왔다.

"너는 절대 사람이 아니야! 너는 일종의…… 악마다!"

플랙이 휘트니 호건의 턱에 닿을락 말락 하게 왼손 집게손가락을 내뻗었다.

"그래, 그 말이 옳다."

플랙이 너무도 조용히 말한 탓에 로이드와 래리 언더우드를 제외하고는 아무도 그 말을 듣지 못했다.

"나는 그런 존재다."

레오가 하염없이 튕기던 탁구공만 한 크기의 푸른 불덩이가 플랙의 손가락 끝에서 튀어나오더니 희미하게 공기가 우지직거리는 소리를 냈다.

탄식하는 가을 바람이 구경꾼들 속으로 휘몰아쳤다.

휘트니는 비명을 질렀다. 그러나 움직이지는 않았다. 불덩이가 휘트니의 턱에서 작열했다. 갑작스럽게 살점 타는 끔찍한 냄새가 풍겼다. 그 불덩이가 그의 입을 가로질러 움직이더니 입술을 녹여 닫아 버리고, 불룩 솟은 두 눈 뒤편으로 비명을 가두었다. 곧이어 반대쪽 빰으로 건너가며 얼굴을 까맣게 태워 순간적으로 부식된 홈을 만들었다.

불덩이가 휘트니의 두 눈을 막아 버렸다.

불덩이가 이마 위에서 멈추었을 때 래리는 랠프가 거듭 되뇌는 기도 소리를 들었고, 함께 따라 했다.

"결코 악을 두려워하지 않으리라…… 결코 악을 두려워하지 않으리라…… 결코 악을 두려워하지 않으리라……."

불덩어리가 휘트니의 이마에서 위로 굴러 가 머리카락을 태우며 뜨거운 냄새를 피웠다. 뒤통수를 향해 굴러 가면서 기기묘묘하게 벗겨진 긴 줄을 머리에 남겼다. 휘트니는 잠시 두 발로 흔들흔들하다 자비롭게도 얼굴을 아래로 향하고 쓰러졌다.

군중이 길게 바람 빠지는 소리를 내뿜었다. '하아아아아아아아.' 7월 4일 독립기념일에 불꽃놀이가 뛰어나게 멋질 때 사람들이 내지르는 소리였다. 허공에 매달린 푸른 불덩이가 더욱 커졌는데, 너무나 환한 나머지 실눈을 뜨지 않고는 바라볼 수가 없었다. 다크맨이 손짓을 하자 불덩이가 천천히 군중을 향해 움직였다. 앞줄에 있는 사람들(얼굴이 퍼렇게 질린 제니 엥스트롬도 그 속에 있었다.)이 뒤로 움츠러들었다.

우레와 같은 목소리로 플랙이 그들을 다그쳤다.

"내 판결에 동의하지 않는 사람이 여기에 또 있느냐? 만약 있다면, 바로 지금 의견을 표명하라!"

깊은 침묵이 이 말을 맞이했다.

플랙은 만족스러운 듯했다.

"그럼 어서……"

사람들의 시선이 갑자기 딴 곳으로 돌아갔다. 뜻밖의 웅성거림이 군중 사이에 퍼지더니 곧이어 왁자지껄한 소리로 높아졌다. 플랙은 완전히 허를 찔린 표정이었다. 군중 속에서 외침이 들리기 시작했는데, 말소리를 또렷하게 알아듣기는 불가능한 상황이었지만 경탄과 놀라움에 가득 찬 어조였다. 불덩이가 아래로 기울며 어정쩡하게 맴돌았다.

웅웅거리는 전기 모터 소리가 래리의 귓가에 들려왔다. 뒤이어 이 사람의 입에서 저 사람의 입으로 옮겨 다니는, 결코 명확하지 않은, 한 마디 한 마디가 전부 명확하지 않은 영문 모를 이름을 포착할 수 있었다.

"맨…… 통맨…… 쓰레…… 쓰레기……."

누군가가 군중 속을 뚫고 나오고 있었다. 마치 다크맨의 다그침에 대답이라도 하듯.

플랙은 심장 속으로 극심한 공포가 스며드는 것을 느꼈다. 미지의 공포였고 뜻밖의 공포였다. 그는 모든 것을, 심지어 휘트니의 바보 같은 충동적인 연설까지도 예견했다. 모든 것을 예견했지만 이것만은 예외였다. 군중이, 자신의 군중이 갈라지며 흩어져 나가고 있었다. 비명이, 날카롭고 적나라하며 소름 끼치는 비명이 들렸다. 누군가 대열에서 이탈해 달아났다. 그러자 다른 사람도 마찬가지. 그러고 나니 이미 감정의 방아쇠가 격발된 군중이 대열에서 이탈해 앞다투어 우르르 달아났다.

"제자리에 가만히 있어!"

플랙이 목청을 끝까지 높여 부르짖었지만, 아무 소용 없었다. 군중은 강력한 바람이 되었고 다크맨조차 그 바람을 멈출 수는 없었다. 플랙의 마음속에서 격렬하면서도 무기력한 분노가 솟구쳤고, 이것이 공포심에 가세하여 휘발성이 강한 신종 혼합물을 만들어 냈다. 일이 또다시 잘못되었다. 어찌 된 영문인지 마지막 순간에 일이 잘못되었다. 오리건 주에서 생포하려 했던 그 늙은 법률가처럼, 창유리에 목을 그어 버린 그 여자 애처럼…… 그리고 네이딘…… 추락하는 네이딘…….

사람들이 사방으로 뿔뿔이 흩어져서 달려 나가며 MGM 그랜드 호텔의 잔디밭을 가로질러, 거리를 가로질러, 유흥가 대로 쪽을 향해 쿵쾅거리며 뜀박질했다. 그들은 최후의 손님을 목격한 것이었으며, 그 손님은 공포 설화 속에서 튀어나온 으스스한 허깨비와도 같은 모습으로 마침내 도착했다. 그들은 아마도 끔찍스러운 최후의 천벌을 받은, 붉은 흙을 처바른 듯한 얼굴을 목격했던 것이었으리라.

그리고 돌아온 방랑자가 가지고 온 것도 목격했다.

군중이 사라지자 랜들 플랙 역시 이를 목격했으며, 래리와 랠프와 여전히 두 손에 찢어진 두루마리를 쥔 채로 굳어 있던 로이드 헨리드도 볼 수 있었다.

불청객은 도널드 머윈 엘버트였다. 이제는 쓰레기통맨으로 알려진 사내, 지금은 물론 영원토록 끝없이 언제까지나. 할렐루야, 아멘.

쓰레기통맨은 기다랗고 더러운 전동 운반차의 운전석에 있었다. 그 운반차의 초강력 축전지는 거의 고갈되었다. 운반차는 웅웅거리고 덜컹거리고 비틀거리고 있었다. 쓰레기통맨은 바깥이 탁 트인 운전석에서 미친 꼭두각시 인형처럼 이리저리 까딱거렸다.

그는 방사능 노출 증상의 마지막 단계에 있었다. 머리칼이 다 빠졌다. 누더기 셔츠 속에서 튀어나온 두 팔은 터져서 고름이 흐르는 종기들로 뒤덮였다. 얼굴은 분화구가 송송 뚫린 빨간 수프가 되었으며, 그 속에서 사막처럼 시들어 버린 푸른 눈알 하나가 끔찍한, 비참한 모습으로 또랑또랑하게 응시하고 있었다. 이가 다 빠졌다. 손톱도 다 빠졌다. 눈꺼풀이 너덜너덜해졌다.

쓰레기는 암흑 속에서 불타오르는 지하 깊숙한 지옥 아가리에서 빠져나와 전동 짐수레를 운전하는 사람처럼 보였다.

쓰레기가 다가오는 것을 지켜본 플랙은 굳어 버렸다. 미소가 사라졌다. 한창 기세등등해 윤택했던 얼굴색이 시들었다. 갑자기 빛깔 없는 투명 유리 창문이 되었다.

쓰레기통맨의 앙상한 가슴에서 황홀경에 빠진 목소리가 부글부글 끓어올랐다.

"제가 그것을 가져왔습니다…… 플랙 님께 불을 가져왔습니다…… 제발…… 제가 그동안 잘못했습니다……."

그 순간 움직인 것은 로이드였다. 한 걸음 앞으로 내디뎠고, 그러고 나서 또 한 걸음 내디뎠다.

"쓰레기…… 쓰레기, 이봐……."

로이드는 목소리가 잠겼다.

하나밖에 남지 않은 쓰레기의 눈알이 움직이며, 고통스럽게 로이드를 찾았다.

"로이드 씨? 로이드 씨 맞아요?"

"그래 나야, 쓰레기."

로이드가 격렬하게 온몸을 떨었다. 아까 휘트니가 떨던 모습 그대로였다.

"이봐, 뭘 가져온 거야? 그거……"

"이것은 대단한 물건입니다. 원자폭탄입니다."

쓰레기가 행복한 듯 말했다.

쓰레기는 신앙 부흥회에 처음 나온 신도처럼 전동 운반차 운전석에서 몸을 앞뒤로 흔들기 시작했다.

"원자폭탄, 대단한 물건, 대단한 불, 내 생명을 당신을 위해!"

"그거 치워 버려, 쓰레기. 위험한 거야. 그것은…… 그것은 뜨거워. 치워 버려……."

로이드가 속삭였다.

"빨리 없애라고 해, 로이드."

이제 안색까지 창백해진 다크맨이 징징거렸다.

"그것을 얻었던 곳으로 도로 가져가게 해. 쓰레기를 시켜……"

쓰레기통의 성한 한쪽 눈알이 조금씩 당황하기 시작했다.

"그분은 어디 계세요?"

곧이어 목소리가 높아지더니 괴로워하며 울부짖었다.

"그분은 어디 계시냐고요? 그분이 없어졌네요! 어디 계세요? 당신 그분을 어떻게 한 거예요?"

로이드가 마지막으로 필사적인 노력을 기울였다.

"쓰레기, 저 물건을 없애야 해. 너는……."

갑자기 랠프가 날카롭게 외쳤다.

"래리! 래리! 하나님의 손!"

랠프의 얼굴이 엄청난 기쁨으로 어쩔 줄 몰라 했다. 두 눈이 빛났다. 랠프는 하늘을 가리키고 있었다.

래리가 올려다보았다. 플랙이 손가락 끝에서 튕겨 내보냈던 전기 덩어리가 보였다. 그것이 믿을 수 없을 만큼 어마어마한 크기로 불어나 있었다. 하늘에 떠 있는 그것이 쓰레기통맨을 향해 들썩거리면서, 머리카락 같은 불꽃들을 내뿜었다. 래리는 공기가 전기로 가득 차 있어서 자신의 몸에 난 모든 털이 쭈뼛 곤두서 있다는 것을 어렴풋이 깨달았다.

하늘 속의 그 물체는 정말로 손 모양으로 보였다.

"안 돼애애애!"

다크맨이 통곡했다.

래리는 그를 바라보았으나…… 플랙은 이제 그 자리에 없었다. 플랙이 있던 자리 '앞'에 서 있는 어떤 괴물 같은 것의 흔적만 겨우 보였다. 구부정하게 몸을 웅크리고 있는 거의 형태가 없다시피 한 어떤 존재. 검은 고양이의 동공처럼 세로로 갈라진 거대한 노란 눈을 지닌 어떤 존재.

그것이 사라졌다.

래리는 플랙의 옷가지(재킷, 청바지, 장화)가 속에 아무것도 없는 상태로 똑바로 서 있는 것을 목격했다. 찰나의 순간, 그것들은 속에 들어 있던 육체의 형상을 유지했다. 그러고는 다음 순간 맥없이 무너졌다.

공기 속에서 지지직거리던 푸른 불덩이가 쓰레기통맨이 넬리스 공군 사격장에서 죽을 고생을 다해 끌고 나온 노란색 전동 운반차를 향해 돌진했다. 방사능 노출 증세가 몸속으로 깊게 더 깊게 파고들면서 머리카락이 빠지고 피를 토하고 나중에는 자신의 치아까지도 내뱉었으나, 그 물건을 다크맨한테 바치겠다는 쓰레기의 결심은 결코 흔들리지 않았다…… 자신의 결정을 절대로 꺾지 않았다고 할 만했다.

푸른 불덩이가 운반차의 뒤 칸으로 몸을 던져 그 자리에 있는 물건을 찾아가 달라붙었다.

"*오 씨발 우린 모두 좆 됐다!*"

로이드 헨리드가 부르짖으며 두 손으로 머리를 감싸고 무릎을 꿇었다.

'오 하나님, 감사합니다 하나님.' 래리는 생각했다. '나는 결코 악을 두려워하지 않으리라, 나는 결코 악'

고요한 흰 빛이 세상을 가득 메웠다.

그리고 올바른 자들과 올바르지 못한 자들 모두 동등하게 그 성스러운 불길 속에서 소멸했다.

제74장

스튜는 새벽녘에 뒤숭숭한 휴식의 밤에서 깨어나 누운 채로, 코작이 곁에 웅크리고 있는데도 몸을 벌벌 떨었다. 새벽 하늘은 싸늘한 푸른빛이어서 벌벌 떨리면서도 온몸이 뜨거웠다. 열이 나고 있었다.

"아프다."

스튜가 중얼거리자 코작이 올려다보았다. 개가 꼬리를 흔들더니 협곡으로 성큼성큼 걸어갔다. 마른 나뭇가지 하나를 물고 돌아와 스튜의 발치에 내려놓았다.

"나는 아프다고 말했지, 나무다라고 말하진 않았어. 하지만 그것도 쓸모가 있을 것 같구나."

다시 코작을 보내 나뭇가지를 열 개쯤 더 구해 오게 했다. 이내 이글거리는 모닥불을 지폈다. 불가에 가까이 앉았지만 오한을 몰아내지는 못할 터였다. 땀이 얼굴에 흘러내리고 있었지만 한기에 떨어야 했으니 아이러니라고 할 수밖에 없었다. 스튜는 독감에 걸린 것이다. 또는 그것과 매우 흡사한 것에 걸린 것이다. 글렌, 래리, 랠프가 그를 남겨 놓고 떠난 지 이틀 후에 병에 걸렸다. 그다음 이틀 동안 독감은 그를 가만히 두고 보는 듯싶었다. 감염시킬 만한 가치가 있는 대상인가? 명백히 그는 그럴 가치가 있었다. 그리고 이날 새벽 상태가 참으로 나빠진 것을 알 수 있었다.

주머니 속의 온갖 잡동사니 중에서 몽당연필, 수첩(한때는 인생 자체의 활력소다 싶었던 자유 지대 조성 계획이 이제는 시시한 것처럼 여겨졌다.), 열쇠고리를 발견했다. 스튜는 오랫동안 그 열쇠고리를 두고 어리둥절해하면서, 지난 며칠 동안의 기억을 계속 또 계속 되새김질하면서, 슬픔과 향수의 강렬한 아픔 때문에 끊임없이 놀라워했다. 고리에 매달린 것 중 하나는 자신의 아파트 열쇠였다. 하나는 사물함 열쇠였다. 다른 하나는 자가용, 엄청나게 녹이 슨 1977년형 닷지 자동차의 예비 열쇠였다. 스튜가 아는 한 그 차는 아직도 아네트 마을의 톰슨 스트리트 31번지 아파트 뒤편에 주차되어 있을 터였다.

또한 그 열쇠고리에 붙어 있는 것은 러사이트 투명 아크릴 이름표에 들어간 마분지 주소 카드였다. '스튜 레드먼 톰슨 스트리트 31번지 전화 (713) 555-6283' 이라고 적혀 있었다. 스튜는 고리에서 열쇠들을 떼어 내 잠시 생각에 잠겨 손바닥 위에서 툭툭 튕겼고, 그러고는 내던져 버렸다. 과거에 살았던 그의 마지막 흔적이 말라붙은 하천 바닥으로 떨어져 산쑥 덤불 속에서 철그럭거렸으며, 스튜는 그것이 계속 그곳에 남아 있을 것이라고 생각했다. 시간이 끝나는 날까지 남아 있으리라. 러사이트 이름표에서 마분지 주소 카드를 빼낸 다음 수첩에서 빈 종이를 뜯었다.

'사랑하는 프래니에게.' 종이 맨 위에 적었다.

다리가 부러질 때까지 일어났던 모든 일을 프래니한테 털어놓았다. 다시 만나기를 바란다고 했지만, 그것이 앞으로 실현될지는 의심스럽다고도 적었다. 그가 희망을 걸 수 있는 최선의 상황은 코작이 다시 자유 지대를 찾아가는 것일 터였다. 손바닥으로 얼굴에 흐르는 눈물을 멀뚱히 닦아내고 그녀를 사랑한다고 적었다. '당신이 나의 죽음을 애도하고 나서 앞으로 씩씩하게 살아 나가 주었으면 좋겠어. 당신과 아기는 씩씩하게 살아 나가야 해. 이제는 그것이 가장 중요한 일이야.' 스튜는 마지막으로 이름을 적은 다음 종이를 작게 접어 사각형 러사이트 이름표 속의 빈 곳에 밀어 넣었다. 그런 다음 열쇠고리를 코작의 목걸이에 달았다.

"착한 멍멍아. 주변을 살펴봐 주겠니? 토끼라든가 뭐 먹을 것을 좀 찾아봐 줄래?"

코작이 스튜가 다리를 부러뜨린 경사면을 뛰어 올라가 사라졌다. 스튜는 개가 움직이는 모습을 씁쓸함과 기쁨이 뒤섞인 감정으로 바라보았다. 그러고 나서는 코작이 어제 나갔다가 나뭇가지 대신 가지고 온 세븐업 사이다 깡통을 집어 들었다. 그것을 도랑에 있는 진흙 물로 채웠다. 물이 움직임을 멈추자 진흙이 깡통 밑바닥으로 가라앉았다. 모래가 씹히는 찝찝한 물이었지만, 그의 어머니가 하셨을 법한 표현대로 물마저 없었더라면 너무나도 훨씬 더 찝찝한 상황이 되었을 것이다. 천천히 물을 마시며 조금씩 조금씩 갈증을 달랬다. 물을 삼키기도 고통스러웠다.

"인생이 딱 개지랄이구먼."

스튜가 중얼거렸고, 그러고는 자기 자신을 비웃어야만 했다. 한두 번쯤 턱 바로 밑의 심하게 부어오른 목을 손가락으로 만지작거리며 초조해했다. 그러고는 다시 드러누워, 부목으로 감싼 다리를 앞으로 뻗고 선잠을 잤다.

1시간쯤 뒤 스튜는 깜짝 놀라 깨어나며, 잠이 덜 깬 경황없는 상태에서 모래땅을 움켜쥐었다. 악몽을 꾸었던가? 그렇다면 아직도 진행 중인 듯싶었다. 손 밑에서 지면이 천천히 움직이고 있었다.

'지진? 여기에 지진이 터졌나?'

한순간 스튜는 틀림없이 정신 착란이라는, 잠든 사이에 다시 고열이 찾아와 그랬던 것이라는 생각을 떨치지 못했다. 그러나 협곡 쪽을 보니 흙이 질퍽한 작은 덩어리가 되어 쓸려 내려오고 있었다. 자갈들이 튀어 오르며 화들짝 놀란 스튜의 눈을 향해 운모와 석영의 섬광을 번쩍거렸다. 그러고 나서 어렴풋이 둔중한 쿵 소리가 났다. 그 소리가 귓속으로 마구 밀고 들어오는 듯했다. 잠시 후 스튜는 숨이 차서 괴롭게 헐떡거렸다. 마치 돌발적인 홍수가 휩쓸고 간 그 협곡에서 공기가 순식간에 떠밀려 나가기라도 한 듯.

머리 위에서 낑낑거리는 소리가 났다. 코작이 침식지 서쪽 언저리에서 윤곽을 드러내고 서서 꼬리를 다리 사이로 오므렸다. 그 개는 서쪽을, 네바다 쪽을 주시하고 있었다.

"코작!"

스튜가 공황 상태에서 외쳤다. 쿵 소리가 나자 잔뜩 겁에 질렸다. 마치 하나님이 그리 멀지 않은 어딘가의 사막 땅바닥에 갑자기 발을 힘껏 구르는 것만 같았다.

코작이 경사면을 뛰어 내려와 그에게 붙어 낑낑댔다. 스튜는 개의 등을 손으로 쓸어 주면서 코작이 떨고 있다고 느꼈다. 두 눈으로 확인해야만 했다. 그래야만 했다. 예기치 않았던 확신이 스튜에게 찾아왔다. 일어나기로 예정되어 있던 일이 일어나는 중이었다. 바로 지금.

"나 올라갈 거다, 얘야."

스튜가 중얼거렸다.

그는 협곡의 동쪽 면을 기어올랐다. 경사가 약간 급했지만, 손으로 잡을 만한 지형지물이 많았다. 지난 사흘간 그곳으로 올라갈 수 있을지도 모른다고 생각해 왔지만, 그럴 필요성을 느끼지 못했다. 침식지 바닥에서 최악의 바람으로부터 보호받았고, 물도 얻었던 것이다. 하지만 이제는 그곳으로 올라가야 했다. 두 눈으로 확인해야 했다. 부목 댄 다리를 몽둥이처럼 질질 뒤에 끌고 갔다. 두 손으로 몸을 일으키고 목을 길게 빼어 꼭대기를 보았다. 매우 높고, 까마득히 멀어 보였다.

"불가능할 것 같구나, 얘야."

코작한테 그렇게 중얼거렸지만 어쨌든 시도해 보기로 했다.

새롭게 생긴 잡석 무더기가 지…… 지진의 결과로 밑바닥에 쌓였다. 지진이든 아니든 정체가 뭐든지 간에. 스튜는 잡석 무더기 위로 몸을 끌어올린 다음 두 손과 왼쪽 무릎을 사용하여 경사면 위로 조금씩 전진하기 시작했다. 10미터 전진했다가 다시 5미터 떨어지다가 튀어나온 석영 바위를 부여잡고 나서야 미끄럼을 멈출 수 있었다.

"안 되겠군. 절대 못 올라가겠어."

스튜는 헐떡거렸고, 그 자리에서 쉬었다.

10분 뒤 다시 출발하여 9미터를 더 전진했다. 잠시 쉬었다. 다시 전진했다. 붙잡을 곳이 전혀 없는 지점에 이르자, 조금씩 왼쪽으로 움직인 끝에 잡을 곳을 한 군데 발견했다. 코작이 스튜의 곁으로 걸어왔는데, 이 바보가 무슨 꿍꿍이가 있기에 물과 근사하고 따뜻한 불을 놔두고 이 지랄을 떠는 건지 궁금해하는 것이 틀림없었다.

'더워. 너무 더워.'

다시 고열이 찾아오는 게 분명했지만, 적어도 오한은 가라앉았다. 맑은 땀방울이 얼굴과 팔에 흐르고 있었다. 먼지와 기름투성이인 머리칼이 눈가에 흘러내렸다.

'주여, 활활 타오르고 있나이다! 기온이 틀림없이 39도, 40도는 되겠사와요…….'

우연히 코작을 힐끔거렸다. 눈으로 보고 있는 것을 마음속으로 이해하는 데 거의 1분이 걸렸다. 코작도 헐떡거리는 중이었다. 그의 땀은 고열 때문이 아니었으며, 적어도 '오로지' 고열 때문만은 아니었다. 왜냐하면 코작도 역시 뜨거워했기 때문이었다.

머리 위로 떼 지어 다니는 새들의 비행 편대가 갑자기 정처 없이 우왕좌왕하며 떠들썩하게 울어 댔다.

'저것들도 그것을 느끼는구나. 정체가 무엇이든 간에, 새들도 그것을 느끼는 거야.'

스튜는 다시 기어가기 시작하였으며, 두려움은 그가 젖 먹던 힘까지 발휘하게 해 주었다. 1시간이 지나고 2시간. 1미터마다, 1센티미터마다 고군분투했다. 그날 오후 1시 무렵 경사면 정상까지 딱 2미터를 남겨 놓았다. 머리 위로 들쭉날쭉 튀어나온 아스팔트 조각들이 보였다. 딱 2미터였지만, 이 지점의 경사는 매우 가파르고 땅도 물렀다. 한번은 누룩뱀처럼 몸을 마구 꿈틀거려 올라가 보려 했지만, 주간 고속도로의 표층을 이루고 있는 푸석푸석한 자갈이 밑에서 들썩들썩 흘러내렸다. 이제는 조금이라도 움직이려 들었다간 또다시 밑바닥까지 주르륵 내려가면서, 행여나 그 와중에 빌어먹을 성한 다리마저 부러지는 것은 아닌지 두려웠다.

"꼼짝달싹도 못하게 생겼네. 아주 그냥 좆나게 멋진 쇼구나. 이제 어떻게 하지?"

중얼거리던 스튜의 할 일이 매우 급박하게 명확해졌다. 전혀 움직이지 않고 있는데도, 바로 밑에서 땅이 아래로 이동하기 시작했으므로. 3센티미터 미끄러지고 붙잡을 곳을 찾느라 두 손을 호미질해야 했다. 부러진 다리가 심하게 털썩 부딪혔는데, 그는 글렌의 알약을 주머니에 넣어 올 생각을 미처 못했다.

스튜는 5센티미터 더 미끄러졌다. 그러고는 12센티미터 더. 왼발은 이제 허공에 매달려 있었다. 오직 두 손으로만 지탱하고 있었는데, 그 두 손마저도 미끄러져서 축축한 지면에 열 줄의 작은 고랑이 파이는 것이 보였다.

"코작!"

스튜는 별 기대 않고 비참하게 부르짖었다. 그러나 갑자기 코작이 그 자리에 나타났다. 스튜는 무턱대고 개의 목을 두 팔로 와락 껴안았다. 구조되리라고 기대해서가 아니라 그저 붙잡을 곳이 있어서 붙잡은 것뿐이었다. 물에 빠진 사람처럼. 코작은 뿌리치려 하지 않았다. 개는 버티고 섰다. 한동안 그들은 몸을 굳히고 살아 있는 조각상이 되었다. 그러다 코작이 움직이기 시작했고, 개의 발이 작은 돌멩이들과 자갈 부스러기들을 벅벅 긁으며 조금씩 앞을 파헤쳤다. 자갈이 얼굴로 와르르 떨어지자 스튜는 눈을 감았다. 코작은 스튜의 오른쪽 귓가에서 공기 압축 펌프처럼 헐떡거리며 그를 끌고 갔다.

실눈을 뜨자 거의 꼭대기에 다 올라온 것이 보였다. 코작의 머리가 아래로 수그러들었다. 뒷다리들이 맹렬히 움직이고 있었다. 스튜는 10센티미터 더 끌어올려졌고 그것으로 충분했다. 필사적인 함성과 함께, 스튜는 코작의 목을 놓고 돌출한 아스팔트 조각을 부여잡았다. 손톱 두 개가 젖은 접착지처럼 뒤로 벗겨졌고, 그는 울부짖었다. 통증이 더할 나위 없이 극심한 전율을 일으켰다. 허겁지겁 허우적거리며 성한 다리로 발버둥쳤고, 별짓을 다한 끝에 마침내 70번 주간 고속도로의 바닥에 드러누워 헐떡거리며 눈을 감았다.

그 순간 코작이 곁에 있었다. 개는 끙끙거리며 스튜의 얼굴을 핥았다.

이윽고 천천히, 스튜가 일어나 앉아 서쪽을 보았다. 아주 오랫동안 바라보며, 여전히 자신의 얼굴로 쇄도하는 후끈하고 팽창된 파동의 열기조차 알아차리지 못했다.

스튜가 비로소 맥없이 갈라지는 목소리로 말했다.

"오, 하나님. 저것 좀 봐, 코작. 래리. 글렌. 사라졌어. 하나님 맙소사, 모든 것이 사라졌어. 모두 사라졌다고."

기다란 먼지투성이 팔뚝에 달린 꽉 움켜쥔 주먹 모양으로 버섯 구름이 지평선 위에 우뚝 서 있었다. 구름은 소용돌이치다가, 가장자리에서 보풀을 날리며 흩어지기 시작했다. 배경에는 오렌지색이 감도는 음울한 빨간 조명이 비쳤다. 마치 태양이 이른 오후에 벌써 내려가기로 결심이라도 한 듯.

'왼쪽 불기둥이다.'

그들 모두 라스베이거스에서 죽었다. 누군가 이리 꿈틀해야 할 순간에 저리 꿈틀해 버린 모양이었고, 핵무기가 터졌다…… 그리고 모양과 분위기로 보아하니 지독히도 큰 핵무기였다. 어쩌면 비축해 두었던 핵무기 전체가 터진 것일지도 몰랐다. 글렌, 래리, 랠프…… 설령 그들이 아직 라스베이거스에 닿지 않았다 해도, 설령 아직 걸어가는 중이라 해도, 분명히 그들은 산 채로 구워졌을 터였다.

스튜의 곁에 가까이 선 코작이 슬픈 듯이 낑낑거렸다.

'방사능 낙진. 바람은 어느 방향으로 낙진을 날려 보내려나?'

그것이 중요한 일이던가?

스튜는 프랜한테 쓴 자신의 메모가 생각났다. 벌어진 일을 추가 기록하는 것은 중요한 일이었다. 만약 바람이 방사능 낙진을 동쪽으로 날려 보낸다면, 사람들한테 많은 문제를 일으킬지도 몰랐고…… 또 라스베이거스가 다크맨의 소굴이었다가 이제는 사라졌다는 사실도 사람들이 알아야 했다. 그냥 주위에 널려 있는 채로, 누군가 주워다 써 주기만을 기다리던 온갖 치명적인 장난감들과 함께 그곳 사람들이 증발해 버린 것이었다. 모든 사실을 쪽지에 덧붙여야 했다.

하지만 지금은 아니었다. 너무 피곤했다. 경사지를 오르면서 지쳐 버렸고, 흩어지고 있는 저 버섯구름의 웅장한 광경을 목격하고는 한층 더 지쳐 버렸다. 전혀 축하할 만한 기분이 아니었고, 그저 막막하고 힘겨운 피로감뿐이었다. 포장도로에 드러누워 잠에 빠져 들기 전 마지막으로 생각했다. '몇 메가톤짜리 핵폭발이었을까?' 스튜는 어느 누구도 확실히 알진 못할 거라고, 또는 알고 싶어 하지 않을 거라고 생각했다.

스튜는 6시가 지나서 깨어났다. 버섯구름은 없어졌지만, 서쪽 하늘은 분홍색이 감도는 성난 빨간빛으로 물들었다. 화상 입은 살점이 선명하게 부르튼 모습처럼. 비상 차선으로 몸을 끌고 가 드러누웠고, 또다시 완전히 지쳤다. 몸이 다시 떨려 왔다. 그리고 고열도. 손목으로 이마를 짚어 체온을 가늠해 보려 했다. 38도는 너끈히 넘어가리라고 생각되었다.

코작이 토끼를 입에 물고 초저녁 풍경 속에서 나타났다. 개는 토끼를 스튜의 발치에 놓고 꼬리를 흔들며, 칭찬을 기다렸다.

"착한 개로구나. 거 참으로 훌륭한 개야."

스튜가 지친 목소리로 말했다.

코작의 꼬리가 더 빠르게 흔들거렸다. '맞소, 나는 무척 착한 개요.' 개도 동의하는 듯싶었다. 그런데 계속해서 스튜를 바라보면서, 무언가를 기다리는 듯했다. 평소의 의식에서 뭔가 빠져 있었다. 스튜는 그것이 무엇인지 생각해 내려 애썼다. 뇌가 매우 천천히 움직이고 있었다. 잠자는 동안 누군가가 그의 생각 장치에 물엿을 가득 쏟아 부은 듯싶었다.

"착한 개다."

스튜가 되풀이하며 죽은 토끼를 바라보았다. 그러자 생각이 났다. 비록 성냥이 아직도 남아 있는지는 확신할 수 없었지만.

"가져와, 코작."

개를 즐겁게 해 줄 생각으로 말했다. 코작이 쏜살같이 튀어 나갔고 곧 마른 나무토막을 꽤 많이 가지고 돌아왔다.

성냥이 있었다. 하지만 제법 강한 산들바람이 솟아올랐고 스튜는 두 손을 심하게 떨었다. 불 하나 켜는 데 시간이 오래 걸렸다. 성냥을 열 개째 켠 끝에 불을 붙여 불쏘시개를 얻었는데, 곧이어 산들바람이 난폭하게 몰아쳐 불꽃을 꺼뜨렸다. 스튜는 다시 조심스럽게 불을 지피고, 몸과 손을 이용해 불꽃을 보호했다. 라살레 우편 통신 실업학교를 광고하는 종이 성냥갑 안에 성냥 여덟 개가 남았다. 그는 토끼를 요리하여 코작한테 반을 주고, 자신의 분량은 조금밖에 먹지 못했다. 남은 것도 코작에게 던져 주었다. 코작은 먹지 않았다. 고기를 바라보다가, 스튜를 향해 걱정스러운 듯 끙끙거렸다.

"어서 먹어라, 애야. 나는 못 먹겠다."

코작은 다 먹어 치웠다. 스튜는 개를 보며 몸을 떨었다. 그의 담요 두 장은, 당연하게도 저 아래에 있었다.

해가 지고, 서쪽 하늘이 형형색색으로 기기묘묘하게 물들었다. 스튜가 평생 본 중에서 가장 장엄한 일몰이자…… 독이었다. 1960년대 초반에 핵실험이 있은 후 몇 주 동안 아름다운 일몰 광경이 지속되었다고 열띤 목소리로 말하던 무비톤 뉴스 영화의 해설

자가 기억났다. 그리고 물론 그것은 지진을 동반한 결과였다.

코작이 입에 무언가를 물고 침식지에서 올라왔다. 스튜의 담요 한 장이었다. 개는 그것을 스튜의 무릎에 떨어뜨렸다.

"이봐. 넌 참 친절한 개야. 너도 알고 있니?"

스튜가 뒤뚱뒤뚱 움직여서 개를 껴안고 말했다.

코작이 자기도 안다는 듯 꼬리를 흔들었다.

스튜는 담요를 몸에 두르고 불에 더 가까이 다가갔다. 코작이 곁에 엎드렸고, 이내 그들 모두 잠들었다. 그러나 스튜의 잠은 가볍고 불안했으며 격렬한 흥분 상태를 오락가락했다. 자정이 지나 얼마 후 스튜는 잠결에 고함을 질러 코작의 잠을 달아나게 했다.

"햅! 주유기들을 꺼 놓는 게 좋겠어! 그 사람이 오고 있어! 검은 남자가 자네를 덮치려 하고 있어! 주유기들을 꺼 놓는 게 좋겠어! 그 남자가 저기 낡은 차 안에 타고 있단 말이야!"

코작이 불안한 듯 낑낑거렸다. 이 사람은 병에 걸렸다. 개는 병의 냄새를 맡을 수 있었는데, 그 냄새와 섞여 있는 것은 새로운 냄새였다. 검은 냄새. 개가 덮치는 토끼들한테서 나는 냄새였다. 헤밍포드홈에 있는 마더 애버게일의 집 밑에서 배를 갈라 버린 늑대한테서 난 냄새였다. 글렌 베이트먼이 있는 볼더까지 여행하는 도중 통과했던 마을들에서 맡았던 냄새였다. 그것은 죽음의 냄새였다. 만약 덤벼들어서 그것을 몰아낼 수만 있다면, 코작은 그렇게 했을 것이다. 그러나 그것은 이 남자의 몸속에 있었다. 이 남자는 신선한 공기를 흡입하고 다가오는 죽음의 냄새를 배출했는데, 최후의 순간까지 두고 보는 수밖에 어쩔 도리가 없었다. 코작은 또다시 나지막하게 낑낑거렸고, 그러다 잠들었다.

스튜는 어느 때보다 열이 더 펄펄 끓는 상태로 다음 날 아침 깨어났다. 턱 밑 림프선들이 골프공 크기로 부어올랐다. 두 눈이 뜨거운 구슬이 되었다.

'나는 확실히 죽어 가고 있어…… 그래, 확실하고말고.'

코작을 불러 주소가 적힌 러사이트 열쇠고리에서 열쇠 줄과 쪽지를 꺼냈다. 신중한 글씨로 목격한 것을 추가로 기록하고 쪽지를 도로 제자리에 넣었다. 스튜는 드러누워서 잠들었다. 그러고 나니, 어찌 된 영문인지 또다시 해 질 녘이 되었다. 또 한 번의 장엄하고 무시무시한 일몰이 서쪽에서 이글거리며 너울거렸다. 그리고 코작이 저녁 식사감으로 땅 다람쥐를 물어 왔다.

"이게 네가 최선을 다한 결과냐?"

코작은 꼬리를 흔들며 수줍게 히죽거렸다.

스튜는 그것을 요리해 반으로 나누었고, 자신의 몫인 절반을 겨우겨우 먹었다. 고기는 질겼고, 무시무시하게 기분 나쁜 맛이 났고, 다 먹고 나니 심한 복통이 일어났다.

"내가 죽을 때가 되면 볼더로 돌아가려무나. 돌아가서 프랜을 찾아가. 프래니를 찾아가라고. 알겠지, 덩치 큰 멍멍아?"

개한테 이야기했다.

코작이 자신 없는 듯 꼬리를 흔들었다.

1시간 뒤, 스튜의 배가 경고의 의미로 한 번 꾸르륵거렸다. 그는 먹었던 땅 다람쥐가 단숨에 입 밖으로 터져 나오기 직전 한쪽 팔꿈치로 몸을 굴려 자기 몸에 토할 뻔한 위기를 간신히 모면했다.

"젠장."

비참하게 중얼거렸고, 꾸벅꾸벅 잠들었다.

얼마 지나지 않아 잠에서 깨어나 팔꿈치로 몸을 일으키고 보니, 머리가 고열로 웅웅거리고 있었다. 모닥불이 꺼진 것을 보았다. 그것은 중요치 않았다. 스튜는 몹시도 기진맥진한 상태였다.

어둠 속에서 난 어떤 소리가 그를 깨웠던 것이다. 자갈과 돌멩이 소리. 코작이 침식지 비탈에서 올라오는 소리겠지, 그런 것일 테지…….

하지만 코작은 그의 곁에서 자는 중이었다.

스튜가 힐끔거리고 있자니 마침 그 개도 깨어났다. 녀석은 머리가 앞발에서 떨어지더니 잠시 후 네 발로 일어서며, 침식지를 향해 목구멍 깊숙이 으르렁거렸다.

부스럭거리는 자갈과 돌멩이들. 누군가가, 무엇인가가 올라오는 중.

스튜는 허덕거리며 간신히 앉은 자세를 취했다. '그 남자로구나. 그 남자는 저 너머에 있었지만, 어찌어찌해서 달아났던 거야. 이제 그 남자가 여기로 온 거야. 그리고 독감이 선수 치기 전에 나를 해치우려고 작정한 거야.'

코작의 으르렁거림이 더욱 강해졌다. 목털을 곤두세우고 머리를 아래로 웅크렸다. 부스럭거리는 소리가 이제 더욱 가까워졌다. 나지막이 헐떡거리는 소리가 들렸다. 곧이어 소리가 중단되었는데, 이마의 땀을 팔로 훔쳐 내기에 충분한 시간이었다. 잠시 뒤 검은 형체가 침식지 언저리에서 어슬렁거렸고, 그것의 머리와 어깨가 별들을 가렸다.

코작이 앞으로 나서며 다리를 뻣뻣이 세우고 계속 으르렁댔다.

"야! 야, 너 코작이지? 맞지?"

당혹스럽지만 친숙한 목소리가 말했다.

으르렁거림이 즉시 멎었다. 코작이 꼬리를 흔들며 기쁘게 앞으로 뛰쳐나갔다.

"안 돼! 속임수야! 코작……!"

스튜가 쉰 목소리로 외쳤다.

하지만 코작은 마침내 포장도로에 올라온 그 인물에 붙어서 위아래로 껑충껑충 뛰고 있었다. 그리고 그 형체는…… 그 형체는 어딘가 친숙했다. 그 형체가 코작을 발치에 두고 스튜를 향해 다가왔다. 코작은 흥에 겨워 연이어 짖어 대고 있었다. 스튜는 입술을 핥았고 불가피한 경우가 생기면 맞서 싸울 각오를 했다. 자신이 멋지게 주먹 한 방 정도는 가까스로 날릴 수 있으리라 생각했다. 어쩌면 두 방까지도.

"누구야? 거기 누구냐고?"

스튜가 소리쳤다.

검은 형체가 걸음을 멈추고 말했다.

"어, 나는 톰 컬런, 그것이 누구입니다, 어쿠야, 그래요. 디귿, 아, 리을, 그것을 합쳐 읽으면 톰 컬런이 돼요. 거긴 누구세요?"

"스튜."

자신의 목소리가 아득히 먼 곳에서 나오는 듯했다. 이제는 모든 것이 아득했다.

"안녕, 톰. 만나서 반가워요."

하지만 톰을 보지는 못했다. 그날 밤에는. 스튜는 기절했다.

스튜는 10월 2일 오전 10시에 의식을 회복했다. 비록 그도 톰도 정확한 날짜를 모르는 신세였지만. 톰은 커다란 화톳불을 지핀 다음, 스튜를 침낭과 담요 속에 감쌌다. 톰 자신은 불가에 앉아서 토끼를 굽고 있었다. 코작은 두 사람 사이의 땅바닥에 흡족한 표정으로 엎드렸다.

"톰."

스튜가 간신히 불렀다.

톰이 다가왔는데, 턱수염을 기르고 있었다. 5주 전에 서쪽을 향해 볼더를 떠났던 그 사람처럼 보이지 않았다. 파란 눈동자가 행복한 표정으로 반짝거렸다.

"스튜 레드먼! 이제 깨어났네. 어쿠야, 그렇구나! 반가워요. 와, 당신을 만나서 좋아요. 다리를 어떻게 한 거예요? 다친 거 같은데. 나도 옛날에 다리가 부러졌지. 건초 더미에서 뛰어내렸는데 다리가 부러졌더라고요. 아빠가 나를 때렸냐고요? 어쿠야, 그랬죠! 아빠가 디디 패커로테와 함께 달아나기 전의 일이었다고요."

"내 다리도 부러진 거예요. 그리고 나도 떨어졌어요. 톰, 나 몹시 목이 마른데……."

"오, 물 있어요. 뭐든지 다! 여기."

톰이 스튜에게 한때는 우유를 담았을 것 같은 플라스틱 병을 건넸다. 물은 깨끗하고 맛있었다. 잔모래가 하나도 들어 있지 않은 물. 스튜는 게걸스럽게 들이마시다 다 토해 버렸다.

"천천히 그리고 여유 있게 마셔요. 그게 요령이니까. 천천히 그리고 여유 있게. 와, 당신을 만나서 좋아요. 다리 다쳤구나, 맞지요?"

"그래요, 부러졌어요. 일주일 전에. 어쩌면 더 오래전에."

스튜는 물을 더 마셨다. 이번에는 뱃속이 잠잠했다.

"그런데 다리보다 더 잘못된 게 있어요. 나 많이 아파요, 톰. 열이 나요. 내 말 잘 들어 봐요."

"당연하죠! 톰은 귀를 잘 기울입니다. 내가 뭘 할지 말해 주기만 해요."

톰이 앞으로 몸을 기울이자 스튜는 생각했다.

'우와, 예전보다 더 총명해 보이는걸. 그런 일이 가능한 건가? 톰은 어디에 있었던 것인가? 판사 일을 조금이라도 알고 있었을까? 데이나는? 할 말이 너무나 많았지만, 당장은 시간이 없었다. 그는 상태가 더 악화되고 있었다. 가슴속에서 쇠사슬이 쓸리는 것처럼 깊게 가르릉거리는 소리가 났다. 증상이 슈퍼 독감과 무척 흡사했다. 정말이지 몹시도 우스운 꼴이었다.

"열을 내려야 해요. 그게 최우선이에요. 아스피린이 필요해요. 아스피린 알아요?"

"물론. 아스피린. 빠르고 빠르고 빠른 안정을 주는 것."

"바로 그거예요, 맞아요. 도로를 따라 걸어요, 톰. 마주치는 모든 차의 앞좌석 사물함 속을 들여다봐요. 구급상자를 찾아요. 대개는 빨간 십자가가 그려진 상자일 거예요. 그런 상자에서 아스피린을 발견하면 여기로 가지고 돌아와요. 만약 야영 장비를 갖춘 차를 발견하거들랑, 텐트도 가져오고요. 알았어요?"

"물론. 아스피린과 텐트, 그러면 당신은 다시 건강해질 거고요, 맞지요?"

톰이 일어섰다.

"음, 거기서부터 시작해야죠."

"근데요, 닉은 어때요? 이제껏 닉 꿈을 꿨거든요. 꿈속에서 나한테 어디로 가야 하는지 말해 줘요. 왜냐하면 꿈속에서는 닉이 말할 수 있거든요. 꿈은 참 웃겨요, 그죠? 그런데 내가 뭘 좀 말하려고만 하면, 항상 가 버려요. 닉은 괜찮은 거죠, 그죠?"

톰이 걱정스럽게 스튜를 바라보았다.

"지금은 안 돼요. 나…… 나는 지금은 말할 수 없어요. 그건 안 돼요. 우선은 아스피린을 구해 줘요, 알았죠? 그러고 나서 함께 이야기해 봐요."

"알았어요……."

그러나 두려움이 먹구름처럼 톰의 얼굴 위에 내려앉았다.

"코작, 톰과 같이 가고 싶니?"

코작은 동의했다. 둘은 동쪽을 향해 함께 걸어 나갔다. 스튜는 드러누워 팔로 두 눈을 덮었다.

스튜가 다시 현실로 스르르 돌아왔을 땐, 황혼 무렵이었다. 톰이 그를 흔들고 있었다.

"스튜! 일어나요! 일어나요, 스튜!"

스튜는 시간이 갑작스럽게 균형을 잃고 미끄러져 나가는 듯해서 겁이 났다. 마치 현실 감각을 이루는 톱니바퀴의 이빨이 닳아 없어지는 것 같았다. 톰이 도와서 일어나 앉은 스튜는, 머리를 두 다리 사이에 숙이고 앉아 기침을 했다. 너무나 격한 기침이 오랫동안 터져 나와 하마터면 또다시 의식을 잃을 뻔했다. 톰은 불안하게 지켜보았다. 조금씩 조금씩 스튜는 안정을 찾았다. 담요들을 몸에 더 가까이 끌어당겼다. 또다시 몸을 떨고 있었다.

"뭐 좀 찾아냈어요, 톰?"

톰이 구급상자를 내밀었다. 그 안에는 반창고, 머큐로크롬 소독약, 아나신 진통제가 든 큰 병이 있었다. 스튜는 어린이의 손을 타지 않게 만들어진 아나신 병뚜껑을 자신이 제대로 열 수 없다는 사실에 충격받았다. 톰한테 넘겨줘야만 했으며, 톰이 애를 써서 마침내 뚜껑을 열었다. 스튜는 아나신 세 알을 플라스틱 병의 물과 함께 삼켰다.

"그리고 나 이것도 찾아냈어요. 야영 장비로 가득 찬 차 안에 있던 것인데요, 텐트는 없었어요."

그것은 커다랗고 두툼한 2인용 침낭이었으며, 겉면은 형광 오렌지색이었고, 안감은 화려한 별과 줄무늬가 그려져 있었다.

"이야, 훌륭한데요. 거의 텐트만큼이나 좋아요. 잘했어요, 톰."

"그리고 이것도. 같은 차 안에 있었어요."

톰이 재킷 안에 손을 넣어 비닐 꾸러미 대여섯 개를 꺼냈다. 스튜는 자신의 눈을 믿을 수 없었다. 냉동 건조시킨 농축 음식. 달걀. 콩. 호박. 말린 쇠고기.

"음식, 맞지요, 스튜? 겉에 음식이 그려져 있잖아요. 어쿠, 그래요."

"음식 맞아요."

스튜가 감사하는 마음으로 동의했다.

"딱 내가 먹을 수 있는 음식만 모아 놓은 것 같네요."

그의 머리는 와글와글 울려 대며 까마득히 의식이 표류하고 있었고, 뇌의 중심부에서는 달콤하리만큼 메스꺼운 '높은 도' 음이 지칠 줄 모르고 윙윙거렸다.

"물을 좀 데울 수 있을까요? 주전자도 냄비도 없는데."

"내가 뭐든 찾아볼게요."

"예, 좋아요."

"스튜……."

스튜는 근심스럽고 가엾은 얼굴을, 턱수염을 길렀음에도 여전히 소년의 모습을 간직한 얼굴을 들여다보며 천천히 고개를 저으며 조용히 말했다.

"죽었어요, 톰. 닉은 죽었어요. 한 달쯤 전에. 그는…… 정치적인 죽음이었어요. 암살, 그렇게 불러야 할 것 같군요. 미안해요."

톰은 고개를 숙였고, 새로 지핀 모닥불 사이로 톰의 무릎에 눈물이 떨어지는 것을 스튜는 보았다. 눈물이 잔잔한 은빛 비가 되어 연이어 떨어졌다. 그러나 톰은 조용했다. 마침내 그가 고개를 들자 푸른 두 눈이 어느 때보다 더 빛났다. 손꿈치로 눈을 닦았다.

톰이 잠긴 목소리로 말했다.

"닉이 죽은 건 나도 알았어요. 내가 그걸 안다는 것을 생각하고 싶지 않았지만, 생각이 났어요. 어쿠, 그래요. 닉은 자꾸만 등을 돌리고 가 버렸다고요. 닉은 내게 중요한 사람이었어요, 스튜. 당신은 그걸 알았어요?"

스튜가 손을 뻗어 톰의 커다란 손을 잡았다.

"나도 알아요, 톰."

"예, 중요한 사람이었어요. 디귿, 아, 리을, 그것을 합쳐 읽으면 내 중요한 사람이 돼요. 닉이 몹시 그리워요. 하지만 하늘나라에서 만나겠죠. 톰 컬런은 그곳에서 닉을 만날 거예요. 그리고 닉은 똑똑히 말할 수 있을 테고, 나는 똑똑히 생각할 수 있을 거예요. 그게 맞지 않아요?"

"당연히 맞아요, 톰."

"닉을 죽인 것은 그 나쁜 남자였어요. 톰은 알아요. 그렇지만 하나님께서 그 나쁜 남자를 처단했어요. 나는 그것을 봤어요. 하나님의 손이 하늘에서 내려왔다고요."

유타 주 황무지 바닥으로 차가운 바람이 휘몰아쳤다. 그 바람의 손아귀 속에서 스튜는 격렬하게 몸을 떨었다.

"닉과 불쌍한 판사님한테 저지른 짓 때문에 그 남자를 처단했어요. 어쿠, 그래요."

"판사님에 관해선 무엇을 알고 있어요, 톰?"

"돌아가셨죠! 오리건에서! 총 맞아서!"

스튜가 침울하게 고개를 끄덕였다.

"그리고 데이나는? 조금이라도 소식을 알아요?"

"톰은 데이나를 보았어요. 하지만 몰라요. 그들은 나한테 청소하는 일을 주었어요. 그리고 어느 날 퇴근했을 때 나는 데이나가 일하는 모습을 보았죠. 하늘 높이 올라가 가로등 전구를 바꾸었어요. 데이나가 나를 바라보았고 그리고……."

톰이 잠시 동안 침묵에 빠졌고, 다시 말을 꺼냈을 땐 스튜가 아니라 자신에게 얘기했다.

"데이나가 톰을 보았던가? 데이나가 톰을 알아보았던가? 톰은 모른다. 톰은…… 생각한다…… 데이나는 알아보았다. 그러나 톰은 결코 두 번 다시 보지 못했죠."

얼마 안 있어 톰은 필요한 물건을 찾으러 코작을 데리고 떠났고, 스튜는 꾸벅꾸벅 졸았다. 톰은 스튜가 가장 가능성이 높다고 예상했던 커다란 깡통이 아니라, 크리스마스 칠면조도 들어갈 정도로 커다란 고기 굽는 냄비를 가지고 돌아왔다. 분명히 사막 안에는 여러 가지 보물이 있었다. 입술에 고통스러운 열병 물집이 돋아나기 시작했음에도 스튜는 씩 웃었다. 톰은 겉에 커다란 U가 그려진 오렌지색 트럭에서 그 냄비를 구했다고 이야기했다. '누군가 속세의 모든 소유물을 챙겨 슈퍼 독감한테서 달아나던 중이었나 보군.' 스튜는 짐작했다. 그들에게는 아주 잘된 일이었다.

30분 뒤 음식이 준비되었다. 스튜는 채소를 중점적으로 먹으며 농축 음식에 묽은 죽이 될 정도로 물을 부어 조심스럽게 식사했다. 스튜는 적어도 한동안은 열이 오르지 않았고 기분도 조금 더 나아졌다. 저녁 식사를 마치고 스튜와 톰은 코작을 사이에 두고 이내 잠이 들었다.

"톰, 내 말 들어 봐요."

톰이 스튜의 커다랗고 푹신한 침낭 옆으로 몸을 웅크렸다. 다음 날 아침이었다. 스튜는 아침 식사를 간신히 조금 할 수 있었다. 목구멍이 쓰라리고 지독하게 부었으며, 온몸의 관절이 쑤셨다. 기침이 더 심해졌고, 아나신은 고열을 떨어뜨리는 데에 별 도움이 안 되었다.

"나는 어디 실내로 들어가서 적절한 약을 복용해야 해요. 안 그럼 난 죽을 거예요. 오늘 당장 조치를 취해야 하고요. 여기서 가장 가까운 마을은 그린 리버예요. 동쪽으로 100킬로미터 떨어진 곳이죠. 우린 운전해서 가야 할 거예요."

"톰 컬런은 차 운전할 줄 몰라요, 스튜. 어쿠, 못해!"

"그래요, 나도 알아요. 운전은 나한텐 힘겨운 일이에요. 지독히 아플 뿐만 아니라 엉뚱하게도 육시랄 놈의 다리가 장식용이 돼 버렸으니까."

"그게 무슨 뜻이에요?"

"뭐…… 지금 당장은 신경 쓰지 마요. 설명하기 복잡해요. 그런 건 걱정 안 해도 돼요. 왜냐하면 급선무가 아니니까. 급선무가 뭐냐 하면 차를 출발시키는 거예요. 대부분 차들이 석 달 내지는 그 이상 여기에 주저앉아 있는 중이에요. 차량 축전지가 팬케이크처럼 납작해져 있겠지요. 그러니 약간의 행운이 필요할 거예요. 언덕들 중 한 곳의 꼭대기에 퍼질러 앉아 있는 수동 기어 차량을 찾아야 해요. 그런 차를 구하는 게 좋아요. 언덕이 아주 많은 구릉지니까."

스튜는 차가 여행에 알맞게 정비되어 있어야 하고, 기름이 많이 차 있어야 하고…… 시동 열쇠를 갖추고 있어야 한다는 말은 덧붙이지 않았다. 텔레비전에 나오는 수많은 남자들은 계기판을 뜯고 전선으로 잘도 시동을 걸었지만, 스튜는 어떻게 하는 건지 짐작도 못했다.

하늘을 올려다보니 구름 떼가 잔뜩 뒤덮여 있었다.

"전적으로 당신한테 달렸어요, 톰. 당신이 내 다리가 되어 줘야 해요."

"알았어요, 스튜. 우리가 차를 구하면, 볼더로 되돌아가는 거죠? 톰은 볼더로 가고 싶어요. 당신은 안 그래요?"

"무엇보다 간절히 그래요, 톰."

스튜는 로키 산맥 쪽을 보았다. 산맥은 지평선 위에 걸린 흐릿한 그림자가 되어 있었다. 산골 통행로에 이미 눈이 내리기 시작했을까? 거의 확실했다. 아직은 아니라 해도, 곧 그럴 것이었다. 이렇게 높고 황량한 지역은 겨울이 일찍 왔다.

"도착하려면 시간이 좀 걸릴 겁니다."

"우리 어떻게 시작하죠?"

"트러보이(travois, 두 개의 장대를 틀에 붙들어 매서 개나 말이 끌게 하는 인디언의 운반 용구—옮긴이)를 만드는 것부터."

"트러……?"

스튜는 톰한테 주머니칼을 건넸다.

"이 침낭의 밑바닥에 구멍을 내야 해요. 양쪽 면에 하나씩."

트러보이를 만드는 데 1시간이 걸렸다. 톰이 제법 곧은 나무 막대기 두 개를 발견하여 침낭 속에 쑤셔 넣은 다음 밑바닥 구멍으로 빼냈다. 톰은 냄비를 구했던 유홀 이삿짐 트럭에서 밧줄을 구했고, 스튜가 그것을 이용해 침낭을 장대에 고정시켰다. 다 완성하고 나니, 평원의 인디언들이 사용하던 트러보이가 아니라 엉성한 인력거가 연상되었다.

톰이 장대 두 개를 집어 들고 어깨 뒤로 미심쩍어하며 쳐다보았다.

"안에 탔어요, 스튜?"

"그럼요."

스튜는 침낭 양쪽에 풀어지지 않게 밧줄로 묶어 놓은 매듭이 얼마나 오래 버텨 줄지 궁금했다.

"내가 얼마나 무거워요, 토미?"

"많이 무겁진 않아요. 아주 멀리 끌고 갈 수 있어요. 출발!"

그들은 움직이기 시작했다. 스튜가 다리를 부러뜨렸던 곳, 죽을 거라고 확신했던 협곡이 천천히 그들 뒤로 멀어져 갔다. 비록 몸은 약해졌어도, 스튜는 미칠 듯한 환희를 느꼈다. 어쨌든 저곳을 벗어났던 것이다. 어디든 다른 곳에서 죽을 것 같았다. 아마도 곧 그럴 것 같았다. 그러나 저 진흙 도랑 속에서 홀로 맞는 죽음은 아닐 터였다. 침낭이 이리저리 흔들리며 스튜를 달래 주었다. 그는 꾸벅꾸벅 졸았다. 두꺼워진 비구름 아래로 톰이 스튜를 끌고 갔다. 코작이 그들 옆에서 터벅터벅 따라갔다.

스튜가 깨어났을 때 톰은 잠깐 쉬는 중이었다.

"미안해요. 팔을 쉬게 해야 했어요."

톰이 미안해하며 말했다. 먼저 두 팔을 빙빙 돌리고는 허리를 굽혔다.

"맘껏 쉬어요. 천천히 그리고 여유 있게. 그래야 경주에서 승리하는 법이니까요."

스튜는 머리가 욱신거렸다. 아나신을 꺼내 물도 없이 두 알을 삼켰다. 마치 목구멍 안에 사포가 붙어 있는데 어떤 가학적 성향의 인간이 그것에다 대고 성냥을 그어 대는 것 같은 느낌이었다. 침낭을 묶어 놓은 자리를 검사해 보았다. 예상했던 대로 밧줄이 풀리고 있었지만, 아직은 그리 심각하지 않았다. 그들은 서서히 높아지는 긴 경사지에 있었는데, 정확히 스튜가 찾고 있던 종류의 길이었다. 3킬로미터가 넘는 이런 경사지에서는, 클러치를 풀어버린 상태로 차량이 미끄러지듯이 쭉 굴러 갈 수 있었다. 2단 기어로 차를 급속 출발시킬 수 있을 것 같았다. 어쩌면 3단 기어로도 가능할 터였다.

스튜는 왼편을 열심히 두리번거렸다. 자두 색 트라이엄프 스포츠카가 비상 차선에 삐딱하게 주차되어 있었다. 밝은 색 모직 스웨터를 입은 해골바가지가 운전석에 몸을 기대고 있었다. 트라이엄프는 수동 기어일 테지만, 부목을 덧댄 다리를 저 조그만 좌석 안으로 구겨 넣을 뾰족한 수가 도무지 떠오르지 않았다.

"우리 얼마나 멀리 온 거예요?"

톰한테 물었지만, 톰은 그저 어깨를 으쓱거릴 뿐이었다. '어쨌든 꽤 먼 거리를 온 거야.' 스튜는 생각했다. 휴식을 위해 멈추기 전까지 톰은 그를 적어도 3시간 동안 끌고 다녔던 것이다. 힘을 무지막지하게 소모했다는 뜻이었다. 과거에 눈에 띄었던 풍경들이 저 멀리 떠나가 있었다. 스튜가 꾸벅꾸벅 조는 동안 씩씩한 황소 같은 체격의 톰은 그를 아마도 12킬로미터쯤 끌고 왔을 것이다.

스튜가 거듭 말했다.

"맘껏 쉬어요. 몸을 너무 혹사하면 안 돼요."

"톰은 오케이에요. O 그리고 K, 그것을 합쳐 읽으면 오케이가 돼요. 어쿠, 그래요. 누구나 그것을 알지요."

톰은 엄청난 양의 점심을 꿀떡 먹어 치웠고, 스튜는 간신히 조금만 먹었다. 그러고 나서 그들은 계속 나아갔다. 도로가 끊임없이 위쪽으로 구부러져 있어서 스튜는 바로 이번 언덕에서 해결을 봐야 한다는 것을 깨달았다. 만약 그들이 적당한 차를 찾지 못한 채 꼭대기에 올라선다면, 다음 언덕까지 이동하는 데 또 2시간이 걸릴 것이었다. 그러고 나면 어둠. 비 또는 눈. 하늘 모양으로 보아선 뭐라도 쏟아질 터였다. 젖은 날씨 속에서 근사하게 추운 밤. 그리고 안녕 잘 가, 스튜 레드먼.

그들은 시보레 세단과 마주쳤다.

"멈춰요."

스튜가 쉰 목소리로 말하자 톰이 트러보이를 내려놓았다.

"저기 가서 저 차 안을 살펴봐요. 바닥에 페달이 몇 갠지 세어 봐요. 두 갠지 세 갠지 나한테 알려 주세요."

톰이 총총걸음으로 가서 차 문을 열었다. 누군가의 고약한 농담처럼 꽃무늬 드레스를 입은 미라가 밖으로 떨어져 나왔다. 여자의 지갑도 함께 떨어져서 화장품, 티슈, 돈을 흩뿌렸다.

"두 개."

톰이 외쳤다.

"알았어요. 그냥 지나가야겠네요."

톰이 다시 돌아와 심호흡하고 나서 트러보이의 손잡이를 부여잡았다. 500미터 더 가서 그들은 폴크스바겐 승합차와 마주쳤다.

"페달 수를 세 볼까요?"

톰이 물었다.

"아니오, 이번엔 아니에요."

그 승합차는 바퀴 세 개가 펑크 나 있었다.

스튜는 꼭 맞는 차를 발견하지 못할 거라고 생각했다. 행운은 쉽사리 찾아오지 않았다. 그들은 바퀴가 딱 하나만 펑크 난 스테

이션왜건과 마주쳤는데, 바퀴야 교체할 수 있다 쳐도 시보레 세단과 마찬가지로 페달이 두 개뿐이라고 톰이 알려 왔다. 자동 변속 차량이라는 뜻이었고, 그들에게는 소용없다는 뜻이었다. 그들은 계속 나아갔다. 긴 언덕이 평평해지면서 꼭대기로 이어졌다. 스튜는 앞쪽에서 차 한 대를 더 발견할 수 있었는데, 단 한 번의 마지막 기회였다. 스튜의 심장이 철렁했다. 그것은 매우 낡은 플리머스였으며 잘해야 1970년형이었다. 경이롭게도 네 바퀴 다 멀쩡하게 서 있었지만, 차체는 녹슬고 닳아 빠진 상태였다. 아무도 이 고물 자동차를 유지 보수하는 데 별로 신경 쓰지 않았던 것이다. 스튜는 아네트 마을에 있을 때부터 그런 종류의 차를 잘 알았다. 축전지는 오래돼서 아마 금이 갔을 것이고, 기름은 탄광 속의 한밤중보다 더 새까말 테지만, 분홍색 솜털 커버가 운전대 손잡이에 붙어 있을 것이고 어쩌면 뒷자리 선반에는 라인스톤 빛깔의 눈과 까딱거리는 머리통을 한 통통한 푸들 인형이 있을 것이다.

"검사해 볼까요?"

"그래요. 그러는 게 좋겠어요. 거지들이 찬밥 더운밥 가릴 때가 아니죠, 그렇죠?"

미세한 차가운 안개가 하늘에서 떠 내려오기 시작했다.

톰은 도로를 건너가 그 텅 빈 차 안을 보았다. 스튜는 침낭 속에서 몸을 떨며 누웠다. 마침내 톰이 돌아왔다.

"페달 세 개요."

스튜는 생각을 정리해 보려고 노력했다. 날카롭고 달콤 시큼한 머릿속의 윙윙거리는 소리가 부단히 훼방을 놓았다.

낡은 플리머스는 거의 틀림없는 고물 덩어리였다. 언덕의 반대편으로 넘어갈 수야 있겠지만, 그곳에선 모든 차들이 잘못된 방향을, 다음번 오르막 방향을 향하고 있을 것이다. 도로 중앙 분리대를 건너지 않는 한 다음번 언덕을 또 기어 올라가야 할 텐데…… 여기서 보이는 중앙 분리대는 너비가 500미터 정도인 바위투성이 땅이었다. 어쩌면 언덕 반대편에서 겨우 겨우 또 다른 수동 기어 차량을 발견할 수도 있을 테지만…… 그때쯤엔 날이 어두워질 터였다.

"톰, 나 일어서게 좀 도와줘요."

톰은 그럭저럭 부러진 다리가 너무 심하게 아프지 않도록 스튜가 일어설 수 있게 도왔다. 머릿속이 쿵쾅거리고 윙윙거렸다. 검은 혜성들이 시야를 가로질러 쏜살같이 지나갔고 스튜는 거의 의식을 잃을 뻔했다. 그러자 한쪽 팔을 톰의 목에 둘렀다.

"잠깐 쉬어요. 잠깐 쉽시다……."

스튜가 중얼거렸다.

그 상태로 얼마나 오랫동안 서 있었는지 스튜는 전혀 깨닫지 못했다. 톰이 끈기 있게 부축하는 동안 그는 불완전한 의식 상태로 어슴푸레한 그물망 속을 헤엄쳐 다녔다. 마침내 현세가 다시 돌아왔을 때, 톰은 여전히 끈기 있게 부축하고 있었다. 안개가 짙어져 잔잔하고 차가운 가랑비로 변했다.

"톰, 저기까지 건너가게 좀 도와줘요."

톰이 스튜의 허리에 팔을 둘렀고 두 사람은 낡은 플리머스가 서 있는 비상 차선까지 비틀거리며 건너갔다.

"보닛 고리."

스튜가 중얼거리며 플리머스의 라디에이터 그릴 속을 더듬었다. 땀이 얼굴에 흘러내렸다. 고문당하듯 몸이 떨렸다. 보닛 고리를 찾아냈지만 그것을 끌어 올릴 수가 없었다. 스튜는 톰의 두 손을 고리로 이끌었고 마침내 보닛이 활짝 올라갔다.

엔진은 스튜가 예상했던 대로였다. 더럽고 무관심하게 방치된 V형 8기통 엔진. 그런데 축전지는 걱정했던 것만큼 나쁘지는 않았다. 시어스 제품이었으며, 최고급은 아니었지만 표시된 품질 보증 기간은 1991년 2월이었다. 정신없이 밀려오는 갖가지 생각을 헤쳐 나가며 스튜는 날짜를 뒤로 계산해 보았고, 그 축전지가 지난 5월에 새로 만들어졌으리라고 추측했다.

"경적을 울려 보세요."

톰이 경적을 울리려 차 안으로 몸을 기울이는 동안 스튜는 차체에 기대고 몸을 지탱했다. 물에 빠진 사람은 지푸라기라도 잡는다는 말이 이제 이해가 될 것 같았다. 자신이 이 상황에서 살아남을 수 있는 마지막 기회는 폐차 처리장에 빌붙는 것이었다.

경적이 요란하게 울렸다. 오케이였다. 차 열쇠가 있다면 시동을 걸어 봐야 했다. 제일 먼저 톰한테 열쇠를 찾아보게 했어야 마땅했다. 그렇지만 다시 생각해 보니, 그런 건 별로 중요하지 않았다. 열쇠가 없다 해도 그들은 어떻게든 해냈으리라.

스튜는 보닛을 내리고 그 위에 체중을 실어 잠갔다. 그런 다음 운전석 문으로 빙그르르 굴러 내렸고 실내를 주시하며, 틀림없이 시동 구멍이 비어 있는 걸 보리라 예상했다. 그러나 그곳엔 열쇠가 있었다. 겉면에 이름 머리글자 A. C.가 새겨진 인조 가죽 표지에 매달려 있었다. 조심스럽게 몸을 구부리며, 장신구에 붙은 열쇠를 돌렸다. 연료계 바늘이 연료통의 4분의 1보다 약간 더 높은 눈금까지 천천히 올라갔다. 여기에 미스터리가 있었다. 왜 그 차의 운전자는, 왜 A. C. 선생은 운전이 가능한 상황에서 차를 세우고 걸어 나갔을까?

머리가 어지러운 상태에서 스튜는 햅의 주유기들로 차를 몰았던, 거의 죽은 상태였던 찰스 캠피온을 떠올렸다. 우리의 다정한 A. C. 선생은 슈퍼 독감에 걸렸다. 심하게 걸렸다. 최후의 단계에 접어든 것이다. 차를 세워 엔진을 끄고(의식적으로 그렇게 하려고 생각해서가 아니라 엔진을 끄는 것이 오랫동안 몸에 밴 습관이기 때문에), 그러고는 밖으로 나온다. 정신착란 상태이며, 어쩌면 환각 상태이기도 하다. 유타 주 황무지 속으로 비틀비틀 걸어 나가며, 웃고 노래하고 중얼거리고 낄낄거리다, 그곳에서 죽는다. 4개월 뒤 스튜 레드먼과 톰 컬런이 우연히 찾아오고, 열쇠는 차 안에 있고, 축전지는 비교적 쌩쌩하고, 기름도 있고……

'하나님의 손.'

톰이 라스베이거스에 관해 했던 말 아니던가?

"하나님의 손이 하늘에서 내려왔다고요."

그리고 어쩌면 하나님은 그들을 위해 여기에다 이 후줄근한 1970년형 플리머스 자동차를 남겨 주셨다. 사막에 떨어진 하나님의 양식 '만나' 처럼. 정신 나간 생각이었지만, 100살 난 흑인 할머니가 피난민 집단을 약속의 땅으로 인도한다는 생각보다 더 정신 나간 것은 아니었다.

스튜가 쉰 목소리로 말했다.

"그 할머니는 끝까지 손수 비스킷을 만드셨어. 마지막 순간까지도, 그분은 끝까지 손수 비스킷을 만드셨던 거야."

"뭐라고요, 스튜?"

"아무것도 아니에요. 자리 좀 내줘요, 톰."

톰이 그렇게 했다.

"타고 갈 수 있을까요?"

그가 희망에 부풀어 물었다.

스튜는 운전석을 젖혀 코작이 안으로 들어갈 수 있게 했다. 코작은 신중하게 한두 번 코를 킁킁거린 후에 올라탔다.

"모르겠어요. 그저 이 녀석이 출발해 주길 기도하는 게 좋을 거예요."

"오케이."

톰이 흔쾌히 말했다.

스튜가 운전석에 자리 잡는 데만 5분이 걸렸다. 비스듬히 앉는 바람에 조수석 거의 중간까지 차지했다. 코작은 뒷자리에 얌전히 앉아 헐떡거렸다. 그 차는 맥도날드 상자들과 타코벨 패스트푸드 포장들로 너저분했다. 차내에선 눅눅한 콘칩 냄새가 났다.

스튜가 열쇠를 돌렸다. 낡은 플리머스가 20초 정도 동안 씩씩하게 크랭크를 돌렸고, 그러더니 시동 장치가 힘을 빼기 시작했다. 스튜는 또 한 번 경적을 눌렀다. 이번에는 그저 맥없이 탄식하는 소리만 났다. 톰의 얼굴이 어두워졌다.

"아직 차가 끝장난 건 아니에요."

스튜는 기운을 냈다. 시어스 축전지 안에는 아직 전기가 차 있었다. 클러치를 밀고 2단 기어로 변속했다.

"차 문을 열고 나가서 차를 민 다음에 다시 올라타요."

톰이 미심쩍은 듯 말했다.

"차가 방향을 거꾸로 향하고 있지 않나요?"

"지금 당장은 그렇죠. 하지만 이 늙은 찔찔이는 일단 굴러 가기만 하면 금세 방향을 제대로 바꿀 거예요."

톰이 밖으로 나와 문틀을 잡고 밀기 시작했다. 플리머스가 조금씩 굴러 갔다. 속도계 바늘이 시속 10킬로미터까지 올라갔을 때 스튜가 말했다.

"올라타요, 톰."

톰이 차에 올라타 문을 세게 닫았다. 스튜가 시동 열쇠를 '작동' 위치로 돌리고 기다렸다. 차체를 움직이는 것은 전력이므로 엔진이 꺼지면 아무 소용 없었고, 플리머스의 앞부리를 도로 아래쪽으로 똑바로 향하게 고정시키느라 스튜는 그나마 약해져 가는 힘을 대부분 소진하고 말았다. 속도계 바늘이 20, 25, 30까지 올라갔다. 톰이 끌고 올라오느라 오전 시간을 거의 다 보냈던 그 언덕을 그들은 조용히 굴러 내려가고 있었다. 이슬이 앞 유리로 모여들었다. 그제야 스튜는 트러보이를 뒤에 놔두고 왔다는 것을 깨달았다. 이제 시속 40킬로미터.

"차가 자기 힘으로 굴러 가지는 못하네요, 스튜."

톰이 걱정스럽게 말했다.

시속 50킬로미터. 충분히 빨라졌다.

"하나님, 이제 우리를 도와주세요."

스튜가 클러치를 불쑥 움직였다. 플리머스가 덜컹거리고 출렁거렸다. 엔진이 살아나 기침을 토하다가, 털털거리다가, 점화가 되지 않더니 꺼지고 말았다. 스튜는 끙끙거렸다. 박살 난 다리에서 욱신거리는 벼락같은 통증만큼이나 낭패스럽게.

"젠장 켜져라!"

스튜가 부르짖었고, 또다시 클러치를 내리눌렀다.

"가속 페달을 펌프질해요, 톰! 손을 사용해서!"

"그게 어떤 거예요?"

톰이 걱정스럽게 외쳤다.

"기다란 거!"

톰이 바닥에 내려가 가속 페달을 두 번 펌프질했다. 차가 다시 속도를 올리고 있었고, 스튜는 기다려야만 했다. 그들은 경사면의 절반 이상을 내려와 있었다.

"지금이다!"

스튜가 크게 외치며 다시 클러치를 불쑥 움직였다.

플리머스가 살아나 울부짖었다. 코작이 짖어 댔다. 까만 연기가 녹슨 배기관 밖으로 분출하며 파란색으로 변했다. 그러고 나서 차는 달리고 있었다. 불규칙하게 덜컹대며. 엔진 실린더 두 개는 점화에 실패했지만, 차는 정말로 달리고 있었다. 스튜는 3단 기어로 급변속하고 클러치를 또 한 번 불쑥 움직였다. 왼발로 모든 페달을 움직이고 있었다.

"가고 있어요, 톰. 이제 탈것이 생겼어요!"

스튜가 고함쳤다. 톰이 기뻐서 함성을 질렀다. 코작이 짖으며 꼬리를 흔들었다. 예전 삶에서, 캡틴 트립스가 오기 전에 커다란 스티브로 지냈던 삶에서, 코작은 종종 주인의 차에 탔다. 또다시 차를 탄다는 것은, 새로운 주인들과 함께 탄다는 것은, 정말이지

근사한 일이었다.

그들은 도로를 따라 6킬로미터 정도 더 가서 서쪽 방면과 동쪽 방면 차선들 사이에 있는 유턴 도로에 이르렀다. '공무 집행 차량만 허용.' 험악한 표지판이 경고했다. 스튜는 가까스로 클러치를 조종해서 차를 돌려 동쪽 방면 차선으로 들어서다가, 그 낡은 차가 출렁거리고 껑충 뛰며 주저앉아 버리겠다고 협박하는 끔찍한 순간을 한 차례 겪었다. 그러나 따뜻해진 엔진이 승객들을 안심시켰다. 스튜는 차를 3단 기어로 고정하고 나서 조금 긴장을 풀고 숨을 깊게 들이쉬면서, 빠르고 위태롭게 뛰던 심장 박동을 진정시키려 애썼다. 의식 불명 상태가 다시 찾아와 덮치려 들었으나, 스튜는 호락호락 당하지 않으려 애썼다. 몇 분 후에 톰은 스튜의 임시 방편 트러보이였던 밝은 오렌지색 침낭을 발견했다.

"바이 바이!"

톰이 너무나도 기분 좋아 하며 소리쳤다.

"바이 바이, 우리는 볼더로 갈 거야. 어쿠, 그렇지!"

'오늘 밤엔 그린 리버에 묵는 것으로 만족해야겠군.' 스튜는 생각했다.

날이 어두워진 직후에 그곳에 도착했다. 스튜는 어두운 거리에 들어서자 플리머스를 저단 기어에 놓고 조심스럽게 이동했는데, 길에는 버림받은 차량이 여기저기 흩어져 있었다. 그는 번화가에서 자신의 정체를 유타 호텔이라고 밝힌 건물 앞에다 차를 세웠다. 3층 높이의 음산한 목조 건물이었고, 지금 당장은 뉴욕의 월도프 아스토리아 호텔이 경쟁자가 생겼을까 봐 걱정할 게 전혀 없다고 스튜는 생각했다. 머리가 또다시 소란스러워지고 있었다. 그는 현실을 들락날락 했다. 마지막 30킬로미터를 지나는 동안은 때때로 차 안이 사람들로 가득 찬 듯싶었다. 프랜. 닉 앤드로스. 노먼 브루엣. 한번은 인디언 헤드 술집의 바텐더였던 크리스 오르테가가 승객으로 타고 있는 것처럼 보이기도 했다.

피곤했다. 이토록 피곤한 적이 있었던가?

"저기 안에서. 여기서 밤을 지내야 해요, 닉. 나는 완전히 지쳤어요."

스튜가 중얼거렸다.

"나는 톰이에요, 스튜. 톰 컬런. 어쿠, 그래요."

"톰, 맞군요. 우리는 여기 묵어야 해요. 내가 들어가게 도와주겠어요?"

"물론. 이 오래된 차를 달리게 하다니, 정말 대단했어요."

"나 맥주 한 잔 더 할래."

스튜가 톰에게 말했다.

"그리고 담배 한 대 없어? 담배 피우고 싶어 죽겠네."

그러고는 운전대 위로 고꾸라졌다.

톰은 차 밖으로 나와 스튜를 호텔 안으로 옮겼다. 호텔 로비는 축축하고 어두웠지만 벽난로가 있었고, 그 옆엔 반쯤 채워진 장작 상자도 있었다. 톰은 박제된 커다란 사슴 머리 아래의 닳고 닳은 소파에 스튜를 내려놓고 나서 불 지피는 일에 착수했고, 그러는 동안 코작이 주위를 거닐며 여러 가지 물건에 코를 대고 킁킁거렸다. 스튜의 호흡이 느리고 거칠어졌다. 이따금 뭐라고 중얼거렸고, 때때로 무언가 이해할 수 없는 소리를 내질러서 톰의 피를 얼어붙게 했다.

톰은 괴물같이 커다란 불길을 지피고 주위를 살피러 다녔다. 자신과 스튜가 쓸 베개와 담요를 발견했다. 소파를 밀어 스튜가 불에 좀 더 가까이 있게 했고 그런 다음 스튜 옆에 잠자리를 마련했다. 코작은 반대편 옆에 엎드렸고, 그렇게 둘은 자신들의 체온으로 환자를 감쌌다.

톰은 누워서 천장을 바라보았다. 소용돌이 무늬 양철 장식이 깔렸고 구석에는 거미줄이 쳐져 있었다. 스튜가 몹시 아팠다. 걱정스러운 일이었다. 만약 스튜가 다시 깨어나면 톰은 그에게 병이 나으려면 어떤 조치를 취해야 하는지 물어볼 작정이었다.

그런데 만약에…… 만약에 깨어나지 못한다면?

바깥에서 기승을 부리던 바람이 호텔을 지나며 울부짖었다. 빗줄기가 창문을 세차게 때렸다. 자정 무렵, 톰이 잠들고 나서 기온이 4도 더 떨어졌고, 진눈깨비가 서걱서걱 쌓이는 소리가 났다. 저 멀리 서쪽에서는, 폭풍의 바깥쪽 언저리들이 방사능에 오염된 막대한 구름을 캘리포니아를 향해 몰아가고 있었으며, 그곳에서 더 많은 인명이 죽어 갈 터였다.

새벽 2시가 지나서 얼마 후, 코작이 고개를 쳐들고 불안한 듯 낑낑거렸다. 톰 컬런이 일어나고 있었다. 두 눈이 커지고 멍해졌다. 코작이 또 낑낑거렸지만, 톰은 개에게 눈길을 주지 않았다. 문으로 간 그는 절규하는 어둠 속으로 걸어 나갔다. 코작은 호텔 로비의 창문으로 가서 앞발을 올리고 밖을 내다보았다. 개는 한동안 내다보면서, 목구멍으로 나지막이 불길한 소리를 냈다. 그러고는 제자리로 돌아와 다시 스튜 옆에 엎드렸다.

바깥에서는, 바람이 울부짖으며 날카로운 비명을 내질렀다.

제75장

"나는 하마터면 죽을 뻔한 적이 있어요. 정말로요."

닉이 말했다. 그는 톰과 함께 텅 빈 인도를 걷고 있었다. 바람이 끊임없이 울부짖었으며, 끝없이 이어진 유령 열차가 까만 하늘로 질주했다. 골목길마다 기묘하고 나지막한 기적 소리를 울려 댔다.

'귀신 나온다.' 톰은 그렇게 말하고 잠에서 깨어나 줄행랑을 칠 작정이었다. 그러나 깨어나지 않고(엄밀히 말해 깨어난 상태는 아니었다.) 닉과 함께 있었다. 진눈깨비가 양볼에 차갑게 부딪혔다.

"그랬어? 어쿠야!"

톰이 묻자 닉이 웃음을 터뜨렸다. 닉의 목소리는 나지막하고 운율이 살아 있는 멋진 목소리였다. 톰은 닉의 말을 듣는 게 좋았다.

"정말로 그랬어요. 무진장 어쿠 그래요였죠. 독감이 나를 해코지한 게 아니라, 다리를 따라서 난 조금 할퀸 상처가 해코지할 뻔했죠. 여기요, 이것을 보세요."

닉은 추위를 잊은 듯 바지를 풀어 아래로 내렸다. 톰이 호기심에 차서 몸을 앞으로 수그렸는데, 피부에 붙은 털 난 사마귀나 흥미로운 부상 자국이나 상처 구멍을 힐끗거리는 여느 꼬마들과 다를 바 없었다. 닉의 다리에 길게 그어진 것은 흉측해 보이는 흉터였으며, 간신히 나은 상태였다. 그것은 사타구니 바로 아래 허벅지의 넓적한 부분에서 시작하여, 무릎을 지나 꼬불꼬불 파고들다가 마침내 정강이 중간에 이르러 사라졌다.

"정말로 저게 닉을 죽일 뻔했어?"

닉이 바지를 끌어 올리고 허리띠를 맸다.

"깊은 상처는 아니었어요. 그런데 상처가 감염되었어요. 감염은 나쁜 세균들이 그 속으로 들어갔다는 뜻이에요. 감염은 이 세상에서 가장 위험한 것이에요, 톰 아저씨. 슈퍼 독감 세균이 사람들을 모조리 죽게 한 것도 감염 때문이었어요. 그리고 애당초 사람들한테 세균을 만들고 싶은 마음이 생기게 한 것도 감염이에요. 마음이 감염된 것이죠."

"감염."

톰이 홀린 듯 속삭였다. 그들은 다시 걷고 있었으며, 인도를 따라 거의 떠다니고 있었다.

"아저씨, 스튜 씨는 지금 감염되었어요."

"안 돼…… 안 돼. 그런 소리 하지 마, 닉…… 너는 톰 컬런을 겁주고 있어. 어쿠, 그래, 너는 그래!"

"겁준다는 거 나도 알아요, 톰 아저씨. 그래서 미안해요. 하지만 아저씨도 알아야만 해요. 그분은 양쪽 폐에 폐렴이 생겼어요. 거의 2주 동안이나 야외에서 잤기 때문일 거예요. 그분을 위해 아저씨가 해야 할 일이 있어요. 그렇더라도 그분이 죽을 거라는 건 거의 확실해요. 아저씨는 그것을 각오하고 있어야 해요."

"아냐, 안 돼……."

"톰 아저씨."

닉이 톰의 어깨에 손을 얹었다. 그러나 톰은 아무것도 느끼지 못했다…… 마치 닉의 손이 그저 연기에 지나지 않는 것 같은 느낌이었다.

"만약 그분이 죽으면, 아저씨와 코작은 계속 나아가야 합니다. 볼더로 돌아가서 사막에서 하나님의 손을 목격했던 일을 사람들한테 이야기해야 합니다. 만약 하나님의 뜻이라면, 스튜 씨도 아저씨와 함께 갈 것입니다…… 때가 되면. 만약 스튜 씨가 죽어야 하는 것이 하나님의 뜻이라면, 그럼 그렇게 될 겁니다. 나처럼."

"닉, 제발……."

톰이 애원했다.

"아저씨한테 내 다리를 보여 준 것은 다 이유가 있어요. 감염에 잘 듣는 약이 있답니다. 이런 장소에는요."

톰은 주위를 두리번거리다 그들이 이제 길거리에 있지 않다는 것을 깨닫고는 깜짝 놀랐다. 그들은 어두운 상점 안에 있었다. 약국. 귀신 같은 기계 시체처럼 휠체어 하나가 천장에서 나온 피아노선에 매달렸다. 톰의 오른편에 있는 표지판이 광고했다. '위생 청결용품'

"예, 손님? 제가 도와드릴까요?"

톰이 몸을 빙글 돌렸다. 닉이 하얀 가운을 입고 카운터 뒤에 서 있었다.

"닉?"

"예, 손님."

닉이 톰 앞에 작은 약병들을 늘어놓기 시작했다.

"이것은 페니실린입니다. 폐렴에 아주 좋지요. 이것은 암피실린, 그리고 이것은 아목시실린입니다. 역시 좋은 약이지요. 그리고 이것은 브이실린으로서, 일반적으로 어린이용으로 처방되는 건데, 만약 다른 약들이 신통치 않으면 이것이 효험을 나타낼 수도 있습니다. 스튜 씨는 물을 많이 마셔야 합니다. 그리고 주스도 마셔야만 합니다. 하지만 가능할 것 같진 않군요. 그럼 스튜 씨에게 이것을 주십시오. 이것은 비타민 시 정제입니다. 게다가 그분은 걸어 다녀야 하는데……"

"내가 그런 걸 어떻게 전부 다 기억해!"

톰이 울부짖었다.

"유감이지만 아저씨는 기억해야 해요. 왜냐하면 다른 사람이 아무도 없잖아요. 아저씨 혼자 힘으로 해야죠."

톰이 울음을 터뜨렸다.

닉이 몸을 앞으로 기울이고 두 팔을 휘둘렀다. 찰싹 부딪치지는 않았다.(톰은 닉이 연기나 마찬가지이므로 자신을 뚫고 나갈 거라는 느낌이 또다시 들었다.) 그래도 톰은 자신의 머리가 뒤로 흔들리는 것을 느꼈다. 머릿속 무엇인가가 덥석 잡아채인 듯싶었다.

"그러지 마세요! 이젠 아기처럼 굴면 안 돼요, 톰 아저씨! 어른이 되세요! 제발 부탁이에요, 어른이 되라고요!"

톰이 닉을 빤히 쳐다보았다. 손이 뺨으로 올라가고 눈이 휘둥그레졌다.

"스튜 씨를 걷게 하세요. 성한 다리로 움직이게 해요. 안 되면 끌고라도 다녀요. 아무튼 자꾸 눕혀 놓지 마요. 안 그랬다간 스튜 씨는 그대로 침몰해 버릴 테니까."

"스튜는 제정신이 아니야. 스튜는 소리 질러…… 옆에 있지도 않은 사람들한테 소리 지른다고."

"정신착란 상태라서 그래요. 어쨌든 걷게 하세요. 아저씨의 온 힘을 다해서. 스튜 씨가 페니실린을 먹게 해요. 한 번에 한 알씩. 스튜 씨에게 아스피린을 줘요. 몸을 따뜻하게 하고요. 기도하세요. 모두 아저씨가 할 수 있는 일이에요."

"알았어, 닉. 알았어. 나 어른이 되도록 노력할게. 나 일러 준 대로 기억하도록 노력할게. 그런데 닉도 여기에 같이 있었으면 좋겠어. 어쿠, 그래, 너무 좋겠다!"

"온 힘을 다하세요, 톰 아저씨. 그게 다예요."

닉은 사라졌다. 톰은 깨어나서 인적 없는 약국 안 처방 카운터 옆에 서 있는 자신의 모습을 발견했다. 유리판 위에 놓인 것은 약병 네 개였다. 톰은 그것들을 오랫동안 쳐다보았고 그러고 나서 손을 뻗어 그러모았다.

톰은 어깨가 진눈깨비로 덮인 채 새벽 4시에 돌아왔다. 바깥에선 진눈깨비가 잦아들고 있었고, 동쪽으로 가늘고 깨끗한 새벽 햇살이 비추었다. 코작이 기쁨에 넘쳐 짖어 대며 반갑게 맞았고, 스튜는 신음하며 깨어났다. 톰이 그의 곁에 무릎 꿇었다.

"스튜?"

"톰? 숨 쉬기가 어려워요."

"나한테 약 있어요, 스튜. 닉이 나한테 보여 줬다고요. 그걸 먹으면 감염이 없어져요. 지금 당장 하나 먹어야 해요."

가지고 들어온 가방에서 톰이 약병 네 개와 커다란 게토레이 병 하나를 꺼냈다. 주스에 관해서는 닉이 틀렸다. 그린 리버 슈퍼마켓에는 병에 담긴 주스가 넘쳐 났다.

스튜가 약을 바라보다 눈 가까이 갖다 댔다.

"톰, 이것들 다 어디서 났어요?"

"약국에서요. 닉이 나한테 줬어요."

"아니겠지, 설마."

"정말이에요! 정말! 효험이 있는지 알아보려면 우선 페니실린을 먹어야 해요. 어느 병에 페니실린이라고 적혀 있죠?"

"이 병이에요…… 하지만 톰……."

"안 돼요. 먹어야 해요. 닉이 그렇게 말했어요. 그리고 당신은 걸어야만 해요."

"난 걸을 수 없어요. 한쪽 다리가 부서졌어요. 그리고 병에 걸렸다고요."

스튜의 목소리가 부루퉁하게 토라졌다. 병실에서 날 법한 목소리였다.

"그래도 해야만 해요. 안 그러면 내가 끌고 다닐 거예요."

스튜는 아슬아슬하게 유지하던 현실 감각을 잃었다. 톰이 스튜의 입 안에 페니실린 캡슐 한 알을 넣었고, 스튜는 숨 막히지 않으려고 반사적으로 그 약을 게토레이와 함께 삼켰다. 불쌍하게도 스튜는 기침을 터뜨렸다. 마치 아기한테 트림을 시키듯 톰이 등을 두드려 주었다. 그러고 나서 톰은 온 힘을 다해 스튜가 성한 다리로 일어서도록 끌어당겼고 그를 호텔 로비 주위로 질질 끌고 다녔다. 코작이 걱정스러운 듯 그들 뒤를 따라다녔다.

톰이 말했다.

"제발 하나님. 제발 하나님, 제발요 하나님."

스튜가 소리 질렀다.

"플랜한테 어디서 빨래판을 구해다 줄 수 있는지 난 알아요, 글렌! 저 음반 가게에 많아요! 가게 진열창 속에서 내가 봤다니까!"

"제발 하나님."

톰이 숨을 헐떡거렸다. 스튜의 머리가 어깨에서 축 늘어졌다. 머리가 난로처럼 뜨거웠다. 부목을 덧댄 다리가 무기력하게 질질 끌려 다녔다.

이 우울한 아침만큼이나 볼더가 멀게 느껴진 적은 결코 없었다.

폐렴에 걸린 스튜의 투쟁은 2주간 지속되었다. 그는 게토레이, V8 야채 주스, 웰치 포도 주스, 다양한 상표의 오렌지 음료를 마셨다. 뭔지 알고 마신 적은 드물었다. 소변은 냄새가 고약하고 강렬했다. 스튜는 아기처럼 자기 몸에 대소변을 보았고 대변은 아기가 싼 것처럼 누렇고 흐물흐물했는데, 순전히 본능적인 생리 현상이었다. 톰은 스튜의 몸을 깨끗이 씻겨 주었다. 그리고 유타 호텔 로비 주위로 스튜를 끌고 다녔다. 그리고 톰은 밤에도 자지 않고 대기하려 했다. 스튜가 잠결에 시끄럽게 헛소리를 지껄여 댔기 때문이 아니라, 힘겨워하던 스튜의 호흡이 끝내는 멎을까 봐 두려웠기 때문이었다.

이틀 뒤 페니실린 때문에 흉측스러운 빨간 뾰루지가 돋아나자 톰은 암피실린으로 약을 바꿨다. 그 약이 더 잘 들었다. 10월 7일 아침에 톰은 깨어나서 스튜가 지난 며칠간보다 더 깊이 잠들어 있는 것을 발견했다. 몸 전체가 땀에 흠뻑 젖었는데도 이마는 서늘했다. 밤새 열이 꺾였다. 그다음 이틀 동안, 스튜는 내처 잠만 잤다. 톰은 그를 깨워 유타 호텔 식당에서 가져온 각설탕과 약을 먹이느라 생고생을 했다.

10월 11일에 스튜의 상태가 다시 악화되었고, 톰은 그것으로 끝장이 날까 봐 몹시도 무서웠다. 그러나 열은 그리 높지 않았고, 호흡은 무시무시했던 5일과 6일의 새벽에 그랬던 것만큼 거칠고 힘겨운 상태까지 나빠지지는 않았다.

10월 13일, 호텔 로비 의자에서 곤하게 낮잠을 자다 깨어난 톰은 스튜가 일어나 앉아 주위를 두리번거리는 것을 발견했다. 스튜가 속삭였다.

"톰, 나 살았어요."

"그래요. 어쿠, 그래요!"

톰이 기쁨에 겨워 말했다.

"나 배고파요. 수프 좀 만들어 줄래요, 톰? 혹시 면발도 있으면 좀 넣어서?"

18일이 되자 스튜가 힘을 조금씩 회복하기 시작했다. 톰이 약국에서 가져온 목발을 짚고 한 번에 5분씩 로비를 돌아다닐 수 있었다. 뼈들이 서로 붙기 시작하자 부러진 다리가 쉴 새 없이 가려워져 미칠 것 같았다. 10월 20일, 스튜는 내복과 커다란 양가죽 코트로 몸을 감싸고 처음으로 바깥에 나갔다.

그날은 따스했고 햇볕이 잘 들었지만, 한기가 깔려 있었다. 볼더는 아직도 한창 가을일 테고, 미루나무들이 황금빛으로 물들었을 테지만, 여기는 겨울이 손에 닿을 만큼 아주 가까이 있었다. 햇빛이 전혀 닿지 않는 그늘진 곳에서는 얼어붙어 우툴두툴한 작은 눈밭을 볼 수 있었다.

"나는 모르겠어요, 톰. 우리가 그랜드 정션까지는 넘어갈 수 있겠다는 생각이 들어요. 하지만 그다음부터는 전혀 모르겠어요. 산맥에는 눈이 엄청나게 쌓였을 거예요. 게다가 나는 한동안 섣불리 움직이지 못해요. 기운을 회복해야 해요."

"기운이 다시 돌아오려면 얼마나 걸리는데요, 스튜?"

"모르겠어요, 톰. 어떻게 될지 두고 봐야죠."

스튜는 너무 성급하게 움직이지 않기로, 무모하게 강행하지 않기로 했다. 당장은 건강이 회복된 기쁨에 마냥 취해 있을 정도로 바로 전까지 죽음의 문턱에 가까웠던 신세였다. 가능한 한 몸을 완전한 상태로 만들고 싶었다. 그들은 호텔 로비에서 나와 1층 홀을 지나서 자리한 연결 객실 두 개로 거처를 옮겼다. 두 객실을 연결하는 응접실은 코작의 임시 개집이 되었다. 스튜의 다리뼈는 실제로 붙고 있었지만, 부적합한 위치로 맞붙었기 때문에 다시는 예전처럼 쭉 뻗은 다리를 되찾지 못할 터였다. 혹시나 조지 리처드슨한테 그 다리를 다시 부러뜨려 제대로 뼈를 붙여 달라고 하면 몰라도. 스튜는 목발에서 벗어난 후에도 절뚝거릴 터였다.

그럼에도 스튜는 그런 다리로 운동을 시작하여 다리 근육을 튼튼하게 하려고 노력했다. 그 다리를 75퍼센트의 효율로 되돌려 놓는 데에도 긴 시간이 걸릴 터였지만, 단언하건대 겨울은 그 과정을 신물 나게 즐기기에 충분할 만큼 길었다.

10월 28일 그린 리버에 적설량이 10센티미터쯤 되는 눈이 쌓였다.

"일찌감치 이동하지 않는다면 빌어먹을 겨우내 유타 호텔 안에서 시간을 보내야 할 거예요."

눈 내리는 광경을 내다보며 스튜가 톰한테 이야기했다.

다음 날 그들은 변두리의 주유소로 플리머스를 몰고 갔다. 종종 휴식하느라 작업을 멈추었고 힘든 일은 톰이 맡으면서, 마모된 뒤쪽 타이어들을 징이 박힌 스노타이어로 교체했다. 스튜는 사륜 구동 차량을 구할까 생각해 보았지만 결국엔 무척 불합리한 결정임에도 불구하고 행운의 고물차를 계속 고수하기로 했다. 톰이 플리머스의 트렁크 속에 20킬로그램짜리 모래주머니 네 개를 채워 넣음으로써 작전을 완수했다. 그들은 10월 31일 핼러윈 날에 그린 리버를 떠나 동쪽으로 향했다.

11월 2일 정오에 그랜드 정션에 도달했다. 나중에 알게 된 사실이지만 3시간만 지체했어도 곤욕을 치를 뻔했다. 오전 내내 하늘이 납빛으로 흐렸고, 그들이 중심가로 접어들 무렵엔 첫 눈발이 플리머스의 보닛 위에서 미끄럼을 지치기 시작했다. 오는 도중에 대여섯 차례 짧은 눈보라를 목격하긴 했지만, 눈보라로 그칠 것 같지 않았다. 심각한 폭설이 내릴 것 같은 날씨였다.

"머물 곳을 점찍어 봐요. 한동안 여기서 지낼지도 몰라요."

톰이 손을 뻗어 가리켰다.

"저기! 별이 붙은 모텔!"

별이 붙은 모텔은 그랜드 정션 홀리데이인이었다. 간판과 유혹적인 별 장식 밑으로 현관 차양이 튀어나와 있었다. 차양에 빨간 글씨들이 커다랗게 적혀 있었다. '환 그랜ㄷ 정 여름축 ㅔ '90! 6월 12일~7 4일!'

"오케이. 홀리데이인 모텔이로군."

스튜는 차를 세우고 엔진을 껐다. 그들 중 어느 한쪽이 알았던 대로 그 차는 두 번 다시 달리지 못했다. 그날 오후 2시경, 산발적으로 날리던 눈발이 두터운 하얀 커튼으로 발전하여 소리 없이 그리고 끝도 없을 것처럼 내렸다. 4시경 가벼운 바람이 질풍으로 돌변하여 눈을 앞장세우고 휘몰아쳤고, 거의 환각이다 싶을 만큼 급격한 속도로 눈덩이들을 쌓아 놓았다. 밤새도록 눈이 내렸다. 다음 날 아침 일어난 스튜와 톰은 코작이 모텔 로비의 커다란 쌍여닫이문 앞에 앉아서, 거의 움직임이 없는 순백의 세상을 내다보는 모습을 보았다. 아무것도 움직이는 것이 없는 가운데 다만 어치 한 마리가 길 건너편에 있는 여름용 차양의 뭉개진 잔해 위를 활보하고 있었다.

톰이 속삭였다.

"아이고머니나. 우린 눈 속에 갇힌 거네요. 그렇죠, 스튜?"

스튜가 끄덕였다.

"이런 상황에서 어떻게 볼더까지 돌아갈 수 있죠?"

"봄을 기다려야죠."

"그렇게 오랫동안?"

톰은 심란해하는 듯 보였다. 스튜는 그 덩치 큰 '어른 소년'의 어깨에 팔을 둘렀다.

"시간은 흘러갈 겁니다."

스튜는 그렇게 말했지만, 바로 그 순간에도 그들 중 누가 그토록 오랫동안 기다릴 수 있을지 확신하지 못했다.

스튜는 얼마 동안인가 어둠 속에서 신음하며 헐떡거렸다. 마침내 잠에서 깰 정도로 요란한 소리를 지르고 꿈에서 빠져나와 홀리데이인 모텔 객실에서 팔꿈치를 짚고 일어나, 휘둥그레진 눈으로 허공을 주시했다. 떨리는 한숨을 길게 내쉬며 침대 탁자에 놓인 전등을 더듬거렸다. 그것을 두 번 딸깍거리자 어떤 상황인지 퍼뜩 떠올랐다. 우스웠다. 전기가 끊어져 버렸다는 사실을 믿기가 어찌나 힘들던지. 스튜는 바닥에서 콜맨 기름 램프를 발견하고 전등 대신 켰다. 불을 켜고 요강에 소변을 보았다. 그러고는 책상 옆 의자에 앉았다. 손목시계를 보고 새벽 3시 15분인 것을 알았다.

또다시 꿈. 프래니 꿈. 악몽.

항상 똑같았다. 고통 속의 프래니, 땀으로 목욕한 얼굴이다. 리처드슨이 프래니 다리 사이에 있었고, 로리 컨스터블은 곁에 서서 의사를 거들었다. 프랜의 두 발이 분만대의 스테인리스 스틸 받침대 위에 처들려 있고…….

"힘 줘요, 프래니. 밀어내요. 아주 잘하고 있어요."

그러나 마스크 위로 드러난 조지의 암울한 눈을 보고 있자니, 스튜는 프래니가 결코 잘하고 있는 게 아님을 알았다. 무엇인가가 잘못됐다. 로리가 땀에 전 프래니의 얼굴을 스펀지로 닦으며 이마의 머리칼을 뒤로 쓸어 넘겼다.

"아기가 거꾸로 들어섰구나."

누가 말한 거지? 불길하고 실체 없는 목소리였으며, 나지막하고 느릿느릿했다. 45회전 레코드판을 33과 3분의 1회전으로 돌려서 나온 목소리처럼.

"아기가 거꾸로 들어섰구나."

조지의 목소리: "로리, 딕 씨를 부르는 게 좋겠어요. 딕 씨에게 말해요. 우리가 어쩌면……."

로리의 목소리: "선생님, 프래니가 피를 너무 많이 흘리고 있습니다……."

스튜는 담배에 불을 붙였다. 지독하게도 밍밍한 맛이었지만 그토록 특이한 꿈을 꾸고 나니, 무엇이든 위안이 되었다. '불안감 때문에 생긴 꿈이야. 그뿐이라고. 네가 그 자리에 없으면 여러 가지 일들이 제대로 안 돌아갈 거라는 이런 전형적인 마초적 생각에 빠졌던 거야. 에휴, 그런 생각 집어치워, 스튜어트. 프래니는 괜찮아. 모든 꿈이 현실화하는 건 아니라고.'

하지만 지난 반년 동안은 너무도 많은 꿈이 현실화되었다. 프랜의 출산에 관해 거듭 반복되는 이 꿈이 미래에는 자신에게 현실로 나타날 거라는 느낌이 좀체 떠나지 않으려 했다.

스튜는 반쯤 피다 만 담배를 비벼 끄고 멍하니 기름 램프의 은은한 불빛을 들여다보았다. 때는 11월 29일이었다. 그들은 그랜드 정션 홀리데이인 모텔에 거의 4주 동안 숙박했다. 시간은 느리게 흘렀지만, 그들은 그 도시 전체에서 재미있는 잡동사니들을 도둑질하면서 겨우겨우 명랑한 기분을 유지해 왔다.

스튜는 그랜드 대로의 자재 도매상에서 중간 크기의 혼다 발전기를 발견했다. 톰과 함께 발전기를 쇠사슬 도르래로 썰매에 올려놓은 다음 그 썰매에 스노캣 설상차 두 대를 길게 연결해서 홀리데이인 건너편 회의장 건물까지 끌고 갔다. 그것을 옮긴 방식을 달리 표현하자면, 쓰레기통맨이 랜들 플랙을 위해 최후의 선물을 운반했던 방식과 무척 흡사했다.

"그것으로 뭘 할 거죠? 모텔에 전기가 들어오게 하려고?"

톰이 물었다.

"그러기에는 너무 소형이에요."

"그럼 뭐예요? 그걸로 무얼 할 건데요?"

조바심을 내는 톰의 모습은 거의 춤을 추는 듯했다.

"두고 보면 알아요."

그들은 발전기를 회의장 건물의 전기실 안에 두었고, 톰은 신속하게 그것을 잊었다. 바로 스튜가 바라던 바였다. 다음 날 그는 설상차를 타고 그랜드 정션 식스플렉스 극장에 갔고, 이번에는 혼자서 썰매와 쇠사슬 도르래를 사용하여 몇 번의 동네 구경 중에 발견했던 창고 건물의 2층 창문에서 낡은 35밀리 영사기를 내렸다. 비닐에 싸여 있다가…… 완전히 잊혀 버린 영사기 같았다. 보호용 비닐 덮개에 쌓인 먼지로 보건대 말이다.

스튜의 다리는 훌륭하게 회복 중이었지만, 그래도 회의장 건물 출입구에서부터 바닥 한가운데로 영사기를 힘으로 밀어붙여 운반하는 데 거의 3시간이나 걸렸다. 바퀴 달린 작은 수레 세 개를 사용했고 어느 순간이든 톰이 찾아오지는 않을까 하고 계속 주위를 두리번거렸다. 톰이 끼어들면 작업 속도는 더 빨라지겠지만, 뜻밖의 깜짝 선물을 망쳐 버릴 것이었다. 그런데 톰은 자기만의 볼일이 있는지 떨어져 있어서, 스튜는 온종일 그를 보지 못했다. 톰이 5시경에 홀리데이인으로 돌아와 사과처럼 빨간 볼에 목도리를 감싼 모습이었을 때, 깜짝 선물 준비가 완료되었다.

스튜는 이미 그랜드 정션 복합 상영관에서 상영하던 영화 여섯 편 전부를 가져다 놓았다. 그날 저녁 식사 후, 스튜가 아무렇지도 않게 말했다.

"나랑 회의장 건물에 같이 갑시다, 톰."

"뭐 하러요?"

"가 보면 알아요."

회의장 건물은 눈 덮인 거리를 가로질러 홀리데이인과 마주하고 있었다. 출입구에서 스튜는 톰에게 팝콘 한 상자를 건넸다.

"이건 뭐 하는 거예요?"

톰이 물었다.

"팝콘 없이 영화 볼 생각을 하다니 정말 얼간이 같네요."

스튜가 씩 웃었다.

"영화?"

"물론."

톰이 회의장 건물 안으로 뛰어 들어갔다. 완벽하게 필름이 감긴 커다란 영사기가 설치된 것을 보았다. 회의장의 대형 영화 스크린이 내려와 있는 것을 보았다. 접이식 의자 두 개가 거대하고 텅 빈

바닥 한복판에 놓인 것을 보았다.

"와우."

톰이 속삭였는데, 거리낌 없이 경이로워하는 얼굴 표정은 스튜가 바라던 그대로였다.

"브레인트리 마을에 있는 스타라이트 자동차 전용 극장에서 삼 년에 걸쳐 여름마다 영화 트는 일을 했어요. 필름이 끊어지기라도 하면 이 녀석들을 어떻게 고치는지 내가 잊어버리지 않았기를 바라야겠지만요."

"와우."

"필름 통 바꾸는 사이엔 좀 기다려야 할 거예요. 곧바로 달려가서 두 번째 통을 잽싸게 움켜잡을 수는 없으니까."

스튜는 영사기에서 전기실 안의 혼다 발전기까지 이어진 어수선한 전깃줄들 사이로 걸음을 옮겨 발전기 시동 줄을 잡아당겼다. 발전기가 경쾌하게 칙칙폭폭 소리를 내기 시작했다. 엔진 소리가 최대한 안 들리도록 스튜는 문을 닫고 조명을 껐다. 그리고 5분 뒤 그들은 나란히 앉아 「람보 4: 불의 전투」에서 실베스터 스탤론이 마약상 수백 명을 죽이는 광경을 관람하고 있었다. 돌비 음향이 회의장에 설치된 열여섯 개 스피커를 통해 그들을 향해 울려 퍼졌으며, 이따금은 너무 소리가 커서 대사를 알아듣기가 어려울 지경이었으나(그 영화에 무슨 그리 중요한 대사가 있겠는가마는)…… 두 사람 모두 무척 좋아했다.

한참 나중에 당시 광경을 생각해 보면 스튜는 웃음이 나왔다. 자세한 사정을 모르는 사람은 바보라고 불렀을 것이었다. 그는 훨씬 더 작은 발전기에다 비디오 플레이어를 연결시킬 수 있었고 그렇게 해서 수백 편의 영화를 시청할 수도 있었다. 바로 홀리데이인 안에서. 그러나 텔레비전 화면으로 보는 영화는 극장과 똑같지 않았고, 결코 같을 수가 없었다. 스튜가 생각하기엔 그랬다. 그리고 그런 사실 역시 중요한 것은 아니었다. 중요한 건 단순히 그들이 시간을 죽였다는 것이었고…… 지난 며칠 동안은 시간 죽이는 일이 지랄 맞게 힘겨운 일이었다.

어쨌든 필름 중 하나는 최신 디즈니 만화 영화 중 한 편인 「올리버와 친구들」의 신판이었다. 비디오로 나온 적이 없는 것이었다. 톰은 그것을 보고 또 보았다. 뉴욕의 화물선에 살면서 훔친 비행기 좌석에서 잠자는, 만화 속 올리버와 아트풀 다저와 페이긴의 익살에 어린애처럼 웃어 댔다.

영화 상영 일 외에도 스튜는 스무 개가 넘는 모형을 만들었는데, 그중에는 슈퍼 독감 이전에 65달러에 팔리던 부품 수 240개짜리 롤스로이스 자동차 모형도 있었다. 톰은 홀리데이인의 본관 행사장에 바닥 면적의 거의 절반을 뒤덮는, 괴상하면서도 어쨌거나 감탄하지 않을 수 없는 지형 구조물을 건설해 놓았다. 아교 종이 찰흙, 소석고, 다양한 식품 염료를 사용한 것이었다. 톰은 그것을 달나라 기지 알파라고 불렀다. 그렇다. 그들은 그동안 계속 바빴던 것이다. 하지만…….

'네가 생각하고 있는 건 터무니없는 일이야.'

스튜는 다리를 구부려 보았다. 기대했던 것보다 더 나은 상태였고 어느 정도는 홀리데이인의 체력 단련실과 운동 기구들 덕분이었다. 아직도 상당히 뻣뻣했고 통증이 웬만큼 남아 있었지만 목발 없이도 절뚝거리며 돌아다닐 만했다. 상황을 느긋하고 편안하게 받아들여야 할 필요가 있었다. 스튜는 이 근방의 거의 모든 차고들 뒤편에 세워져 있는 아크틱 캣츠 설상차 운전법을 톰에게도 가르칠 수 있을 거라고 확신했다. 하루에 30킬로미터를 이동한다고 치고, 2인용 텐트, 대형 침낭, 수많은 냉동 건조 농축 음식을 챙겨서……

'당연하지. 만일 베일 산길에서 눈사태가 덮친다면 톰과 함께 냉동 건조 당근이 담긴 비닐 팩을 눈사태를 향해 흔들어 대면서 눈사태야 물러가라 하고 말해 줄 수도 있지. 거 참 미치겠네!'

그렇다고는 해도…….

스튜는 담배를 찌그러뜨리고 기름 램프를 껐다. 그러나 잠들기까지는 아주 오랜 시간이 걸렸다.

아침 식사 시간에 스튜가 말했다.

"톰, 볼더로 돌아가고 싶은 생각이 얼마나 간절해요?"

"그래서 프랜을 만나는 거죠? 딕도? 샌디도? 어쿠, 나는 정말 미치도록 볼더로 돌아가고 싶어요, 스튜. 사람들이 내 예쁜 집을 다른 사람한테 줘 버린 건 아닐까요, 예?"

"아니오. 틀림없이 그러지 않았을 거예요. 내 말은요, 톰한테는 볼더에 가는 게 위험을 무릅쓸 가치가 있는 일인가요?"

톰이 당황해하며 그를 바라보았다. 스튜가 좀 더 설명해 줄 채비를 하고 있을 때 톰이 말했다.

"어쿠, 모든 일에는 위험이 따르지요, 그렇죠?"

그 일은 이렇게 간단하게 결정 났다. 그들은 11월의 마지막 날에 그랜드 정션을 떠났다.

톰에게 설상차 운전의 기초를 가르칠 필요는 없었다. 스튜가 홀리데이인에서 1킬로미터도 채 안 떨어진 콜로라도 고속도로 관리국 창고 안에서 괴물같이 거대한 기계를 발견했던 것이다. 초대형 엔진에 최악의 바람도 가를 수 있는 유선형 구조였고, 무엇보다도 윗부분이 트인 커다란 짐칸을 갖춘 형태로 개조된 차라는 점이 마음에 들었다. 예전엔 온갖 종류의 비상 장비를 실었을 것임에 의심의 여지가 없었다. 짐칸은 꽤 큰 개가 안락하게 들어갈 정도로 컸다. 야외용품을 전문으로 취급하는 그 도시의 여러 상점을 거치다 보니, 여행을 위해 짐을 꾸리는 데 전혀 곤란한 점이 없었다. 슈퍼 독감이 여름 초기에 강타했는데도 아직 겨울용품이 있었다. 그들은 가벼운 2인용 텐트와 무거운 침낭, 각자 산악 스키 한 벌씩(비록 톰한테 산악 스키의 기초를 가르쳐야 한다고 생각하니 스튜는 소름이 끼치긴 했지만), 커다란 콜맨 가스 스토브, 램프, 가스통, 여벌의 축전지, 농축 음식, 그리고 조준경이 달린 대형 개런드 엽총을 챙겼다.

여행 첫째 날 2시경, 스튜는 어딘가에서 눈 속에 갇혀 굶어 죽을지도 모른다는 자신의 두려움이 전혀 당치도 않았음을 깨달았다. 숲에는 꽤 많은 사냥감들이 우글거리고 있었다. 평생 그 같은 광경은 한 번도 보지 못했다. 그날 오후 늦게 사슴 한 마리를 쏴서 잡았는데, 9학년 때 학교를 빼먹고 데일 아저씨와 함께 사냥하러 나갔을 때 이후로 처음 잡아 본 사슴이었다. 그 옛날의 사슴은 앙상한 암사슴이었으며, 고기 맛이 형편없고 다소 씁쓸했다. "쐐기풀을 먹고 다닌 사슴이라서 그래." 데일 아저씨가 말해 주었다. 이번 사슴은 수사슴이었으며, 큼직하고 무겁고 가슴이 떡 벌어졌다. 그랜드 정션 스포츠용품점에서 구한 커다란 칼로 사슴의 배를 가르던 스튜는 문득 겨울이 이제 막 시작되었다는 생각이 들었다. 대자연은 과도한 개체수 증가를 처리하는 나름의 비법이 있었던 것이다.

톰이 불을 피우는 동안 스튜는 온 힘을 다해 사슴을 손질하느라 두툼한 코트 소매가 사슴 피로 뻣뻣해지고 끈적거렸다. 사슴 해체 작업을 끝냈을 땐 해가 지고도 3시간이 흐른 뒤였고 다친 다리가 「아베 마리아」를 찬송하고 있었다. 데일 아저씨와 함께 잡았던 사슴은 브레인트리 마을 경계선 바로 너머의 통나무집에 살던 쇼이라는 노인한테 가져갔다. 그 노인이 3달러와 사슴 고기 5킬로그램을 받는 대가로 사슴 가죽을 벗기고 손질해 주었다.

"정말이지 오늘 밤 여기에 쇼이 노인이 있었더라면 좋았을걸."

스튜가 한숨 쉬며 말했다.

"누구?"

톰이 꾸벅꾸벅 졸다 깨어나서 물었다.

"아무도 아니에요, 톰. 그냥 혼자 해 본 말이에요."

결과적으로 사슴 고기는 고생한 보람이 있었다. 냄새도 좋고 맛도 좋았다. 배부르게 식사하고 나서 스튜는 여분의 고기 10킬로그램 정도를 요리하여 다음 날 아침에 고속도로 관리국 설상차의 제일 작은 짐칸에 꾸려 놓았다. 첫째 날 그들은 겨우 25킬로미터를 이동했다.

그날 밤 꿈은 달랐다. 스튜는 또다시 분만실 안에 있었다. 사방천지가 다 피였다. 그가 입은 하얀 가운의 소매가 피로 뻣뻣하고 끈적끈적했다. 프래니를 덮은 시트도 피에 흠뻑 젖었다. 프래니는 여전히 날카롭게 비명을 질렀다.

"때가 임박했어요." 조지가 헐떡거렸다.

"마침내 그때가 왔다고요, 프래니. 출산할 준비가 된 거예요. 그러니 힘 줘요! 힘 줘!"

그리고 때가 왔다. 마지막 핏물 홍수 속에서 때가 왔다. 조지가 아기를 쑥 끌어당기며 아기 엉덩이를 움켜잡았는데, 다리가 먼저 빠져나왔기 때문이었다.

로리가 비명을 질렀다. 스테인리스 스틸 수술 도구들이 사방에 흩날렸다.

왜냐하면 아기는 사납게 히죽거리는 인간의 얼굴, '그 남자'의 얼굴을 가진 늑대였으며, 플랙이었으며, 그의 시대가 또다시 돌아온 것이었으며, 그는 죽은 것이 아니었으며, 아직까진 죽은 것이 아니었으며, 그는 여전히 세상을 걸어 다녔으며, 프래니는 랜들 플랙을 낳은 것이었으며……

스튜는 깨어났다. 귓가에 거친 호흡이 요란했다. 그가 비명을 질렀던가?

톰은 침낭 속에서 몸을 둥글게 말고 여전히 아주 깊이 잠들어 있었기에 스튜는 오직 곧추선 그의 머리카락만 볼 수 있었다. 코작은 스튜 쪽으로 몸을 웅크렸다. 모든 것이 다 괜찮았다. 단지 꿈일 뿐이었으니…….

문득 야밤을 뚫고 짐승의 울부짖음이 한 차례 솟구쳤다. 지독한 공포를 자아내는 맑은 종소리…… 늑대의 울부짖음, 어쩌면 살인자의 유령이 내는 비명.

코작이 고개를 쳐들었다.

소름이 스튜의 팔, 허벅지, 사타구니에 돋아났다.

울부짖음은 다시 들려오지 않았다.

스튜는 잠들었다. 아침에 그들은 짐을 꾸려 계속 이동했다. 사슴 내장이 전부 없어진 것을 알아차리고 지적한 사람은 톰이었다. 내장이 있던 자리에 어지러운 발자국들이 있었고, 스튜가 도살해서 생긴 핏자국은 눈 위에서 연한 분홍색으로 희미해졌다. 하지만 그게 다였다.

좋은 날씨가 닷새간 계속된 덕분에 그들은 라이플까지 갈 수 있었다. 그다음 날 아침 그들은 점점 심해지는 눈 폭풍 속에서 깨어났다. 스튜는 여기서 폭풍이 지나가기를 기다려야 할 거라고 말했고, 그들은 동네 모텔에 묵었다. 톰이 모텔 로비 문짝을 열어 붙잡고 있는 동안 스튜가 바로 안쪽으로 설상차를 운전해 넣었다. 스튜의 말마따나 그곳은 편리한 차고가 되었다. 비록 설상차의 강력한 무한궤도가 로비에 깔린 두꺼운 카펫을 상당히 구겨 버리기는 했지만.

사흘 동안 눈이 내렸다. 그들이 12월 10일 아침에 깨어나 눈을 파내고 밖으로 나오자 태양이 찬란하게 빛나고 있었고, 기온은 영상 1.5도로 올라갔다. 이제 눈이 훨씬 더 깊이 쌓여 70번 주간 고속도로의 커브 길이나 진로가 바뀌는 지점을 읽기가 더 어려워졌다. 그러나 눈부시고, 따스하고, 햇빛 가득한 날에 스튜를 걱정스럽게 하는 것은 고속도로를 제대로 따라가고 있느냐가 아니었다. 오후 늦게 파란 그림자들이 길어지기 시작할 무렵, 스튜는 속도를 늦춘 다음 설상차 엔진을 껐다. 고개를 곤두세우고 온몸으로 무슨 소리에 귀를 기울이는 듯한 자세를 취했다.

"왜 그래요, 스튜? 왜……."

곧이어 톰도 역시 그 소리를 들었다. 그들의 전방 왼쪽에서 나지막하게 우르르 울리는 소리. 그것은 특급 열차의 깊은 포효 소리로 증폭되었다가 사그라졌다. 오후는 또다시 고요해졌다.

"스튜?"

톰이 걱정스럽게 물었다.

"걱정하지 마요."

스튜가 말하고는 생각했다. '그래도 나는 우리 둘을 위해 상당히 걱정해야겠는걸.'

따뜻한 기온이 계속되었다. 12월 13일에는 쇼숀에 거의 다 왔고, 여전히 로키 산맥의 지붕을 향해 오르는 중이었다. 다시 내리막길로 접어들 때까지 올라가야 하는 가장 높은 지점은 러브랜드 산길이 될 터였다.

낮게 우르르 울리는 눈사태 소리가 거듭 들려왔다. 때로는 멀리서 나는 소리였고, 때로는 너무 가까워서 어쩔 도리 없이 그저 위를 쳐다보고 기다리며 저 높고 거대하고 하얀 죽음의 눈 더미들이 하늘을 가득 메우지 않기만을 바랄 뿐이었다. 12일에는 눈사태가 그들이 겨우 30분 전에 있었던 장소를 휩쓸고 내려가, 수십 톤의 눈 더미로 설상차의 자취를 묻어 버렸다. 설상차의 엔진 소리가 일으킨 진동이 결국 그들을 죽음에 이르게 할까 봐, 그 진동이 산사태를 촉발시켜 무슨 일인지 알아차릴 겨를도 없이 그들을 깊이 10미터의 눈 속에 묻어 버릴까 봐, 스튜는 점점 더 두려워했다. 그러나 이젠 별다른 방법 없이 그저 밀고 나가면서 최선의 상황을 기대할 따름이었다.

곧이어 기온이 또다시 급강하하자 눈사태 위험이 다소 감소했다. 또 한 번 폭풍이 일었고 그들은 이틀 동안 이동을 멈추었다. 그런 다음 눈을 파내고 계속 이동했고…… 밤에는 늑대들이 울부짖었다. 대개는 멀리서 들려왔지만 이따금은 너무 가까워서 늑대들이 텐트 바로 바깥에 있는 듯싶었으며 코작이 일어나 가슴 깊숙이 나지막하게 으르렁거리며, 강철 스프링같이 팽팽하게 긴장했다. 그래도 기온이 낮게 유지되면서 눈사태 횟수는 줄어들었다. 비록 18일에 또 한 차례 눈사태를 가까스로 모면하긴 했지만.

12월 22일, 에이번이라는 마을의 외곽에서 스튜는 설상차를 몰다 고속도로 둑 아래로 추락했다. 그때 그들은 시속 15킬로미터를 꾸준히 유지하며 안전하고 쾌적하게 달리면서, 밑에 깔린 눈구름을 가르던 중이었다. 아래쪽에 작고 조용한 마을이 보였다. 하얀 교회 첨탑 하나가 삐죽 솟아 있고 매끄러운 눈 더미가 집 처마까지 쌓여 올라온 풍경이 1980년대 입체 영상처럼 보이는 그 마을을 톰이 가리켰다. 바로 다음 순간 설상차 앞머리가 앞쪽으로 기울어지기 시작했다.

"이게 무슨"

스튜가 말을 시작했지만 그걸로 끝이었다.

설상차가 더 앞쪽으로 비스듬히 기울었다. 스튜가 속도를 줄였지만, 이미 때는 늦었다. 특이한 무중력 감각, 다이빙대를 막 떠나서 중력의 끌어당김이 몸이 위로 튀어오르려는 힘과 완전히 대등해졌을 때 느끼는 그런 기분이었다. 그들은 설상차에서 내던져져 곤두박질쳤다. 스튜는 톰과 코작을 시야에서 잃어버렸다. 차가운 눈이 코 있는 데까지 차올랐다. 소리를 지르려고 입을 열자 눈이 목구멍으로 들어왔다. 코트의 등판을 기댄 자세로 미끄러져 내렸다. 몸이 한 바퀴 굴렀다. 추락했다. 결국엔 깊고 하얀 눈 이불 속에 뻗고 말았다.

스튜는 수영하는 사람처럼 허우적거려 위로 나아갈 길을 만들려고 몸부림치면서, 뜨거운 불 같은 숨을 헐떡였다. 목구멍이 눈으로 불타는 듯 시렸다.

"톰!"

스튜가 소리치며 눈밭을 밟아 뭉갰다. 참 신기하게도 이 각도에서는 고속도로 둑이 매우 또렷이 보였다. 굴러 떨어졌던 지점에서 그들 스스로 작은 눈사태를 일으킨 꼴이었다. 설상차 뒤꽁무니가 가파른 비탈에서 15미터 정도 더 내려간 눈 속에 돌출되어 있었다. 마치 오렌지색 부표처럼 보였다. 기이하게도 물의 이미지가 끈질기게 어른거렸다…… 그런데 톰이 물에 빠져 죽고 있는 건가?

"톰! 토미!"

코작이 휙 튀어나왔는데, 마치 머리부터 발끝까지 가루 설탕을 뒤집어쓴 것 같은 모습이었다. 녀석이 눈을 헤치고 스튜를 향해 다가왔다.

스튜가 소리쳤다.

"코작! 톰을 찾아! 톰을 찾아!"

코작이 짖으며 방향을 돌리려 몸부림쳤다. 개가 눈 속에서 소용돌이가 일어난 지점을 향해 나아가면서 또 한 번 짖었다. 몸부림치며, 넘어지며, 눈을 먹으며 스튜는 그 지점에 도착했고 여기저기 더듬거렸다. 장갑 낀 손에 톰의 재킷이 걸렸고 스튜는 맹렬히 잡아당겼다. 톰이 불쑥 떠올라 헐떡거리며 헛구역질했고, 두 사람 모두 눈 위로 벌렁 나자빠졌다. 톰이 큰 소리를 지르며 헐떡거렸다.

"내 목구멍! 죄다 뜨거워! 오 어쿠, 어쿠 나 좀……."

"그건 차가워서 그래요, 톰. 사라질 거예요."

"숨이 막히는데……."

"이젠 다 괜찮아요, 톰. 우린 무사할 거예요."

그들은 눈 위에 드러누워 바람을 피했다. 스튜가 톰의 어깨에 팔을 둘러 떨고 있는 덩치 큰 사내를 진정시켰다. 저 멀리서 소리를 높이다가 사그라진 것은 또 다른 눈사태가 우르르 울리는 섬뜩한 소리였다.

그들은 도로에서 굴러 떨어진 지점에서 에이번 마을까지 1킬로미터 거리를 이동하느라 그날 나머지 시간을 꼬박 소비했다. 설상차라든가 차에 딸린 물품들을 조금이라도 건질 가능성은 전혀 없었다. 비탈 아래로 너무 멀리 추락했기 때문이었다. 설상차는 적어도 봄까지는 그 자리에 머물러 있을 것이다. 지금 상황으로 봐서는 어쩌면 영원히.

땅거미가 지고 30분이 지나서야 마을에 도착한 그들은 너무 춥고 바람이 심해서 다른 일은 엄두도 못 낸 채 불을 피우고 조금이라도 따뜻한 곳을 찾아 잠을 청했다. 그날 밤에는 아무런 꿈도 없었다. 오로지 극도의 피로에 따른 암흑뿐.

아침이 되자 다시 이동 장비를 구하는 일에 착수했다. 에이번 같은 작은 마을에서 장비를 구하는 일은 그랜드 정크션에 있을 때보다 훨씬 어려웠다. 또다시 스튜는 당장 이동을 멈추고 여기서 겨울을 보내는 것에 관해 고민했다. 만약 자신이 그렇게 하는 게 옳다고 말한다면, 톰은 이의를 제기하지 않을 것이었다. 마구잡이로 행운을 재촉했던 사람들한테 무슨 일이 생겼는지 그들은 바로 어제 명백한 교훈을 얻지 않았던가. 그러나 결국에 가서는 그런 아이디어를 거부했다. 아기가 1월 초순경에 태어날 예정이었다. 스튜는 그때, 그 자리에 있고 싶었다. 자신의 두 눈으로 출산이 아무 이상 없는 것을 확인하고 싶었다.

에이번의 짧은 중심가 끝에서 그들은 존 디어 농기계 대리점을 발견했고, 전시장 뒤편의 차고 속에서 디어 설상차 중고품 두 대를 발견했다. 그것들 모두 도로에서 굴러 떨어져 버린 고속도로 관리국의 대형 차량만큼 썩 좋지는 않았지만, 그중 한 대는 쐐기 무늬가 박힌 초광폭 무한궤도가 달려 있었다. 스튜는 그 정도면 괜찮다고 생각했다. 농축 음식은 하나도 발견하지 못해서 대신에 통조림 식품으로 만족해야 했다. 그날 오후는 야영 장비를 구하느라 집집이 뒤지면서 시간을 보냈는데, 두 사람 모두 꺼림칙해하는 일이었다. 온 사방에 널린 전염병 희생자들이 기괴한 모습으로 부패한 얼음 동굴 전시품으로 변형된 상태였다.

그날이 끝나 갈 무렵 그들은 자신들에게 필요한 것을 한 곳에서 거의 다 찾아냈다. 번화가를 바로 벗어난 곳에 있는 대형 하숙집이었다. 슈퍼 독감이 닥치기 전에 그곳은 틀림없이 젊은이들로, 존 덴버가 노래했던 모든 것을 경험해 보려고 콜로라도 주에 온 젊은이들로 가득했을 터였다. 실제로 톰은 계단 아래의 좁은 창고에서 존 덴버가 부른 「상쾌한 로키 산맥」에 어울릴 법한, 그러나 매우 중독성 있는 버전이라 할 만한 물건이 가득 찬 커다란 녹색 비닐 쓰레기봉투를 발견했다.

"이건 뭐죠? 담배인가요, 스튜?"

스튜가 씩 웃었다.

"뭐, 어떤 사람들은 그렇게 생각할 거예요. 그건 대마초라는 풀이에요, 톰. 발견했던 장소에 그냥 놔두세요."

그들은 설상차에 통조림 식품들을 챙겨 넣고 새 침낭과 2인용 텐트를 단단히 묶어 놓는 등 꼼꼼하게 짐을 실었다. 이내 첫 별이 모습을 내밀었고, 그들은 에이번에서 하룻밤 더 묵기로 했다.

거처로 정한 집까지 얼어붙은 눈길 위를 천천히 운전하면서, 스튜는 조용히 생각하다 망연자실했다. '내일이면 크리스마스 이브로구나.' 시간이 그토록 빨리 지나가다니 믿기 어려웠지만, 그 증거가 손목시계 날짜 표시판에서 자신을 빤히 올려다보고 있었다. 그들이 그랜드 정션을 떠난 지가 3주도 넘었다.

묵을 집에 도착했을 때 스튜가 말했다.

"톰이랑 코작은 안에 들어가서 불을 피우고 있어요. 난 사소한 볼일을 처리해야 해요."

"그게 뭔데요, 스튜?"

"음, 깜짝 선물이에요."

"깜짝 선물? 나중에 뭔지 알 수 있을까요?"

"그럼요."

"언제?"

톰의 눈이 반짝거렸다.

"이틀 지나서."

"톰 컬런은 깜짝 선물을 이틀 동안이나 기다릴 순 없어요. 어쿠, 못해."

"톰 컬런은 꼼짝 없이 기다려야 할걸요."

스튜가 미소 지으며 말했다.

"한 시간 있다 돌아올게요. 톰은 선물을 위해 꾹 참고 기다릴 준비만 하면 돼요."

"음…… 알았어요."

스튜가 정확히 원하는 것을 구하기까지 한 시간 반 정도 걸렸다. 톰은 그로부터 두세 시간 동안 깜짝 선물 건으로 스튜를 물고 늘어졌다. 스튜는 잠자코 있었고, 잠자리에 들 때가 되자 톰은 까맣게 잊었다.

어둠 속에 누워 스튜가 말했다.

"지금쯤 톰은 그랜드 정션에 그냥 머물렀으면 좋았을 거라고 생각할 게 분명해요, 그렇죠?"

"어쿠, 아니에요. 나는 가능한 한 아주 빨리 내 예쁜 집에 돌아가고 싶어요. 그저 우리가 도로에서 굴러 떨어져 또 눈 속에 추락하는 일이 없었으면 좋겠어요. 톰 컬런은 하마터면 숨 막혀 죽을 뻔했다고요!"

톰이 졸음에 겨워 대답했다.

"우린 더 천천히 이동하고 더 열심히 노력해야 할 거예요."

스튜는 만약 그런 사고가 또다시 일어난다면 그들한테 어떤 일이 생길지는 언급하지 않았다. 그런 사고에서 다시 한 번 살아 나온다 해도 걸어갈 수 있는 범위 안에는 피난처가 될 만한 곳이 전혀 없었다.

"언제쯤이면 집에 도착할 수 있을까요, 스튜?"

"앞으로도 한참 걸릴 거예요, 착한 아저씨. 하지만 거기에 점점 가까워지는 중이죠. 지금 당장은 잠을 좀 자 두는 게 좋을 것 같은데, 어때요?"

"그렇네요."

스튜는 불을 껐다.

그날 밤 그는 프래니와 그녀의 소름 끼치는 늑대 아이가 둘 다 분만 과정에서 사망하는 꿈을 꾸었다. 아주 멀리서 조지 리처드슨이 말하는 소리가 들렸다.

"독감 때문이었어. 독감 때문에 이제 더 태어날 아기가 없어. 독감 때문에 임신은 죽음이야. 솥단지마다 안에 닭이 들어 있고 자궁마다 안에 늑대가 들어 있어. 독감 때문이야. 우린 모두 끝장이야. 인류는 끝장이라고. 이게 다 독감 때문이야."

그리고 더 가까운 어딘가에서 바짝 다가오던 것은 다크맨이 터뜨리는 웃음소리였다.

크리스마스이브에 그들은 순조로운 여행을 시작했다. 그런 순조로움은 거의 정월 초하루까지 지속되었다. 눈 표면이 추위로 얼어붙었다. 바람이 얼어붙은 눈 위로 소용돌이치는 얼음 결정들을 자욱하게 휘날리며 푸석푸석하고 울퉁불퉁한 언덕들을 쌓아 놓은 덕분에 존 디어 설상차는 쉽사리 눈길을 헤치고 갈 수 있었다. 그들은 하얀 눈에 반사된 햇살 때문에 시력이 나빠지는 것을 막으려고 선글라스를 착용했다.

크리스마스이브에 그들은 에이번에서 동쪽으로 38킬로미터 떨어진 지점, 즉 실버손에서 그리 멀지 않은 곳의 얼어붙은 눈 위에서 야영했다. 그들은 당시 러브랜드 산길의 좁은 입구에 있었으며, 그들 밑으로 동쪽 어딘가에는 눈에 묻혀 꽉 막혀 버린 아이젠하워 터널이 있었다. 저녁 식사가 데워지기를 기다리던 동안 스튜는 놀라운 것을 발견해 냈다. 아무 생각 없이 도끼를 사용해서 얼어붙은 눈 표면을 찍어 내고 그 밑에 있는 헐거운 눈가루를 손으로 파냈더니, 그들이 앉아 있는 장소 아래로 딱 팔 하나 들어갈 만한 깊이에서 파란 금속을 발견했던 것이다. 스튜는 자신이 찾은 것을 보여 주려고 톰을 부를 뻔했지만 그러지 않기로 생각을 바꿨다. 그들이 체증을 이룬 차들 위로 50센티미터도 채 안 되는 위치에 올라앉아 있다는 생각, 얼마나 많은지는 하나님만이 아는 죽은 사람들 위로 그들이 50센티미터도 채 안 되는 위치에 앉아 있다는 생각은 마음을 불안하게만 했다.

25일 아침 7시 15분에 깨어난 톰은 스튜가 벌써 일어나 아침 식사 준비하는 것을 발견했다. 기이한 일이었다. 톰은 항상 스튜보다 먼저 일어났으니까. 불 위에 캠벨 야채수프를 넣은 냄비가 걸렸고, 막 부글부글 끓고 있었다. 코작이 몹시 열중하여 구경하는 중이었다.

"안녕, 스튜."

톰이 재킷 지퍼를 채우고 침낭과 텐트에서 기어 나오며 말했다. 몹시도 오줌이 마려웠다.

스튜가 아무렇지도 않게 응답했다.

"안녕. 그리고 메리 크리스마스."

"크리스마스?"

톰은 스튜를 보고 얼마나 간절히 오줌을 누고 싶었던지도 깡그리 잊었다.

"크리스마스?"

톰이 거듭 물었다.

"크리스마스 아침이에요."

스튜가 엄지손가락을 뻗어 톰의 왼쪽을 가리켰다.

"정성을 다해 마련했습니다."

눈 표면에 꽂힌 것은 50센티미터 정도 길이의 전나무 머리 부분이었다. 나무는 스튜가 에이번 잡화점의 창고에서 발견한 은색 크리스마스 장식물 세트로 치장되었다.

톰이 경외감을 느끼며 속삭였다.

"크리스마스트리. 선물들. 저것들 선물이죠. 맞죠, 스튜?"

나무 아래 눈밭에 작은 꾸러미 세 개가 있었다. 모두 은색 결혼식 종이 그려진 연청색 티슈로 포장되어 있었다. 잡화점에도 심지어 그곳 창고에도 크리스마스 포장지가 전혀 없었던 것이다.

"맞아요, 선물이에요. 당신 거예요. 산타클로스 할아버지가 주는 건가 봐요."

톰이 화를 내며 스튜를 바라보았다.

"톰 컬런은 산타클로스 할아버지가 없다는 거 안다고요! 어쿠, 없다마다요! 저것들은 당신이 갖다 놓은 거라고요!"

톰은 괴로워하는 듯했다.

"그런데 나는 당신한테 선물 준비 못했어요! 깜빡했다…… 난 오늘이 크리스마슨지 몰랐어요…… 난 멍청해! 멍청해!"

주먹을 쥐어 자신의 이마 한가운데를 후려쳤다. 눈물을 떨어뜨리기 직전이었다.

스튜가 톰의 곁으로 가서 눈 위에 쪼그려 앉았다.

"톰, 당신은 나한테 크리스마스 선물을 미리 주었어요."

"아니에요, 스튜, 절대 그런 적 없어요. 난 깜빡했다고요. 톰 컬런은 그저 얼간이에요, 디귿, 아, 리을, 그것을 합쳐 읽으면 얼간이가 돼요."

"하지만 당신은 벌써 줬어요, 정말로요. 그 무엇보다 가장 좋은 선물을요. 내가 아직도 살아 있잖아요. 만약 당신이 없었다면 나는 살아나지 못했을 거예요."

톰이 이해를 못 하고 스튜를 바라보았다.

"만약 그때 당신이 찾아와 주지 않았더라면, 난 그린 리버 서쪽의 침식지에서 죽었을 거예요. 그리고 당신의 도움이 없었다면요, 톰, 난 유타 호텔에서 폐렴이든 독감이든 뭐든 나쁜 병에 걸려 죽었을 거예요. 당신이 어떻게 병에 딱 맞는 약들을 구해 왔는지 모르겠어요…… 닉이든 하나님이든 그저 단순한 운 때문이든, 당신이 해낸 거예요. 그런 당신이 스스로를 얼간이라고 부르다니 말도 안 돼요. 만약 당신의 도움이 없었다면, 나는 결코 올해 크리스마스를 살아서 보지 못했을 거예요. 당신한테 빚을 졌어요."

"어우, 그거 그렇게 대단한 일도 아닌데."

하지만 톰의 얼굴은 기쁨에 달아오르고 있었다.

"정말로 대단한 일이에요."

스튜가 진지하게 말했다.

"글쎄……."

"자 어서, 선물을 열어 봐요. 산타가 당신한테 무엇을 가져다주었는지 확인해 봐요. 난 분명히 한밤중에 산타의 썰매 소리를 들었어요. 아마 독감이 북극까지 올라가진 못했나 봐요."

"산타클로스 할아버지가 오는 소리를 들었단 말이에요?"

톰이 스튜를 찬찬히 바라보았다. 자기가 놀림을 당하고 있는 건 아닌지 알아보려고.

"무슨 소리를 듣긴 들었어요."

톰이 첫 번째 꾸러미를 들고 조심스럽게 포장을 풀었다. 선물은 러사이트 투명 아크릴 케이스에 들어 있는 핀볼 게임기였다. 작년 크리스마스에 모든 꼬마 애들이 환호성을 지르며 좋아한 신형이었고, 2년 수명의 동전 모양 건전지들이 들어 있었다. 그것을 보자 톰의 눈이 밝게 빛났다.

"그거 켜 봐요."

"아뇨. 나머지 선물도 풀어 보고 싶어요."

두 번째 꾸러미는 끝이 구부러진 스키 위에 서서 스키 폴로 몸을 떠받치고 바람을 맞는 사람이 그려진 스웨터였다.

"옷에 이렇게 적혀 있네요, '나는 러브랜드 산길에 올라왔다.' 우린 아직 그곳에 도착하지 못했지만, 점점 다가가는 중이에요."

톰이 신속하게 파카 점퍼를 벗고 그 스웨터를 입고 나서, 다시 파카를 걸쳤다.

"멋지다! 멋져요, 스튜!"

마지막 가장 작은 꾸러미에는 섬세하게 연결된 은사슬에 달린 단순한 모양의 메달이 들어 있었다. 메달에 새겨진 문양이 톰에게는 숫자 8을 옆으로 눕혀 놓은 것처럼 보였다. 톰은 당황하고 놀라워하며 그것을 치켜들었다.

"이건 뭐예요, 스튜?"

"그리스 시대의 상징이에요. 아주 오래전에 이것을 본 기억이 나요. 「벤 케이시」라는 의학 프로그램에서요. 이건 무한대를 의미해요, 톰. 영원을."

스튜가 손을 뻗어 메달을 쥔 톰의 손을 잡았다.

"내 생각에 우린 볼더에 도착할 수 있을 것 같아요. 처음부터 그곳에 도착하기로 예정되어 있었다는 생각이 들어요. 괜찮다면 당신이 그 메달을 목에 걸었으면 좋겠어요. 그리고 만약 도움이 필요하거나 도움을 청할 사람이 필요하면, 그것을 보고 스튜어트 레드먼을 기억해 주세요. 알았죠?"

"무한대."

톰이 손에서 메달을 뒤집었다.

"영원."

톰은 메달을 목에 걸었다.

"나 기억할게요. 톰 컬런은 기억하고 말 거라고요."

"젠장! 깜빡할 뻔했네!"

스튜가 텐트 안으로 들어가더니 또 다른 꾸러미를 꺼냈다.

"메리 크리스마스, 코작. 널 위해 이 선물을 열어도 되겠니?"

스튜가 포장지를 벗기고 하츠 마운틴 개 맘마 한 봉지를 꺼냈다. 눈 위에다 한 움큼 뿌리자 코작은 금세 게걸스럽게 먹어 치웠다. 개는 스튜한테 돌아와, 희망에 차서 꼬리를 흔들었다.

"나중에 더 줄게."

스튜는 봉지를 주머니에 넣었다.

"네가 하는 모든 일에서 예의범절을 너의 좌우명으로 삼아라. 늙은 대머리 아저씨였다면…… 그렇게 말씀하셨을 거야."

스튜는 자신의 목소리가 갈라지고 눈물 때문에 눈이 따끔거리는 것을 느꼈다. 별안간 글렌이 그리웠고, 래리가 그리웠고, 뒤로 젖혀진 모자를 쓴 랠프가 그리웠다. 별안간 그들이 모두 그리워졌으며, 저세상으로 가 버린 그들이 지독히도 그리워졌다. 마더 애버게일은 일이 완수되기 전에 그들이 핏물에 잠길 것이라고 말했는데, 할머니가 옳았다. 마음속으로 스튜 레드먼은 할머니를 저주함과 동시에 축복을 빌었다.

"스튜? 당신 괜찮아요?"

"그럼요, 톰. 괜찮아요."

스튜는 갑자기 톰을 덥석 껴안았고, 톰도 그를 껴안아 주었다.

"메리 크리스마스, 착한 아저씨."

톰이 머뭇거리며 말했다.

"가기 전에 내가 노래 불러도 돼요?"

"물론이죠, 부르고 싶다면요."

스튜는 어린애같이 음정이 불안정하고 다소 단조로운 목소리로 부르는 「징글벨」이나 「눈사람 프로스티」가 흘러나올 거라고 예상했다. 그러나 흘러나온 것은 놀라우리만큼 청명한 테너 음성으로 부르는 「첫 번째 노엘」의 한 소절이었다.

"저 들 밖에 한밤중에……"

톰의 목소리가 하얀 불모지를 가로질러 퍼져 나갔다가 희미하지만 메아리가 되어 다시 돌아왔다.

"양 틈에 자던 목자들…… 천사들이…… 전하여 준…… 주 나신 소식…… 들었네……."

스튜가 동참하여 노래는 합창이 되었다. 톰만큼 멋진 목소리는 아니었지만 꽤 훌륭하게 조화가 될 정도로 잘 섞여 들어갔다. 오래되고 감미로운 그 찬송가는 크리스마스 아침의 대성당 같은 깊은 정적 속에서 사방으로 퍼져 나갔다.

"노엘, 노엘, 노엘, 노엘…… 이스라엘 왕이 나셨네……."

"그게 내가 기억하는 유일한 부분이에요."

그들의 목소리가 멀리 사라지고 난 후 톰이 약간 부끄러운 듯 말했다.

"훌륭했어요."

스튜는 또 눈물이 나오려고 했다. 자칫하다간 눈물이 터져 나올 판국이었고, 그랬다간 톰을 당혹스럽게 할 것 같았다. 스튜는 눈물을 도로 삼켰다.

"우리 가야겠어요. 햇살을 낭비하고 있으면 안 되죠."

"물론이죠."

톰은 텐트를 허무는 스튜를 바라보았다.

"내 인생 최고의 크리스마스예요, 스튜."

"나도 기뻐요, 톰."

얼마 후 다시 길을 떠난 그들은 크리스마스 날의 눈부시고 차가운 태양 아래서 동쪽으로 그리고 위로 향했다.

그들은 그날 밤 러브랜드 산길 정상 근처에서 야영했다. 해발고도가 거의 3,500미터에 달하는 곳이었다. 텐트 안에 셋이 모여 자는 동안 기온이 영하 20도로 내려갔다. 숫돌에 간 부엌칼의 바짝 선 칼날만큼이나 냉혹한 바람이 하염없이 휘몰아쳤고, 한겨울의 미치광이 별 무리와 서로 맞닿을 듯 가까워 보이는 바위들의 드높은 그림자 속에서 늑대들이 울부짖었다. 그 아래의 세상은 동쪽도 서쪽도 하나의 초대형 지하 납골당으로 변한 듯싶었다.

다음 날 새벽 일찍, 첫 햇살이 비치기도 전에 코작이 짖어서 그들을 깨웠다. 스튜가 총을 들고 텐트 앞으로 기어 나갔다. 처음으로 늑대들이 눈에 보였다. 자기들 소굴에서 내려와 야영장 주위에 울퉁불퉁 원형을 이루어 앉은 늑대들은 이제 울부짖지는 않고 오로지 노려보고 있었다. 눈에 깊은 녹색 광택을 품은 채 모두가 냉혹하게 히죽거리는 듯 보였다.

스튜가 닥치는 대로 총을 여섯 발 쏴서 늑대들을 뿔뿔이 달아나게 했다. 그중 한 마리가 높이 날아올랐다가 털썩 떨어졌다. 코작이 성큼성큼 다가가 코를 킁킁거렸고, 그런 다음 다리를 들고 죽은 늑대한테 오줌을 쌌다.

"늑대들은 여전히 '그 남자'의 편입니다. 늑대들은 항상 그럴 것입니다."

톰이 말했다.

톰은 여전히 잠에 취한 듯 보였다. 두 눈이 게슴츠레하고 느릿느릿하고 몽롱했다. 스튜는 갑자기 그 모습의 정체를 깨달았다. 톰이 또다시 오싹한 최면 상태로 빠져 든 것이었다.

"톰…… 그 남자는 죽었어요? 당신은 알아요?"

"그 남자는 절대로 죽지 않습니다. 늑대들 속에 있습니다. 어쿠, 그렇습니다. 까마귀들 속에. 방울뱀들 속에. 한밤중에는 올빼미의 그림자 속에 그리고 한낮에는 전갈의 그림자 속에. 플랙은 박쥐들과 함께 거꾸로 매달립니다. 그 남자도 박쥐들처럼 눈이 안 보입니다."

"플랙이 다시 돌아올까요?"

스튜가 다급하게 물었다. 온몸에 냉기를 느꼈다.

톰은 대답이 없었다.

"톰……."

"톰은 자고 있습니다. 톰은 코끼리를 보러 갔습니다."

"톰, 볼더를 볼 수 있어요?"

바깥에서는 새벽의 강렬한 흰 햇살이 들쭉날쭉한 불모의 산봉우리들을 배경으로 하늘에 솟아나고 있었다.

"예. 그들은 기다리고 있습니다. 어떤 소식을 기다립니다. 봄을 기다립니다. 볼더에 있는 모든 것이 조용합니다."

"당신은 프래니를 볼 수 있습니까?"

톰의 얼굴이 밝아졌다.

"프래니, 예. 프래니는 뚱뚱합니다. 아기를 낳을 것 같습니다. 프래니는 루시 스완과 함께 생활합니다. 루시도 역시 아기를 낳을 것입니다. 하지만 프래니가 먼저 아기를 낳을 것입니다. 다만……."

톰의 얼굴이 차츰 어두워졌다.

"톰? 다만 뭐라고요?"

"아기……."

"아기가 어떤데요?"

톰이 모호한 표정으로 주위를 두리번거렸다.

"우리가 늑대들에게 총을 쏘던 중이었죠, 그렇죠? 내가 잠들었던 거예요, 스튜?"

스튜가 억지 웃음을 지었다.

"조금요, 톰."

"나 코끼리 나오는 꿈을 꿨어요. 웃기죠, 그쵸?"

"그렇네요."

'아기는 어떻다는 거지? 프랜은 어떻다는 거지?'

스튜는 그들이 제시간에 도달하지 못할 것이라고 생각했다. 톰이 목격했던 것이 무엇이든 간에 그들이 도착하기 전에 일은 터지고 말 것이었다.

좋았던 날씨가 정월 초하루를 사흘 앞두고 급변하는 바람에 그들은 키트레지라는 마을에서 멈추었다. 이제 볼더에 상당히 가까워졌으므로 여정이 지체될수록 그들 두 사람은 실망감이 깊어졌다. 코작조차도 불안해하고 안절부절못하는 눈치였다.

"우리가 곧 출발할 수 있을까요?"

톰이 희망을 품고 물었다.

"모르겠어요. 나도 그러기를 바랍니다. 만약 이틀만 더 좋은 날씨가 이어졌더라면, 분명히 여행의 끝이 보였을 텐데. 제길!"

스튜가 한숨지었고, 그런 다음 어깨를 으쓱했다.

"글쎄, 어쩌면 지금은 그저 지나가는 눈보라겠죠."

그러나 그 겨울의 가장 혹독한 눈 폭풍이 시작된 것으로 드러났다. 닷새 동안 눈이 내려, 여기저기에 3미터 심지어 4미터 높이에 이르는 눈 더미를 쌓아 놓았다. 1월 2일, 그들이 변색한 구리 동전 같이 납작하고 자그마한 태양을 보려고 기를 쓰고 눈을 파헤치고 나와 보니, 모든 지형지물이 사라져 버렸다. 그 마을의 작은 상점가는 대부분 그냥 묻힌 정도가 아니라 아예 무덤이 되었다. 눈 더미들과 눈 언덕들은 바람에 의해 거친 물결 모양으로 조각되었다. 그러한 모습은 다른 행성에 와 있는 듯한 분위기를 자아냈다.

그들은 계속 나아갔지만, 여행은 어느 때보다 더욱 느려졌다. 눈밭에서 도로 찾기가 성가신 일의 연속에서 심각한 문제로 발전했다. 설상차는 거듭해서 눈밭에 빠져 멈추었고 그들은 눈을 파내서 차를 꺼내야 했다. 그리고 1991년의 두 번째 날, 화물 열차가 굴러 떨어지듯 우르르 눈사태 소리가 또다시 들리기 시작했다.

1월 4일에 그들은 6번 도로가 유료 고속도로에서 따로 갈라져 나와 골든까지 뻗어 나가는 시작점에 이르렀고, 그 두 사람 모두 모르는 사실이었지만(아무런 꿈도 아무런 징조도 없었다.) 그날은 프래니 골드스미스가 분만실로 들어간 날이었다.

그들이 지선 도로에서 멈추었을 때 스튜가 말했다.

"좋았어. 아무튼 이제 도로 찾느라 고생할 일은 없겠네. 이 도로는 단단한 암벽을 뚫어서 만든 거네요. 지선 도로를 척척 발견해 내다니 역시나 우린 굉장히 운이 좋았어요."

도로 위를 따라가기는 상당히 쉬웠지만, 터널을 통과하는 것은 그렇지 않았다. 터널 입구를 찾으려면 어떤 때엔 푸석푸석한 눈 속을 파헤쳐야만 했고 또 어떤 때엔 예전의 눈사태로 빽빽이 들어차 다져진 눈을 파내야 했다. 설상차는 터널 내부에 이르자 눈이 없는 맨바닥에 불길한 굉음을 울리며 덜커덩거렸다.

더 나빴던 것은 터널 안이 무섭다는 것이었다. 래리나 쓰레기통맨이 그들한테 미리 가르쳐 줄 수도 있었을 법한 사실이었다. 터널들은 설상차의 전조등이 비추는 빛의 원뿔 모양 범위만 빼고는 탄광처럼 어두웠다. 그 이유는 터널 양쪽 끝이 눈으로 꽉 차 있기 때문이었다. 그 속에 있는 것은 캄캄한 냉장고 속에 갇혀 있는 것과도 같았다. 운행 속도는 고통스러울 만큼 느려서, 터널을 지날 때마다 맨 끝으로 빠져나오는 일이 토목 공사 연습과도 같았다. 스튜는 차들이 안쪽에 여기저기 박혀 있어서 그들이 아무리 투덜거리고 탄식하고 열심히 발을 굴러 봤자 도저히 통과할 수 없는 터널을 만날까 봐 매우 걱정했다. 만약 그런 일이 생긴다면, 돌아서서 주간 고속도로로 다시 돌아가야 했다. 적어도 일주일은 손해 볼 것이었다. 설상차를 버리고 그냥 전진하는 것은 선택 사항이 아니었다. 그런 짓을 한다는 것은 고통스러운 자살에 지나지 않을 것이다.

그리고 볼더는 미칠 듯이 가까웠다.

1월 7일, 그들이 터널 밖으로 눈을 파헤치고 나온 지 2시간쯤 후, 톰이 설상차 뒷좌석에서 일어나 손으로 한곳을 가리켰다.

"저게 뭐예요, 스튜?"

스튜는 심신이 지치고 기분이 침울했다. 꿈은 이제 꾸지 않았지만, 웬일인지 꿈을 꿀 때보다 더욱 겁에 질렸다.

"차가 움직이는 동안은 일어나지 마요, 톰. 도대체 몇 번이나 말해 줘야 알아듣겠어요? 뒤로 떨어져서 눈 속으로 머리부터 곤두박질치기라도 했다간……."

"알아요. 근데요, 저게 뭐죠? 다리처럼 보이는데. 우리 어디 강 위에 올라온 거예요, 스튜?"

스튜가 바라보며 확인하고, 속력을 줄이더니 정차했다.

"저게 뭐예요?"

톰이 걱정스럽게 물었다.

"고가 도로. 마, 맙소사 믿기지가 않아……."

스튜가 중얼거렸다.

"고가 도로? 고가 도로?"

스튜가 돌아서서 톰의 어깨를 부여잡았다.

"저건 골든 고가 도로예요, 톰! 저 위는 119라고요, 119번 도로! 볼더 도로! 마을까지 겨우 30킬로미터밖에 안 남았어요! 어쩌면 훨씬 더 적게 남았을지도 모르고!"

톰이 비로소 이해했다. 입이 떡 벌어진 얼굴에 나타난 톰의 익살스러운 표정에 스튜는 요란한 웃음을 터뜨리며 그의 등을 두드렸다. 스튜는 다리에서 끊임없이 전해지던 묵직한 통증조차 느끼지 않았다.

"우리, 정말로 집에 거의 다 온 거예요, 스튜?"

"그럼요, 그럼요, 그으러어엄요!"

그들은 서로 손을 맞잡고 빙글빙글 돌며 서툴게 춤을 추다 엎어져 몸이 눈 범벅이 되었다. 코작이 화들짝 놀라 가만히 바라보았다. 하지만 잠시 후, 개도 그들과 함께 껑충껑충 뛰며 짖고 꼬리를 흔들었다.

그들은 그날 밤 골든에서 야영했고, 다음 날 아침 일찍 볼더를 향해 119번 도로를 서둘러 나아갔다. 두 사람 모두 전날 밤 잠을 설쳤다. 스튜는 자신의 인생에서 그토록 기대에 부풀었던 적이 한 번도 없었다. 그런 기대감과 이어 프래니와 아기에 대한 한결같이 끈질긴 근심 걱정이 뒤따라왔다.

정오에서 1시간 정도 지난 후, 설상차가 털털거리며 꾸물거리기 시작했다. 스튜는 차를 세우고 코작의 좁은 객실 옆면에 매 놓았던 예비 휘발유통을 들었다.

"오 맙소사!"

지나치게 가볍다는 걸 손에 느끼며 스튜가 탄식했다.

"무슨 문제 있어요, 스튜?"

"나요! 내가 바로 문제예요. 저 망할 놈의 통이 비었다는 것을 알고 있었는데 채워 놓는 걸 잊었어요. 너무 우라지게 흥분해서 그만. 어떻게 그토록 멍청하게 있었을까?"

"휘발유가 다 떨어진 건가요?"

스튜가 빈 통을 내팽개쳤다.

"그렇고말고요. 내가 어떻게 그런 멍청한 짓을 했을까?"

"프래니 생각에 그랬던 거겠죠. 이제 어떻게 해요, 스튜?"

"걸어야죠. 아니 시도해 봐야죠. 침낭이 필요할 거예요. 이 깡통 음식은 나눠서 각자의 침낭 속에 넣어 둬야 할 겁니다. 텐트는 뒤에 놔두고 갈 거고요. 미안해요, 톰. 다 나 때문이에요."

"그런 건 괜찮아요, 스튜. 텐트는 어떡해요?"

"그냥 놔두고 가는 게 좋겠어요, 착한 아저씨."

그들은 그날 볼더에 도착하지 못했다. 대신 황혼 녘에 야영을 했으며, 아주 수월할 듯 보였지만 그들의 이동을 늦추었던 푸석푸석한 눈 더미를 글자 그대로 엉금엉금 기어서 헤치고 나오느라 기진맥진했다. 그날 밤엔 불도 안 피웠다. 가까운 곳에 땔감이 하나도 없었고, 그들 셋 모두 너무 지쳐서 땔감 구하려고 눈밭을 파헤칠 수도 없었다. 그들은 높고 둥그스름한 눈 언덕들이 둘러싼 곳에 자리를 잡았다. 날이 어두워지고 나니 북쪽 지평선에 불빛이 하나도 없었다. 스튜가 애타게 찾았는데도.

차가운 음식으로 저녁을 먹었고 톰은 잘 자라는 취침 인사도 없이 침낭 속으로 사라져 즉시 잠에 빠졌다. 스튜는 피곤했고, 다친 다리가 지긋지긋하게 쑤셨다. '다리가 영원히 불구가 되는 게 아니면 좋으련만.'

그래도 그들은 내일 밤 볼더에 도착해서, 진짜 침대에서 잠잘 수 있을 것이다. 그럴 가능성이 높았다.

침낭 속으로 기어 들어갈 때, 스튜는 불안한 생각이 떠올랐다. 그들이 도착하면 볼더는 텅 비어 있을 것이다. 그랜드 정션과 에이번과 키트레지가 그랬던 것처럼 비었을 터였다. 빈집들, 빈 상점들, 눈의 무게를 견디다 못해 지붕이 무너진 건물들. 눈 더미로 가득한 거리들. 아무 소리도 나지 않고 그저 날이 풀릴 때마다 간헐적으로 녹아 내리며 뚝뚝 떨어지는 눈 소리뿐. 스튜는 한창 겨울에 볼더의 기온이 갑자기 영상 20도까지 급등했던 전례가 있었다는 글을 도서관에서 읽은 적이 있었다. 그러나 마을 사람들은 모두 사라졌을 것이다. 잠에서 깨는 순간 꿈속의 사람들이 사라지는 것처럼. 왜냐하면 스튜 레드먼과 톰 컬런만 빼고 이 세상에 아무도 남아 있지 않기 때문에.

정신 나간 생각이었지만, 스튜는 그 생각을 떨쳐 낼 수가 없었다. 침낭에서 기어 나와 다시 한 번 북쪽을 바라보며, 그리 멀지 않은 곳에 사람들의 공동체가 있다면 눈으로도 확인할 수 있을 지평선의 희미한 불빛을 갈구했다. 분명히 무엇이든 보여야 마땅했다. 눈이 사람들의 왕래를 차단할 시기에 자유 지대 인구가 얼마나 될지 글렌이 추산했던 숫자를 기억해 내려 애썼다. 스튜는 떠올릴 수가 없었다. 8,000명? 그거였던가? 8,000명은 많은 인구가 아니었다. 그 정도라면 조명을 많이 쓰지 않을 것이다. 설령 전기가 완전히 복구되었다 하더라도. 어쩌면…….

'어쩌면 넌 잠이나 자면서 이따위 병신 같은 상념은 잊는 게 좋을 거야. 내일 일은 내일 생각하라고.'

스튜는 드러누웠고, 잠시 더 이리 뒤척 저리 뒤척 한 끝에 야수와 같은 피로가 몰려들었다. 그는 잠들었다. 그리고 자신이 볼더에 있는 꿈을 꾸었다. 그 여름철의 볼더에서는 모든 잔디밭이 더위와 물 부족으로 누렇게 죽어 버렸다. 유일하게 나는 소리는 빗장 풀린 문이 가벼운 바람을 따라 이리저리 흔들리며 부딪치는 소리였다. 사람들이 모두 떠나가 버렸다. 심지어 톰도 가 버렸다.

'프래니!' 스튜가 소리쳤지만, 유일한 대답은 바람 소리와 천천히 이리저리 부딪치는 문소리뿐이었다.

다음 날 2시경, 그들은 갖은 고생을 해서 몇 킬로미터를 더 전진했다. 교대로 눈 더미를 헤쳐 나갔다. 스튜는 점차 자신들이 하루 더 여행을 해야 할 것이라고 믿었다. 여행을 지체시키고 있는 주범은 바로 그 자신이었다. 다리가 완전히 망가져 가고 있었다. '머지않아 기어 다니겠구나.' 눈 더미 깨부수는 작업은 거의 톰 혼자서 하는 거나 같았다.

차가운 통조림으로 점심을 해결하러 멈추었을 때, 스튜는 문득 프래니가 정말로 배가 산만 하게 부른 모습을 단 한 번도 본 적 없다는 생각이 떠올랐다. '아직 볼 기회가 남아 있을지도 몰라.' 그러나 실제로 그럴 거라곤 생각하지 않았다. 스튜가 없는 상황에서…… 잘됐건 못됐건 간에 출산이 이미 끝났다는 확신이 더욱더 분명해졌다.

점심을 다 먹고 1시간이 흐른 지금, 스튜는 여전히 혼자만의 생각에 온통 몰입해 있다가 하마터면 앞에 멈춰 선 톰한테 곧장 걸어가 부딪칠 뻔했다.

"무슨 문제가 생겼어요?"

스튜가 다리를 주무르며 물었다.

"도로."

톰의 말에 스튜는 황급히 앞을 살펴보았다.

이상야릇한 침묵이 오래도록 흐르고 나서 스튜가 말했다.

"아스팔트 속에 푹 빠져 들고 싶군요."

그들은 높이가 거의 3미터에 육박하는 눈 더미 꼭대기에 서 있는 중이었다. 얼어붙은 눈 표면이 아래쪽 훤히 드러난 아스팔트 도로로 가파르게 경사져 내려갔고, 그 오른편에는 간단하게 표시된 표지판 하나가 있었다. '볼더 시 경계선.'

스튜가 웃음을 터뜨렸다. 눈 위에 주저앉아 고개를 하늘로 쳐들고 함성을 내질렀으며, 톰의 어리둥절한 표정은 안중에도 없었다. 마침내 스튜가 말했다.

"사람들이 도로의 눈을 치워 놓은 거라고요. 알겠어요? 우린 해냈어요, 톰! 우린 해냈다고요! 코작! 이리 와 봐!"

스튜가 눈 더미 꼭대기 위에 남은 개 맘마를 전부 뿌렸다. 코작이 그것들을 게걸스럽게 먹어 치우는 동안 그는 담배를 피웠다. 톰은 미치광이의 신기루이기나 한 듯 수백 수천 킬로미터나 이어지던 무미건조한 눈밭 속에서 불쑥 나타난 아스팔트 도로를 바라보았다.

"우리는 다시 볼더에 왔구나."

톰이 나직하게 중얼거렸다.

"우리는 정말 그렇구나. 시, 경, 계, 선, 그것을 합쳐 읽으면 볼더가 되는구나. 어쿠, 그래."

스튜가 그의 어깨를 두드리고 담배를 내던졌다.

"자, 갑시다, 톰. 우리 지친 영혼을 안식처로 데려다 줍시다."

4시경에 또 눈이 내리기 시작했다. 오후 6시가 되자 날이 어두워졌고 도로의 검은 아스팔트는 발밑에서 유령같이 하얗게 변했다. 스튜는 이제 다리를 심하게 절뚝거리는 중이었고, 거의 휘청거리다시피 하며 걷고 있었다. 한번은 톰이 쉬고 싶으냐고 물었지만 스튜는 그저 고개를 내젓기만 했다.

8시 무렵, 눈발이 굵어지고 맹렬해졌다. 그들은 한두 차례 방향을 잃고 도로 옆 눈 더미 속으로 우왕좌왕하다가 다시 방향을 잡았다. 발밑이 미끄러웠다. 톰이 두 차례 넘어졌고 그러고 나서 8시 15분경에 스튜가 아픈 다리로 넘어졌다. 신음을 참으려고 이를 꽉 물어야 했다. 스튜를 일으켜 주러 톰이 뛰어왔다.

"난 괜찮아요."

스튜가 말하며 가까스로 일어섰다.

20분이 지났을 무렵 젊고 신경질적인 목소리가 어둠 속에서 떨려 나와, 그들은 즉시 얼어붙고 말았다.

"거, 거기 누, 누구냐?"

코작이 으르렁거리며, 털을 온통 곤두세웠다. 톰이 기겁했다. 그리고 끊이지 않는 바람의 비명 사이로 똑똑히 들려오는, 공포가 심신을 관통해 버리게 한 그 소리를 스튜는 들었다. 소총 노리쇠가 뒤로 젖혀지는 철컥 소리.

'보초들. 사람들이 보초들을 세워 놨구나. 여기까지 다 왔다가 테이블 메사 쇼핑센터 바깥에서 보초한테 총 맞으면 우습겠는걸. 진짜 우스워. 랜들 플래그마저 경의를 표할 만한 사건이겠어.'

"스튜 레드먼이다!"

어둠 속으로 고함쳤다.

"여기는 스튜 레드먼이다!"

스튜가 침을 삼키자 목구멍 안에서 꿀꺽 하는 소리가 났다.

"거기 있는 사람은 누구요?"

'멍청하긴. 네가 알 만한 사람도 아닐 텐데…….'

그러나 눈에 실려 오는 목소리는 분명히 친숙했다.

"스튜 씨? 스튜 레드먼?"

"톰 컬런도 함께 있다…… 제발 부탁인데, 쏘지 마라!"

"속임수지?"

그 목소리가 혼자 고민하는 듯했다.

"속임수 아냐! 톰, 뭐라고 좀 말해 줘 봐요."

"거기 있는 사람아, 안녕."

톰이 고분고분하게 말했다.

잠시 침묵이 흘렀다. 눈바람이 불어와 그들 주위에서 날카로운 소리를 질렀다. 그러고 나서 그 보초(그렇다, 그의 목소리는 친숙했다.)가 소리쳤다.

"스튜 씨는 예전 아파트의 벽에다 그림을 걸어 두었어. 그게 무슨 그림이었지?"

스튜가 미친 듯이 머리를 굴렸다. 소총의 노리쇠가 장전되던 소리가 끊임없이 귓가에 맴돌며 생각을 방해했다. '하나님 맙소사, 난 여기 휘몰아치는 눈보라 속에 서서 전에 아파트 벽에 걸었던 그림이 뭘까 생각해 내려 애쓰는 중이야. 저 사람이 예전 아파트라고 말했지. 틀림없이 프랜은 루시네 집으로 거처를 옮긴 것이 분명해. 루시가 그 그림을 놀려 대곤 했지. 존 웨인이 눈에 안 띄는 장소에 꼭꼭 숨어서 그 그림의 인디언들을 기다리는 중이라고

말하곤 했는데…….'

"프레더릭 레밍턴의 그림!"

스튜가 목청이 터져 나가도록 고함을 질렀다.

"그림 제목은 「출정의 길」!"

"스튜 씨!"

보초가 마주 외쳤다. 눈 속에서 구체화되는 검은 형상이 그들을 향해 달려오느라 삐끗거리다 미끄러졌다.

"도무지 믿을 수가 없어……."

이윽고 그들 앞에 온 그 사람은 지난여름 난폭 운전으로 사람들한테 아주 많은 민폐를 끼쳤던 빌리 게링거라는 것을 스튜는 알아보았다.

"스튜 씨! 톰 아저씨! 그리고 코작까지, 맙소사! 글렌 베이트먼 교수님과 래리 씨는 어딨어요? 랠프 씨는 어딨어요?"

스튜가 천천히 고개를 내저었다.

"몰라. 일단 추위를 피해야겠어, 빌리. 얼어 죽을 지경이야."

"그래요. 슈퍼마켓이 바로 길 위에 있어요. 제가 노먼 켈로그 씨를 불러올게요, 해리 던바튼 씨랑…… 딕 엘리스 씨도요. 젠장, 온 마을을 다 깨울 테다! 정말 굉장해요! 믿을 수가 없어!"

"빌리……."

빌리가 그들한테 돌아섰고, 스튜는 빌리가 멈춰 선 곳까지 절뚝거리며 갔다.

"빌리, 프랜이 아기를 낳았을 텐데……."

빌리의 얼굴이 매우 침착해졌다. 그러고 나서 속삭였다.

"아, 젠장, 내가 깜빡했네."

"출산했어?"

"조지 선생님. 조지 리처드슨 선생님이 이야기해 주시겠죠. 아니면 댄 래스롭 박사님이 하시든지. 그분은 우리의 새 의사인데요, 아저씨들이 떠나고 4주 정도 후에 오셨어요. 이비인후과 의사였다던데, 무척……"

스튜가 기운차게 빌리를 흔들어 광란적이기까지 한 잡소리를 중단시켰다.

"뭐 잘못됐어? 프래니한테 무슨 이상이 있는 거야?"

톰이 물었다.

"말해 줘, 빌리. 제발."

"프랜 누나는 괜찮아요. 끄떡없이 건강할 거예요."

"그건 다른 사람한테서 전해 들은 얘기니?"

"아뇨, 제가 누나를 봤어요. 저랑 토니 도나휴가 온실에서 키운 꽃을 들고 함께 찾아갔어요. 온실은 토니의 작품인데요, 걔는 그곳에다 온갖 종류의 식물을 길러 놨어요. 그냥 꽃만 있는 게 아니고요. 누나가 아직도 병실에 있는 유일한 이유는요, 분만 방식이 뭐라더라, 이른바 로마식 분만법……"

"제왕 절개 수술?"

"예, 맞아요. 아기가 뱃속에 거꾸로 있어서 그랬어요. 하지만 수술은 문제없었어요. 우리는 아기가 나온 지 사흘 후에 누나를 보러 갔죠. 우리가 찾아간 날은 1월 7일, 그러니까 이틀 전이네요. 누나에게 장미를 가져다 드렸어요. 누나가 장미를 보고 기운을 냈으면 싶었어요. 왜냐하면……."

"아기가 죽었구나?"

스튜가 침울하게 물었다.

"아기는 안 죽었어요."

빌리가 말한 다음 몹시 내키지 않는 듯 덧붙였다.

"아직까지는요."

스튜는 갑자기 아찔해지며 허공으로 뛰어드는 듯한 기분을 느꼈다. 웃음소리가 들렸다…… 그리고 늑대들의 울부짖음도…….

빌리가 가련하리만큼 단숨에 말을 쏟아 냈다.

"아기가 독감에 걸렸어요. 캡틴 트립스에 걸린 거예요. 우린 모두 끝장이라고 사람들이 수군거리고 있어요. 프래니 누나는 그 아기를 4일에 낳았는데, 아들이고 체중이 2.9킬로그램이었어요. 처음엔 아기의 상태가 좋았고 자유 지대의 모든 사람들이 흥겨워서 만취한 듯싶었어요. 딕 엘리스 씨는 그날이 제2차 세계대전 유럽 전승 기념일과 대일본 전승 기념일을 모두 합친 것만큼 기뻤대요. 그러고 나서 6일에, 아기가…… 아기가 그 병에 걸려 버렸어요. 그렇게 된 거예요."

빌리의 목소리가 울컥거리다가 탁해졌다.

"아기가 그 병에 걸렸어요. 아아, 젠장, 집에 돌아오셨는데 환영 인사가 말이 아니네요. 좆나게 미안해요, 스튜 씨……."

스튜가 손을 뻗어 빌리의 어깨를 잡고 더 가까이 끌어당겼다.

"처음엔 모두들 아기 건강이 나아질 거랬죠. 어쩌면 그냥 보통 독감일 거라고…… 기관지염이거나…… 어쩌면 후두염일 거라고…… 그런데 의사 선생님들, 그분들은 신생아들이 그런 것에 걸릴 가능성이 거의 없다고 하셨어요. 선천적인 면역성 같은 거래요. 왜냐하면 신생아들은 너무 어려서 그런 보호 장치가 있대요.

그리고 조지 선생님과 댄 박사님 모두…… 그분들은 작년에 너무 나 많은 슈퍼 독감 환자들을 목격하셨으니까…….”

“그러니까 그분들이 잘못된 진단을 내릴 리가 없겠구나.”

스튜가 빌리를 대신해 결론을 내렸다.

“그래요. 맞아요.”

빌리가 속삭였다.

“이런 개 같은 경우를 봤나.”

스튜가 중얼거리더니 돌아서서 다시 도로를 절뚝거리며 걷기 시작했다.

“스튜 씨, 어디 가시는 거예요?”

“병원에. 내 여자를 만나러.”

제76장

프랜은 잠에서 깨어 독서용 등을 켠 채로 누워 있었다. 등이 그녀를 덮은 깨끗한 흰 시트의 왼편으로 밝은 빛의 연못을 만들었다. 그 빛의 한가운데에 아가사 크리스티의 소설책이 엎어져 있었다. 그녀는 깨어 있었지만 의식이 천천히 표류하고 있었고, 놀랍도록 선명해진 추억들이 저절로 꿈으로 변형되는 상태에 들어갔다. 프래니는 아버지를 땅에 묻는 중이었다. 그 일 이후에 무슨 일이 있었는지는 중요치 않았고, 다만 그 일을 충분히 완수할 수 있도록 스스로 상실의 충격에서 벗어나려 노력했다. 그것은 아버지에 대한 사랑의 행위였다. 그 일을 끝내야 딸기 대황 파이 한 조각을 잘라 먹을 수 있었다. 커다란 조각이고, 즙이 많았고 매우, 매우 쓴 맛이었다.

30분 전에 상태를 확인하러 들어온 마시에게 프랜이 물었다.

"피터는 죽은 건가요?"

그런데 말하는 순간 시간이 겹쳐진 듯 싶었고, 그녀는 자신이 아기 피터를 의미했던 건지 아니면 이미 고인이 된 아기의 할아버지 피터를 의미했던 건지 확신할 수 없었다.

"쉿, 아기는 괜찮아요."

그러나 프래니는 마시의 눈 속에서 진실된 대답을 보았다. 그녀가 제시 라이더와 함께 만들어 낸 아기는 사방이 유리벽으로 둘러싸인 어딘가에서 죽어 가는 중이었다. 아마 루시의 아기는 운이 더 좋을 것이다. 부모 양쪽 다 캡틴 트립스에 면역이 되었으니까. 자유 지대는 이미 프래니의 아기 피터를 단념하고 작년 7월 1일 이후로 임신한 여성들에게 공동체의 희망을 걸었다. 냉혹했지만 전적으로 이해할 만한 조치였다.

프래니는 마음속으로 나지막한 잠의 경계선을 따라 표류하면서, 지나온 과거와 현재의 심경을 두루 살펴보았다. 프래니는 메마른 시대 속에서 계절이 흘러갔던 어머니의 응접실에 관해 생각했다. 스튜의 눈동자에 관해서도, 자신의 아기인 피터 골드스미스 레드먼의 첫인상에 관해서도 생각했다. 스튜가 자신과 함께 병실 안에 있는 꿈을 꾸었다.

"프랜?"

아무것도 순리대로 풀리지 않았다. 모든 희망은 허구였음이 드러났다. 디즈니월드의 말하고 움직이는 기계 동물들처럼 가짜였다. 그저 태엽 장치, 눈속임, 헛된 기대, 상상 임신, 또……

"이봐, 프래니."

꿈속에서 프랜은 스튜가 돌아온 것을 보았다. 병실 문간에 서 있는 스튜는 털이 무성한 대형 파카를 입고 있었다. '또 하나의 눈

속임이로구나.' 그런데 꿈속의 스튜가 턱수염을 기른 것이 보였다. '그거 참 우스운데?'

프랜은 스튜의 뒤편에 서 있는 톰 컬런을 보고 이것이 진짜 꿈인지 의아해했다. '그리고…… 스튜의 발치에 앉아 있는 저것은 코작이잖아?'

자신의 손이 갑자기 뺨으로 날아올라 인정사정없이 꼬집는 바람에 프랜은 눈물이 핑 돌았다. 아무것도 변하지 않았다.

"스튜?"

프랜이 속삭였다.

"오 하나님 맙소사, 스튜 맞아?"

그의 얼굴은 선글라스로 가렸던 것 같은 눈 주위만 빼고 볕에 짙게 그을려 있었다. 이 정도로 상세한 설정은 꿈속에서 보기 힘든 법인데…….

프랜은 또 자기 몸을 꼬집었다.

스튜가 병실 안으로 들어오며 말했다.

"나야. 자기 몸 괴롭히는 짓 그만 해, 자기야."

절뚝거림이 너무 심해서 거의 넘어질 듯 걸어오고 있었다.

"프래니, 나 집에 돌아왔어."

"스튜!"

프래니가 부르짖었다.

"진짜 오빠 맞아? 만약 오빠가 진짜면, 이리로 와!"

그러자 스튜는 프래니한테 가서 그녀를 부여잡았다.

제77장

스튜가 프랜의 침대 옆으로 끌어다 놓은 의자에 앉아 있는 동안 조지 리처드슨과 댄 래스롭이 들어왔다. 프랜은 바로 곁에서 스튜의 손을 단단히 붙잡고 아플 정도로 꽉 쥐었다. 프랜의 얼굴이 주름살로 굳어져서, 잠시 동안 스튜는 그녀가 늙었을 때 나타날 법한 얼굴을 보았다. 한순간 마더 애버게일처럼 보였다.

"스튜 씨, 돌아왔다는 소식 들었습니다. 기적이 일어났군요. 다시 보게 되어 어찌나 기쁜지 말로 다 형언 못 할 정도예요. 우리 모두 그렇습니다."

조지가 악수하고 나서 댄 래스롭을 소개했다. 댄이 말했다.

"라스베이거스에서 폭발이 있었다는 얘기를 들었습니다. 혹시 그걸 실제로 보셨습니까?"

"예."

"여기 사람들은 핵폭발이었다고 생각하는 것 같더군요. 그게 사실인가요?"

"예."

조지는 이 말에 고개를 끄덕이고 나서 그 주제를 싹 잊고 싶어 하는 듯했고, 프랜한테로 고개를 돌렸다.

"좀 어떠세요?"

"아주 좋아요. 내 남자를 다시 만나서 기뻐요. 아기는 어때요?"

"사실은 말이죠, 그 일 때문에 들른 거예요."

래스롭의 말에 프랜이 고개를 끄덕였다.

"죽었어요?"

조지와 댄이 시선을 교환했다.

"프래니, 잘 들어 봐요, 부디 내 말을 조금이라도 오해하지 말기를……"

"만약 아기가 죽은 거면, 그냥 그렇다고 말해요!"

히스테리를 억누르고 프랜이 가볍게 말했다.

"프랜." 스튜가 말했다.

"피터는 회복 중인 것 같습니다."

댄 래스롭이 온화하게 말했다.

실내에 극도의 충격과 함께 침묵이 감돌았다. 베개에 늘어뜨린 짙은 밤색 머리칼 아래로 창백한 타원형 얼굴을 하고 있던 프랜은, 마치 댄이 갑자기 정신 나간 엉터리 시를 읊어 대기라도 한 양 그를 올려다보았다. 누군가가, 로리 컨스터블이나 마시 스프루스가 병실을 들여다보고는 그냥 지나갔다. 스튜가 절대 잊지 못할 순간이었다.

"뭐라고요?"

프랜이 비로소 속삭였다.

"너무 성급한 기대는 곤란합니다."

"회복 중……이라고요."

프랜의 얼굴이 활기를 잃고 어리벙벙해졌다. 이 순간이 오기 전까지 자신이 아기의 죽음을 얼마나 기정사실로 받아들였는지 실감할 수 없었다.

"댄과 저 두 사람은 슈퍼 독감 유행 기간에 수천 건의 사례를 보았습니다. 프랜…… 아시다시피 저는 '치료되었다' 라는 표현을 쓰지 않는데요, 그 이유는 우리 중 어느 누구도 그 질병에 걸린 환자의 상태를 털끝만큼도 변화시켜 본 적이 없다고 생각하기 때문입니다. 적절한 의견인가요, 댄?"

"예."

스튜가 뉴햄프셔에서 프랜을 만나고 나서 몇 시간 후에 처음으로 목격한 바 있는 '나는 원한다' 주름살이 이제 다시 프랜의 이마에 나타났다.

"제발 요점만 알아듣게 말씀해 주시겠어요?"

"그러려고 노력 중입니다. 하지만 저는 신중을 기해야만 하고, 신중을 기할 작정입니다. 우린 지금 아드님의 생명에 관해 얘기하고 있잖습니까. 그러니 너무 다그치지는 말아 주십시오. 저는 두 분께서 우리가 진단을 내리는 일련의 과정을 이해하시길 바랍니다. 캡틴 트립스는 항원 변형 독감이었습니다. 현재 저희가 추측하는 바로는요. 그런데 모든 독감은, 예전의 모든 독감은 각자 항원이 달랐습니다. 독감 백신을 접종하는데도 2, 3년마다 독감이 계속 찾아오는 이유가 바로 그것입니다. A형 독감, 즉 홍콩 독감이 발생하면 사람들은 그것에 맞는 백신을 맞지요. 그러고 나서 한 2년 후에 B형 변종 독감이 찾아왔는데 만약 B형에 딱 맞는 다른 백신을 얻지 못하면 사람들은 그 병에 걸릴 겁니다."

댄이 끼어들었다.

"그렇더라도 다시 건강해질 겁니다. 왜냐하면 결국에 가서는 사람의 몸이 스스로 항체를 만들어 낼 테니까요. 몸이 그 독감을 극복할 수 있게 체질을 변화시키는 것입니다. 캡틴 트립스의 경우에는, 매번 인간의 몸이 방어 태세를 갖출 때마다 독감이 스스로 변신했습니다. 그런 방식은 우리의 몸이 익숙해진 평범한 독감들보다 에이즈 바이러스와 더 흡사했습니다. 그리고 에이즈는, 인간의 육체가 거덜 날 때까지 끊임없이 형태를 바꿉니다. 그 결과는 필연적인 죽음이었죠."

"그럼 왜 우리는 슈퍼 독감에 안 걸린 거죠?"

스튜의 물음에 조지가 답했다.

"그건 모릅니다. 앞으로 알 수 있을 거라는 생각도 안 듭니다. 우리가 확신할 수 있는 유일한 사항은 면역력을 지닌 사람들만이 아프지 않았고 그래서 그 병을 떨쳐 버렸고, 앞으로도 전혀 아프지 않을 거라는 것입니다. 그것이 바로 우리가 다시금 피터를 주목하는 이유입니다. 댄?"

"예, 캡틴 트립스의 관건은 사람들이 병이 나을 '뻔' 하는 것처럼 보였지만, 결코 완전히 나은 적은 없었다는 것입니다. 피터는 출생 후 48시간 만에 병에 걸렸습니다. 그것이 캡틴 트립스라는 덴 의심의 여지가 없었습니다. 증상들이 전형적이었으니까요. 그런데 턱 선 밑에 보일 법한 얼룩이, 그것은 조지 선생님과 제가 슈퍼 독감의 네 번째 단계이자 최종 단계로 결론 지은 증상인데요, 그런 얼룩이 아기한테 하나도 나타나지 않았다 이겁니다. 반면에 아기의 증상 완화 기간은 점점 더 길어지고 있습니다."

"이해가 안 가요. 무슨……" 프랜이 어리둥절해서 말했다.

조지가 말했다.

"매번 독감이 모습을 바꿀 때마다 피터도 그것에 맞춰 바로바로 신체 방어 체계를 바꾸고 있습니다. 엄밀히 말하면 그 아기한테 병이 다시 도질지도 모르는 가능성은 여전히 남아 있지만, 그 애는 최종적인, 위태로운 국면으로 접어든 적이 단 한 번도 없었습니다. 아기가 그 병을 견뎌 내고 있는 것 같습니다."

완전한 침묵의 순간이 찾아왔다.

댄이 말했다.

"프랜, 당신은 아이한테 면역력의 절반을 전해 주었어요. 아기가 그것을 받긴 했지만, 현재 우리는 아기가 면역력을 겉 핥기 하는 수준의 능력을 지녔다고 생각합니다. 이론상으로 보면 웬트워스 부인의 쌍둥이도 똑같은 기회를 얻었을 테지만, 그 경우에는 제반 조건이 훨씬 더 불리했죠. 저는 여전히 그 애들이 슈퍼 독감으로 죽은 게 아닐 수도 있다고 생각합니다. 슈퍼 독감 때문에 생겨난 합병증이었을 수도 있죠. 물론 그것은 매우 작은 차이입니다만, 결정적인 차이가 될 수도 있는 것입니다."

"그러면 면역이 안 된 남자한테서 임신한 다른 여자들은요?"

스튜가 물었고, 조지가 대답했다.

"그들도 자신들의 아기가 똑같이 고통스러운 생존 투쟁을 겪는 모습을 지켜보아야 할 겁니다. 그 아이들 중 일부는 죽을지도 모르고요. 한동안은 피터가 위기일발의 상태였고, 우리가 현재 아는 바로는 그런 상태가 또다시 발생할지도 모릅니다. 그러나 얼마 안 있어 우리는 자유 지대의, 세상의 모든 태아들이 면역성 있는 부모 두 사람의 결실이 되는 시점에 이를 것입니다. 지레짐작하는 건 별로 바람직하지 않지만, 방금 말한 시점이 되면 독감과의 관계에서 우리가 주도권을 잡을 거라는 데 기꺼이 돈이라도 걸겠습니다. 그때까지 우리는 피터를 매우 면밀히 주목할 것입니다."

"혹시라도 조금 위로가 될지는 모르겠습니다만 달랑 우리 둘만 그 아기를 주목하고 있지는 않을 것입니다."

댄이 말을 이었다.

"피터는 지금 진정으로 자유 지대 전체의 아기이니까요."

"내가 그 애가 살아남기를 원하는 이유는 단지 그 애가 내 아기이고 내가 그 애를 사랑하기 때문일 뿐이에요."

프랜이 속삭였다.

그러고는 스튜를 바라보았다.

"그리고 그 애는 예전 세상과 나를 이어 주는 연결 고리야. 그 애는 나보다 제시를 더 닮았어. 그래도 나는 기뻐. 잘된 일인 것 같아. 자기야, 내 말뜻 이해하겠어?"

고개를 끄덕거리던 스튜는 이상한 생각이 떠올랐다. 햅과 노먼 브루엣과 빅터 팰프리와 함께 앉아서 맥주를 마시며 빅터가 손수 똥 냄새 나는 담배를 마는 모습을 구경하고 싶었고, 그들한테 그간의 모든 일이 어떤 식으로 결론 났는지 직접 말해 주고 싶어 미칠 지경이었다. 친구들은 늘 그를 과묵한 스튜라고 불렀다. 착한 스튜는 화가 치밀어도 '젠장' 이란 말조차 안 할 사람이라고 했다.

하지만 그들의 귀청이 달아날 만큼 말을 퍼붓고 싶었다. 밤이고 낮이고 쉴 새 없이 사연을 이야기해 주고 싶었다. 스튜는 프랜의 손을 꽉 움켜잡으며, 눈물이 맺히는 것을 느꼈다.

조지가 일어서며 말했다.

"저희는 회진을 돌러 가야겠습니다. 그래도 피터를 면밀히 주시하고 있을게요, 프랜. 뭐든 확실해지면 꼭 알려 드리겠습니다."

"언제쯤이면 제가 아기를 돌볼 수 있을까요? 만약…… 만약 그 애가 고비를 넘긴다면……?"

"일주일."

댄이 말했다.

"그건 너무 길어요!"

"모두한테 긴 시간이겠지요. 이제껏 자유 지대에 있는 61명의 임산부를 진료했는데, 그중 9명이 슈퍼 독감 발생 이전에 임신한 사람들입니다. 그들한테는 특히나 긴 시간이 되겠지요. 스튜 씨? 만나서 반가웠습니다."

댄이 손을 내밀었고 스튜는 악수했다. 서둘러 떠나는 댄의 뒷모습은 반드시 해야 하지만 실행에는 걱정이 따르는 필수 직무를 맡은 사람다웠다.

조지가 스튜와 악수하고 말했다.

"늦어도 내일 오후에는 당신을 만나야겠습니다, 괜찮죠? 편한 시간을 로리 간호사한테 예약해 두세요."

"왜요?"

"다리 말이에요. 상태가 안 좋죠, 그렇죠?"

"많이 나쁘진 않아요."

"스튜?"

프래니가 일어나 앉으며 말했다.

"다리가 어떻게 된 거야?"

"부러지고, 뼈가 잘못 붙고, 혹사당했군요. 상태가 심각하지만 고칠 수 있습니다."

"그냥……."

스튜가 말했다.

"그냥이라니, 엉뚱한 핑계 대지 마! 다리 좀 보여 줘!"

'나는 원한다' 주름살이 또 나타났다.

"나중에."

조지가 일어났다.

"로리 간호사를 만나 보세요, 아셨죠?"

"스튜는 꼭 그렇게 할 거예요."

프래니의 말에 스튜가 씩 웃었다.

"그렇게 해야죠. 마님의 분부시니까."

"당신이 돌아와서 참 기쁩니다."

조지가 말했다. 천 가지 질문들이 그의 입술 바로 안쪽에서 멈춘 듯싶었다. 그는 고개를 살짝 흔들고는 문을 굳게 닫으며 떠나갔다.

"나한테 걷는 모습을 보여 줘 봐."

프래니가 말했다. '나는 원한다' 주름살이 여전히 이마를 갈라놓았다.

"저기, 프래니……."

"어서 빨리, 걷는 모습 보여 달라니까."

스튜는 프래니의 요구대로 걸어 다녔다. 선원이 요동치는 앞 갑판을 가로질러 나아가는 모습과 사뭇 비슷했다. 스튜가 되돌아왔을 때, 그녀는 울고 있었다.

"프래니, 울지 마, 자기야."

"어쩔 수가 없어."

프래니가 두 손으로 얼굴을 감쌌다.

스튜가 곁에 앉아 그녀의 두 손을 얼굴에서 떼어 냈다.

"안 돼. 안 돼, 그러지 마."

그녀가 그를 빤히 바라보았다. 눈물이 계속 흘렀다.

"그토록 많은 사람이 죽었다니…… 해럴드, 닉, 수전…… 래리는 어떻게 된 거야? 글렌 교수님과 랠프 아저씨는?"

"모르겠어."

"루시 언니는 어쩌면 좋지? 그 언니가 한 시간 후에 여기 들를 거야. 매일 들러. 그 언니도 임신 4개월이야. 언니가 오빠한테 물어볼 텐데……."

"그들은 저 너머에서 죽었어."

스튜가 말했다. 프래니가 아니라 자신한테 이야기하듯.

"내 생각엔 그래. 내가 아는 건 그게 다야. 정말로."

프랜이 부탁했다.

"그런 식으로 말하지 마. 루시 언니 앞에서 그러지 마. 그렇게 말하면 언니가 너무나 슬퍼할 거야."

"그들은 제물이었다는 생각이 들어. 하나님은 항상 제물을 요구하지. 하나님의 두 손은 제물의 피로 범벅되어 있어. 왜일까? 나는 모르겠어. 영특한 사람이 아니라서. 아마도 우리 스스로 피를 부르는 상황을 초래했던 것 같아. 내가 분명히 아는 사실은 그 폭탄이 이곳이 아니라 저 너머에서 터졌고, 우리는 한동안 안전하다는 거야. 한동안은."

"플래은 죽었어? 정말 죽은 거야?"

"모르겠어. 내 생각엔…… 우리는 계속 경계해야 할 거야. 그리고 적당한 때가 되면, 캡틴 트립스 같은 세균 무기들이 만들어졌던 장소를 찾아내서 그곳을 흙으로 채우고 땅에 소금을 뿌려야 할 거야. 그러고는 기도해야겠지. 우리 모두를 위해."

그날 자정이 그리 멀지 않은 한참 늦은 저녁, 스튜는 고요한 병원 복도에서 프랜이 탄 휠체어를 밀고 갔다. 로리 컨스터블이 그들과 함께 걸었고, 프랜은 진료 예약을 하라고 스튜를 닦달했다.

"당신이야말로 휠체어에 꼭 타야 할 사람처럼 보이네요, 스튜 레드먼 씨."

"지금 당장은 아무렇지도 않아요."

그들은 커다란 유리창 앞으로 가서 파란색과 분홍색으로 장식된 방 안을 들여다보았다. 커다란 모빌 장난감이 천장에 매달려 있었다. 앞줄에 있는 단 하나의 아기 침대에만 임자가 있었다.

스튜가 황홀한 표정으로 안을 응시했다.

'골드스미스 레드먼, 피터.' 아기 침대의 앞면에 신상 카드가 붙어 있었다. '남아. 체중 2.9킬로그램. 모, 프랜시스 골드스미스 209호실. 부, (고) 제시 라이더.'

피터는 울고 있었다.

작은 두 손을 둥글게 오므려 주먹을 쥐고 있었다. 얼굴은 불그스름했다. 머리에는 놀라울 정도로 새까만 머리카락이 나 있었다. 파란색의 두 눈이 스튜의 눈을 똑바로 들여다보는 듯했다. 마치 그 아기의 모든 불행을 초래한 장본인이 바로 스튜라고 비난이라도 하듯.

아기 이마에 수직으로 깊게 주름이 져 있었다…… '나는 원한다' 주름살.

프래니가 또 울음을 터뜨렸다.

"프래니, 뭐 잘못됐어?"

"아기 침대가 다 텅 비었잖아."

프랜의 목소리는 흐느낌이 되었다.

"그것이 잘못됐어. 우리 아기가 저 안에 덜렁 혼자만 있잖아. 우는 게 당연해. 덜렁 혼자 있잖아. 모두 다 텅 비었어, 하나님 맙소사……."

"그리 오래 혼자 있지는 않을 거야."

스튜가 프랜의 어깨를 팔로 감싸 안았다.

"내 눈엔 재가 아주 잘 견뎌 낼 것처럼 보이는걸. 안 그래요, 로리?"

그러나 로리는 신생아실 창문 앞에 두 사람만 남겨 놓고 떠난 후였다.

다리의 통증 때문에 주춤거리면서, 스튜는 프래니 곁에 무릎을 꿇고 서툰 몸짓으로 그녀를 껴안았고, 그들은 함께 감탄하며 피터를 들여다보았다. 마치 그 아이가 지구에 출현한 최초의 인류이기라도 한 듯. 잠시 후 피터가 자그만 두 손을 가슴 위로 맞잡은 채

잠이 들었고, 그들은 여전히 아기를 지켜보았고…… 아기가 꼭 저 안에 있어야만 하는 것인지 아쉬워했다.

제78장
오월제

그들은 마침내 겨울을 이겨 냈다.

겨울은 길기만 했고, 동부 텍사스 출신인 스튜에게는 그 겨울이 엄청나게 견디기 어려운 계절이었다. 볼더로 돌아오고 나서 이틀 뒤, 스튜는 오른쪽 다리를 다시 부러뜨려 뼈를 다시 맞추었다. 이번에는 다리를 무거운 석고 깁스로 싸서 4월 초가 돼야 풀 수 있었다. 그 무렵엔 깁스가 굉장히 복잡한 도로 지도처럼 보였다. 자유 지대의 모든 사람들이 깁스에다 서명해 놓은 듯싶었다. 물론 그런 일은 명백히 불가능했지만. 공동체로 찾아오는 외지인들이 3월 초하루 무렵부터 다시 조금씩 생겨났고, 예전 세상에서 소득세 신고 마감일이었던 4월 15일에는 자유 지대 인구가 거의 11,000명에 육박했다. 그것은 이제 볼더 퍼스트 은행에 자체 컴퓨터 단말기를 갖추고 열두 명의 인원이 근무하는 인구조사국의 수장이 된 샌디 뒤셍이 발표한 숫자였다.

스튜와 프랜은 루시 스완과 함께 플랙스태프 산 중간쯤에 있는 소풍 지역에 서서 5월 1일 오월제 술래잡기를 구경하고 있었다. 자유 지대의 모든 아이들이 (그리고 꽤 많은 수의 어른들도) 참가한 듯했다. 주름 리본으로 장식하고 과일과 장난감을 가득 채운 희한한 오월제 바구니가 톰 컬런한테 매달려 있었다. 프랜의 아이디어로 마련한 것이었다.

톰이 빌리 게링거를 붙잡았고(그런 어린애 놀이를 하기엔 자기 나이가 너무 많다며 떨떠름하게 사양해 놓고도, 빌리는 놀이에 열심히 참여했다.), 둘은 함께 업쇼라는 사내애를 붙잡았고(업슨이었던가? 스튜는 아이들 이름을 제대로 기억하는 데 곤란을 겪었다.) 그런 다음 그들 셋은 브렌트너 바위 뒤에 숨어 있던 레오 록웨이를 추적했다. 톰이 직접 레오한테 술래 표시를 달았다.

술래잡기의 무대는 서부 볼더 전 지역이었다. 어린아이들과 청소년들 무리가 대개는 비어 있는 거리 이곳저곳에 쇄도했고, 톰은 고함치며 바구니를 들고 다녔다. 그 놀이는 마침내 태양이 뜨겁고 바람이 따뜻하게 부는 산등성이에까지 올라왔다. 술래 표시를 단 아이들은 200명 정도 되었고, 여전히 '도망' 다니는 마지막 남은 대여섯 명을 추적하느라 여념이 없었다. 그 바람에 놀이에 동참하고 싶어 하지 않는 수십 마리의 사슴까지 놀라고 있었다.

그곳에서 3킬로미터 더 위, 한때 해럴드 로더가 자기 무전기에 명령을 내릴 절호의 순간을 기다렸던 해돋이 원형 극장에서는 성대한 야외 점심이 차려지고 있었다. 정오가 되면 2,000명 내지 3,000명쯤 모여 앉아 덴버가 있는 동쪽을 바라보며 사슴 고기와 양념 계란과 땅콩버터 젤리 샌드위치를 먹고 디저트로 갓 구워낸 파이를 즐길 것이었다. 아마도 자유 지대가 열 수 있는 마지막 전체 집회가 될 것이었다. 그들이 모두 덴버로 내려가 한때 브롱코스 팀이 미식축구를 하던 경기장에 함께 모이지 않는 한. 초봄에 조금씩 늘어나던 인구는 오월제 즈음에 이르러 외지인들의 홍수로 크게 불어났다. 4월 15일 이래로 8,000명이 더 들어와서 전체 인구가 최소한 19,000명은 되었다. 잠정적인 숫자였다. 겨우 500명만 들어오는 날은 드물 정도로 샌디의 인구조사국이 인구 증가 속도를 따라잡을 수 없는 상황이었다.

스튜가 들고 올라와 담요를 깔아 놓은 유아용 울타리 안에서, 피터가 기세등등하게 울기 시작했다. 프랜이 아기를 향해 움직였지만, 배가 산만 한 임신 8개월의 루시가 먼저 도착했다.

프랜이 말했다.

"언니한테 경고하는데, 아기 기저귀가 젖은 거야. 애 우는 소리만 들어도 알 수 있어."

"응가 구경 좀 한다고 눈이 오그라들지는 않을걸."

루시가 악을 쓰며 울고 있는 피터를 들어 올려 햇살 속에서 이리저리 부드럽게 흔들었다.

"안녕, 아가야. 얼마나 쌌니? 너무 많이 싼 건 아니지?"

피터가 앙앙거렸다.

기저귀 가는 데 쓰려고 가져다 놓은 담요 위에 루시가 아기를 내려놓았다. 피터는 계속 앙앙거리면서 기어 다녔다. 루시는 아기를 뒤집어 놓고 파란 코르덴 바지를 벗기기 시작했다. 피터의 다리가 허공에서 대롱거렸다.

"거기 두 사람은 산책이라도 다녀오지그래?"

루시가 말했다. 스튜는 프랜을 향한 루시의 미소가 슬퍼 보인다고 생각했다.

"그럴까?"

프랜이 찬성했고, 스튜의 팔을 잡아끌었다.

스튜는 자기 몸이 끌려가도록 내버려 두었다. 그들은 도로를 건너 흘러가는 하얀 구름 떼와 눈부시도록 파란 하늘 아래서 가파르게 오르막이 진 포근한 목초지로 들어섰다.

"뭐 때문에 그래?" 스튜가 물었다.

"무슨 소리야?" 프랜은 너무나 결백하다는 듯한 투였다.

"그 표정 말이야."

"무슨 표정?"

"나는 그 표정이 나오면 척 보고 알 수 있어. 무엇을 의미하는 표정인지는 모르겠지만, 일단 나오면 척 보고 알 수 있어."

"스튜, 나랑 같이 앉아 봐."

"거 봐, 맞지?"

그들은 자리에 앉아서 땅이 내리막을 이루며 계속 이어져 평지로 떨어졌다가 파란 안개 속으로 사라지는 동쪽을 바라보았다. 네브래스카가 저 안개 속 어딘가에 있었다.

"무척 진지한 얘긴데 오빠한테 어떻게 말해야 할지 모르겠어."

"글쎄, 최선을 다해 설명해 주면 되지 뭐."

스튜가 말하며 프랜의 손을 잡았다.

이야기를 꺼내는 대신, 프랜의 얼굴이 실룩거리기 시작했다. 눈물 한 줄기가 뺨으로 흘러내렸고 떨리는 입이 아래로 벌어졌다.

"프랜……."

"아니야, 난 울지 않을 테야!"

프랜은 화가 나서 외쳤지만 눈물은 오히려 더 많이 쏟아졌다. 그녀는 자신도 모르게 격하게 울었다. 당황한 스튜가 어깨에 팔을 두르고 기다렸다.

최악의 순간이 지나간 듯하자 스튜가 물었다.

"이제 말해 줘. 무슨 일이야?"

"나 고향이 그리워, 스튜. 메인 주로 돌아가고 싶어."

그들 뒤에서는 아이들이 환호성을 지르고 고함을 쳤다. 스튜는 몹시 어리둥절해하며 그녀를 바라보았다. 그러고는 조금 어색한 미소를 지었다.

"그런 거야? 난 틀림없이 네가 나랑 이혼할 결심을 했겠거니 하고 생각했는데, 적어도 그 정도 일일 거라고 말이지. 흔한 말로 우린 사실 정식으로 결혼 절차를 밟은 것도 아니잖아."

"난 오빠 없이는 아무 데도 안 갈 거야."

프랜은 가슴 주머니에서 크리넥스 티슈를 꺼내 눈가를 닦았다.

"오빤 그런 것도 몰라?"

"알긴 아는데."

"난 메인 주로 돌아가고 싶어. 그곳이 나오는 꿈을 꿔. 오빠도 동부 텍사스 꿈을 꾼 적 있지 않아? 아네트 마을 꿈?"

"없어. 만약 두 번 다시 아네트를 보지 못한다 하더라도 나는 아주 오래오래 살다가 아주 행복하게 죽을 수 있어. 오군킷 마을에 가고 싶은 거였어, 프래니?"

스튜가 진심으로 말했다.

"언젠가는. 하지만 지금 당장은 아냐. 서부 메인에 가고 싶어.

사람들이 호수 지대라고 부르던 곳. 해럴드와 내가 뉴햄프셔에서 오빠를 만났을 때 오빠는 그곳에 거의 다 왔던 참이었어. 아름다운 곳이야. 브리튼…… 스웨덴…… 캐슬록. 호수에는 물고기가 펄쩍 뛰어오를 테지. 난 상상할 수 있어. 때가 되면, 내 고향 해안가에 정착할 수도 있겠다는 생각이 들어. 그렇지만 1년도 안 됐는데 그곳을 마주 대할 수는 없어. 너무나 많은 추억들이 서려 있거든. 처음엔 너무 벅찰 거야. 바다는 너무 벅찰 거야."

프랜이 두 손을 초조하게 내려다보며 조물락거렸다.

"만약 오빠가 여기에 머물고 싶다면…… 사람들이 공동체 꾸려 나가는 일을 돕고 싶다면…… 나 이해할게. 산도 아름답기는 마찬가진걸, 뭐. 그런데…… 고향만큼 편하진 않은 것 같아."

스튜는 동쪽을 바라보았다. 비로소 눈이 녹기 시작한 이래로 마음속을 휘젓고 다녔던 감정의 정체를 깨달았다. 이주해야겠다는 강한 충동. 여기에는 사람이 너무나 많았다. 그들이 서로 간에 아옹다옹 다투는 것은 아니었다. 적어도 아직까진 아니었다. 그러나 사람들은 이미 스튜의 신경을 긁어 대기 시작했다. 그런 신경 쓰이는 일에 잘 대처해 나갈 수 있는 자유 지대인들(사람들은 스스로를 그렇게 불렀다.)이 있었으며, 그런 사람들은 실제로 그 힘든 일을 즐기는 듯싶었다. 새로운 (이제 위원이 아홉 명으로 늘어난) 자유 지대 위원회를 꾸려 나가는 잭 잭슨이 그런 사람이었다. 브래드 키치너도 그러한 사람이었다. 브래드는 100대 사업을 추진 중이었고, 그가 동원한 많은 일꾼들이 각각의 사업을 돕고 있었다. 덴버 텔레비전 방송국들 중 한 곳을 운영하자는 것도 브래드의 아이디어였다. 그 방송은 매일 저녁 6시부터 새벽 1시까지 옛날 영화를 보여 주었으며, 9시에는 10분간 뉴스를 방영했다.

그런데 스튜가 자리를 비웠을 당시 보안관 일을 대신 맡았던 휴 페트렐라는 스튜가 썩 좋아할 만한 부류의 사람이 아니었다. 페트렐라가 그 일을 맡으려고 선거 운동을 벌였다는 사실이 스튜는 못마땅했다. 그 사람은 손도끼로 반듯하게 깎아낸 듯한 얼굴을 한 냉철하고 청교도적인 사내였다. 부관을 열일곱 명이나 두고 있었는데, 매번 자유 지대 위원회 회의가 열릴 때마다 인원을 증원해 달라고 요구했다. 만약 글렌이 여기 있었더라면 법과 개인의 자유 사이에서 벌어지는 미국의 끝없는 투쟁이 다시금 시작되었다고 말했을 법했다. 페트렐라는 악한 사람은 아니었지만 냉철한 사람이었고…… 스튜는 법이 모든 문제의 마지막 해결책이라는 휴의 확고한 신념이 그를 스튜 자신보다도 더 유능한 보안관으로 만들었다고 여겼다.

"오빠가 위원회에 자리를 하나 제의받았다는 거 나도 알아."

프랜이 주저하며 말했다.

"나는 그것이 명예직이라는 느낌을 받았는데, 몰랐어?"

프랜이 안심하는 듯했다.

"글쎄……."

"내가 그 제의를 사양한다면 그들이 더 기뻐할 거란 생각이 들었어. 난 예전 위원회의 마지막 잔류자니까. 게다가 우리 위원회는 위기관리 위원회였고. 이제는 위험이 전혀 없잖아. 피터는 괜찮을까?"

"내 생각엔 그 애가 6월경에는 여행을 떠날 수 있을 만큼 커 있을 것 같아. 그리고 루시 언니가 아기를 낳을 때까지는 기다리고 싶어."

1월 4일에 피터가 세상에 나온 이후로 자유 지대에는 열여덟 건의 출산이 있었다. 네 명은 사망했다. 그래도 나머지는 아주 건강했다. 양쪽 다 면역성이 있는 부모에게서 잉태된 아기들이 이제 곧 태어날 참이었고, 루시의 아기가 첫 번째가 될 가능성이 아주 컸다. 출산 예정일은 6월 14일이었다.

"7월 1일에 떠나는 게 어때?"

스튜가 물었다.

프랜의 얼굴이 밝아졌다.

"오빠 떠날 생각이구나! 떠나고 싶은 맘이 든 거야?"

"물론이지."

"그냥 나를 기쁘게 해 주려고 해 보는 말 아냐?"

"그런 거 아냐. 다른 사람들도 떠날 거야. 많이는 아니겠지. 한동안은 그렇겠지. 그래도 웬만큼은 떠날 거야."

프랜이 스튜의 목에 두 팔을 감고 그를 껴안았다.

"어쩌면 그냥 잠깐 동안의 휴가가 되겠지. 아니면…… 어쩌면 정말로 그곳이 좋아질 수도 있고."

프랜이 스튜를 조심스럽게 바라보았다.

"어쩌면 그곳에 머무르고 싶어 할걸."

스튜가 끄덕거렸다.

"어쩌면 그럴 테지."

하지만 그는 두 사람 중 누가 한 장소에 몇 년 동안 머무는 데 만족해할지 미심쩍었다.

스튜는 루시와 피터를 가만히 바라보았다. 루시는 담요 위에 앉아서 피터를 위아래로 흔들고 있었다. 아기는 키득거리면서 루시의 코를 붙잡으려 애쓰고 있었다.

"저 아이가 병에 걸릴지도 모른다는 생각 해 본 적 있어? 그리고 너도 병에 걸릴 수 있다는 생각도. 만약 네가 또 임신하면 어쩌지?"

프랜이 웃음 지었다.

"책이 있잖아. 우리 둘 다 책을 읽을 줄 알잖아. 인생을 걱정만 하면서 살아갈 수는 없는 거야, 안 그래?"

"응, 걱정만 하면 안 되지."

"책과 좋은 약이 있어. 있는 약은 사용법을 익히면 되고, 없는 약은…… 만드는 법을 익히면 돼. 병에 걸려 죽어 갈 때가 오면……."

프랜은 땀에 절어 숨을 헐떡이는 아이들의 마지막 무리가 소풍 지역을 향해 걸어가고 있는 광활한 목초지를 돌아보았다.

"그런 일은 여기서도 일어나. 리치 모팻 기억나지?"

스튜가 고개를 끄덕거렸다.

"그리고 셜리 해밋도?"

"그래."

셜리는 2월에 뇌출혈로 사망했다.

프랜이 스튜의 두 손을 잡았다. 그녀의 눈은 단호한 결의로 찬연히 빛나고 있었다.

"우리는 위험을 감수하더라도 우리가 원하는 우리만의 인생을 살아야 해."

"좋아. 아주 멋있는 말인데. 그 말이 맞는 것 같아."

“사랑해, 동부 텍사스 양반.”

“그 말을 고스란히 마님께 돌려드리겠습니다요.”

피터가 또 울기 시작했다.

“우리 황제 폐하한테 뭐가 문제인지 가서 알아보자.”

프랜이 일어나며 바지에서 풀을 털어 냈다.

“애가 기어가려고 기를 쓰다가 바닥에 코를 박았지 뭐야.”

루시가 피터를 프랜한테 넘겨주며 말했다.

“불쌍하기도 하지.”

“정말 불쌍한 아기네.”

프랜은 동감하고 피터를 어깨 위로 들쳐 안았다. 아기가 그녀 목에다 스스럼없이 머리를 기대며 스튜를 바라보았고, 미소 지었다. 스튜도 마주 보고 미소 지었다.

“때찌, 요 녀석.”

스튜의 말에 피터가 웃음을 터뜨렸다.

루시가 프랜을 보다가 스튜를 돌아보았고 다시 프랜한테로 시선을 돌렸다.

“너 떠나는구나, 그렇지? 스튜 씨한테 그러자고 설득했구나.”

“그런 것 같아요. 그래도 루시가 아들 딸 중 어느 쪽을 낳는지 볼 때까지는 여기 머물러 있을 겁니다.”

“잘됐네요.”

루시가 말했다. 마치 한낮에 대고 자기 몸을 부딪히기라도 하듯, 먼 곳의 종이 우렁찬 소리로 울려 대기 시작했다.

“점심시간이네.”

루시가 일어나면서 자신의 초대형 배를 토닥거렸다.

"저 소리 들었니, 우리 아가야? 우리 밥 먹으러 가는 거야. 어우, 발로 차지 마. 지금 간다니까."

스튜와 프랜도 일어섰다.

"자, 오빠가 아기 좀 데리고 가."

피터는 잠들었다. 그들 세 사람은 해돋이 원형 극장까지 함께 언덕을 걸어 올라갔다.

여름 저녁, 황혼 녘

해 질 무렵 그들은 현관에 나와 앉아 마당의 흙먼지 속에서 열심히 기어 다니는 피터의 모습을 지켜보았다. 스튜는 나무줄기로 엮어 만든 판이 달린 의자에 앉았다. 나무줄기 판은 여러 해 동안 사용한 탓에 종 모양처럼 아래로 벌어졌다. 왼편의 흔들의자에는 프랜이 앉아 있었다. 피터 왼편의 마당에서는 그날의 온화한 마지막 햇빛 속에서 타이어 그네가 드리운 도넛 모양의 그림자가 땅바닥에 깊이를 알 수 없는 형상을 새겼다.

"할머니는 여기서 오랫동안 사셨어, 그렇지?"

프랜이 부드럽게 물었다.

"오래오래 아주 오랫동안."

스튜가 동의하고 피터를 가리켰다.

"재 온통 더러워지고 있는데."

"물이 있잖아. 할머니가 수동 펌프를 갖추어 놓으셨어. 물 한 바가지만 넣고 펌프질해 주면 돼. 편리하기 이를 데 없지."

스튜는 끄덕거릴 뿐 말이 없었다. 담배 파이프에 불을 붙이고 길게 파이프를 빼끔거렸다. 피터가 고개를 돌려 그들이 여전히 제자리에 있는지 확인했다.

"안녕, 아가야."

스튜가 손을 흔들었다.

피터가 엎어졌다. 두 손과 두 무릎으로 다시 몸을 일으키더니 커다란 원을 그리며 또 기어가기 시작했다. 야생 옥수수밭을 관통하는 흙 길의 끝에, 물건 운반용 윈치를 앞쪽에 매단 작은 위네바고 캠핑카가 서 있었다. 그들은 큰 도로를 피해 지선 도로들로만 이동하고 있었지만, 윈치는 여러모로 쓸 일이 많았다.

"오빠 외로워?"

"아니. 어쩌면 그럴 수도 있겠지, 언젠가는."

"아기가 걱정돼?"

프랜이 자기 배를 토닥거렸다. 배는 아직 완벽하게 평평했다.

"아니올시다."

"피터 코에 딱지 생기겠네."

"딱지야 떨어질 테지. 그런데 루시는 쌍둥이를 낳았잖아."

스튜가 하늘을 쳐다보며 웃음 지었다.

"상상이나 할 수 있어?"

"그 쌍둥이들 봤잖아. 백문이 불여일견이다 이거지. 스튜, 우리가 언제쯤 메인 주에 도착할까?"

스튜가 어깨를 으쓱했다.

"아마도 7월 말쯤. 좌우간 월동 준비를 시작할 시간은 충분해.

걱정돼?"

"아니올시다."

프랜이 그를 흉내 내어 말하고 나서 일어섰다.

"재 좀 봐, 몸을 온통 지저분하게 만들었어."

"내가 아까 말했잖아."

스튜는 프랜이 현관 계단을 내려가 아기를 추스르는 모습을 지켜보았다. 제자리에 앉아서, 마더 애버게일이 오랜 세월 자주 앉았던 바로 그 자리에 앉아서, 자신들 앞에 놓인 인생에 관하여 생각했다. 자신들의 인생이 잘 굴러갈 거라는 생각이 들었다. 적당한 때가 되면 볼더로 돌아가야 했다. 만약 그렇게만 된다면 그들의 아이들은 성년의 나이에 다른 아이들을 만나서 연애하고 결혼하고 더 많은 아이를 낳을 수 있었다. 아니면 볼더의 몇몇 사람들이 그들을 찾아올 수도 있었다. 그들의 이주 계획을 면밀히 물어보며 거의 심문하듯 따진다 싶은 사람들이 있었지만…… 그런 사람들의 눈에 담긴 감정은 경멸이나 노여움이 아니라 동경이었다. 스튜와 프랜만이 방랑벽에 사로잡힌 사람들은 아니라는 것이 명백했다. 전직 안경 판매원이었던 해리 던바튼은 미네소타 주에 관하여 이야기하곤 했다. 마크 젤먼은 하와이의 이곳저곳에 대해 말하곤 했다. 그는 비행기 조종하는 법을 배워서 하와이로 가고 싶어 했다.

"마크 씨, 그건 자살 행위가 될 수도 있어요!"

프랜이 화를 내며 잔소리했다.

마크는 그저 장난스럽게 웃음 지었다.

"먼저 위험한 여행을 떠나는 사람이 누군데 이러시나, 프래니."

스탠 노고트니는 남쪽으로 떠나는 것에 관해 진지하게 이야기했다. 아마도 몇 년 동안은 멕시코의 아카풀코에 머물다가, 그 뒤에는 어쩌면 페루까지 내려갈 수도 있다고 했다.

"사실은 말이야, 스튜, 여기 사람들은 하나같이 엉덩이 걷어차기 대회에 나온 외다리 남자처럼 내 신경을 거슬리게 해. 이젠 열 명 중 한 명은 못 알아보겠어. 밤에 자기 집 문을 잠가 놓기까지 하더라고…… 나를 그런 표정으로 보지 마. 사실을 말하는 것뿐이야. 내 말 들어 봐. 자네는 내가 마이애미에서 살았을 거라고는 아예 짐작도 못했겠지만, 난 이래 봬도 거기서 16년간 살았고, 매일 밤마다 집 문을 잠가 놓았어. 제기랄! 여기 와서는 그런 짓 안 해도 되니까 맘에 쏙 들었는데. 어쨌든 이곳은 갈수록 사람들로 붐비고 있어. 요즘 아카풀코 생각을 자주 해. 이제 제이니만 설득할 수 있다면……."

'만약 자유 지대가 뿔뿔이 흩어진다고 해도 그리 나쁜 일은 아닐 거야.' 스튜는 프랜이 펌프로 물을 푸는 것을 지켜보며 생각했다. 글렌 베이트먼도 그렇게 생각했으리라고 장담할 수 있었다. 글렌이라면 자유 지대의 목적은 이미 달성되었잖아 하고 말했을 터였다. '어떻게 되기 전에 해산하는 것이 상책이지.'

어떻게 되기 전에?

우선, 스튜와 프랜이 떠나오기 전 마지막 자유 지대 위원회 회의에서, 휴 페트렐라는 자기 부관들을 무장시킬 수 있게 해 달라고 요청하여 무장 권한을 부여받았다. 그것은 스튜와 프랜이 볼더에서 머물던 마지막 몇 주 동안 그곳의 뜨거운 쟁점이 되었다. 모든 이들이 편을 갈라 언쟁을 벌였다. 6월 초에 술주정뱅이가 보안

관의 부관 한 명을 손찌검해서 펄 스트리트에 있는 브로큰 드럼 술집의 유리창에다 메다꽂았다. 그 부관은 서른 바늘이나 상처를 꿰매고 수혈까지 받아야 했다. 페트렐라는 만약 자기 부하가 그 술주정뱅이를 겨눌 수 있는 권총을 소지했더라면 그런 사태는 절대 벌어지지 않았을 것이라고 주장했다. 그러자 논쟁이 들끓었다. 만약 그 부관이 총을 소지했더라면 그 사건은 부상당한 부관 대신 죽은 술주정뱅이라는 결말을 초래했을지도 모른다고 믿는 사람들이 많았다.(스튜도 그들 중 한 명이었다. 비록 혼자서만 그렇게 생각하고 말았지만.)

'부보안관들한테 총을 주고 나면 무슨 일이 생길까?' 스튜는 자문해 보았다. '논리적인 상황 전개는?' 답변을 한 것은 글렌 베이트먼의 약간 건조한 학자풍의 목소리였다. '그들한테 더 커다란 총을 주는 거야. 그리고 경찰차도. 그리고 자유 지대 공동체가 아래로 칠레까지 어쩌면 위로 캐나다까지 확장된 것을 깨달을 때면, 바로 그런 상황이 휴 페트렐라를 국방부 장관으로 만드는 거야. 그리고 어쩌면 수색대들을 내보내기 시작하는 거지. 왜냐하면 어쨌거나……'

'나쁜 물건들이 곳곳에 널려 있으니까, 그저 누가 와서 집어가 주기만을 기다리고 있으니까.'

"애를 침대에 재워 놓자."

프랜이 계단을 올라오며 말했다.

"알았어."

"그런데 왜 그렇게 우울한 표정으로 앉아 있는 거야?"

"내가 그랬어?"

"분명히 그랬어."

스튜는 손가락으로 양쪽 입가를 밀어올려 미소를 만들었다.

"좀 나아졌나?"

"훨씬. 애 옮기는 것 좀 도와줘."

"기꺼이 그러겠습니다요."

마더 애버게일의 집 안으로 프랜을 따라가면서 스튜는 생각했다. 만약 사람들이 분열을 일으켜 흩어지는 일이 정말로 생긴다면 더 좋을 거라고, 훨씬 더 좋을 거라고. '가능한 한 오랫동안 집단 체제를 연기하는 것이지. 항상 집단을 이루기 때문에 문제가 생기는 것 같아. 세포들이 한데 응집해서 점차 까맣게 무성해지기 시작하는 시기. 경찰이 사람들의 이름과…… 얼굴을 도저히 기억할 수 없을 정도로 복잡한 사회가 될 때까진 경찰한테 총을 주어서는 안 돼…….'

프랜이 등유 램프에 불을 붙이자 은은한 노란빛이 퍼졌다. 피터는 그들을 조용히 올려다보며 벌써 졸려 했다. 아이는 조금 전까지 열심히 놀다 들어온 터였다. 프랜이 아이한테 잠옷을 입혔다.

스튜는 생각했다. '우리가 벌어 놓을 수 있는 건 시간뿐이야. 피터의 일생, 피터 자식들의 일생, 어쩌면 내 증손자들의 일생까지도. 2100년까지는 가능해, 어쩌면. 분명히 그보다 더 오래일 수는 없어. 어쩌면 그 정도로 긴 시간은 아닐지도 몰라. 가엾은 늙은 어머니 지구가 스스로 기력을 조금 되찾을 수 있을 만큼의 시간. 휴식의 계절.'

"뭐라고?"

프랜이 묻자 스튜는 자신이 큰 소리로 중얼거렸음을 깨달았다.

"휴식의 계절."

스튜가 거듭 말했다.

"그게 무슨 뜻이야?"

"뭐든지 다."

스튜가 말하며 프랜의 손을 잡았다.

피터를 내려다보면서 또 생각했다. '만약 우리가 저 아이한테 이제껏 벌어진 일을 이야기해 준다면, 저 아이는 자기 자식들한테도 이야기해 주겠지. 자손들한테 경고하는 것이지. 사랑하는 아이들아, 그 장난감들은 죽음이란다. 그것들은 방사능에 의한 섬광 화상이고 방사능증이고 까맣게 부어올라 숨 막혀 죽는 전염병이란다. 이런 장난감들은 위험해. 이런 것들이 만들어졌을 때 사람들의 뇌 속에 든 악마는 하나님의 권능에 반기를 들었지. 이런 걸 가지고 놀지 마라, 사랑하는 아이들아. 제발, 절대 안 돼. 결코 두 번 다시는 안 된다. 제발…… 제발 과거의 교훈을 배우렴. 이 텅 비어 버린 세상을 너희 교본으로 삼도록 하려무나.'

"프래니."

스튜가 몸을 돌려 프랜의 눈을 들여다보았다.

"무슨 일인데, 스튜어트?"

"너는…… 너는 사람들이 과거의 잘못에서 조금이라도 배우는 게 있다고 생각하니?"

프랜은 말하려고 입을 열었다가, 머뭇거리더니 침묵에 빠졌다. 등유 램프의 불빛이 깜빡거렸다. 프랜의 눈빛이 매우 우울해 보였다.

"나는 모르겠어."

프랜이 마침내 말했다. 자신의 대답이 맘에 들지 않는 듯 싶었다. 뭔가 더 말하려고 기를 썼다. 첫 번째 답변을 해명하려고. 그러나 그저 되뇔 수밖에 없었다.

"나는 모르겠어."

원이 닫히다

시인은 판단했다
'우리는 도움이 필요해.'

— 에드워드 돈

그는 새벽에 깨어났다.

일어나 앉아 주변을 둘러보았다. 뼈처럼 새하얀 해변에 와 있었다. 머리 위에는 구름 한 점 없이 파란 도자기 빛 하늘이 멀리까지 드높이 펼쳐졌다. 앞에서는 청록색 바닷물이 암초 위로 세차게 부서지다가 잔잔하게 해변으로 밀려 들어왔고 이상하게 생긴 보트들 사이에는……

(*카누들 옆면에 수평 받침을 매단 카누들*)

그는 그것이 뭔지 알았다…… 그런데 어떻게?

일어서려다 하마터면 쓰러질 뻔했다. 몸이 휘청거렸다. 상태가 안 좋았다. 숙취에 시달리는 기분이었다.

뒤로 돌아섰다. 녹색 정글이 눈앞으로 뛰쳐나올 듯싶었다. 거무칙칙하게 무성하고 우거진 덩굴들과 넓적한 이파리들과 싱싱하게 피어난 꽃들은

(*쇼걸의 젖꼭지처럼 분홍색*)

그는 또 어리둥절했다.

쇼걸이 뭐였지?

그런 관점에서 보자면, 젖꼭지는 또 뭔가?

마코 앵무새 한 마리가 그를 보더니 날카롭게 소리지르고, 무작정 날아오르다, 오래된 바니안나무의 두꺼운 몸통을 들이받고 두 다리를 위로 뻗은 채로 나무 밑에 떨어져 죽었다.

(*두 다리를 위로 뻗은 상태로 재를 식탁에 올리자*)

몽구스 한 마리가 수염이 자라 지저분하고 붉게 달아오른 그의 얼굴을 보고는 뇌 색전증으로 죽었다.

(*저런 겁쟁이는 숟가락과 유리그릇에 곁들여 올려야지*)

니파야자나무의 줄기에서 바쁘게 굴러다니던 딱정벌레 한 마리가 한순간 더듬이 사이에서 지지직거리던 자그맣고 파란 전기 벼락과 함께 까맣게 타 버리고 껍질만 남았다.

(*그리고 저 녀석의 궁둥 궁둥 궁둥이로부터 고깃국물을 퍼내기 시작하는 거다*)

나는 누구인가?

그는 알지 못했다.

나는 어디에 있는가?

그게 뭐 대순가?

그는 정글의 가장자리를 향해 걷기(비틀거리기) 시작했다. 굶주림 때문에 머리가 어질어질했다. 부서지는 파도 소리가 들끓는 피의 진동처럼 귓속에서 우렁차게 울렸다. 그의 마음은 갓 태어난 아이의 마음처럼 텅 비어 있었다.

그가 짙은 녹색 정글의 언저리에 반쯤 왔을 때 정글이 갈라지더니 남자 셋이 밖으로 나왔다. 그러고는 여섯으로 불어났다.

그 사람들의 피부는 매끄러운 갈색이었다.

그들이 그를 빤히 쳐다보았다.

그도 마주 서서 빤히 쳐다보았다.

여러 가지 것들이 나타나기 시작했다.

여섯 명이 여덟 명이 되었다. 여덟 명이 열두 명이 되었다. 그들은 모두 창을 쥐었다. 위협적으로 창을 쳐들었다. 얼굴에 짧은 수염이 난 남자가 그들을 바라보았다. 청바지와 낡고 구겨진 카우보이 장화를 차려입은 모습이었다. 그 밖에는 아무것도 걸친 게 없었다. 상반신은 잉어의 배처럼 하얬고 지독히도 야위었다.

창들이 아주 높이 솟아올랐다. 그러자 갈색 사람들 중 한 명, 지도자가 거듭해서 한마디 말을 간신히 내뱉었는데, 그 말은 "윤나!"라는 소리로 들렸다.

그랬다, 여러 가지 것들이 나타나고 있었다.

좋아 좋아.

한 예로, 그의 이름이 기억 속에 떠올랐다.

그는 미소 지었다.

그 미소는 먹구름을 뚫고 나온 붉은 태양 같았다. 눈부시게 하얀 이와 놀라우리만큼 반짝이는 두 눈을 밖으로 드러냈다. 그는 평화를 나타내는 만국 공통의 의사 표시로 그들을 향해 손금이 하나도 없는 양 손바닥을 내보였다.

그 미소의 위력 앞에 그들은 갈팡질팡했다. 창들이 모래 위로 떨어졌다. 창 하나가 아래로 세게 떨어져서 비스듬히 모래 위에 푹 박힌 채 덜덜 떨었다.

"너희는 영어를 할 줄 아느냐?"

그들은 그저 바라보고만 있었다.

"아블라 에스파뇰(스페인 어를 할 줄 아느냐)?"

아니다, 그들은 그렇지 않았다. 그들은 좆같은 에스파뇰을 절대적으로 아블라 하지 못했다.

그것은 무엇을 의미하는가?

그는 어디에 있는 것인가?

글쎄, 때가 되면 진실이 드러날 것이었다. 로마는 하루아침에 이루어진 것이 아니었다, 그런 점에서는 오하이오 주 아크론도 마찬가지였다. 그리고 장소는 중요하지 않았다.

자신이 서 있는 장소는 결코 중요하지 않았다. 오직 자신이 그곳에 있다는 사실…… 그리고 여전히 자신의 두 발로 딛고 설 수 있다는 사실이 중요했다.

"파를레 부 프랑세(프랑스 어를 할 줄 하느냐)?"

대답 없음. 그들은 홀린 듯 그를 빤히 쳐다보았다.

그는 그들한테 독일어를 시도했고, 그러고는 그들의 멍청하고 양처럼 순한 얼굴을 향해 웃음을 터뜨렸다. 그들 중 한 명이 무기력하게 흐느껴 울기 시작했다. 어린아이처럼.

저들은 단순한 사람들이다. 미개하고, 단순하고, 글자를 모른다. 그러나 나는 저들을 이용할 수 있다. 그래, 나는 저들을 완벽하게 잘 이용할 수 있다.

그는 그들을 향해 앞으로 나아갔다. 손금 없는 양 손바닥을 계속 밖으로 내보이며, 계속 미소 지으며. 그의 두 눈이 따스하고 광기 어린 기쁨으로 번쩍거렸다.

"내 이름은 러셀 패러데이다."

그는 느리고 또렷한 음성으로 말했다.

"나에게는 사명이 있다."

그들은 그를 빤히 쳐다보았으며, 온통 그 눈들이, 온통 어찌할 바를 몰랐고, 온통 매혹되었다.

"나는 너희를 도와주러 찾아왔노라."

그들이 하나둘 무릎을 꿇고 그의 앞에 머리를 조아렸고, 그의 검고 검은 그림자가 그들 사이로 드리워지면서 그의 미소가 더욱 커졌다.

"나는 너희에게 문명인이 되는 법을 가르쳐 주러 찾아왔도다!"

"윤나!"

추장이 기쁨과 공포 속에서 흐느껴 울었다. 그가 러셀 패러데이의 발에 입맞춤하자, 다크맨은 웃기 시작했다. 웃고 또 웃었다.

인생이란 것은 어느 누구도 그 위에서 오랫동안 버틸 수 없는 둥근 바퀴와도 같았다.

그리고 그것은 항상 끝에 가서는, 또다시 똑같은 자리로 빙글빙글 되돌아오게 마련이었다.

1975년 2월

1988년 12월

옮긴이의 말

안녕하세요. 스티븐 킹 소설 『스탠드』를 번역한 조재형입니다.

『스탠드』를 읽어주신 독자 여러분께 감사드립니다. 황금가지 출판사에서 『스탠드』를 6권에 걸쳐 한 권 한 권 차례로 펴내는 모습을 보니 번역자로서 흐뭇한 마음이 드는 것과 동시에 『스탠드』의 내용을 다시금 돌아보게 되는군요.

그러다보니 이 소설에서 가장 큰 영향력을 발휘하지만 단 한 번도 모습을 내비치지 않았던 신비로운 등장인물을 주목하게 됩니다. 마더 애버게일이 "하나님"이라고 부르는 그 강력한 등장인물 말입니다.

그 하나님에 대한 저의 개인적인 느낌은 다음과 같습니다.(이 글에 부제를 붙이자면 '옮긴이가 펼치는 스탠드 음모 이론' 정도가 알맞겠네요.)

『스탠드』 속에서 하나님은 라스베이거스에 핵폭발을 일으켜 볼더 자유지대를 구하는 기적을 일으키지만, 공짜로 그렇게 해 준 것은 아닙니다. 스튜, 글렌, 랠프, 래리라는 네 명의 인간을 제물로 삼고 나서야 기적을 베풉니다(물론 스튜는 다크맨한테 가는 도중에 탈락하여 더 큰 임무를 맡게 되지만요.).

가만히 생각해보면 동서고금을 막론하고 기독교의 하나님을 비롯한 전세계의 신들은 인간들이 제물을 바치고 나서야 거기에 힘을 얻은 듯 복을 내려주곤 했습니다. 아아, 게다가 신들은 입맛이 까다로워요. 아무 제물이나 덥석 받지를 않지요. 그들은 제물 중에서도 최상의 품질을 갖춘 고급 제물만을 받습니다. 저급 제물을 바친 사람은 도리어 신들의 노여움을 사기 십상이지요!

그래서 사람들은 그 해에 처음으로 수확한 햇곡식, 튼튼하고 토실토실한 가축, 건장한 청년의 심장…… 또는 아름다운 처녀를 정성껏 제물로 바쳤던 것입니다.(섹시한 마을 처녀가 신에게 제물로 바쳐지던 날, 얼마나 많은 마을 청년들이 무신론자로 돌아섰는지는 불을 보듯 뻔하죠).

『스탠드』의 하나님은 마더 애버게일을 통해 고급 제물을 받습니다. 죽어가는 마더가 말했듯, 할머니가 나오는 꿈을 통해 사람들을 볼더에 모이게 한 것은 단순히 공동체를 만들기 위함이 아니었습니다. 사람들을 한 군데로 끌어 모으는 과정을 통해 특출난 능력을 발휘하는 인재들을 선발하기 위함이었습니다. 볼더로 향하는 험난한 여정에서 능력을 입증한 그 인재들은 자연스럽게 볼더 자유지대 위원회의 구성원이 되고, 이와 동시에 하나님이 라스베이거스의 기적을 발휘하기 위해 필요로 하는 고급 제물이 됩니다. 마더가 래리의 침대에 누워 그 제물의 이름, 즉 스튜, 글렌, 랠프, 래리의 이름을 부르고 리더의 순서를 정해주는 장면이야말로 하나님이 사탄과의 게임에서 몹시도 고대했던 순간이었을 것입니다. 플랙스태프 산에 올라 스튜와 글렌이 포도주를 마시며 자유지대의 미래를 논하던 장면에서 글렌이 묻습니다. 네브래스카 출신의 일백여덟 살 먹은 흑인 할머니 밑에서 일곱 제사장 중 한 명으로 활약할 거라고 꿈이라도 꿔 본 적 있느냐고. 그렇다면 과연 스튜는 네브래스카 출신의 일백여덟살 먹은 흑인 할머니의 지령에 따라 인간 제물 네 명 중 한 명으로 활약할 거라고 꿈이라도 꿔 봤을까요?

게다가 라스베이거스라는 제단까지 네 명의 인간 제물을 이동시키면서 제물을 더욱 적합한 상태로 만들기 위해, 글렌의 표현대로라면 세파에 찌들었던 인간 축전지를 충전하기 위해, 하나님은 제물들에게 라스베이거스까지 걸어가라고 시키기까지 합니다. 아아, 정말이지 입맛 까다로운 하나님이시죠.

그러고는 라스베이거스라는 제단에 (스튜를 제외한) 세 명의 인간 제물이 모이자 마침내 사탄에 대한 복수를 시작합니다. 화끈한 복수를!

그 전에 사탄의 대리인인 랜들 플랙이 저지른 볼더 자유지대의 폭탄사건으로 인해 하나님은 큰 치욕을 맛본 상태였습니다. 사탄의 도시를 쳐부술 제물들의 모임이던 자유지대 위원회가 파탄 났던 것입니다. (마더의 말에 따르면 하나님이 제물들의 리더로 정해 놓았던) 닉 앤드로스가 폭발과 함께 죽고 말았습니다. 마더의 말대로 비록 아직은 닉의 전부가 떠나간 것은 아니었지만.

아무튼 그 사건으로 인해 하나님은 불가피하게 계획을 수정해야 했고, 망할 놈의 사탄과 그놈의 대리인인 랜들 플랙에 대한 복수가 본격적으로 진행되었습니다. 하나님의 복수 원칙은 간단합니다.

눈에는 눈, 이에는 이. 당한 만큼 똑같이 되돌려주기.

플랙이 자유지대에서 해럴드와 네이딘이라는 배신자를 만들어냈듯, 하나님도 플랙의 근거지 라스베이거스에서 쓰레기통맨을 배신자로 만듭니다.(쓰레기통맨이 스프링필드 군사기지를 파괴하게 된 것은 사막에서 전갈에 손가락을 찔리고 난 후 주위 사람들한테 놀림당하는 환상을 겪었기 때문이었습니다. 플랙이 사마귀로 변신해 사막 지하의 프로젝트 블루로 침투해 들어가는 생각을 했던 것처럼, 하나님이 내려 보낸 천사가 전갈로 변신해 의도적으로 쓰레기통맨의 손가락을 일부러 찔렀던 것인지도 모릅니다. 전갈이 손가락을 찌르며 쓰레기통맨의 몸 속으로 주입한 신비로운 물질이 그를 미치게 만들어 다크맨을 배신하게 하고 하나님의 의지대로 이끌려가도록 충동질했을지도 모르고요.)

플랙이 배신자 해럴드와 네이딘한테 폭탄을 운반하게 했듯, 하나님도 배신자 쓰레기통맨한테 폭탄을 운반하게 합니다. 아, 제가 위에서 하나님은 당한 만큼 똑같이 되돌려준다고 했던가요? 이제 보니 아니로군요. 플랙은 다이너마이트 폭탄을 움직이게 했지만, 하나님은 핵폭탄을 움직이게 했군요. 다이너마이트가 아무리 용을 써도, 핵폭탄 앞에선 새발의 피죠. 당한 만큼 똑같이 되돌려주는 게 아니라 당한 것보다 수백 배, 수천 배만큼을 퍼부어주네요. 역시 하나님은 화끈한 복수가 무엇인지 아는 분인 것 같습니다.

하나님은 라스베이거스에서 폭탄을 터뜨리는 기적을 행합니다. 하늘로부터 어마어마하게 거대한 하나님의 손을 내려 보내 핵탄두를 덮쳐서.

그런데 그걸로 하나님의 작전이 끝난 게 아니었습니다. 사실 하나님은 자랑쟁이입니다. 기적을 베풀어도 꼭 티를 내고 싶어합니다. 기적을 두 눈으로 목격한 증인을 만들고 그 증인이 사람들한테 가서 하나님의 기적을 증언해 주길 원하는 것이죠. 그렇게 해서 인간들의 무리 속에서 자신의 명성이 드높아지는 것을 하나님은 은근히 즐기는지도 모르겠습니다. 뭐랄까, 프랜이 일기장에다 쓴 표현대로 "과시적 소비"가 기적의 본질인 것일까요?(마더 애버게일은 자신이 교만의 죄를 저질렀다며 괴로워했는데, "스탠드"의 하나님도 좀 교만스러운 면이 있는 것 같네요, 히히.) 어쩌면 성경이란 것은 하나님이 행한 기적들과 그것들을 목격한 사람들의 증언이 쌓이고 쌓여 만들어진 성과물인 것도 같군요.

라스베이거스에서 기적을 행한 하나님은 사람들한테 기적을 말해줄 증인이 필요했습니다. 독자 여러분도 아시다시피, 바로 스튜 레드먼과 톰 컬런이죠. 스튜를 막판에 제물에서 탈락시켰던 까닭은 증인을 확실하게 확보하기 위해서였던 것 같습니다. 라스베이거스의 기적을 보고 난 증인은 자유지대 사람들한테 돌아가기 위해 한겨울에 로키 산맥을 넘어야 합니다. 그런데 혼자라면 무리겠지요. 톰 컬런만으로는 미덥지 못하겠지요. 따라서 톰 컬런한테 증인을 한 명 더 붙여두면 다소 안심! 마더 애버게일은 다크맨한테 가는 도중에 어떤 사람이 제물의 무리에서 탈락할지 알지 못한다고 말했습니다. 네 명의 제물이 홍수로 인해 침식된 경사지를 내려갈 때에는 아무 일 없다가 반대편 경사를 다 올라갈 때쯤에서야 한 명이 탈락하고 말았습니다. 그런 걸 보면 하나님은 마지막까지 어떤 사람을 탈락시킬지 고민했을 수도 있겠네요. 재밌지 않습니까? 경사지를 낑낑대며 건너는 네 사람을 하늘나라에서 내려다보면서, 마치 미스코리아 선발대회 심사위원 같이 고민스런 표정을 짓는 하나님이라니 말이에요.

아무튼 톰 컬런과 스튜 레드먼이 라스베이거스에서 행해진 하나님의 기적을 목격한 증인으로 남았습니다. 정신지체자와 치명적인 부상을 입은 사람이 혹독한 겨울에 로키 산맥을 넘어야만 하는 시련과 고난이 펼쳐지는 것입니다. 하필 그런 불쌍한 두 사람을 데려다 끝까지 고생시키다니. 『스탠드』의 하나님은 정말이지 극적인 설정을 구성할 줄 아는 분인 것 같습니다. 작가로 나섰으면 스티븐 킹 같은 베스트셀러 작가가 되었을 겁니다.

그리고 그 두 사람은 결국 끝까지 악착 같이 살아남아 자유지대로 돌아가 하나님이 악의 화신을 징벌했던 기적을 사람들한테 증언합니다.

이 정도면 『스탠드』의 하나님은 만족했겠죠?

그런데 저한테 한 가지 사소한 의문이 생깁니다.

라스베이거스에서 하나님이 악의 소굴을 소탕하는 김에 왜 다크맨을 완전히 없애지 않았을까요? 아예 도망을 못 치게 다크맨을 핵폭탄의 불길 속에 가둬둘 수도 있지 않았을까? 왜 다크맨이 새로운 환경에서 활동을 재개해 또다시 악의 세상을 꿈꾸게 만드는 걸까요? 이것은 하나님이 사탄한테 준 개평인 것만 같습니다.

마더 애버게일은 하나님을 게임의 명수라고, 사탄과 벌이는 장기판에서 항상 승리하는 분이라고 소개하면서, 스튜를 비롯한 사람들을 하나님이 움직이는 장기판의 말로 취급하지요. 어쩌면 게임의 명수라는 표현은 몹시도 낙천적인 표현일지도 모르겠습니다. 부정적인 표현을 쓰자면, 『스탠드』의 하나님은 게임 중독자, 내기 도박꾼일 수도 있을 거예요. 노름판에선 이긴 자가 진 자한테 판돈에서 조금 떼어 개평을 주지요. 그런 것과 마찬가지로, 라스베이거스에서 승리를 거둔 하나님은 "옛다 사탄아. 이번 판은 내가 이겼으니 너는 개평이나 받아라. 자, 망가진 플랙은 너 가져."라고 했을 것만 같은 생각이 듭니다.

그리고 도박판에서 개평을 받은 사람은 대개 그걸 좋은 일에 쓰는 것이 아니라 다시 도박판에 끼어들 종자돈으로 삼죠. 그러니 이번에 하나님이 망가진 플랙을 사탄한테 개평으로 준 것은…… 나중에 심기일전해서 또다시 도전해보라는 제스처겠죠. (반대로 사탄이 게임에서 이겼을 경우에도 하나님한테 개평을 주었을 테죠. 아, 사탄은 나쁜 놈이니까 개평 같은 건 싹 무시하려나요?) 왜냐하면 하나님은 게임의 명수이니까, 게임을 너무나 즐기니까, 언제든 기회가 생기면 또 사탄과 벌이는 게임을 즐기니까.

하지만 하나님과 사탄이 벌이는 게임은 인간 세상을 무대로 펼쳐지고, 인간들이 피해를 보게 되는데…….

선과 악을 대표하는 두 어르신께서 정신없이 거대한 게임을 즐기는 세상 속에서, 과연 인간은 어떻게 행동해야 할까요? 사람들은 올바른 행동수칙을 잘 알고 있을까요?

"프래니."

스튜가 몸을 돌려 프랜의 눈을 들여다보았다.

"무슨 일인데, 스튜어트?"

"너는…… 너는 사람들이 과거의 잘못에서 조금이라도 배우는 게 있다고 생각하니?"

프랜은 말하려고 입을 열었다가, 머뭇거리더니 침묵에 빠졌다. 등유 램프의 불빛이 깜빡거렸다. 프랜의 눈빛이 매우 우울해 보였다.

"나는 모르겠어."

프랜이 마침내 말했다. 자신의 대답이 맘에 들지 않는 듯싶었다. 뭔가 더 말하려고 기를 썼다. 첫 번째 답변을 해명하려고. 그러나 그저 되뇔 수밖에 없었다.

"나는 모르겠어."

사람들은 올바른 행동수칙을 알지 못합니다. "나는 모르겠어." 그 말대로입니다.

사람들은 하나님과 사탄이 유구한 세월 동안 수차례 벌여온 게임들 속에서 고통 받은 인류의 모습을 역사를 통해 알게 됩니다. 하지만 그것을 단지 지식으로만 습득할 뿐, 지성으로 승화시키지는 못합니다. 승화시키는 사람이야 있겠지만, 일부일 뿐이죠. 하나님과 사탄이 벌이는 고차원의 게임을 비천한 인간은 헤아릴 수조차 없고, 어느 길이 올바른 길인지도 모르고 그저 순간순간 허둥댈 뿐입니다. 세상이 어떻게 미쳐 돌아가는 건지, 하나님과 사탄이 어떻게 일진일퇴를 거듭하고 있는 건지, 프랜의 말대로 인간은 "모릅니다."

그래서 사탄은 사람들의 허점을 파고 듭니다. 사탄은 사람들이 이성, 논리, 정의…… 또는 합리주의라는 허울 좋은 구실로 만들어내는 온갖 허점을 파고 들어 새로운 게임판을 만들어냅니다. 『스탠드』에서 사탄은 사람들이 만들어낸 슈퍼 독감균을 이용했습니다. 다음번엔 사람들이 만들어낸 환경오염을 이용할지도 모르죠. 그 밖에도 인종 차별, 부의 불균형, 과학기술의 남용…… 인간들이 만들어낸 허점은 셀 수 없이 많으니, 게임판을 만드는 사탄은 즐겁기만 할 것입니다.

그런데 여기서 한 가지 주목할 게 있습니다.

라스베이거스에 거대한 하나님의 손이 내려오거나 랜들 플랙이 라스베이거스 주민들한테 불덩이를 내보내 겁주는 것처럼 "과시적 소비"로서 기적을 행할 때를 빼고는, 하나님이나 사탄이 직접 나서는 경우는 거의 없다는 것입니다. 그들은 움직이지 않습니다.

움직이는 것은 인간입니다.

하나님은 마더 애버게일을 대리인 삼아 인간한테 명령을 내리고, 악마는 랜들 플랙을 대리인 삼아 인간한테 명령을 내립니다. 감독이 코치와 함께 선수들한테 작전 명령을 내리는 것처럼 말이죠.

라스베이거스에서 쇠우리 안에 갇힌 글렌 베이트먼이 랜들 플랙을 마구 비웃을 때, 플랙은 직접 글렌을 죽이지 않습니다. 그 화나는 순간에도 플랙은 그저 우두커니 서서 옆에 있는 '미친한 인간' 로이드한테 글렌을 총으로 쏴죽이라고 "명령"을 내릴 뿐입니다.

아마도 하나님과 사탄이 벌이는 게임에서는, 과시적 소비로서 기적을 행하기 직전까지 직접 나서지 않고 인간한테 명령만 내리는 것이 규칙인가 봅니다.

그리고 그 인간한테 내리는 명령은 무조건적인 명령이 아니라는 것이 규칙인가 봅니다.

래리 언더우드가 "우리한테 선택권이 있기나 한가요?"라고 냉소적으로 묻자, 마더는 이렇게 답합니다. "선택권? 항상 선택권은 있지요. 그것이 하나님의 방식이며, 언제까지나 그럴 것입니다. 여러분의 의지는 여전히 자유롭습니다. 여러분의 의지대로 결정하세요."

사탄도 인간한테 선택권을 주는 것 같습니다. 다만 사탄은 인간이 명령을 도저히 거부할 수 없도록 영악하게 분위기를 조성하지요. 로이드의 경우를 보세요. 꼼짝없이 감방에 홀로 남은 상황에서 굶어죽느냐 옆 감방 동료의 시체를 먹어치우느냐 하는 절체절명의 고뇌 속에 몸부림치던 로이드가 "내 부하가 되거라, 그러면 감방에서 풀어 줄게."라고 살살 꼬드기는 랜들 플래의 완곡한 명령을 어찌 거역할 수가 있었겠습니까?

자, 하나님과 사탄이 인간 세상을 가지고 잔인한 게임을 즐깁니다. 게임을 사랑하는 분들이니까요. 두 분 다 열심히 인간들에게 "선택권" 있는 명령을 내려 게임을 진행시키는 상황 속에서 인간은 어찌 행동해야 할까요? 사실 자신들에게 자꾸만 내려오는 명령이 하나님의 것인지 사탄의 것인지 구분하는 것도 벅찬 미천한 인간들은 어찌 행동해야 할까요?

프랜이 했던 말대로, 저는 모르겠습니다. 저는 도저히 정답을 모르겠습니다. 아니, 설령 알고 있다고 해도 책 맨 뒤의 이 작은 옮긴이의 말 지면에다 그 심오한 정답을 간략하게 적어놓을 만한 표현력이 제게는 없는 것 같습니다.

하지만 프랜이 고민에 고민을 거듭한 끝에 겨우 "나는 모르겠어"라는 애매한 답변을 내놓았듯, 저도 나름대로 애매한 답변을 내놓을 수는 있습니다.

"최선을 다해 열심히 살자." 이게 저의 애매한 답변입니다. 무척이나 교과서적인 단순한 답변이죠? 저 같은 미천한 인간의 한계가 뻔한 거 아니겠습니까? 만약 하나님이나 사탄이 답했다면 저보다 더욱 근사한 대답이 나왔을 테지만요.

자, 이것으로 『스탠드』의 하나님을 분석한 '옮긴이 조재형의 스탠드 음모 이론' 잡담을 마치겠습니다. 긴 잡담 들어주셔서 감사합니다.

『스탠드』의 수많은 등장인물 중 제가 개인적으로 좋아했던 사람은 래리 언더우드와 해럴드 로더였습니다. 그 두 사람은 소설 속에서 엄청난 찌질이로 나오는데요, 그들을 보면서 저는 놀랄 수밖에 없었습니다.

"앗, 래리와 해럴드를 합치면 딱 내 모습이잖아!"

그들이 나왔다 하면 자꾸만 제 모습이 떠올라 속이 울렁거렸습니다. 세계 찌질리언 협회 한국 지부장을 꿈꾸는 저로서는 그 두 찌질이가 나름대로 행복한 삶을 살아가길 원했는데, 모두들 소설 후반부에 죽음을 맞이하게 되어 안타까웠습니다. 어쿠, 그래요. 디귿, 아, 리을, 그것을 합쳐 읽으면 '찌질이 안타까워'가 된답니다.

간단히 제 소개를 하자면, 저는 학창시절부터 스티븐 킹의 작품들을 탐독했습니다. 거의 50편이 넘는 그의 작품들을 절반 이상 읽었습니다. 어떤 분은 제 방 책꽂이에 줄줄이 서 있는 수많은 스티븐 킹 작품들의 원서와 번역서를 보시고는 "너 스티븐 킹 논문 준비하니?"라고 묻기도 하셨습니다. 저는 킹을 소개하는 인터넷 사이트를 7년 넘게 운영해오고 있습니다. 스티븐 킹 매니아라고 소개되어 어떤 여성잡지에 인터뷰 기사가 나간 적도 있습니다. 급기야 저는 황금가지 출판사가 펴낸 스티븐 킹 소설 『미저리』를 번역했습니다. 이 모든 일들을 겪으면서도 저는 저 자신을 평범한 스티븐 킹 팬이라고만 여겼습니다.

하지만 그 후 『스탠드』를 번역하고 난 뒤, 저는 저 자신을 "조금은" 대단한 스티븐 킹 팬이라고 여기게 되었습니다.

1,000쪽도 넘는 『스탠드』의 원서를 부여잡고 오랜 시간동안 번역하느라 너무도 힘들었기 때문입니다. 하지만 이 자리에서 제가 얼마나 힘들었는지 독자 여러분께 지루하게 하염없이 하소연하는 추태는 벌이지 않겠습니다. (그런데 말이죠 옮긴이가 독자한테 번역의 고충을 하소연할 수 없다면 과연 누구한테 해야 할까요? 특히나 저 같은 솔로 노총각은 누구한테 해야 할까요? 네? 모르시겠다고요?)

『스탠드』를 보면 해럴드 로더가 장부 속에다 빽빽하게 글을 적는 장면이 나오는데요, 저는 번역하면서 그 장면이 어떤 모습일지 눈에 선했습니다.

왜냐하면 저도 빽빽하게 글을 적고 있었기든요. 『스탠드』는 원서를 보면서 우리말로 옮긴 문장들을 스프링 연습장에 적는 식으로 번역했습니다. 해럴드의 장부 글 못지않게 스프링 연습장을 앞뒤로 빽빽하게 채워서 말이죠. 번역이 끝났을 때에는 각양각색의 스프링 연습장 15권이 쌓이고 말았습니다. 어디를 펴든지 글자들의 홍수로 난리였죠. 그리고 그 15권을 컴퓨터 파일로 타자 치느라 3개월이나 걸렸고요.(이건 여담인데요, 해럴드가 글을 장부에 적었듯이 저도 『미저리』를 번역할 때 번역문을 장부에다 적었습니다. 옮긴이의 말을 쓰는 지금도 제 눈앞에는 『미저리』가 들어 있는 회계 장부가 놓여 있군요.)

『스탠드』를 몇 년간 번역하느라 개인적으론 힘든 적도 많았지만, 즐거운 적이 훨씬 많았습니다. 독자일 때 원서로 감명 깊게 읽었던 작품을 세월이 흐른 뒤 번역자가 되어 한국의 독자들한테 소개할 수 있었으니까요. 힘들기는 해도 스티븐 킹의 팬으로서 너무나 영광스런 작업이었으니까요. 마치 산타클로스로 선발되어 홀쭉하던 선물주머니에 온갖 선물 상자들을 집어넣는 것 같은 기분이 들었습니다. 산타클로스 할아버지가 잠자는 어린이들한테 선물을 나눠주듯, 저도 독자들한테 『스탠드』를 선물로 나눠준다는 생각을 하며 번역하는 동안 즐거움을 만끽했습니다.

저는 예전에 『스탠드』의 원서를 읽고 나서 너무도 맘에 들었던 나머지 스티븐 킹한테 선물을 받은 것 같은 느낌이 들었습니다. 한국어판 『스탠드』는 제가 독자 여러분께 드리는 선물입니다.(물론 책값이 있으니 공짜 선물은 아니지만요.) 부디 독자 여러분도 『스탠드』를 읽고 난 뒤 선물을 받은 듯한 벅찬 기분을 느끼셨기를 바랍니다.

긴 소설을 읽어주셔서 감사합니다. 앞으로도 스티븐 킹의 작품에 많은 관심 가져 주세요.

2008년 12월

조재형

밀리언셀러 클럽을 펴내면서

지난 수백 년 동안 소설은 기묘하면서도 교양 넘치고, 자유로우면서도 현실에 뿌리 박고 있으며, 흥미진진하면서도 감동적인 이야기로 독자들의 사랑을 독차지해 왔다.

민담이나 전설 등에 비해 비교적 최근에 탄생한 이야기 형식인 소설이 순식간에 이야기 왕국의 제왕으로 올라선 것은 현대인들이 살아가면서 느끼는 희망과 절망, 불안과 평화 등 온갖 삶의 양상들을 허구 속에 온전히 녹여 내어 재창조함으로써 이야기를 읽는 기쁨과 더불어 삶을 재발견하는 즐거움을 주어 온 까닭이다.

사실 이야기를 읽음으로써 삶을 다시 생각하고, 삶을 생각함으로써 이야기를 다시 만들어 온 것은 인간이라면 피할 수 없는 숙명이다.

그런데도 최근 이야기의 제왕이라는 소설의 위기를 말하는 목소리가 점점 늘어나고 있다. 만약에 이 말이 사실이라면, 그리하여 사람들이 소설을 점차 외면하고 있다면, 핏속에 스며들어 있으며 뼛속에 틀어박힌 이야기 본능이 무언가 다른 것에 홀려 있음에 틀림없다.

사람들은 이제 이야기를 소설이 아니라 거리에서, 인터넷에서, 영화에서, 드라마에서, 광고에서, 대중가요에서 즐기고 있는 것이다.

'밀리언셀러 클럽'은 이러한 소설의 위기를 넘어서려는 마음에서 기획되었다. 국내뿐만 아니라 전 세계 각국에서 독자들의 사랑을 한껏 받은 작품들을 가려 뽑아 사람들 마음을 다시 소설로 되돌리고 이야기를 한껏 즐길 수 있도록 배려하였다.

'밀리언셀러'라는 이름을 단 것은 소설이 다시 사람들의 마음을 끌어 널리 읽히기를 바라기 때문이고, '클럽'이라는 이름을 단 것은 소설을 사랑하는 독자들이 이 작품들을 가운데 놓고 오랫동안 이야기를 나누기를 바라기 때문이다.

앞으로 '밀리언셀러 클럽'에는 예로부터 오늘날까지, 동양에서 서양까지 시대와 장소를 가리지 않고 널리 독자들의 사랑을 받아 온 작품들 중에서 이야기로서 재미에 충실할 뿐만 아니라 인간 본연의 모습을 확인시켜 줄 수 있는 소설들이 엄선되어 수록될 것이다.

이 작품들이 부디 독자들을 소설의 바다로 끌어들여 읽기의 즐거움을 극대화함으로써 이야기 본능을 되살려 주어 새로운 독서 세대를 창출하기를 바라는 마음 간절하다.

옮긴이 | 조재형

1972년 서울에서 태어났다. 숭실대학교 법학과를 졸업하고 전문 번역가로 활동 중이다. 『미저리』를 우리말로 옮겼고, 그 주인공인 애니 윌크스에 뒤지지 않는 스티븐 킹의 열성 팬이라고 자부한다. 스티븐 킹과 그의 작품에 관한 한 우리나라에서 가장 방대한 자료를 담은 팬 블로그(http://stephen-kingfan.tistory.com)를 운영하고 있다.

스탠드 6

1판 1쇄 펴냄 2007년 12월 28일
1판 5쇄 펴냄 2020년 11월 25일

지은이 | 스티븐 킹
옮긴이 | 조재형
발행인 | 박근섭
편집인 | 김준혁
펴낸곳 | 황금가지

출판등록 | 2009. 10. 8 (제2009-000273호)
주소 | 06027 서울 강남구 도산대로 1길 62 강남출판문화센터 5층
전화 | **영업부** 515-2000 **편집부** 3446-8774 **팩시밀리** 515-2007
홈페이지 | www.goldenbough.co.kr

도서 파본 등의 이유로 반송이 필요할 경우에는 구매처에서 교환하시고
출판사 교환이 필요할 경우에는 아래 주소로 반송 사유를 적어 도서와 함께 보내주세요.
06027 서울 강남구 도산대로 1길 62 강남출판문화센터 6층 민음인 마케팅부

ISBN 978-89-6017-129-9 04840 (6권)
ISBN 978-89-6017-123-7 (set)

㈜민음인은 민음사 출판 그룹의 자회사입니다.
황금가지는 ㈜민음인의 픽션 전문 출간 브랜드입니다.